Schrei nach Stille

W0211641

Das Buch

Warum ist sie zurückgekehrt? Ins Oberhessische, an den Ort, um den ihre Erinnerungen noch immer kreisen? Das Haus ist ihr unheimlich. Die Bäume scheinen es geradezu erdrücken zu wollen. Die Dorfgemeinschaft belauert sie, unwirtlich ist es und kalt. War es klug, ein Buch über damals zu schreiben? Über eine unmögliche Liebe und unbändigen Haß. Immerhin wurde Sophie Winters Roman ein Bestseller. Die Leute stellen plötzlich Fragen, auch Paul Bremer, ihr Nachbar. Und die Polizei. Was ist damals im Sommer '68 geschehen? Warum verschwand die schöne junge Frau, und warum wurde der Fall niemals aufgeklärt?
Ein eindringliches Porträt der Bundesrepublik in einer ihrer größten Umbruchphasen und eine tragische Geschichte um Liebe und Tod.

Die Autorin

Anne Chaplet wohnt mit drei Katzen in Oberhessen, Frankfurt am Main und Südfrankreich. Laut ihrem Paß heißt sie Cora Stephan und hat als promovierte Politikwissenschaftlerin und Historikerin zahlreiche Sachbücher verfaßt. Für ihre Romane erhielt sie zweimal den Deutschen Krimipreis sowie den Krimipreis von Radio-Bremen. Weitere Informationen zur Autorin unter: www.anne-chaplet.de

Von Anne Chaplet sind in unserem Hause bereits erschienen:

Caruso singt nicht mehr
Nichts als die Wahrheit
Wasser zu Wein

Anne Chaplet

SCHREI NACH STILLE

Kriminalroman

List Taschenbuch

Besuchen Sie uns im Internet:
www.list-taschenbuch.de

Mix
Produktgruppe aus vorbildlich bewirtschafteten Wäldern und anderen kontrollierten Herkünften
www.fsc.org Zert.-Nr. GFA-COC-001223
© 1996 Forest Stewardship Council

Dieses Taschenbuch wurde auf FSC-zertifiziertem Papier gedruckt. FSC (Forest Stewardship Council) ist eine nichtstaatliche, gemeinnützige Organisation, die sich für eine ökologische und sozialverantwortliche Nutzung der Wälder unserer Erde einsetzt.

Ungekürzte Ausgabe im List Taschenbuch
List ist ein Verlag der Ullstein Buchverlage GmbH, Berlin.
1. Auflage Dezember 2009
2. Auflage 2010
© Ullstein Buchverlage GmbH, Berlin 2008 / List Verlag
Konzeption: semper smile Werbeagentur GmbH, München
Umschlaggestaltung: bürosüd° GmbH, München
(unter Verwendung einer Typo von Sabine Wimmer, Berlin)
Titelabbildung: © Rich Reid / getty images
Satz: LVD GmbH, Berlin
Gesetzt aus der Sabon und Compacta
Papier: Munkenprint von Arctic Paper Munkedals AB, Schweden
Druck und Bindearbeiten: CPI – Clausen & Bosse, Leck
Printed in Germany
ISBN 978-3-548-60935-5

When the truth is found to be lies
Jefferson Airplane, 1966

Vergessen ist Gefahr und Gnade zugleich
Theodor Heuss

Nach dem Sturm

Das Haus. Es lebt. Es verändert sich von Tag zu Tag. Es beherbergt Hausgeister. Kobolde. Rebellische Heinzelmännchen, die nicht Ordnung machen über Nacht, sondern alles auf den Kopf stellen. Die Möbel verrücken und Gegenstände verstecken: die Brille, das Portemonnaie, den Haustürschlüssel. Die den Schreibtisch in Unordnung bringen, Bücher wegräumen, Bleistifte verschwinden lassen, die Speisekammer plündern, das Kleingeld aus dem Zuckertopf stehlen, den Zettel für die Reinigung verstecken.

Das Haus ist alt und böse geworden. Die Bäume haben ihm das Licht geraubt und die Luft genommen. Sie sind zu groß geworden. Sie ragen über die Traufe. Sie haben alles, was unter ihnen gedeihen wollte, erstickt.

Die Haustür schließt nicht mehr richtig. Es zieht durch die Fenster im Wintergarten. Die Türen des Kleiderschranks öffnen sich von allein. Als ob das Haus sich neigte.

Es duckt sich. Es krümmt sich zusammen. Es beginnt, sich selbst zu verschlingen.

1

Es dauerte eine Weile, bis der erste Wassertropfen beschloß, sich vom Strom der anderen zu entfernen, die das Dach Richtung Regenrinne verließen, und durch einen Spalt zwischen zwei Ziegeln zu sickern. Dort hing er eine Weile an der Lippe eines der mürben Biberschwänze und löste sich erst, als ein zweiter Tropfen auf ihn stieß. Beide fielen nicht tief und landeten weich; auf dem Fell einer Ratte, das sich von ihrem aufgedunsenen Körper abgelöst hatte und wie ein Sprungtuch auf der schlierigen Wasseroberfläche des Zubers aus grauem Zink lag. Nur manchmal, im Sommer, wenn es lange nicht geregnet hatte, war der Zuber leer. Jetzt war er fast voll.

Den ersten Tropfen folgten weitere, erst langsam, dann immer zügiger, nun, da der Weg gebahnt war. Ihr Aufprall ließ das Rattenfell erschauern, und es begann, träge durch die Zinkwanne zu treiben. Die Wanne füllte sich, bis die Wasseroberfläche sich wölbte und ein weiterer Pionier unter den Wassertropfen den Sprung ins Unbekannte wagte, vom Rand des Zubers hinunter auf die staubigen Holzplanken des Dachbodens. Der Staub sog ihn gierig auf, auch den nächsten und übernächsten und alle weiteren, bis er gesättigt war und den Tropfen erlaubte, sich einen Weg an einen anderen Ort zu suchen. Erst sammelten sie sich in einem Astloch, dann strömten sie weiter, nach unten, an einem mächtigen Schiffskoffer vorbei, der mit geöffnetem Deckel im Weg stand und in dem es glitzerte und glänzte.

Sie umschifften einen verstaubten Sessel und einen mit Schwalbenkot bekleckerten Tisch und näherten sich schließlich einer Ritze zwischen den Planken. Sie weichten den Staub zwischen den Planken auf und sickerten tiefer, durch Holzspäne und Staub, durch Lehm und Mörtel, durch von Mäusen angelegte Gänge und Nester aus Heu und Federn und Plastikfetzen, drangen hindurch, fielen wieder auf Holz, glatter diesmal und weiß lackiert. Sie folgten einer sanften Neigung, schneller jetzt, da sie auf keinen Widerstand mehr trafen. Und schon tat sich die nächste Ritze zwischen zwei Brettern auf.

Die Tropfen hielten Ordnung. Der erste fiel ins Ungewisse. Zögernd folgte der nächste. Ihm folgten die anderen, immer schneller, wie die Lemminge, die dem Abgrund zuströmen. Sie sprangen, sie fielen, sie prallten unten auf, sie vereinten sich zu einer schillernden Pfütze und durchbrachen dann in einem entschlossenen Strom die letzte Barriere.

Im Keller wurden sie zu einem schmalen Rinnsal und nahmen Kurs auf die nicht mehr ganz weißen Kappen eines Paars hellblauer Chucks.

2

Tock.

Sie fuhr hoch. Es war dunkel im Zimmer, nur auf der gegenüberliegenden Seite des Raums sah man das hellere Rechteck des Fensters durch die Gardinen schimmern.

Tock.

Sie schloß die Augen und versuchte das Geräusch zu orten.

Tock.

Für eine Schrecksekunde bildete sie sich ein, es entstehe in ihrem Kopf, dehne sich aus, dränge heraus, sprenge ihren Schädel.

Tocktock.

Schneller jetzt. Gefolgt von einer Art feuchtem Schmatzen.

Sophie Winter ließ sich ins Kissen zurücksinken. Wassertropfen, über ihr. Über ihrem Kopf, über der hellgrau gestrichenen Holzdecke, auf dem Dachboden. Darüber das Dach. Und darüber ein atlantisches Tief.

Der Sturm, der still gelauert zu haben schien, jagte mit einem tiefen Orgelton eine Bö vorbei, rüttelte am Fenster, fegte durch ächzende Baumkronen im Garten.

Die Bäume, dachte sie. Sie werden aufs Dach stürzen. Die Dachziegel hinwegfegen. Ein Loch reißen in meine Höhle und die Elemente hineinlassen. Balken und Ziegel und Mörtel und Steine und Wasser.

Über ihr trommelten die Tropfen auf die Holzdecke.

Sophie versuchte sich dahin zu träumen, wo Stille war: Pferdeställe, Bibliotheken, Gartenhütten, der Pazifische Ozean, Heuschober. Doch heute gelang ihr das Abtauchen in das schützende innere Reich nicht, die Geräusche des Sturms übertönten alles. Nur nicht die Laute, die das Haus machte, bei jedem Windstoß.

Du hättest nicht kommen dürfen, flüsterte es.

Inzwischen tropfte es nicht nur über ihr, sondern auch neben ihr. Das Wasser war durch die Schlafzimmerdecke gedrungen, immer schneller klatschten die Tropfen auf den Holzfußboden neben ihrem Bett. Wenn du nichts unter das Leck stellst, stehst du morgen im Nassen, dachte sie und ging in Gedanken die Treppe hinunter, um einen Putzeimer zu holen.

Sie hörte die Tropfen auf den Boden klopfen, schneller, immer schneller. Sie hörte ihren Atem, seltsam gepreßt. Sie hörte den Pulsschlag in ihrem Ohr. Sie hörte es wispern.

Einen Eimer. Sofort.

Einen Eimer gegen die Sintflut? Sie zog sich die Bettdecke hoch bis über die Ohren und drehte sich auf die Seite.

Die Katze sprang aufs Bett und kuschelte sich schnurrend an sie. Der Sturm verebbte. Die Tropfen wurden weniger. Endlich schlief sie ein.

Sie wachte erst auf, als es schon hell war. Einen Moment lang wußte sie nicht, wo sie war und woher das Geräusch kam, das sie aufgeweckt hatte. Schließlich setzte sie sich auf, schwang die Beine aus dem Bett und schrie leise auf, als sie in kalte Nässe trat. Eine Pfütze. Warum war es naß in ihrem Schlafzimmer? Ein Schatten sprang vom Bett und bewegte sich zur Tür. Was war das?

Sophie schüttelte benommen den Kopf. Vor der Schlafzimmertür wartete die Katze und lief leise maunzend voraus, die Treppe hinunter. Sie folgte dem Tier.

Und dann hörte sie es wieder, das Geräusch. Ein energisches Klopfen, als ob jemand hereinwollte. Aber der Laut kam nicht von unten, von der Haustür. Er kam von oben. Vom Speicher.

Nein: vom Dach. Sophie lief auf bloßen Füßen wieder hoch, fand Jeans und T-Shirt auf einem Stuhl im Schlafzimmer, zog sich an und lief wieder hinunter.

Die Haustür war zu, verschlossen. Und der Schlüssel? Sie blickte sich suchend um. Der Schlüssel. Wo war der verdammte Schlüssel? Die Katze gab einen fragenden Laut von sich, sie stand mit erhobenem Schwanz im Flur, vor einer geschlossenen Tür, und sah Sophie auffordernd an. Sophie machte lockende Laute, während sie hinüberging und die Tür zur Küche öffnete. Die Katze. So weiß wie Schnee.

Mit einem Satz landete das Tier auf dem Küchentisch und hockte sich vor ein Schüsselchen mit Trockenfutter. Sophie horchte auf das leise Krachen, mit dem es die dunklen Brocken zerbiß. Plötzlich spürte sie ihren eigenen Hunger. Und Durst. Durst nach Kaffee.

Sie füllte Wasser in die Maschine und häufte ein paar Löffel Kaffeemehl in den Filter. Dann drehte sie sich um und öffnete den Brotkasten. Krümel. Eine leere Papiertüte. Das war alles. Und im Kühlschrank? Auf dem Weg dahin blieb sie stehen. Sie hatte gestern Brot gekauft. Ganz sicher. Vollkornbrot mit Dinkel, ein halbes Stück. »Wie immer?« hatte Nicole in Jürgen's Lädchen gefragt, das Brot schon in der Hand, und es, ohne auf ihr Nicken zu warten, in die Tüte gesteckt.

Wenn kein Brot da ist, dann hast du auch keins eingekauft, schalt sie sich und schrieb »Brot!!« auf einen der Zettel auf dem Küchentisch, auf dem bereits »Frischhaltefolie!!!« stand.

Draußen erhob sich der Wind und orgelte durch die Bäume. Da war es wieder, das Geräusch – kein Klopfen mehr, eher ein dumpfes Hämmern und Schaben. Bei jedem Schlag schien das Haus zu zittern, als ob es sich fürchtete.

Nein, dachte Sophie. Als ob es sie hereinlassen will, die Naturgewalten. Als ob es *nachgibt*.

Sie eilte aus der Küche in den Flur. Der Haustürschlüssel lag da, wo er immer lag, seit fast einem Jahr, seit sie hier wohnte, in einer Schale auf der Anrichte. Wo sollte er auch sonst sein? Sie schloß auf, öffnete die Tür und trat nach draußen. Die Tannen im Vorgarten schwankten und stöhnten, wenn eine Bö sie packte.

»Wollen Sie nicht wenigstens ein paar der Bäume fällen lassen? Es ist so düster bei Ihnen«, hatte die Nachbarin im Sommer gesagt, kurze Zeit nachdem Sophie eingezogen war. Sie hatte nur den Kopf geschüttelt. Was hätte sie auch sagen sollen? Die Bäume sind tabu?

Die Kletterrose neben dem Haus hatte sich vom Spalier gelöst, ihre langen Triebe fuhren wie Peitschen durch die Luft, einer streifte ihr Haar und hätte sich fast darin festgekrallt. Sophie trat einen Schritt zurück und blinzelte hoch zu den blauen Flecken zwischen den schwankenden Wipfeln, über die weiße Schäfchenwolken jagten. Hier vorne sah alles aus wie immer, nur ein paar kahle Äste lagen auf dem Boden. Und der Lorbeerbusch in dem großen Topf mit den Löwenköpfen, der neben dem Gartentor stand, war umgefallen. Macht nichts, dachte sie. Ist ja nur Plastik.

Noch vor ein paar Jahren hätte sie einen auf Terrakotta getrimmten Kunststofftopf für einen unverzeihlichen Stilbruch gehalten. Aber damals hatte sie auch noch ein stabiles Kreuz. Sie ließ den Topf liegen, er würde ja doch wieder umfallen, wenn der Wind nicht nachließ. Dann ging sie nach hinten, in den Garten hinter dem Haus.

Eine Bö erfaßte sie, als sie um die Ecke bog. Im gleichen Moment bohrte sich etwas Spitzes in ihren Fuß, mit einem bissigen, bösen Schmerz. Sie sah an sich herab. Ihre Füße waren nackt. Sie hatte keine Schuhe angezogen.

Es ist nichts, flüsterte die Stimme in ihr. Du konzentrierst dich nicht, denkst immer an mindestens drei Sachen zugleich. Bist eben nicht mehr die Jüngste.

Sie balancierte auf einem Bein, während sie den Glassplitter aus ihrem Fußballen zog. Und dann hob sie den Blick.

Zwei Tannen mit geborstenen Stämmen waren auf den rückwärtigen Zaun gefallen, wahrscheinlich versperrten sie den Gemeindeweg. Sie mußte jemanden anrufen – aber wen? Die freiwillige Feuerwehr? Den Ortsvorsteher?

Sophie strich sich das feuchte Haar aus der Stirn. Sie hatte heute noch nicht in den Spiegel gesehen, die Haare waren nicht gekämmt und die Zähne ungeputzt. Hoffentlich sah sie niemand so. Und dann wanderte ihr Blick von den umgestürzten Tannen aufwärts, zur Rückseite des Hauses. Die Birke. Auch die war mal ein kleines Bäumchen gewesen. Aber mittlerweile reichte sie dem Haus bis zur Dachtraufe. Und jetzt hatte sie sich über das Haus geneigt, drückte auf das Dach, rieb sich an der Dachrinne.

»Wir fällen auch Bäume«, hatte der Mann gesagt, bei dem sie das Holz für den Winter bestellt hatte, der alte Otto, der ein paar Straßen weiter wohnte und ihr die sauber geschnittenen Buchenscheite mit dem Bulldog anlieferte. Er hätte sie ihr auch gestapelt, wenn sie ihn gelassen hätte. »Ist doch keine Arbeit für eine junge Frau!« Altherrencharme. Aber er hatte einen wunden Punkt getroffen. Manchmal fehlte ihr – ein Mann.

Einer wie Conrad, der das Holz hackte für den Kamin. Mit dem man Wein trinken und sich lieben konnte. Manchmal wußte sie nicht mehr genau, warum sie sich eigentlich getrennt hatten. Es war gut gewesen mit ihm, die paar Jahre. Sie sah sein Profil vor sich, die schmale, etwas windschiefe Nase, im Dämmer des Schneideraums, in dem sie tage- und nächtelang nebeneinandergesessen hatten. Es war immer ein magischer Moment gewesen, wenn das Filmmaterial zum ersten Mal angelegt wurde, Spule um Spule. Sie hatten daraus ein Ritual gemacht, einen guten Wein geöffnet, auf sich und das Werk angestoßen, während die ersten Bilder über den Bildschirm liefen, und Conrad hatte sich ein Zigarillo angesteckt.

Vorbei. Und besser so. Kein Mann, auch er nicht, hätte jemals hier einziehen dürfen. Nicht in dieses Haus. Außerdem konnte man einen guten Wein auch allein trinken.

Sophie schüttelte benommen den Kopf. Träum nicht. Vor allem nicht von der Vergangenheit.

Wieder bewegte sich die Birke unter einem Windstoß. Sie trat ein paar Schritte näher. Nicht die Birke war umgeknickt, sondern eine der Tannen, die gegen die Birke gekippt war. Daraufhin hatte sich der Baum geneigt, wie ein Teller hatte sich das flache Wurzelwerk aus der Erde gehoben, während die Krone über dem Dach lag. Wieder hörte sie es schaben und klopfen. Und wie in Trance ging sie hinüber, faßte an den Baumstamm, wollte ihn bewegen. Ein lächerlicher Versuch. Hilflos ließ sie die Arme sinken.

Der Wind schien die Luft anzuhalten. Sie hörte ein Pfeifen, das sich langsam steigerte. Und dann wurde der Ton tiefer. Sie lauschte dem Klang hinterher, er berührte etwas in ihr, sie spürte Weite und Einsamkeit. Der Ton kam näher. Die Luft vibrierte. Endlich begriff sie. Lauf, dachte sie noch. Aber schon war die Windbö bei ihr und preßte sie gegen den Birkenstamm. Sie versuchte Luft zu holen und sich dem gewaltigen Druck entgegenzustemmen. Ihr T-Shirt blähte sich knatternd auf. Über ihr ächzten Äste, splitterten Zweige. In diesem Moment bewegte sich der Birkenstamm. Die Tanne folgte. Sie hörte es krachen und bersten. Sophie fiel. Und dann senkte sich eine Wolke aus nassen Tannenzweigen über sie und hüllte sie ein.

Als sie zu sich kam und die Augen aufriß, sah sie nichts. Aber es roch nach Harz und feuchter Erde. Sie schmeckte Blut und tastete mit der Zunge nach ihrer Unterlippe, die sich taub anfühlte und anzuschwellen begann. Über ihr rauschte und wisperte es, etwas näherte sich, ein Tier? Sie versuchte zu rufen, versuchte sich zu bewegen, die Beine, die Arme, den Kopf. Der Baum hatte sie unter sich begraben. Sie würde erfrieren.

Etwas flüsterte. Etwas wollte zu ihr. Drang durch die Zweige. Nicht, dachte sie noch. Dann dämmerte sie weg.

So weiß wie Schnee, so rot wie Blut. Was für ein schöner Vogel. Unter dem Machandelbaum.

3

»Hast du das gehört?« Ulla Abel stellte das Bügeleisen ab, ging zum Fenster und spähte hinaus.

»Was soll ich gehört haben?« Peter Abel zog mit einem kräftigen Ruck die Zeitung auseinander und nach hinten und faltete sie wieder zusammen. Sie haßte das Geräusch, mit dem er umblätterte. Sie haßte es seit Jahren.

»Drüben. Bei der Winter. Ich hab es klirren gehört.«

»Na und?«

»Und vorhin – es muß einen der Bäume erwischt haben.«

»Gut so. Immer weg damit. Und heller wird's dann auch.« Peter wiederum haßte es, wenn er morgens beim Zeitunglesen gestört wurde. Sie waren ein wunderbares Paar. Seit Jahren.

»Soll ich mal rübergehen?«

Peter knurrte. »Die kann schon für sich selbst sorgen. Sieh lieber zu, daß du mit meinen Hemden fertig wirst.« Er nahm einen Schluck Kaffee, schlürfend, wie immer.

Ulla legte das gebügelte Hemd zusammen und beiseite und breitete das nächste über das Bügelbrett. So einen Sturm hatte sie lange nicht erlebt. Sie hatte die halbe Nacht wach gelegen. Nur Peter hatte geschnarcht. Wie immer.

»Und wenn ihr was passiert ist?«

»Kümmert es dich?«

Ja, dachte Ulla. Nein. Aber die Frau war allein. Und wenn wirklich etwas passiert war …

»Sie ist unsere Nachbarin, Peter.«

»Ja. Leider.« Ihr Mann raschelte mit der Zeitung. Gleich würde es wieder kommen, das Geräusch.

»Soll ich nicht vielleicht doch lieber …« Ulla Abel biß sich auf die Lippen. Sie erwartete keine Antwort. Wenn es nach ihm ginge, konnte Sophie Winter bleiben, wo der Pfeffer wächst. Und wenn es nach ihr ginge, wäre er aus dem Haus oder täte was Nützliches. Schlimmer als ein schlechtgelaunter Ehemann ist ein schlechtgelaunter Ehemann, der arbeitslos ist.

Und der noch nicht einmal daran denkt, die Gass' zu fegen oder Holz zu hacken oder einzukaufen.

Noch drei Hemden. Peter Abel brummte irgend etwas Unverständliches. Sie hatte sich abgewöhnt, ihm zuzuhören, wenn er die Weltlage erörterte. Die da oben. Wir da unten. Sie kannte die Leier.

Noch zwei Hemden. Noch eins. Fertig.

Sie schaltete das Bügeleisen aus, sah kurz zu ihm hinüber – er schien den Anzeigenteil der Zeitung zu studieren, vielleicht war es ja sogar der Stellenmarkt – und ging hinaus in den Flur zum Telefon.

4

Paul Bremer stand vor seinem Haus und blinzelte in die Morgensonne. Der Tag nach dem Sturm begrüßte ihn mit einem leergeräumten Himmel und einer Horde aufgekratzter Meisen im sauber gekämmten Apfelbaum. Der Wind, der die verblühenden Schneeglöckchen striegelte, war noch kühl, aber es roch schon nach aufbrechender Erde und strotzenden Knospen. Nemax und Birdie strichen mit vibrierenden Schwänzen um seine Beine, sie schienen sich nicht sicher zu sein, ob dies ein Tag auf dem Sofa oder der Heizung werden würde oder ob man einen Ausflug in die Flußaue wagen konnte, in der Hoffnung auf frühlingsbesoffene Mäuse.

Aus dem Fenster im Nachbarhaus hingen Bettvorleger und Plumeaus zum Lüften. Gottfrieds Hähne verkündeten mit einer Inbrunst den Tagesanbruch, als ob sie ihn gerade erst erfunden hätten, und aus dem Stall auf der anderen Straßenseite drangen markerschütternde Schreie. Arme Schweine, Kohldampf schiebend. Oder, wie Bremer manchmal fürchtete, muskelbepackte Eber voller Freiheitsdurst und Rachsucht. Der schwarze Kater von nebenan trabte vorbei und maunzte klagend. Nemax zu Bremers Füßen gab ein tiefes Grollen von sich und machte einen Buckel.

Vom Friedhofsweg her hörte man das Nörgeln einer Kreissäge. Um diese Jahreszeit zerkleinerte immer jemand Holz. Ein paar Wochen später schon erweiterte sich das Programm: Dann würden auf jedem Grasfleckchen die Rasenmäher quengeln. Und im Sommer, beim Einsatz des schweren Erntegeräts, spielte alles zusammen in der großen Sinfonie des Landlebens.

Bremer reckte sich den kräftiger werdenden Sonnenstrahlen entgegen. Klein-Roda war laut, Klein-Roda stank, Klein-Roda war von mittelmäßigem Klima, Klein-Roda hatte nichts Exotisches und bot auch sonst keine Überraschungen. Aber er war froh, wieder hierzusein. Verdammt froh.

Karen Stark zum Trotz. Seine beste, seine älteste Freundin – »solange ich nicht deine dickste sein muß« –, ach was, seine einzige Freundin wollte ihn seit Jahren nach Frankfurt locken. »Du brauchst Menschen, Abwechslung, Anregung.« Aber er wollte nicht. Zumal Karen immer dann, wenn man sie brauchte, Liebeskummer hatte oder auf Dienstreise war.

Ein neues Geräusch mischte sich unter die vertrauten Laute. Es gehörte nicht dazu – besser gesagt: noch nicht. Es kam von der denkmalwürdigen Fernsehantenne auf dem Haus von Gottfried und Marie. Er blinzelte hinüber. Dort oben saß ein kleiner schwarzer Kerl und schnalzte und schmalzte vor sich hin, klang mal wie ein Paar Gummisohlen auf glattem Parkett, mal wie ein zufriedenes Weidepferd. Das war keine Amsel, die waren keine Seltenheit. Es war ein Star. Der erste Star.

Bremer ließ sich auf die Gartenbank neben der Haustür sinken, obwohl sie moosig schimmerte, legte den Kopf in den Nacken und schloß die Augen. Der Frühling war nirgendwo auf der Welt so wie hier. Er schlich sich heran, fast verlegen, trat von einem Fuß auf den anderen, als ob er nicht aufdringlich sein wollte, ließ sich unendlich viel Zeit, überraschte mit zartem Flaum und jungfräulichen Farben und Düften, preschte vor, zuckte zurück und spielte das Spiel von Verlockung und Zurückweisung, bis sich der aufdringliche Sommer mit seinen fetten Farben durchgesetzt hatte.

Kein Vergleich mit dem gleichförmig freundlichen Wetter anderswo. Langweilwetter für Rentner und Kleinkinder. Er hingegen war gestern wie elektrisiert gewesen, als sich der Sturm ankündigte. Alles in ihm hatte nach Luft und Raum geschrien, die Lunge, die Haut, das Zwerchfell, die Augen. Er war so unruhig gewesen wie die Katzen, hatte aufgeräumt, staubgesaugt, feucht gewischt, ja sogar die Fenster geputzt, weil er nicht stillsitzen konnte. Die Fenster hätte er sich sparen können. Der Sturm hatte den Regen über die Straße gepeitscht, hatte ihn Erde und Stallmist vom Asphalt lecken lassen, dann die braune Suppe wieder hochgewirbelt und gegen die Fenster geklatscht. Streifenfrei.

Ich trinke auf dich
Hier ist erst morgens
War ein heißer Tag
Hier ist erst Frühling
Vermisse dich
I. d. a.

»Und? Alles in Ordnung?«

Bremer sah von seinem Mobiltelefon auf. Marianne stand nebenan im Fenster und räumte die Bettvorleger weg.

»Alles bestens.«

»Hast du Sehnsucht?« Marianne sah hinunter auf seine Hände, die das kleine Gerät umklammerten.

Er hob die Schultern. Ja und nein. Anne war in Los Angeles, und er war hier. Das sagte alles.

»Und? Den Sturm gut überlebt?«

»Keine besonderen Vorkommnisse.« Dreckige Fenster waren nicht der Rede wert, das waren sie bei ihm meistens. »Und wie steht's bei euch?«

»Zwei Weidezäune, der alte Kirschbaum und ein paar Dachziegel.« Marianne legte die Arme auf den Fenstersims, das tat sie immer, wenn ihr nach einem Plausch war, und das Sturmtief Kyra und die Folgen waren Stoff genug. »Zwei Tote in Bayern, haben sie eben in den Nachrichten gesagt. Beim Spazierengehen vom Baum erschlagen.« Sie fuhr sich durch die blonden Locken und machte ein Gesicht, als ob sie »Geschieht ihnen recht, den Bayern« sagen wollte. Wer ging schon bei Sturm spazieren?

Paul grinste hoch zu ihr. Wenn er ihr erzählte, daß er gestern nacht aufgestanden war, weil er sich seit Stunden schlaflos im Bett wälzte, daß er sich angezogen hatte und hinausgelaufen war in den Sturm, würde sie auch ihn für verrückt erklären. Er war den Friedhofsweg hochgegangen, es hatte ihm bei jeder Windbö den Atem verschlagen, er hatte auf das Orgeln des Windes in den Stromleitungen gehorcht, auf das Ächzen der Weide am Friedhofsrand, auf das Rauschen des Sturms in den Pappeln am Bach. Noch nicht einmal Nemax war ihm gefolgt, der es normalerweise liebte, abends noch einen Rundgang zu machen. Die Vielstimmigkeit des Sturms hatte Bremer euphorisch singen und rufen lassen. Verrückt. Würde Marianne sagen.

»Luca ist verschwunden«, sagte sie beiläufig und tätschelte ein geblümtes Kopfkissen.

Luca. Das Sorgenkind von Klein-Roda. Und das sagte sie erst jetzt. »Seit wann? Mitten im Sturm?«

»Wird schon nichts passiert sein.« Marianne schüttelte das Kopfkissen aus und legte es beiseite. »Der hat sich irgendwo verkrochen. Unkraut vergeht nicht.«

»Du hast vielleicht Nerven!«

»Wer einmal lügt ...« Sie wiegte den Kopf.

Dem glaubt man nicht, und wenn er auch die Wahrheit spricht. Bremer kannte diesen und ähnliche Sprüche, nicht nur von Marianne. Sie hielt, wie die meisten im Dorf, Lucas Mutter für eine Fehlbesetzung und Luca selbst ... Na ja. Der Knabe war nicht das erste Mal verschwunden.

»Seit wann ist er weg?«

»Seit Donnerstag.« Marianne nahm die hellblaue Bettdecke vom Fenstersims. »Nicole hat drei Tage gewartet, bevor sie die Polizei angerufen hat.«

Drei Tage Warten. Wie hält man das aus? Andererseits – Bremer erinnerte sich noch gut an das erste Mal, als das ganze Dorf auf der Suche nach Luca war und man schon das Schlimmste befürchtete. Der zwölfjährige Knabe war schön wie aus dem Bilderbuch, mit blondem Prinz-Eisenherz-Haarschnitt und großen blauen Augen – der Phantasie waren keine Grenzen gesetzt, was so einem Kind geschehen konnte. Aber spätestens seit dem dritten Alarm waren alle abgestumpft, auch die Polizei. Man hatte sich daran gewöhnt, daß er verschwand und wieder auftauchte, meistens schon einen Tag später. Aber drei, nein: vier Tage?

»So lange war er noch nie weg.« Selbst Marianne schien beunruhigt zu sein. Und das wollte etwas heißen.

Luca war ein seltsamer Junge. Die Eltern hatten sich schon vor Jahren getrennt, die Mutter lebte seit einiger Zeit mit einem Freund, die Klatschbasen berichteten von lautem Streit, aber Genaues wußte man nicht. Der Junge selbst sagte nichts, er hatte bloß den unstillbaren Drang zu verschwinden.

Einmal kreuzte er bei Bremer auf, setzte sich auf die Gartenbank und sah ihm beim Rosenschneiden zu. Erst nach zwei Stunden sagte er etwas. Er wollte wissen, wie man die Farbe der »Rose de Resht« nennt, einer stark duftenden Damaszenerrose mit dicht gefüllten Blütenrosetten.

Purpur.

Vor dem weißblauen Himmel über ihm zogen zwei Krähen ihre Runden und krahten. Bremer sah Lucas Gesicht vor sich, ernst und ein bißchen verträumt. Vielleicht hätte er sich mehr um den Jungen kümmern sollen?

»Dein Telefon«, sagte Marianne.

Endlich hörte Bremer es auch.

Der alte Wilhelm war dran, wie üblich heiser und kurzatmig. Er war noch immer Ortsvorsteher, auch wenn er jedes Jahr ein bißchen steifer und ein bißchen müder wurde, aber es fand sich niemand, der ihn hätte ersetzen können.

»Paul, kannst du schnell rüber in die Siedlung fahren? Ulla hat angerufen. Bei ihrer Nachbarin stimmt was nicht. Die Frau wohnt allein, du weißt schon, es ist das Haus im Auenweg mit den vielen Bäumen im Garten.«

»Hat Ulla mal nachgesehen?« Gute Nachbarn taten das.

»Nein.« Wilhelm klang verlegen. »Alte Geschichten. Ich erzähl's dir, wenn du zurück bist.«

»Ich fahr gleich los«, sagte Bremer. Er war Wilhelms Hilfssheriff, seit jenem Sommer vor einigen Jahren, als Wilhelm ins Krankenhaus mußte und ausgerechnet ihn, den zugewanderten Städter, um seine Vertretung gebeten hatte. Seitdem gehörte er dazu. Na ja: fast. Auch in Klein-Roda galt der Spruch: Wir haben nichts gegen Fremde, aber sie sollten schon von hier sein.

»Und – Paul? Halt bitte auch sonst die Augen auf. Luca ist wieder verschwunden.«

»Schon seit vier Tagen, hat Marianne gesagt.«

»Viel zu lange. Das macht mir Sorgen.«

Mir auch, dachte Bremer, lief nach oben und zog die Fahrradhose an, dazu ein warmes Hemd und eine winddichte Jacke, lief wieder hinunter und holte das Rad aus dem Schuppen. Alles, was Kinder betraf, weckte Urinstinkte, und Bremer, der es noch nicht einmal zum Onkel gebracht hatte, reagierte wie alle anderen auch. Man hatte hier in der Vergangenheit seine Erfahrungen gemacht mit verschwundenen Kindern. Der kleine Martin war tot gewesen, als ein Suchtrupp ihn entdeckte. Wenigstens Tamara lebte noch, als man sie fand. Das alles grub sich ein ins Gedächtnis und tat immer wieder aufs neue weh.

Gute Nacht
Ich schlafe schon
Luca ist weg
Nicht schon wieder
Ich mach mir Sorgen
Unkraut vergeht nicht

5

»Bringst du mir ein Autogramm mit?«

Nein, Caro. Und nun iß bitte dein Knäcke.

»Wie süß! Ein Autogramm!«

Flo! Hör auf, deine Schwester zu quälen.

»Vielleicht auch noch von der Lohberg, der alten Schachtel?«

Ist schon über 30, also kurz vor der Rente. Oh, Jugend ist grausam.

»Du bist gemein.«

Na ja – nicht, wenn Jugend Caro heißt und erst dreizehn ist.

»Und Papa sagt ...«

Papa sagt gar nichts. Der hält sich raus. Vergiß das Pausenobst nicht, Flo.

»Aber ich möchte gern mit.«

Nein, Caro, kommt nicht in die Tüte. Und jetzt beeil dich.

»Kinder haben da nichts zu suchen. Papa hat doch gesagt ...«

Daß eine Fernsehproduktion harte Arbeit ist und daß man sich als fachlicher Berater von der Polizei am Filmset möglichst unsichtbar macht. Ab in die Schule.

»Ich bin kein Kind! Kann ich nicht wenigstens nach der Schule ...?«

Ich sagte doch: Nein.

»Hast du dich wegen Hannah Lohberg so feingemacht?«

Fein? Ich? Jetzt werd mal nicht frech, Flo. Und nun ab mit euch, Kinderchen.

Kuß rechts, Kuß links, Tschüs, Papa. Tschüs, ihr Süßen. Du hast das Obst vergessen, Flo. Und ich denk noch mal über das Autogramm nach, Caro.

Ein Luftzug. Der Duft nach Pfirsichshampoo.

Kriminalhauptkommissar Giorgio DeLange sah den beiden hinterher und wartete auf das vertraute und beängstigende Geräusch, mit dem die Wohnungstür zuknallte. Dann räumte er den Frühstückstisch ab, verstaute das Geschirr in der Spülmaschine und die Milch im Kühlschrank und schaltete das Radio ein.

»... zwölf Jahre alt. Der Junge hat blonde Haare, blaue Augen, ist schlank und circa ein Meter fünfundsechzig groß, trägt blaue Jeans und eine rote Windjacke ...«

Sachdienliche Hinweise. An die örtliche Polizeidienststelle. DeLange atmete tief ein und wieder aus. Immer wenn es solche Nachrichten gab, wurde er unruhig. Da war ein Zwölfjähriger verschwunden, irgendwo im Hessischen. Sein Verstand sagte ihm, daß der Knabe wahrscheinlich die Schule geschwänzt hatte und sich nun aus Angst vor Strafe nicht blicken ließ. Aber es half nichts. Immer wenn er so etwas hörte, machte er sich Sorgen.

Um Caro und Flo. Um wen sonst.

Beruhige dich, Alter. Der Bengel ist zwölf. Flo und Caro sind vernünftige Mädchen und schon fast erwachsen. Es wird ihnen nichts passieren. Sie werden ihre Partys feiern und die falschen Freunde kennenlernen und viel zu früh irgendeinen Langweiler mit nach Hause bringen, den sie heiraten wollen. Also reg dich ab, DeLange. Alles im grünen Bereich.

Er richtete sich auf, wischte noch einmal mit dem Küchenpapier über die Arbeitsplatte und ging ins Bad. Diesmal sah er sich ins Gesicht beim Rasieren, was er normalerweise vermied, weil es kein schöner Anblick war. Dabei war an jeder scharfen Linie in seinem Gesicht hart gearbeitet worden. Dank an Feli. Dank an den Mann mit dem Messer. Und danke an Flo, fünfzehn, und Caro, dreizehn. Mein Stolz, mein Elend. Beide schön wie die Verheißung. Und jung und unschuldig und unverletzt, und das hoffentlich noch lange.

Er massierte sich einen Klecks Post Shave Healer in die Haut, nutzlose Kosmetik, hatte er mal gedacht, aber seine Haut vertrat eine andere Meinung. Dann bürstete er sich das Haar, das er länger trug als früher, was sogar den Kollegen aufgefallen war, die ihn seither mit launigen Kommentaren begrüßten. »Und? Wie ist sie?« Alle glaubten, er hätte endlich wieder eine Neue. Oder was mit Hannah Lohberg angefangen. Wurde langsam Zeit nach der Trennung von Feli, meinten sie. Aber da war nichts. Und da würde auch nichts sein, solange Flo und Caro bei ihm wohnten.

Ihretwegen nahm er heute das Auto. »Es ist kein Wasser mehr da!« Flo, gestern abend, vorwurfsvoll. »Und denk an die Bionade, Papa!« Caro. Also irgendwo Wasserkisten einladen und bei dem Bioladen auf der Eckenheimer vorbeifahren, damit die beiden Damen ihr Kultgetränk kriegten. Die Generation Bionade. Toll. Er war die Generation Tri Top gewesen. »18 Gläser aus einer einzigen Flasche.« Bevorzugt Kirsch. Und Milch gab es in Schwabbeltüten, die man in einen Extraständer stellen mußte. Platzsparende Verpackung. War damals das Ding.

An allem mußten sie sparen zu Hause. Schon deshalb war er mit fünfzehn Jahren weg. Zur Polizei. Besser, als gleich im Knast zu landen.

DeLange schloß die Haustür hinter sich ab und lief zum Auto auf der anderen Straßenseite. Beim Anfahren hörte er noch die Nachrichten, bevor er die neue CD in den Player schob. Verdi, *La forza del destino*. Keine Meldung über den verschwundenen Jungen. Er war also weder tot noch lebendig gefunden worden. Das eine war keine schlechte und das andere keine gute Botschaft.

Me pellegrina ed orfana. Er zoomte die Lautstärke auf volle Dröhnung. »Mich, die Heimatlose, Verwaiste, treibt ein unerbittliches Schicksal ...« Er konnte sich noch immer nicht zwischen Renata Tebaldi und Maria Callas entscheiden, aber im Moment tendierte er zur Tebaldi. Sie hatte die wärmere Stimme.

»... fort vom Haus meiner Kindheit und fremden Gestaden zu.« Auf die Autobahn nach Frankfurt, immer schön gemächlich auf der rechten Spur, der Tebaldi lauschen und zusehen, wie der Wind ein paar verhuschte Wolken über den Himmel hetzte. Er kannte jede Ecke der Stadt, das Holzhausenviertel und die Nebenstraßen am Bahnhof, das Messegelände und den Westhafen, die finsteren Ecken im Gallus und die Hinterhausidyllen Bornheims. Aber er spürte noch immer die alte Erregung, wenn sie ins Blickfeld kam, die Skyline. Die fernen Türme.

»Heimatgefühle? Du?«

Ja, Feli. Was dagegen, Feli?

»Ach, ich verlasse dich unter Tränen, meine geliebte Heimat ...« DeLange wechselte auf die mittlere Spur und überholte den roten Mazda, der vor ihm herzuckelte, noch langsamer als er selbst. Frau am Steuer? Nein. Ein Außerirdischer. Ein bleicher Mann mit hoher Stirn und einer riesigen Sonnenbrille mit blitzenden Gläsern. Alles Aliens. Mutanten. Er dachte das immer häufiger in letzter Zeit.

Abfahrt Eckenheim. Schon vorbei mit der freien Fahrt. Baustelle. Stop and go, wie immer um diese Tageszeit. Gasgeben. Bremsen. Sich zusammenreißen und weder hupen noch schreien, noch Handbewegungen machen, die jemand richtig deuten könnte. Vorbild sein. Ruhe bewahren. Haltung zeigen. Auch bei blond, Sonnenbrille, dämlich, direkt neben ihm, Mercedes mit Bad Homburger Kennzeichen, warum ist die denn jetzt schon unterwegs, die Geschäfte in der City machen doch erst um zehn Uhr auf. Vielleicht weiß sie das nicht? Das Huhn ahnt ja noch nicht mal, wozu ein Blinker da ist und warum man in den Rückspiegel gucken sollte, auch wenn man sich nicht gerade die Lippen nachzieht.

»Fahr doch nicht so aggressiv.« Feli, früher. Neben ihm, wie sie mit dem Fuß durchs Bodenblech will. »Brems doch!« Caro, auf dem Rücksitz. »Es sind doch nicht alle deine Feinde!« Flo.

Woher weißt du das, Flo? Wachs du mal auf als viertes Kind von viel zu vielen, in den 60er Jahren in Rüsselsheim. Laß du dich mal als Itaker beschimpfen und nach der Schule verprügeln, da lernst du die angesagte Sprache schneller als du »Ciao« rufen kannst. Und bist ein paar Jahre später Klassenbester in

Deutsch. »Nehmt euch ein Beispiel an unserem Jo.« Und kriegst wieder Keile. Da will man doch nicht Deutschlehrer werden, oder? Da wird man was Grausames. Zahnarzt. Oder staatlich lizenzierter Gewalttäter.

Er parkte seinen Ford hinter dem Polizeipräsidium neben dem Peugeot von Frank, der noch immer die Babyschühchen seines Sohnes am Rückspiegel hängen hatte, obwohl der Junge längst studierte. Eine Kollegin, Oberkommissarin, ihr Name war ihm entfallen, auch wo sie eingesetzt war, grüßte und lächelte ihm auffällig aufmunternd zu. Wegen seines guten Charakters, des neuen Blazers oder der interessanten Narben? Er hätte fast vergessen zurückzulächeln.

Er mußte wieder lächeln lernen. Entspannter sein. Weniger zornig. Nimm's doch mal locker, Alter. Feli ist nicht die einzige Frau auf der Welt. Und manche standen auf Typen wie ihn.

»Soll ich vielleicht den ganzen Tag zu Hause hocken und mir die Fußnägel lackieren?« Nein, Feli. Aber mußten es Ölbilder sein? Hätten Aquarelle nicht genügt? Und warum waren die Dinger so groß? Und mußte man damit ein ganzes Reihenhaus zustellen, deins und meins und das deiner Töchter? Für Apfelkuchenbacken wäre Platz gewesen.

»Ach! Und warum hast du nicht gleich deine Mutter geheiratet?«

Hast ja recht, Feli.

DeLange verzog das Gesicht zu einem schiefen Grinsen, während er durch den Innenhof ging. Kriminaloberkommissar Dirks, wie üblich im Schimanski-Look in Jeans und Parka, grinste zurück. Sorry, Kollege, aber du warst nicht gemeint. In den Aufzug. Zwei Jungs von den Spezialeinheiten in Montur. Konnten vor Testosteron kaum ruhig stehen. Der Lichthof. Sein Flur. Abteilung Presse und Öffentlichkeit im Polizeipräsidium Frankfurt. Ausweis vor den Türöffner halten. Durchatmen.

Klara stand vor ihrem Zimmer, weißen Kaffeebecher in der Hand, braun geteert. Auch so eine Sitte. Niemand in der Abteilung wusch seinen Becher ab, das sollte wohl dafür sorgen, daß sich kein anderer daran vergriff.

»Jo! Wie stilvoll!« Sie musterte ihn von Kopf bis Fuß.

Seit er keine Uniform mehr tragen mußte, gab er sich Mühe mit der Kleidung. Die Kolleginnen schätzen das.

»Elegant wie immer!« Sie war verdächtig gut gelaunt. »Alles im grünen Bereich?«

DeLange schenkte ihr ein mattes Lächeln. Alles auf der sicheren Seite. Alles paletti. Alles tranquillo. Alles wie immer. Und verschwand in seinem Büro. Klara sah aus, als ob sie gute Nachrichten hätte. Er wünschte viel Glück. Wenn Klara Merz, Sachgebietsleiterin Allgemeine Öffentlichkeitsarbeit im Polizeipräsidium Frankfurt am Main, die Karriereleiter hochfiel, hatte er Aussicht auf ihre Stelle. Und das bedeutete Besoldungsgruppe A 12 statt A 11. Stand einem alleinerziehenden Vater doch zu, oder?

Ein Tag Abwesenheit, und schon mit E-Mails zugeschissen. Er scannte die wichtigsten im Schnelldurchlauf. Das meiste erledigte sich durch Nichtbefassen. Klick und weg. Anfrage einer Journalistin, ob Polizeihunde Dienstgrade hätten. Aber sicher doch. Später beantworten. Mit einem guten Witz. Zwei Filmproduktionen wg. Komparsen. Gleich erledigen. Beide wollten SEK-Leute, na klar, ist ja die einzige Polizei, die sie noch kennen. Jungs in Sturmhauben, schlank, schwarz und stark. Einsatzfahrzeuge brauchten sie auch. Welche? Unklar. Ob die wissen, was das kostet? Omega Film. Nie gehört.

Die Redakteurin eines bunten Blattes fragte nach der Ehescheidungshäufigkeit bei »PolizistInnen«. Warum sagte sie nicht gleich Bulletten? Und ob die Gefahren des Polizistenalltags dabei eine Rolle spielten. Die Gefahren eher weniger, dachte DeLange. Höchstens der Alltag. Und die Konkurrenz durch die Diensthunde.

Sein Mobiltelefon. Der Weckruf. Er mußte los. Der Regisseur von *Summer of Love* bestand auf einem offiziellen Berater der Polizei am Set. Warum auch nicht. Der Film spielte in den 60ern, wie der Titel schon sagte. Er hatte sich extra Mühe mit der Recherche gegeben und die Komparsen geschult, es mußte alles stimmen: die Fahrzeuge, die Uniformen, das Auftreten.

Es war ja niemand von ihnen damals dabeigewesen.

Das Drehbuch schien brauchbar zu sein, wenn er nach den Szenen ging, die ihn und seine Leute betrafen. Da wußte jemand Bescheid, sogar über Dinge, die er erst hatte recherchieren müssen. Zum Beispiel, was Frankfurter Polizisten damals bei Einsätzen auf dem Kopf trugen. Da kannte sich jemand aus, als ob er dabeigewesen wäre. Damals.

Die Belohnung für all die Mühe: Sie war wirklich sehr nett. Hannah Lohberg. Arbeit konnte so schön sein.

6

Der Wind frischte auf. Bremer trat noch einmal in die Pedale und ließ sich dann die Landstraße hinabtreiben. Er versuchte, nicht an den Rückweg bergauf zu denken, den er früher spielend genommen hätte. Heute nicht. Nicht mit fünf Kilo Übergewicht.

Am Hang hatte der Wind eine Schneise in die Buchenschonung geschlagen. Der grob zusammengezimmerte Hochsitz oben auf der Anhöhe lag auf dem Rücken wie eine tote Kuh, an seinen Beinen hatten sich Laub, Zweige, Papier- und Plastikfetzen gesammelt. Am Himmel segelte ein einsamer Greifvogel, und aus dem Gebüsch am Feldweg stob ein Schwarm Spatzen auf, als er vorbeifuhr.

Gleich nach dem Ortsausgangsschild bog er ab und nahm den Weg hoch zur Grillhütte. Links lag das Holzlager, das Otto Busse und sein Sohn angelegt hatten und immer schwunghafter betrieben, seit auch auf dem Land ein flackerndes Kaminfeuer wieder geschätzt wurde. Das war noch vor ein paar Jahren anders gewesen, als das Hausfrauenmotto lautete: Macht Dreck, macht Arbeit, kommt mir nicht ins Haus.

Rechts ging es in den Auenweg. Die Siedlung aus den 20er Jahren sah aus wie ein Spielzeugdorf aus Disneyland. Die prächtigen Villen mit geschnitztem Fachwerk und ausladenden Balkonen, wie man sie aus den feinen Badeorten des 19. Jahrhunderts kannte, paßten nicht hierhin, in die karge Landschaft aus

Wiesen, Maisfeldern und spärlichen Wäldern, in der nichts gedieh außer Rindern und Schweinen. Der Volksmund hatte die Siedlung »Heinrichs Verhängnis« getauft. Ihr Erbauer war an den acht Häusern pleite gegangen, und nachdem sie jahrelang leer gestanden hatten, waren die alten Schmuckstücke so gründlich renoviert worden, daß alle gleich gesichtslos aussahen. Und alle hatten ordentlich beschnittene Thujahecken, sauber umgegrabene Gartenbeete, Beerensträucher, vielleicht ein paar Rhododendren im Vorgarten.

Alle, bis auf eines.

Bremer wich einer dicken schwarzweißroten Katze aus, die mit gelassener Menschenverachtung über die Straße promenierte.

Nur eines der Häuser zeigte noch immer sein geschnitztes Fachwerk unter den Dachgauben, am Balkon und am romantischen Wintergarten. Doch nur, wenn man genauer hinsah: Das Haus war umstellt von wucherndem Grün, von schwankenden Kiefern und düsteren Tannen, so, als ob es das Sonnenlicht scheute.

Bremer bremste und stieg vom Rad. Das Haus hatte am längsten von allen leer gestanden, erst seit gut einem Jahr wohnte wieder jemand hier. Er hatte die Bewohnerin ein paarmal beim Joggen gesehen, nur flüchtig, sie hatten einander zugenickt, mehr nicht. Alle behaupteten, man müsse komplett verrückt sein, um einen alten, heruntergekommenen Schuppen wie diesen hier zu kaufen und auch noch mutterseelenallein darin zu wohnen.

Verrückt wirkte sie auf Bremer nicht. Sie war eine zierliche Person mit hellbraunen Augen, halblangen weißen Haaren und Haltung, Typ: Vor Rehen wird gewarnt. Also elegante Erscheinung, aber im Kern stabil wie ein Rennradrahmen aus Carbon.

»Also arbeiten hat man die doch noch nie gesehen.« Marianne, der Ausbund einer fleißigen Landfrau. »Hat wohl reich geheiratet.«

Weiber.

Einmal hatte er sie halb gebückt im Garten entdeckt, die

Haare zusammengebunden, in der rechten Hand eine Handschaufel, in der linken einen Blumentopf. Sie hatte hochgeblickt und ihn plötzlich angelächelt. Ihr Gesicht war nicht mehr jung, im Sonnenlicht sah man die Kanten und Furchen, aber es leuchtete. Dennoch hatte er sich nicht getraut, anzuhalten und mit ihr zu sprechen. Sie wirkte nicht unnahbar, das nicht. Aber ein bißchen – na ja: wie nicht ganz von dieser Welt. Unirdisch. Überirdisch.

Jedenfalls nicht wie eine frühpensionierte Lehrerin. Außerdem fuhr sie eine Antiquität, einen roten Mercedes 190 SL, der als einziges Auto draußen auf der Straße stand. Das Haus hatte keine Garage.

Bremer lehnte das Fahrrad an den Gartenzaun. Daß Ulla Abel nicht nach ihr hatte sehen wollen, war ungewöhnlich. Nachbarschaftshilfe gehörte zum Landleben wie Gülle auf den Feldern. Und wenn tatsächlich etwas passiert war?

Der Garten war unaufgeräumt, Bremer kannte ihn nicht anders. Äste auf dem Boden unter den hohen Bäumen, neben dem Gartentor ein umgestürzter Blumentopf. Das Gartentor stand sperrangelweit offen. Er ging durchs Tor über den gepflasterten Weg auf die Haustür zu. Die Haustür war geschlossen, aber das kleine Fenster daneben stand offen. Erst als er näher kam, sah er, daß dem Fenster die Scheibe fehlte. Nur ein paar Glassplitter staken noch im Rahmen. Und es knirschte unter seinen Schuhen. Glasscherben. Warum lagen sie hier draußen und nicht drinnen, was normal wäre, wenn es sich um einen Sturmschaden handelte?

Kein Name neben der Türklingel aus stumpf gewordenem Messing. Er klingelte trotzdem. Kein Laut. Nichts rührte sich. Als er versuchsweise die Klinke herunterdrückte, riß ihm ein Windstoß die schwere Holztür aus der Hand. Eine weiße Katze sprang ihm entgegen und an ihm vorbei.

»Hallo? Ist jemand zu Hause?«

Nichts. Niemand. Und das bei unverschlossener Tür. Die Stille machte ihn unruhig. Und obwohl er sich scheute, ein fremdes Haus zu betreten, sah er in jeden Raum. Die Küche war groß und kalt. Das Kaminzimmer noch größer und etwas wärmer. Die Bücherregale fielen ihm auf und die Tatsache, daß sie voller Bücher waren. Doch Lehrerin? Oder nur Leserin? Im ersten Stock klopfte er, bevor er die Türen öffnete, aber es war nur ein Zimmer bewohnt. Ein Schlafzimmer. Auch hier keine Menschenseele.

Was hatte Wilhelm gesagt? Was hatte Ulla Abel gehört?

Er lief wieder hinunter und hinaus, zog die Haustür hinter sich zu und ging ums Haus herum. Die Nachbarn hielten sich nach hinten heraus gepflegte Rasenflächen, eine Terrasse, einen Grillplatz, aber in diesem Garten gab es nichts als Bäume. Mindestens drei von ihnen hatte es erwischt, soweit er erkennen konnte, zwei Nadelbäume waren umgeknickt, und eine Birke wurde von einer der Tannen gegen das Haus und das Dach gedrückt. Bei jedem Windhauch gab es ein häßlich schabendes Geräusch. Bremer trat näher. Unter dem tief herabhängenden Ast der Tanne schimmerte es weiß. Er beschleunigte seine Schritte. Die Birke knarrte und knarzte, die Tanne zitterte, und unter ihren Zweigen flackerte das Weiß. Er kniete nieder und schob die Zweige zur Seite.

Die Frau hatte die Augen geschlossen und atmete flach. Die linke Hälfte ihres blassen Gesichts war überzogen von schwarzen Rinnsalen, wie eine Faschingsmaske sah das aus, es mußte getrocknetes Blut sein. Wie lange sie wohl hier schon lag? Bremers Blick glitt an der schlanken Gestalt im weißen T-Shirt entlang. Der Baum hatte sie eingeklemmt, der schwere Ast lag über ihren Oberschenkeln. Er schaute wieder hoch. Was würde passieren, wenn er versuchte, sie unter der Tanne hervorzuziehen? Wie schwer war sie verletzt?

Hilfe holen. Aber vielleicht war es dann schon zu spät.

Die Frau gab ein Geräusch von sich, ein mattes Seufzen. Sie war blaß, viel zu blaß. Keine Zeit, um auf einen Krankenwagen oder die Feuerwehr zu warten. Er hockte sich unter den Ast, stemmte ihn hoch und drückte ihn zur Seite. Vom Dach her ertönte ein protestierendes Kreischen – Blech, das dem Druck nachgab, es mußte die Dachrinne sein. Er hielt mit dem Rücken den Ast in Position und zog den regungslosen Körper darunter zur Seite. Dann ließ er den Ast langsam wieder sinken. Für einen Moment herrschte Gleichgewicht, bis sich die Birke mit einem Protestschrei zur Seite neigte und die Dachrinne mitriß. Stille. Bremer horchte auf den Wind und auf den Atem der Frau. Die weißen Haare lagen wie Federn um ihr Gesicht, der Mund schien zu lächeln. Aber die Augen waren geschlossen. Kein Lebenszeichen.

Erst jetzt spürte er die Kälte.

7

Ein Treppenhaus. Altbau mit ausgelatschten Treppenstufen. Schäbiger Putz. Auf dem Treppenabsatz drei Gestalten in Lederjacken und Schnürstiefeln. Und jetzt los. Langsam. Stufe für Stufe. Körperkontakt halten, leise auftreten, nicht schnaufen beim Atmen.

Gut so.

Treppenabsatz. Nach hinten sichern. Nach vorne nicht drükken. Vor allem nicht stolpern. Weiter. Immer vorwärts. Nicht schwitzen. Mit Schwitzehändchen verlierst du gleich die Waffe, Kerl.

Ganz schlecht.

Sichern! Seid ihr blöd? Was macht ihr, wenn hinter der nächsten Biegung einer mit dem Messer steht?

Na also. Das ist besser. Weiter so.

Jetzt die Wohnungstür. Klingeln? Nicht klingeln. Auch recht. Einen Schritt zurück. Ein Tritt. Tür auf. Der Sound von *In-A-Gadda-Da-Vida*, voll aufgedreht. Na dann.

»Und – danke!« Der Regisseur. Martin Vogelsang, ein Hüne von einem Mann mit einem Gang wie ein Brauereipferd. Die Komparsen in den Lederjacken entspannten sich. Auch Giorgio DeLange atmete auf. Hoffentlich war die Szene im Kasten. Seine Leute hatten die Wohnung an diesem Vormittag bestimmt schon an die zehnmal gestürmt. »Ist gutes Training, Jungs«, hatte er ihnen gesagt, aber keiner hatte auch nur die Mundwinkel verzogen.

Der Drehort bewegte DeLange, er kannte ihn gut: Es war das ehemalige Frankfurter Polizeipräsidium an der Friedrich-Ebert-Anlage, heute Partylocation und Kulisse für Filmproduktionen. Und Martin Vogelsang faszinierte ihn. Der Mann hatte eine Geduld wie ein Heiliger oder ein armer Irrer. Dagegen war der Job des Aktenführers selbst bei Mordfällen mit erhöhtem Spurenaufkommen die reine Entspannung.

Sein Ding war das nicht. Geduld. Die oberste Tugend von Ordnungskraft und Sicherheitsorgan. Nicht bei ihm. Vor allem heute nicht.

Er machte sich Sorgen.

Du machst dir immer Sorgen, Alter.

Ja, aber diesmal …

Diesmal. Jedesmal. Immer wenn so etwas in den Nachrichten kam. Immer wenn ein Kind verschwand wie der Junge aus dem Oberhessischen. Das trieb ihn um.

Giorgio DeLange lächelte mit schmalen Lippen in sich hinein, während er auf den Fußballen langsam auf und ab wippte. Die meisten kleinen Schulschwänzer tauchen schnell wieder auf. Die Hälfte der Fälle klärt sich innerhalb einer Woche, vier Fünftel innerhalb eines Monats.

Und trotzdem. Und trotzdem.

»Papa, du siehst zuviel fern.« Flo, total lebenserfahren. Dabei hatte er gestern bloß wissen wollen, was das für ein Kerl war, der sie zur Party eingeladen hatte am Wochenende. »Ein Schulfreund.« Eltern? Beruf? Wohnlage? Asozial oder bessere Kreise, was manchmal das gleiche ist? Migrationshintergrund? »Wir schnupfen nicht alle schon mit fünfzehn Koks.« Nein? Ehrlich nicht? Nicht alle? Nur ein paar?

»Und hast du nicht selbst gesagt, daß man eine verzerrte Wahrnehmung kriegt, wenn man immer alles durch die Polizistenbrille sieht?« Bingo. Die statistische Wahrscheinlichkeit war tatsächlich nicht groß, daß den beiden was passierte. Aber was machen wir gegen den Zufall, den dummen bösen Zufall?

»Und – Pause!« Der Regisseur. Wie erlöst schwatzten alle durcheinander. Die Komparsen zogen die Lederjacken aus, der

Tonmann nahm seine Kopfhörer ab, und sein Assistent ließ die lange Angel mit dem Mikrofon sinken. Die Kameraassistentin mit der strengen dunklen Brille staubte mit einem Pinsel das Kameraobjektiv ab, ein drahtiger Junge mit Pferdeschwanz kam mit einem frischen Akku angetrabt. Und dann strömten alle in die Kantine.

DeLange blieb stehen und spürte, wie ihm das Lächeln gefror. Das spurlose Verschwinden von Kindern war der Albtraum jedes Ermittlers. Aber auch Erwachsene verschwanden. Und irgend etwas an diesem Film erinnerte ihn an einen Fall ... Aber was? Und an welchen? Er kannte den Plot nur in groben Umrissen, er hatte das Drehbuch nicht gelesen. Das tat er nie. Und schon gar nicht die Romanvorlage des Films.

»*Summer of Love*? Das ist ein ganz tolles Buch!« Caro.

»Findet meine Lehrerin auch. Wir hatten das Teil in Deutsch. Ätzend.« Flo. Aufbauend, wie immer.

DeLange tat seinen Job, und der betraf nur die Szenen, in denen Polizei und Kripo eine Rolle spielten. Die meisten Komparsen waren Polizisten, die sich in ihrer Freizeit was dazuverdienten, es gab kaum einen Kollegen, der nicht beim Film arbeitete. Nur DeLange machte den Quatsch hauptberuflich. Und nur einmal hatte er zu fragen gewagt, was das mit den eigentlichen Aufgaben der Polizei zu tun habe. Karla hatte etwas von »Der Fernsehkrimi als kulturelles Scharnier zwischen den Bürgern und ihrer Polizei« gemurmelt und sagte schließlich, nachdem sie sein staunendes Gesicht gesehen hatte: »Damit die Filmfuzzis nicht alles falsch machen.« Das hatte er verstanden.

»So tief in Gedanken?« Hannah Lohberg stand vor ihm und sah zu ihm hoch. Klein, zart, durchscheinende Haut. Grüne Augen mit ein paar goldenen Flecken. Sie duzte ihn seit dem ersten Drehtag. »Das ist so Sitte, beim Zirkus und am Filmset«, hatte sie gesagt und ihn angelächelt. DeLange wurde es warm, aber vorsichtshalber nur ein bißchen.

»Du siehst aus wie ...«

Wie ein überprotektiver alleinerziehender Vater. Ich weiß.

Sie legte ihre winzige Hand auf seinen Unterarm und dirigierte ihn sacht Richtung Kantine. »Erzähl schon«, sagte sie.

Daß ich bei jedem schuleschwänzenden Bengel gleich Angst um meine Töchter habe? Den Teufel werd ich tun. »Weißt du, daß ich hier jede Stufe persönlich kenne?«

Sie blieb stehen und machte große Augen. Ablenkungsmanöver gelungen. »Ach so«, hauchte sie. »Du leistest dir einen Anfall von Nostalgie.«

Nostalgie? Trauer. Er trauerte den Zeiten nach, als das alte Gemäuer noch nicht die heruntergekommene Bruchbude von heute war. Wahrscheinlich war die wilhelminische Architektur des 1914 eingeweihten Baus nie sonderlich anheimelnd gewesen, warum auch, er sollte ja Autorität ausstrahlen. Außerdem hatte die ganze Pracht mal gerade dreißig Jahre gehalten, dann demolierten Fliegerbomben den alten Kasten. Aber für ihn war es der Höhepunkt seiner Karriere gewesen, als er hierher nach Frankfurt versetzt wurde.

Und diese Treppe ... Auch er hatte Spuren auf ihr hinterlassen. Hier war er hoch, als Florentine und Caroline geboren wurden. Hier war er runter, als Feli nach monatelangem Streit endlich auszog. Hier hatte er mit Kollegen gestanden und fast geheult, nach der Beerdigung von Werner und Thomas. Erschossen, vor einer Raststätte an der Autobahn, die Täter nie gefunden. Und hier war er unschlüssig stehengeblieben, als man ihn endlich wieder gesund geschrieben hatte, weil er sich nicht hochtraute zu den Kollegen und in sein altes Büro.

Blut, Schweiß und Tränen. Wörtlich zu nehmen: Der alte Kasten hatte im Unterschied zum neuen Präsidium eine Sauna gehabt. Ja, das Gebäude war alt, verbaut und verbraucht, aber es hatte Seele und Geschichte. Und deshalb fand er unpassend, wofür das Haus mittlerweile herhalten mußte.

Vor der »Kantine« blieben sie stehen. Man hatte improvisiert und Tische und Stühle in den großen Raum gestellt, vor der Tafel standen Kaffeeautomaten und Getränkekisten, tags gab es belegte Brote, zu Mittag etwas Warmes aus großen Töpfen, für die Vegetarier Salat.

»Das war mal ein Konferenzsaal.« DeLange räusperte sich. »Hier haben wir die SoKo Adrian gegründet. Du erinnerst dich an den kleinen Jungen?« Sie mußte sich erinnern. Wer tat das nicht? Ein Blondschopf mit braunen Augen, elf Jahre alt war das Kind, als es erst mißbraucht und dann erschlagen wurde. Fast so alt wie der Junge, der gesucht wurde.

»Ich weiß. Der Mörder hat ihm ein Stück aus der Wange gebissen«, sagte Hannah.

Sie war plötzlich ganz blaß um die Nase. Willst du ihr die Laune verderben, Alter?

»Was einem halt einfällt an so einem Ort«, sagte DeLange lahm. »Und jetzt ist das alles nur noch Filmkulisse.«

In der Kantine herrschte angeregtes Chaos. Er ließ Hannah den Vortritt, als sie sich in die Schlange vor dem Kaffeeautomaten einreihten. Eigentlich hatte er keinen Hunger.

Hannah drehte sich zu ihm um, die dunklen Augenbrauen zusammengezogen. »Und der Täter wurde nie gefunden?«

»Nein.« Aber wir kriegen ihn noch. Wir werden immer besser.

»Kommt das oft vor? Ich meine, daß so ein Fall nie aufgeklärt wird?«

»Immer seltener.« Und immer noch zu oft.

»Und – wenn es zu Ermittlungspannen kommt?«

Ups. Pannen haben wir nicht. Pannen kennen wir nicht. Die gibt es nur im Fernsehen.

»Irren ist menschlich«, hörte er sich lügen. »Aber es kommt glücklicherweise bei uns nicht allzuoft vor.« Nicht allzuoft. Höchstens ein paarmal täglich. Er reichte ihr Tasse und Untertasse.

Nur noch ein kleiner Tisch am Fenster war frei. An den großen Tischen saßen Schauspieler, Crew und Komparsen und waren bester Laune. DeLange rückte Hannah den Stuhl zurecht, holte Besteck, legte ihr eine Serviette hin.

Sie nahm sich Obst, ein bißchen Ananas, ein wenig Mango, ein Spürchen Quark. Hannah Lohbergs Beitrag zum Schlankheitswahn. Aus lauter Opposition griff er zu Rührei mit Schinken.

»Solche Fälle wie der kleine Adrian – belastet dich das?« Sie stocherte in ihrem Obst.

»Ja, natürlich.« Aber wir laufen deshalb nicht dauernd mit Betroffenheitsmiene durch die Gegend, wie ein paar eurer Fernsehermittler.

»Und – findest du es schlimm, wenn wir aus solchen Fällen Unterhaltung machen?«

Er blickte auf. Ihr schüchternes Lächeln fuhr ihm in die Magengrube.

»Ich meine ... Du kennst die Wirklichkeit. Und wir machen Kino daraus.« Hannah musterte konzentriert die Gabel, auf der ein Stück Ananas steckte, und legte sie zurück auf den Teller.

Sollte er ihr die Wahrheit sagen? »Madame, während die Unterhaltungsindustrie ein Krimidram nach dem anderen ausspuckt, nimmt die wirkliche Kriminalität ab. Das Problem ist nur: Die Leute verwechseln das. Das ist das einzige, was gegen ein gutes Stück Unterhaltung mit ein bißchen Mord und Totschlag spricht.« Aber er sagte nichts und aß weiter.

»Wie ist das mit dir? Hast du – ich meine: mußtest du schon mal ...« Sie machte eine delikate Pause.

Jetzt legte er Messer und Gabel beiseite. Irgendwann hatte die Frage ja kommen müssen. Ob er auch schon mal. Ja. Er hatte. Die Folgen spürte er noch heute. Vielleicht sollte er es demnächst gleich beim Kennenlernen sagen? Grüß Gott, ich heiße Giorgio DeLange, ich habe dreimal von der Schußwaffe Gebrauch gemacht, zweimal mit Todesfolge. Ich bin weder abgebrüht, noch habe ich ein Trauma, nur eine Narbe und ein paar empfindliche Nervenstränge. Ich bin auch kein Brutalo oder Alkoholiker, und ich brauche kein Mitleid, sondern ...

»Dreimal, wenn du es wirklich wissen willst.«

»Das ist viel, oder?«

Heureka. Sie hielt nicht alle Polizisten für schießwütige Bullen. Er nickte. »Fast schon karriereschädigend. Aber mach dir keine Sorgen. Einmal in die Luft geschossen. Einmal einen schwerverletzten Hund getötet.«

Ein Schäferhund. Ein wunderschönes Tier. Lag auf einer Schnellstraße neben der Leitplanke. Die Frau, der er ins Auto gelaufen war, stand am Straßenrand neben ihrem verbeulten VW und heulte Rotz und Wasser. Der Hund schlug matt mit dem Schwanz, als DeLange näher kam. Blut. Verdrehte Gliedmaßen. Eine weiße Rippe ragte aus dem goldfarbenen Fell. Am liebsten hätte er den Köter gestreichelt, bevor er abdrückte. Aber das empfahl sich nicht.

Hannah langte über den Tisch und legte ihm die Hand auf den Arm. »Du hast das arme Tier erlöst!«

Sicher. Aber vor allem konnte man so ein Riesenvieh nur tot von der Straße holen.

»Und – das dritte Mal?«

Er spürte, wie der vertraute Schmerz anklopfte, ganz leise, ganz zart, nur mal so, bloß zur Erinnerung. Das Messer hatte ihn an Hals und Kinn erwischt. Haarscharf an der Schlagader vorbei. Ein paar Nervenstränge durchgetrennt. Ein paar Muskeln zerteilt. Den Kieferknochen touchiert. Er hatte noch in die Luft geschossen, bevor ihm das Licht ausging.

Jemand fragte irgend etwas. DeLange schüttelte den Kopf. Jemand nahm ihnen die Teller weg. Es war ihm recht. Und es war ihm auch recht, daß Hannah nach seiner Hand griff.

Er war zu langsam gewesen. Besser als zu schnell. Drei Jahre später hatte er ein Messer gesehen, wo keines war. Manny Koch. Drogendealer. Ein kleiner Fisch. DeLange hatte zu früh und auch noch auf den Falschen geschossen. Aus Schiß.

Das nannte man putative Notwehr. Auch nur ein Wort für unverzeihlich.

»Willst du darüber sprechen?«

Zwei Jahre lang hatten sie gegen ihn ermittelt. Wenn sie zum Schluß nicht auf Notwehr erkannt hätten, stünde er heute nicht hier, sondern hinter irgendeinem Schwenkgrill auf der Dippemess'. Zwei lange Jahre hatten sie gebraucht, bis alle Zweifel ausgeräumt waren.

Alle? Nicht alle, Alter. Nicht deine eigenen.

Er schüttelte den Kopf.

Hannah zeichnete mit dem Finger Kreise in die Wasserlache auf dem Tisch. »Verstehe«, sagte sie.

DeLange suchte nach ein paar auflockernden Worten, nach einem Scherz, einer Anekdote, aber ihm fiel nichts ein. Die Narbe pochte. Das tat sie erst seit dem Tod von Manny Koch. Alles Nerven, meinte der Arzt. Alles Psycho, dachte DeLange.

»Hast du eigentlich das Buch gelesen?«

Welches Buch?

»Das Buch zum Film. *Summer of Love.*«

Er schüttelte den Kopf.

»Das solltest du aber tun. Es ist großartig geschrieben, sehr atmosphärisch, man ist mittendrin, damals. 1968. Da war ich noch nicht einmal angedacht.« Hannah holte den gewaltigen Beutel unter dem Stuhl hervor, den sie wahrscheinlich ihre Handtasche nannte, kramte darin herum, förderte unter seinem staunenden Blick eine Frauenzeitschrift, zwei Äpfel, eine Tube Handcreme und eine Haarbürste hervor – und schließlich auch ein Buch, ohne Schutzumschlag, das gründlich durchgearbeitet aussah.

»Hinterher verstehst du, worum es den jungen Menschen ging. Um Liebe, Schönheit, Freiheit. Ganz einfach. Außerdem ist die Figur der Sascha einfach toll.«

Und das sagte Hannah, obwohl die Sascha von Hedi Baumeister gespielt wurde? Hannahs Figur hieß Angela, genannt Angel. Zwei Blumenmädchen mit tragischem Schicksal, soweit er die Geschichte kannte, wobei Drogenexzesse wohl unter die von Hannah so gerühmte Freiheit fielen.

»Der Fall ist vielleicht nicht direkt was für Männer, die mögen ja keine Liebesgeschichten.« Sie schob ihm das Buch über den Tisch. »Aber wenn du wissen willst, wie das alles damals war ...«

Sie sah ihm in die Augen, während sich ihre Hände berührten.

»Man kann sich das heute gar nicht mehr vorstellen. Dieser Haß. Nur weil junge Leute anders sind, frei sein wollen.«

Irgendein Gedanke formte sich in seinem Hirn, aber Hannahs Augen verwirrten ihn. Und dann klatschte Martin Vogelsang in die Hände und bat um Ruhe.

8

Als Sophie Winter die Augen öffnete, sah sie einen Mann vor dem Couchtisch knien, einen Mann in Parka und verknitterten Jeans, der eine Art Formular vor sich liegen hatte, in das er etwas eintrug. Er war nicht mehr ganz jung, trug die Haare schulterlang und war erstaunlich dünn. Sophie tastete neben sich. Sie lag auf dem Sofa in ihrem Haus, unten, im Kaminzimmer.

»Siehe da! Die Erde hat sie wieder! Sie öffnet die Augen!« Woher wußte er das? Der Mann hatte nicht aufgesehen. Aber jetzt drehte er sich um und hielt ihr die Hand hin.

»Simon Kahlebach«, sagte er. »Außer ein paar Kratzern, einer Platzwunde an der Stirn und einer dicken Lippe sind Sie wie neu. Aber Sie sollten zu Ihrem Hausarzt gehen.«

»Wer sind Sie?« Sie hörte sich flüstern. Und was war passiert?

»Der Notarzt, Frau Winter.«

Der Notarzt. Wieso der Notarzt. Und warum lag sie hier. Und warum war ihr so kalt. Und …

Und dann kam ein weiterer Mann ins Zimmer, ein Tablett in den Händen. Es roch nach Kaffee. Sie setzte sich vorsichtig auf.

»Milch und zwei Zucker, bitte«, sagte der Notarzt, dessen Namen sie gleich wieder vergessen hatte. »Für Frau Winter ohne Milch, dafür mit drei Löffeln Zucker. Wir müssen den Kreislauf wieder in Schwung bringen.«

Zucker? Im Kaffee? Sophie verfolgte die Bewegungen des

Mannes mit dem Tablett mit wachsender Unruhe. Aber der Kaffee war heiß. Das tat gut. Sie legte die Hände um den Becher. Er wärmte.

»Wenn Herr Bremer Sie nicht gefunden hätte …« Der Arzt wiegte den Kopf.

Herr Bremer. Gefunden. Wo?

»Die Tanne ist glücklicherweise nicht auf Sie gefallen, der Baum hat Sie lediglich mitgerissen, das war Glück im Unglück«, sagte der Mann, dieser Bremer, der Name sagte ihr nichts. Er hatte das Tablett auf den Couchtisch gestellt und stand mit verschränkten Armen neben dem Sessel, dem mit dem Kelimkissen, auf dem sich die Katze räkelte.

»Haben Sie eine Ahnung, wie lange Sie da draußen gelegen haben?«

Die Tanne. Sie hatte den Geruch in der Nase, den Geruch von feuchten Tannenzweigen. Sie spürte die kleinen weichen Nadeln auf ihrer Haut. Es war dunkel gewesen. Und kalt. Und da war noch etwas gewesen. Ein Tier? Sie hatte die Zweige knacken und irgend etwas atmen gehört. »Ich – weiß es nicht.«

Der Mann sah sie aufmerksam an. Er sah gut aus. Klein. Drahtig. Wach. Er war zu jung für seine weißen Haare.

»Ich hätte wahrscheinlich nicht nach Ihnen gesucht, wenn die Scheibe des Fensters neben der Haustür nicht zerbrochen wäre.« Eine angenehme Stimme. Sophie lauschte ihr hinterher. Die Stimme zögerte. »Wahrscheinlich ein Sturmschaden. Merkwürdig ist nur … die Glassplitter liegen außen, nicht innen.«

Das Haus. Es wehrt sich. Es schlägt um sich. Es platzt vor Wut. Sie nahm einen Schluck Kaffee und hätte ihn fast wieder ausgespuckt. Das Zeug war viel zu süß.

»Sie hatten nichts an den Füßen. Und dann allein da hinausgehen – bei diesem Wetter …« Er schüttelte den Kopf.

Sophie wunderte sich. Man sorgte sich um sie. Es war ein ungewohntes Gefühl. Es gefiel ihr.

»Ihre Krankenkasse, Frau Winter?« Der Arzt war noch immer mit seiner Schreibarbeit beschäftigt.

Sophie starrte in den Becher mit der schwarzen Flüssigkeit.

Die Krankenkasse. Natürlich. So ein Arzt muß seine Leistungen ja abrechnen.

Der Mann am Couchtisch blickte auf die Uhr, notierte wieder etwas und sah endlich hoch. »Gesetzlich oder privat?«

»Ja«, antwortete sie.

Der Arzt guckte zu dem Weißhaarigen hinüber, sie merkte, wie die beiden Blicke tauschten, besorgte Blicke, als ob sie ihrem Zustand nicht ganz trauten. »Ja«, sagte sie noch einmal, fester jetzt.

Der Arzt legte den Kugelschreiber auf das Formular und griff nach ihrem Handgelenk. »Stabiler Puls«, sagte er. »Aber vielleicht sollten Sie doch ins Krankenhaus gehen. Zur Beobachtung. Ich kann eine Gehirnerschütterung nicht ausschließen.«

Sophie versuchte den Kopf zu schütteln.

»Frau Winter?« Er schob seinen Kopf an sie heran, um ihr in die Augen zu sehen.

Sie bewegte die Lippen.

»Wer ist Ihr Hausarzt?«

Kennen Sie den Witz? hätte sie fast gefragt. Großes Konzert. Stardirigent. Berühmter Pianist. Und in die Stille nach dem ersten Satz ruft einer: »Ist ein Arzt da?« Alle drehen sich nach ihm um. »Hier!« ruft ein anderer und steht auf. »Ahh, Herr Kollege«, sagt daraufhin der erste. »Ist Mozart nicht einfach göttlich?« Sie unterdrückte ein Kichern.

»Ihr Frauenarzt?«

»Ich habe keinen. Ich bin gesund.« Ich bin gesund, dachte sie. Es ist nichts. Ich will, daß sie gehen.

»Na ja.« Der Arzt lächelte, ein wenig ungläubig.

»Geben Sie ihr Zeit.« Der andere, der Weißhaarige. »Der Schock.«

Der Arzt schüttelte den Kopf. »Und Ihr Geburtsdatum?«

Sie schwieg. Sie schloß die Augen. Es ist Februar. Es ist ihr Geburtstag. Sie freut sich seit Wochen darauf. Sie bekommt, was sie sich ersehnt. Einen Freund, der nur ihr gehören wird. Ganz allein ihr. Einen kleinen schwarzen Hund mit schwarzer Schnauze und dunklen Augen.

Und dann ... ist es endlich soweit. Und dann – ist es vorbei.

»Nicht weinen, Liebling.« Mutter. »Nun sei doch vernünftig.« Vater. Im Körbchen unter dem Tisch mit den anderen Geschenken liegt er. Ein Plüschhund. Und die Farbe stimmt auch nicht.

»Ihr Sternzeichen? Frau Winter? Hallo?«

Aber noch schlimmer als die enttäuschten Wünsche sind ihre Erfüllung. Was, wenn es nichts mehr zu wünschen gibt?

»Zwillinge? Schütze? Skorpion?«

»Schmetterling«, flüsterte sie endlich. Vielleicht gingen sie jetzt?

Der Weißhaarige räusperte sich. Es klang, als ob er lieber gelacht hätte. »Ich kümmere mich darum, Herr Kahlebach. Ich lasse Ihnen die nötigen Informationen zukommen.«

Sophie öffnete die Augen, gerade so weit, daß sie den Gesichtsausdruck des Arztes lesen konnte. Aber der kramte in seinem Koffer und reichte dem anderen Mann eine Karte.

»Achten Sie darauf, daß sie genug trinkt«, sagte er. »Ich muß weg. Ein alter Herr, Lungenkrebs, Endstadium. Der wartet auf sein Morphium.«

Sister Morphine, dachte Sophie und horchte einem unbestimmten Gefühl und den Schritten der beiden Männer hinterher. Die Katze sprang aufs Sofa und schmiegte sich schnurrend an ihre Hand.

»Wie heißt du?« fragte Sophie. Und dann: »Was weißt du?«

Der Mann namens Bremer kam zurück und bestand darauf, ihr Wasser zu bringen und das Sofakissen aufzuschütteln. Dabei fand er es. Er hielt das Heft hoch, bevor sie danach greifen konnte. Ein dickes schwarzes Notizbuch mit einem weichen Umschlag, der nach Moleskin aussehen sollte. Der Tintenschreiber steckte in einer Schlaufe an der Seite.

»Das hat sich in der Ritze zwischen den Polstern versteckt. Haben Sie es schon vermißt?«

Das Tagebuch. Sie hatte es seit der vergangenen Woche gesucht. Seit der letzten Eintragung. Sie nahm es in die Hand. Was man nicht versteht, muß man aufschreiben. Und plötzlich hatte sie wieder das böse Kreischen im Ohr, mit dem die Tanne sich über sie senkte. Als ob der Baum es auf sie abgesehen hatte. Sie ließ sich in die Sofakissen zurücksinken und schloß die Augen. Endlich hörte sie die Haustür ins Schloß fallen.

9

Sophie Winter war kein Reh, vor dem man warnen mußte. Sie ist ein eiserner Schmetterling, dachte Bremer, als er außer Atem oben auf der Anhöhe ankam. Im kleinsten Gang. Peinlich.

Was machst du?
Radfahren mit null Kondition
Kein Wunder
Du bist grausam
Ja

Er steckte das Mobiltelefon in die Jackentasche, stieg wieder auf und ließ sich die Straße hinunter nach Klein-Roda rollen. Sophie Winter hatte ihn nicht wiedererkannt. Schade. Sie gefiel ihm. Und wer ein Haus voller Bücher hat, kann kein ganz schlechter Mensch sein.

Auf dem Feldweg empfing ihn der beißende Geruch frisch ausgebrachter Gülle. Das Dorf selbst wirkte wie ausgestorben. Niemand fegte die Gass', kein Kind spielte auf der Straße, kein Auto parkte vor den Häusern.

Er lehnte das Fahrrad an den Gartenzaun, öffnete das Gartentor und ging ins Haus. Seine beiden Tiere hatten sich offenbar entschlossen, dem Wetter zu trauen und auf Pirsch zu gehen, keines begrüßte ihn. Ein Blick in den Kühlschrank sagte ihm, daß er einkaufen mußte. Diesmal nahm er das Auto nach Groß-Roda.

Groß-Roda war nicht viel größer als Klein-Roda, aber es hatte eine frisch angestrichene Fachwerkkirche zu bieten, zwei Bankfilialen, eine durchgeknallte Heilpraktikerin, einen gutbeschäftigten Tierarzt, eine türkische Bäckerei, deren deutsches Brot berühmt war, und ein »kreatives« Fotoatelier für »besondere Aufnahmen«. Außerdem gab es nicht nur Rinder und Schweine, sondern auch Pferde in Groß-Roda, eine zugezogene Lehrerin fuhr jedes Wochenende mit einem prächtigen Friesengespann über die Feldwege. Einer ihrer Nachbarn züchtete Zwergpekinesen. Ein Bach führte durchs Dorf, und einen halben Kilometer hinter dem Dorfausgang lag der Campingplatz, auf dem während der Fußballweltmeisterschaft britische Fans untergebracht worden waren, die allen, die Alkohol verkauften, glänzende Umsätze bescherten.

Vor allem aber gab es in Groß-Roda Jürgen's Lädchen. Den sächsischen Genitiv verzieh sogar Paul ihm mittlerweile. Denn Jürgens kleiner Supermarkt war das Herz der Gegend, Quelle des guten Lebens und unverzichtbarer Umschlagplatz für Informationen aller Art.

Bei Jürgen war die Hölle los. Leere Kühlschränke hatten heute offenbar alle. Bremer kämpfte sich durch die schmalen Gassen zwischen den Regalen, grüßte, klopfte Schultern, tauschte besorgte Blicke. Niemand hatte etwas Neues von Luca gehört. Aber was die häuslichen Verhältnisse bei den Baumeisters betraf, kannten sich alle bestens aus. Manchmal waren ihm seine Nachbarn unheimlich.

Er packte ein, was irgendwie appetitlich schien oder den Katzen schmeckte, und ging dann zum Zeitungsstand. Dort stützte sich Moritz Marx auf seinen Einkaufswagen, die runde Brille mit Drahtgestell in der Hand, die ihn noch immer wie einen Berliner Studenten aussehen ließ, und blätterte in der neuen Ausgabe des *Spiegels*. Ein sparsamer Mann. Und ein Vorkämpfer der nahtlosen Integration in die Dorfgemeinschaft, jedenfalls wenn es um die eigene ging. Moritz Marx war der Beweis, daß friedliche Koexistenz möglich war – auch für einen ehemaligen Kreuzberger unter einer Horde starrköpfiger Oberhessen.

Moritz nickte ihm zu. Sie redeten selten miteinander, es war bekannt, daß sie zu jedem erdenklichen Thema entgegengesetzter Meinung waren. Kürzlich hatte Bremer vom wunderbar warmen Frühling geschwärmt und sich von Moritz eine Predigt über die dräuende Klimakatastrophe eingehandelt. Mumpitz. Seine Nachbarn trauten dem Wetter seit jeher jede Tücke zu. Mal war's zu warm, mal zu kalt, nie war es recht, aber der Landmann fand sich ab, kassierte seine Subventionen und nahm Worte wie »Katastrophe« nur dann in den Mund, wenn damit weitere staatliche Hilfe zu begründen war.

Bremer stellte sich neben Moritz und griff nach der *Gala*. Die las er nur hier. »Es gibt wohl nichts Neues, oder?« fragte er nach einer Weile.

Moritz mochte ein Spinner sein, aber er war der erste, der sich um Nicole Baumeister gekümmert hatte, nachdem Luca verschwunden war.

»Nichts gibt's. Gar nichts. Es ist nicht zum Aushalten. Nur unsere lieben Nachbarn wissen bestens Bescheid!«

»›Also was bei denen zu Hause los war …‹« Das hatte mit kritisch gesenkten Mundwinkeln vorhin am Obststand die Heilpraktikerin verkündet.

»›Und die Mutter nie daheim! Kein Wunder, daß der Junge weggelaufen ist!‹« Moritz war nicht ungeschickt im Nachahmen vertratschter älterer Damen. »Früher gab's das nicht, die Gesellschaft ist schuld, die Schule hat versagt – such es dir aus.« Er hatte müde Augen und zeigte deutliche Anzeichen von Rebellion.

»Keine Spur, gar nichts?« fragte Bremer leise.

»Nein.«

»Was sagt die Polizei?«

Moritz zuckte die Schultern. »Die halten den Ball flach. Die verdächtigen immer erst die nächsten Anverwandten.«

»Statistisch gesehen …«

»Statistisch gesehen! Das hat dein Freund, der Bulle, auch gesagt. Das hilft auch nicht weiter.«

»Gregor Kosinski ist längst pensioniert. Und außerdem hat er recht. Statistisch gesehen sind nahe Angehörige die wahrscheinlichsten Täter.«

»Na wunderbar. Nicole hat geheult, als sie vom Revier nach Hause kam. Und Walter ist gleich danach ausgezogen.«

Walter Manz, Heizungsbauer, Nicoles Freund seit gut zwei Jahren, war nicht von hier, genausowenig wie sie. Aber er kam nicht nur aus Thüringen, man hörte es ihm auch an. Und Luca – Luca schien ihn zu hassen. Beim letzten Mal hatte er »Ich mag den Manz nicht« gemurmelt, als man ihn fragte, warum er schon wieder weggelaufen sei.

Das Undenkbare war möglich. Bremer spürte, wie sich sein Magen zusammenzog.

»Und der Vater?« Werner Baumeister arbeitete als Fahrer bei DHL. Er schien immer guter Laune zu sein, wenn er seine Pakete auslieferte. Aber was sagte das schon aus über seine Qualitäten als Mann und Vater?

»Der hat seinen Sohn seit Weihnachten nicht gesehen. Sagt er.«

»Und was nun?«

Moritz zuckte wieder mit den Schultern. »Abwarten.«

»Was glaubst du?«

»Ich glaube gar nichts. Luca ist ein gerissener kleiner Bengel. Doch normalerweise kommt selbst ein Junge, der mit allen Mitteln wegwill, nicht weit. Von irgend etwas muß er schließlich leben.«

Bremer warf einen Blick in Moritz' Einkaufswagen. Der bekannteste Ökofreak weit und breit lebte offenbar von Tiefkühlpizza, Wiener Würstchen, Gouda und Toastbrot. Moritz blickte ihn gleichmütig an. »Mir egal, ob das gesund ist«, sagte er.

Auch das war neu. Moritz Marx entwickelte sich zum Ketzer. Bremer legte die Zeitschrift zurück ins Regal. »Kennst du Sophie Winter?« Moritz hatte mal für das Bürgermeisteramt kandidiert, er legte Wert darauf, über alles und jeden Bescheid zu wissen.

»Klar kenn ich sie. Das letzte Haus in der Siedlung. Sie wohnt allein in der alten Bruchbude.«

»Sie ist beim Sturm unter einen Baum geraten. Ich hab sie heute morgen gefunden, gerade noch rechtzeitig.«

Moritz setzte sich die Brille auf und musterte ihn. »Soso. Na, das paßt ja. Da werden sie wieder alle vom Fluch erzählen, der auf ›Heinrichs Verhängnis‹ liegt.« Nach einem Blick in Bremers Gesicht lachte er. »Sag bloß, du kennst die Geschichte nicht?«

Bremer zögerte. Dann schüttelte er den Kopf.

»Heinrich Brauer hat sein ganzes Vermögen, das er nach der Jahrhundertwende bei der Eisenbahn gemacht hatte, in die Siedlung gesteckt – in Häuser, die nicht in die Landschaft paßten und erst recht nicht zum Geschmack der ansässigen Bauerndickschädel. Weshalb der verrückte Heinrich kurze Zeit später pleite war und sich auf dem Dachboden des letzten seiner Traumhäuser erhängte.«

»Zufällig in dem, in dem heute Sophie Winter wohnt?«

»Zufällig. Das Haus bringt kein Glück.«

»Dafür dürfte sie es billig gekriegt haben.«

»Schon möglich. Aber das wird ihr egal gewesen sein. Die hat genug Geld. Und deshalb fragt sich jeder ...« Moritz hob die Schultern und breitete die Hände aus. »Warum ausgerechnet dieses Haus? Warum ausgerechnet bei uns? Was will sie hier in dieser gottverlassenen Gegend?«

Ganz eindeutig: Moritz war vom Glauben abgefallen. Normalerweise ließ er nichts auf seine »gottverlassene Gegend« kommen. Und das, fand Bremer, gehörte sich auch so.

»Nicole meint, das hinge irgendwie mit dem Buch zusammen, mit dem sie das ganze Geld verdient hat. Aber ich kann dazu nichts sagen. Ich habe das Werk nicht gelesen.«

»Welches Buch?« Sophie Winter als Privatgelehrte? Das war eine hübsche Vorstellung.

»Kriegst du denn gar nichts mehr mit? Ein Roman.« Moritz klopfte auf den *Spiegel*. »Stand wochenlang auf der Bestsellerliste.« Er sah aus, als ob es ihn freute, Bremer bei einer Bildungslücke erwischt zu haben.

»Da war ich wohl in Dubai«, sagte Bremer bescheiden.

»Oder in Kenia.« In Marokko. Oder in Ruanda. Aber man sollte niemanden neidisch machen.

»Ach so – deshalb.« Moritz' Blick verweilte unanständig lange auf dem, was Bremer vornehm sein Embonpoint nannte, diese leichte Wölbung oberhalb der Taille, das Ergebnis von unzähligen Galadiners und entschieden zu vielen eiskalten Gläsern mit Daiquiri, Mojito oder Tequila Sunrise, die sich zu fünf Kilo Übergewicht summiert hatten.

»Urlaub mit Anne?«

»Schön wär's. Sie war beschäftigt.« Mit so Kleinigkeiten wie der Finanzierung eines Kraftwerks in Ruanda im Austausch für ein paar Schürfrechte in den dortigen Minen, zum Beispiel. Über ihre Deals mit den Scheichs in Abu Dhabi hatte sie geheimnisvoll geschwiegen. Aber nachdem er die Herren mit dem Kopfputz lächeln gesehen hatte, wollte er Näheres nicht mehr wissen.

»Also Sophie Winter …« Moritz wiegte den Kopf.

»… hat ein Buch geschrieben. Das hatten wir schon. Worüber?«

»1968. Freie Liebe, Drogen, Revolution. Irgendwie ist das Thema nicht totzukriegen.« Moritz stellte den *Spiegel* zurück ins Regal.

»Und damit kommt man auf die Bestsellerliste?«

»Es soll spannend sein. Und grausam enden.« Moritz lachte unfroh. »Fast wie im richtigen Leben.«

»Wer's mag«, sagte Bremer. Irgendwie paßte das nicht zu Sophie Winter.

Moritz griff nach seinem Einkaufswagen. »Ich muß dann mal«, sagte er.

Bremer winkte ihm zu und schlug einen Bogen zurück zum Tchibo-Regal, auf der Suche nach annehmbaren Unterhosen. Dann ging er zur Kasse. Lucas Mutter war kein Feigling. Nicole Baumeister half auch jetzt noch in Jürgen's Lädchen aus, thronte hinter dem Förderband und zog mit stoischer Miene die Waren über den Scanner. »Unkraut vergeht nicht«, sagte eine Kundin zu ihr, als sie ihr das Wechselgeld in die Hand drückte. »Der kommt schon wieder, der Kleine.«

»Danke«, antwortete Nicole, als habe man ihr ein Kompliment gemacht. Gleichgültig grüßte sie den nächsten Kunden, aber Bremer lächelte sie an.

»Es tut mir so leid, Nicole«, sagte er leise. Und dann sah er die Tränen in ihren Augen.

10

Es war schon längst Mittag, und sie hatte Hunger. Sophie stand in der Küche und starrte auf die Zettel, die auf dem Küchentisch lagen. »Brot!!« stand auf dem einen, »Frischhaltefolie!!!« auf dem anderen. Und auf den dritten hatte sie »Alles« geschrieben, zweimal unterstrichen und mit einem extradicken Ausrufezeichen versehen. Im Kühlschrank war buchstäblich nichts und in der Speisekammer nichts, worauf sie Appetit hatte. Dabei glaubte sie sich an eine Dose Baked Beans und ein Glas Frankfurter Würstchen zu erinnern, aber im Regal standen lediglich eine Konservendose mit geschälten Tomaten, ein Gläschen mit eingelegtem Knoblauch, ein Glas Sauerkirschen und eins mit sauren Gurken.

Zettel helfen der Erinnerung nur dann auf die Sprünge, wenn man nicht vergißt, sie zu lesen, dachte sie. Sie hatte schon gestern einkaufen wollen. Und jetzt war Jürgen's Lädchen zu, wie immer über Mittag, und sie fühlte sich nicht stark genug, um mit dem Auto in den nächstgrößeren Ort zu fahren. Außerdem mochte sie den großen kalten Supermarkt dort nicht.

Sie blieb stehen, mitten in der Küche, und versuchte es leichtzunehmen. Sich leichtzunehmen. Sie war entsetzlich schusselig geworden. Das Alter? Oder der Baum, der ihr nach dem Leben getrachtet hatte? Ein Schlag auf den Kopf konnte vielerlei auslösen, also auch partielle Amnesie. Teilzeitirresein, dachte sie. Oder ging das tiefer?

Die Kaffeemaschine war noch an. Sie erinnerte sich nicht, sie eingeschaltet zu haben. Sie sollte sie ausschalten. Und ihr Leben organisieren.

Und dann lauschte sie auf das Knacken der Dielen und das Flüstern des Lufthauchs, der sie zu begleiten schien, wo immer sie sich aufhielt – oben im Schlafzimmer, unten im Kaminzimmer. In der Küche. Im Bad. Es war das Haus, das sie einschnürte, wußte sie mit plötzlicher Klarheit. Das Haus, das sie abschnürte von allem Alltäglichen und in ein anderes Kontinuum versetzte. In eine Zeitschleife, in der andere Gesetze herrschen, in der Gegenstände leben und Menschen versteinern.

Draußen rauschte es in den Tannen. Sonnenlicht flackerte durchs Küchenfenster und erlosch wieder. Eine Tür fiel ins Schloß.

Sophie schrak auf und wußte für eine Sekunde nicht, wo sie war. In der Küche, wo sonst. Und wenn sie das alles nüchtern analysierte ... Du fürchtest dich, dachte sie. Und zugleich genießt du die Angst vor etwas Unbekanntem. Dabei ist es dir vertraut wie die Narbe an deiner linken Hand. Sie öffnete das Gurkenglas, steckte sich eine Gurke in den Mund und kaute lustlos. Daß das Telefon läutete, nahm sie erst wahr, als das Klingeln erstarb. Der Anrufer hatte wohl die Geduld verloren. Aber was hatte die Außenwelt hier auch zu suchen? Hier, bei ihr. In einem Haus, das der Schönheit und der Liebe gehört hatte. Einst.

Sophie starrte dem Deckel des Gurkenglases hinterher, der ihr aus der Hand gerutscht und auf den Boden gefallen war. Sie hatte schon vor so langer Zeit vergessen, was Liebe war. Aber sie erinnerte sich immer besser daran.

Die Hochzeit mit Hanswolf, dessen Nachname an ihr klebengeblieben war, hatte mit Liebe jedenfalls nichts zu tun gehabt. Sie war sehenden Auges in eine Falle gelaufen. Und warum?

Weil ich eine anständige Frau werden wollte, dachte sie. Nach all den wilden Jahren und dem Dope und dem Koks und dem Alkohol. Weil ich ankommen wollte. Weil ich ein Reihenhaus mit Gärtchen und einen Mann mit regelmäßigem Einkommen plötzlich gar nicht mehr so spießig fand. Weil ich an ein Kind dachte. Oder an zwei. Wie alle Frauen, die ihren 40. Geburtstag nahen sehen.

Weil ich ein normales Leben führen wollte.

Daß es ein Fehler war, ihn zu heiraten, hatte sie geahnt. Aber Marlene hatte es gesehen. Ihre Fotos waren der letzte Beweis.

Marlene plante einen Bildband zum Thema »Ehen heute«, und da sie eine bekannte Fotografin und Hanswolf eitel war, hatte er zugestimmt, als sie darum bat, die Hochzeit fotografieren zu dürfen. Sophie war nicht wohl gewesen bei dieser Entscheidung. Auf Marlenes Fotos gaben die Menschen preis, was sie womöglich selbst nur ahnten über sich. Nicht weil Marlene sie entlarven wollte. »Sondern weil sie ins Herz der Dinge sieht, schon gut, und diesen esoterischen Quatsch erzählst ausgerechnet du.« Hanswolf. Aber er hatte es später sorgfältig vermieden, auch nur ein Wort zu Marlene und ihren Fotos zu sagen. Schon gar nicht hatte er sich bei ihr bedankt.

Doch selbst Sophie hatten die Fotos zuerst sprachlos gemacht. Man sah eine viel zu elegant angezogene Braut neben einem Mann in ungebügeltem Hemd ohne Schlips unter einem schlabbrigen Sakko. Wenigstens war er rasiert. Man sah zwei ältere Damen, die beiden verwitweten Mütter, deren Gesichtsausdruck zwischen Irritation und Mißbilligung schwankte. Man sah einen steifen Standesbeamten und eine verlegen kichernde Braut. Man sah zwei Menschen, die nicht wußten, was sie taten, als sie ihre Unterschrift unter das Schriftstück setzten, das den großen Schritt »Vom Ich zum gemeinsamen Wir« besiegeln sollte.

Sophie fühlte, wie ihr die Hitze ins Gesicht stieg. Warum hatte sie ihrem Gefühl nicht getraut, das ihr sagte: Ihr paßt nicht zusammen. Ihr liebt euch nicht. Ihr handelt aus Einsamkeit und Verzweiflung, nicht aus freier Entscheidung?

Nichts stimmte. Auch nicht das Luxusrestaurant, in dem sie die Eheschließung feiern wollten. Das Da Bruno galt als Edelschuppen, Tip von einem kulinarisch bewanderten Freund des Bräutigams. Es hätte ihnen zu denken geben müssen, daß das Klasserestaurant in einer der finstersten Straßen des Bahnhofsviertels lag. Jedenfalls fanden sie sich plötzlich vor einer bescheidenen kleinen Pizzeria wieder. Hanswolf hatte blind den Tisch reserviert – er hatte nicht gewußt, daß der Edelitaliener gleichen Namens im Westend lag.

Marlene packte dankenswerterweise die Kamera weg, die Mütter hatten den Anstand, nichts zu fragen und nichts zu sagen, und auch Sophie hatte sich klaglos an den Tisch im Hinterzimmer gesetzt, den die italienische Mamma mit ein paar Fliederstengeln dekoriert hatte. Wahrscheinlich würden sie und der Koch sich ihr Leben lang fragen, wie die verrückten Deutschen auf die Idee gekommen waren, ausgerechnet bei ihnen ein Hochzeitsmenü verspeisen zu wollen. Aber das Pizzabrot war gut, die Stimmung irgendwann auch, und als Hanswolf sich mit dem Ketchup aus einer Plastikflasche bekleckerte, der zu den Spaghetti gereicht wurde, hatte sie Tränen gelacht, was gar nicht gut angekommen war bei ihm. Dabei war es die reine Solidarität gewesen.

Aber so war er eben.

Und das alles, ALLES sah man auf Marlenes Bildern. Es war furchterregend. Und dennoch hatte sie geglaubt, durchhalten zu müssen, geglaubt, daß allwöchentliche Kräche und dauerhaft schlechte Laune dazugehörten zu so einer Ehe. Die Scheidung hatte er eingereicht. Weil sie nicht schwanger wurde.

Plötzlich spürte sie ihre Füße. Die Sohlen brannten, und die Kälte kroch durch die dünnen Pantoffeln. Nein, das war keine Liebe gewesen, ebensowenig wichtig wie all die anderen vorher oder nachher. Der einzige, der zählte, war Conrad. Doch im Grunde hatte es immer nur eine Liebe gegeben, immer nur die eine, der sie nahe sein wollte und der sie endlich nahegekommen war.

Das Buch hatte ihr viel Geld eingebracht. Mehr, als nötig war, um das Haus zu kaufen. Um endlich *da* zu sein.

Sophie ging hinüber ins Kaminzimmer, gefolgt von der weißen Katze, die neben sie sprang, als sie sich aufs Sofa legte. So weiß wie Schnee, so rot wie Blut. Die Katze wußte, wovon die Rede war. Sie hatte alles gesehen.

Das Tier stupste mit dem Kopf nach ihrer Hand, bis sie es streichelte. Das sanfte Schnurren lullte sie ein. Irgendwann wurde ihre Hand müde. Irgendwann dämmerte sie weg und träumte von Schönheit und Liebe und vom Tanzen. *In-A-Gadda-Da-Vida*. Sophie war tief abgetaucht, als das Telefon sie aus dem Schlaf holte.

»Was machst du? Wieso gehst du nicht ans Telefon?«

Aber ich bin doch dran, Regine. Sophie seufzte.

»Du denkst an die Lesung? Und wann fährst du nach Frankfurt zum Filmset? Du weißt, daß du verabredet bist? Mit dem Journalisten? Nikolaus Maurer?«

So viele Fragezeichen. Natürlich, Regine.

Regines Stimme wurde weicher. »Schreibst du auch fleißig?«

»Klar«, sagte Sophie sanftmütig. Nur Tagebuch. Aber das ging Regine nichts an. Das einzige Buch, das sie hatte schreiben wollen, war schon geschrieben. Es gab nichts mehr zu sagen.

»Mir gefällt das nicht, daß du dich so zurückziehst.«

Mir schon.

»Bist du noch dran?«

»Ja, Regine.« Nein, Regine.

»Ich bin ja nur deine Lektorin und will dir nicht in dein Leben reinreden, aber ...«

Sophie schaltete ab. Sie kannte das schon. Regine fand, sie gehöre in die Stadt und nicht aufs Land, auch noch in so ein gottverlassenes Dorf – »meine Güte, Sophie, das ist nicht gesund da draußen, die sind doch alle ein bißchen beschränkt, das müßtest du doch am besten wissen!« Regine empfahl ihr, sich einen richtig netten Mann zu suchen. Regine glaubte, Sophie müsse mehr aus ihrem Erfolg machen. Regine zeigte sich überzeugt, daß es für eine Frau in Sophies Alter unabdingbar war, soziale Kontakte zu pflegen – »und wenn es nur der Besuch irgendeiner Vernissage ist, hörst du, Liebes?«

Sophie hielt den Telefonhörer am ausgestreckten Arm ins Zimmer hinein und sah zu, wie die Katze die weißen Öhrchen spitzte und dann wegdrehte. Regines Stimme war nichts für sensible Wesen.

Regine verstand zwar etwas von ihrem Job, aber sie wußte nichts von Liebe und Schönheit. Und von dem Haus und seinem Zauber, den Sophie plötzlich wieder als unendlich gütig empfand. Vielleicht lag das daran, daß sich die Sonne draußen einen Weg durch Wolken und Zweige gebahnt hatte und den Fleck erhellte, auf dem die Gartenbank stand.

»Und ich wünschte, du würdest dir endlich einen Computer zulegen.«

Ja. Nein. Ich will nicht, dachte Sophie.

»Aber solange du keine E-Mails empfangen kannst, mußt du eben mitschreiben. Bist du bereit?«

Sophie nahm einen Zettel vom Tisch und schrieb sich die Termine auf, eine Lesung in einer Buchhandlung in Bad Soden, eine zweite Veranstaltung in einer »Kulturscheune« irgendwo in der Pfalz. Und legte ihn wieder neben die vielen anderen. »Krankenkasse« stand auf dem einen, »Bremer« auf einem anderen, und sie hatte in beiden Fällen keine Ahnung mehr, woran die Stichworte sie erinnern sollten.

Wird schon nicht wichtig gewesen sein.

11

»Bevor ich es vergesse ...« Martin Vogelsang hatte die Stimme kaum gehoben, aber sofort waren alle still. Der Mann mit der etwas zu langen grauen Mähne hatte seine Leute verdammt gut im Griff. Eine Disziplin wie bei der Polizei. Wer hätte das einem Alt-68er zugetraut. DeLange grinste.

»Wir erwarten ein paar liebe Gäste. Nikolaus Maurer von den *Profilen* arbeitet an einem Porträt von Sophie Winter, der Autorin der Romanvorlage zu unserem Film, und möchte ein paar atmosphärische Eindrücke sammeln.« Ein einsames Buh. »Georg Blumenkron macht Fotos. Den kennt ihr ja. Seid nett zu den beiden.« Protestgemurmel. »Ich hasse es, wenn hier dauernd geknipst wird!« zischte die Darstellerin der Sascha, Hedi Baumeister, eine lange Blondine, die DeLange längst nicht so hübsch fand wie Hannah Lohberg. Journalisten und Bildreporter waren am Filmset offenbar weit unbeliebter als ein Berater der Polizei. Daran hatte er allerdings hart arbeiten müssen.

»Und wenn wir ganz großes Glück haben, wird uns auch noch die Autorin besuchen.«

Kein Laut. Autoren waren offenbar ähnlich hoch angesehen.

»Wir machen in einer Stunde weiter!«

Wieder redeten alle durcheinander. Ein blonder Wuschelkopf stürzte auf Hannah zu, Mareike, die Maskenbilderin, die dafür sorgte, daß sich kein Strähnchen aus Hannahs roter Mähne verirrte, wenn sie vor der Kamera stand. Hannah nickte Mareike zu und folgte ihr.

DeLange erhob sich ebenfalls und war auf dem Weg nach draußen, als Martin Vogelsang ihn abfing.

»Giorgio – hätten Sie mal ein paar Minuten …«

Natürlich hatte er. Und hoffentlich hatte Martin Vogelsang ein Problem, das in ein paar Minuten paßte. Der Mann hatte sich von Anfang an durch Gründlichkeit ausgezeichnet, die man auch Pingeligkeit nennen konnte, schon im ersten Telefongespräch. »Mir liegt daran, daß die historischen Details stimmen. Alles andere …«

Alles andere fällt unter die Freiheit von Kunst und Literatur, hatte DeLange gedacht. Schon verstanden. Hier wird schließlich kein Streifen für den Polizeilehrgang gedreht. Haben wir längst kapiert.

»Und wenn es die Dramaturgie verlangt …«

… dann schieß dir ins Knie, Bulle. Klar doch. Er hatte einen zustimmenden Laut von sich gegeben.

»Wir sind der Frankfurter Polizei natürlich dankbar für Rat und Unterstützung. Andererseits geht es um 1968. Und um es gleich zu sagen: Ich stand damals auf der anderen Seite.«

Nicht mein Problem, hatte DeLange gedacht. Ich war damals sieben.

»Mir ist der Film wichtig. Auch aus biographischen Gründen, verstehen Sie?«

Der Mann hatte gereizt geklungen, und DeLange hätte fast die Geduld verloren. Was machten diese Leute bloß für einen Aufstand? 1968 war lange her. Und soviel er wußte, hatten beide Seiten damals ziemlich viel Mist gebaut.

»Die Verantwortung für Ihren Film liegt ganz bei Ihnen, Herr Vogelsang. Wir halten uns da völlig raus.«

Nach diesem Telefongespräch wurde das Verhältnis zu Vogelsang langsam besser. Und mittlerweile war es fast freundschaftlich. Sie siezten sich zwar immer noch, nannten sich aber bei den Vornamen. Das Du kam wahrscheinlich bei der Abschiedsparty. Spätestens beim Preview.

»Ihre Männer«, sagte Vogelsang und wiegte das Haupt. »Ihre Männer sehen so harmlos aus. Trug man damals keinen Helm bei solchen Razzien?«

»Helme trägt man auch heute lediglich bei geschlossenen Einsätzen, Martin«, antwortete DeLange.

»Also – Sie sind mit der Szene zufrieden?« Vogelsang kaute nervös auf der Unterlippe. »Sie finden das alles realistisch?«

»Sicher«, sagte DeLange. »Sehr.« Eine Notlüge. Um seine Männer zu schonen. Und was sollte er sonst sagen? Realistisch war hier gar nichts.

Aus Sicht der Polizei ist der ganze Krimiquatsch sowieso Mumpitz, hätte er am liebsten gesagt. Bei uns kann man Frauen im Rang einer Kriminalhauptkommissarin suchen. Bei uns gibt es keine einsamen Lichtgestalten auf der Suche nach der Wahrheit. Keine genialen Eingebungen, keine kreative Ermittlungsarbeit, sondern Routine, Bürokratie und unfähigen Nachwuchs, desinteressierte Staatsanwälte, gestreßte Notärzte und heuchlerische Journalisten und, ganz am Ende, ein paar übernächtigte Pflichtmenschen, die sich mit dem geduldigen Bohren dicker Bretter beschäftigen. Bei uns gibt es keinen Fall, bevor nicht die Akte dazu angelegt wurde.

Eigentlich braucht ihr uns nicht. Ihr betreibt Kunst, wir Handwerk. Die Wirklichkeit ist witzlos. Meistens jedenfalls.

Aber im Frankfurter Polizeipräsidium sah man das anders. Klara hielt den Krimiboom für ein Identifikationsangebot an »die Menschen«. Fand das prima, all diese feinfühligen Bildschirmermittler. Sah darin den willkommenen Gegenentwurf zum Klischee vom blöden Bullen. »Wir müssen ein Kulturfaktor sein«, pflegte der Polizeipräsident zu predigen, dessen Lieblingsthema »Bürgernähe und Imagewechsel bei der Polizei« hieß. Na, wenn's der Wahrheitsfindung dient.

Martin Vogelsang seufzte. »Lassen Sie uns kurz über die Verhörszene morgen reden. Ich hätte das gern authentisch.«

Authentisch. Na klar. Ausgerechnet die Produzenten von Träumen pochten auf die Wirklichkeit. Aber warum nicht. An ihm sollte das nicht scheitern. Ausrüstung und Outfit der Polizisten waren Vintage 60er Jahre, direkt aus dem Summer of Love 1968, darum hatte er sich schon vor Monaten gekümmert – und sogar zwei allerliebste VW Käfer organisiert, mit denen man damals zum Einsatz fuhr. Auch wie man seinen Kunden den Dienstausweis hinhält, hatte er mit den Darstellern von Jensen und Herrmann, den beiden Kripomännern, geübt. Und daß der Fußtritt gegen die Wohnungstür gekonnt war – geschenkt. Seine Jungs kannten sich aus. Und er war früher auch nicht ohne gewesen.

Vogelsang fuhr sich durch die Haare. »Das Vernehmungszimmer. Da müssen nicht nur die Tische und Stühle stimmen. Da muß die ganze Atmosphäre den Geist von damals atmen.«

Wenn man das Drehbuch nahm, herrschte damals der Geist von Abu Ghraib. Aber ihm war das mittlerweile egal. Wie sagte Klara immer: »Wenn die Bullen in den Fernsehkrimis so gut wären wie wir, wäre die Geschichte nach zehn Minuten vorbei, Jo, und wo wäre da der Unterhaltungseffekt?«

»Ist alles schon vorbereitet, Martin. Keine Sorge. Das wichtigste bei der Szene sind Ihre Schauspieler.«

Vogelsang schenkte ihm einen Blick wie ein zweifelnder Riesenschnauzer, murmelte »Großartig!«, klopfte ihm männlichherb auf die Schulter und entließ ihn in die Frühlingssonne.

Als DeLange noch rauchte, hatte er oft vor dem Hintereingang zum alten Präsidium gestanden und mit den ebenfalls abhängigen Kollegen konspiriert. Schon deshalb war er ein Fan des Rauchverbots – es beförderte interessante Intrigen. Und es sorgte dafür, daß es selbst im Winter gemütliche Plätzchen zum Draußensitzen gab. Er mochte das. Er rauchte zwar schon lange nicht mehr, aber er brauchte Luft.

Der Hof war zugeparkt. Die weißblauen Wagen des Hessischen Rundfunks standen überall. Dazwischen zwei Wohnwagen für die Schauspieler. Alle anderen parkten in der zweiten Reihe, blockierten die Autos auf den fest vermieteten Plätzen und hofften offenbar, daß niemand kam oder ging.

Er hörte die Stimmen, noch bevor er um die Ecke bog.

»Ei, was glauben Sie dann, wer Sie sind?« Breitestes Frankfurterisch. Weiblich. Wütend. Im besten Alter. Jeans, weiter Pullover, rote Haare, hochgesteckt, wahrscheinlich gefärbt.

»Des geht jetzt schon seit Tagen so. Sie können doch hier nicht alles zuparken! Wo leben wir denn!«

Stiefel mit mittelhohem Absatz. Ohrhänger. Die Hände in die Seiten gestemmt.

»Und die Polizei steht hier rum und dreht Däumchen!«

DeLange grinste in sich hinein, als er die verlegenen Gesichter seiner Leute sah. Die Jungs konnten ja nicht gut »Wir sind eigentlich gar nicht hier« sagen. Und eigentlich sind wir auch nicht die Polizei. Jedenfalls nicht im Moment. Morgen wieder.

Die vier Männer in Blousons und mit Pferdeschwänzen, die neben den zwei mächtigen Bussen mit der Technik standen, taten so, als ob sie das alles nichts anginge, und luden Lampen und Stative aus. In einem der Wohnwagen bewegte sich etwas.

»Liebe Frau ...« Der Schauspieler, der im Film den Kriminalhauptkommissar Jensen gab, hatte seinen Hut aufgesetzt und machte auf echter Bulle.

»Des könnese sich sonstwo hintun, Ihre liebe Frau! Ich will an mein Auto!«

»Verzeihen Sie, aber wir hatten doch alle informiert ...«

»Worüber? Meinen Sie, Sie hätten ein Recht auf Freiheitsberaubung?«

Jensen lief puterrot an. DeLange verzog keinen Gesichtsmuskel, als seine Jungs hilflos zu ihm herüberschielten. Ordnungskräften fiel es auch außerhalb der Dienstzeit schwer, sich aus Streitereien herauszuhalten. Die Filmcrew in den Blousons hatte den Rückzug angetreten. Und Martin Vogelsang ließ sich nicht blicken. Keiner war zuständig. In diesem Moment ging die Tür des größeren der Wohnwagen auf. Hannah Lohberg schwebte heraus, in einem dicken Lammfellmantel über ihrem Flowerpower-Pop-art-Kleid.

Die Lohberg bewegte sich zielstrebig auf die protestierende Frau zu, legte ihr die feinen Finger auf den Unterarm und flüsterte ihr etwas ins Ohr. Die Frankfurter Furie war schlagartig still. Erst ungläubiges Staunen, dann so etwas wie ein Lächeln und schließlich schallendes Gelächter.

»Ihr seid doch nicht ganz echt«, sagte die Frau. Die Lohberg schüttelte den Kopf. »Ihre Adresse«, sagte sie. »Sie kriegen eine Einladung zum Preview. Sie kommen doch, oder? Mir zuliebe!«

Die andere kramte in ihrer Handtasche, holte ein Kärtchen hervor, das Hannah huldvoll entgegennahm, breitete die Arme aus – Kapitulation! –, lächelte und ging.

DeLange hätte Hannah am liebsten geküßt. Aber Mareike stürzte schon wieder auf sie zu, musterte kritisch ihr Gesicht und fuhr ihr mit der Puderquaste über Stirn und Nase. DeLange sah fasziniert hin. Und dann blickte sie auf. Sie lächelte. Sie schwebte auf ihn zu. Sie strahlte ihn an. Eine göttliche Erscheinung.

Starr doch nicht so, DeLange, dachte er.

Sie lächelte und lächelte, und endlich lächelte DeLange zurück. Doch sie ging an ihm vorbei. Langsam drehte er sich um. Hannah umhalste einen großen, überschlanken Mann mit glattrasiertem Kopf. Küßchen links, Küßchen rechts. Hinter den beiden ein Mann mit Mütze, die Fototasche über der Schulter.

Das mußte der angekündigte Besuch sein. Und Hannah ...

DeLange fühlte sich entblößt. *Das* hier war ihre Welt. Und nicht die Welt eines leidlich gut gekleideten Kriminalhauptkommissars, der beim Gedanken an einen von ihm eigenhändig erschossenen kleinen Drogendealer Schmerzanfälle kriegte.

Er kannte das Gefühl, das ihn soeben wieder überwältigte, stellte die Beine ein wenig auseinander, ging leicht in die Knie und faltete die Hände auf dem Rücken. So, wie ein Bulle eben steht, wenn er so tut, als ob er entspannt wäre.

Das Gefühl. Ein Scheißgefühl. Es sagte: Du hast den falschen Beruf, Itaker.

Er zog sich in die Kantine zurück, während die anderen weiter drehten, und vertiefte sich in das Buch der Autorin, die er ja demnächst zu sehen bekommen würde. Er vergaß die Sorge um Flo und Caro. Er dachte nicht mehr an den verschwundenen kleinen Jungen. Am Ende des Drehtags vergaß er, Hannah ihr

Buch zurückzugeben. Er vergaß sogar, sie anzulächeln, als sie aller Welt – und vor allem dem glatzköpfigen Journalisten – Luftküsse zuwarf, bevor sie davonschwebte.

Während er nach Hause fuhr, langsamer als sonst, ahnte er, woran das Buch ihn erinnerte. Er sah das Gesicht vor sich, das Gesicht einer Frau. Ein besonderes Gesicht. Ein atemberaubend schönes Gesicht.

12

Die Katze weckte sie. Das Tier stand auf ihrer Brust, hob und senkte die Vorderpfoten in einem gleichmäßigen, auffordernden Rhythmus und schnurrte laut. »Mein armer Schatz!« Sophie strich der Katze über den seidigen Kopf. Ihr Name. Er war zum Greifen nahe. »Hunger?«

Getroffen. Das war ein Wort, auf das sie hörte. Die Weiße sprang mit einem Satz hinunter und galoppierte mit trommelnden Pfoten und hoch aufgerichtetem Schweif voraus in die Küche. Sophie rollte sich vom Sofa, ein bißchen steif und entschieden langsamer.

In der Küche roch es nach angebranntem Gummi. So ekelhaft stank nur verschmurgelter Kaffee. Die Katze saß erwartungsvoll vor ihrem Freßnapf. Leise mit sich schimpfend, holte Sophie eine Dose aus der Speisekammer, zog den Deckel auf und löffelte die Bröckchen in einen sauberen Napf. Während das Tier wie ausgehungert fraß, erneuerte sie das Wasser im Trinknapf. Dann schaltete sie die Kaffeemaschine aus, ließ heißes Wasser in die Glaskanne laufen, in die sich der Kaffee eingebrannt hatte, räumte die Kaffeebecher in die Geschirrspülmaschine und stellte die Zuckerdose zurück ins Regal.

Die Katze war auf den Tisch vorm Fenster gesprungen und versuchte eine Fliege zu fangen, die immer wieder brummend und surrend gegen die Fensterscheibe prallte. Sophie schaute zu und dann hinaus. Da steht jemand am Gartenzaun, dachte sie eine Schrecksekunde lang. Aber das konnte nicht sein. Sie erwartete niemanden.

Der Himmel trübte sich ein, die Bäume wiegten sich träge, ein Buntspecht untersuchte den Stamm der Kiefer, die Fliege blieb kreiselnd auf dem Fensterbrett liegen. Es knackte, als die Weiße sie verschlang.

Die Kirchturmuhr schlug, vier Mal, wobei man den zweiten Schlag nur erahnen konnte. Als ob das Uhrwerk einen Schluckauf hätte. Vier Uhr nachmittags. Wo war die Zeit geblieben?

Als sie die Treppe hochlief, merkte sie, daß sie die Pantoffeln neben dem Sofa stehengelassen hatte. Ihre Füße waren nackt.

Die Tür zum Schlafzimmer stand offen. Drinnen war es so dunkel, daß sie das Licht anmachen mußte. Das Zimmer sah aus, als ob der Sturm hindurchgefegt wäre. Auf dem Holzfußboden eine Pfütze, es hatte offenbar reingeregnet. Die Bettdecke zurückgeschlagen, das Kissen nicht aufgeschüttelt. Der Kerzenleuchter neben der Blumenvase auf der Biedermeierkommode umgekippt. Und auf dem Korbstuhl neben der Kommode ein schmutziges weißes T-Shirt.

Sie ging hinein, stellte den Leuchter wieder auf und strich über das honigfarbene Holz der Kommode. Ihr Blick fiel in den Spiegel. Ein müdes Gesicht. Alte Augen. Ungekämmte Haare. Was war los mit ihr, zum Teufel?

Ihr Blick ging durch das Zimmer, ihr Reich, ihr Refugium, ihr Heiligtum. Sie sollte sich endlich vernünftige Schuhe anziehen, hinunterlaufen, Eimer und Putzlappen holen. Das Bett machen. Sich waschen, schminken, die Haare kämmen. Den Tag beginnen, bevor er vorüber war. Sie bückte sich, streichelte die Katze, die ihr gefolgt war, hielt inne. Das Geräusch. Sie hatte es schon die ganze Zeit gehört, unterschwellig, sie hatte sich keine Gedanken darüber gemacht. Plötzlich war es ganz nah. Eine Motorsäge. Männerstimmen. Rufe.

Sie drehte sich um. Ein Schatten vor dem Fenster. Ein Laut, wie von einer verzogenen Tür, die mit Gewalt geöffnet wurde. Ein langer Klageton von gequältem Holz und Metall. Das Haus vibrierte. Sie tastete hinter sich, nach der Türklinke.

So hatte sie damals in der Tür gestanden, an dem Tag, an dem ihre Welt aus der Umlaufbahn geriet. Der Raum mit den schwarzen Wänden. Das Che-Guevara-Poster. Auf dem Bett die Decke aus Kaninchenfell. Und darauf …

Die Kerze fiel aus dem Leuchter. Der Spiegel über der Kommode löste sich von der Wand, in Zeitlupe, rutschte hinunter, schlug auf der Kommode auf, fiel vornüber, fegte die Blumenvase von der Platte und den Kerzenleuchter und zerschellte mit dem Versprechen von sieben Jahren Unglück.

Draußen rauschte es, es klang wie ein gewaltiger Wind in den Blättern der Bäume. Holz barst. Vor dem Fenster wurde es hell. Sophie stand wie gelähmt an der Tür und blickte auf die Scherben. Und dann hörte sie den Aufprall. Irgend jemand hatte die beiden Bäume vom Haus gezogen.

Als die Katze mit ihren weißen Pfötchen ein großes glitzerndes Stück Glas über den Boden dribbelte, schreckte sie auf. Sie lief hinunter, holte Kehrblech und Handfeger aus der Küche und fegte die Scherben zusammen. Das Kehrblech nahm sie wieder mit nach unten und kehrte mit Wassereimer und Wischtuch zurück. Die Katze verfolgte jede ihrer Bewegungen, schlug mit der Pfote nach dem Wischlappen, jagte einer Spiegelscherbe hinterher, und sprang schließlich aufs Bett, wo sie sich mit irgendeinem Spielzeug vergnügte. Als Sophie das Wischtuch ausgewrungen hatte und zusammen mit dem Putzeimer wegstellen wollte, sah sie die Blutspuren. Auf dem Boden und auf dem Bett.

Sie packte die Katze, die sich kokett sträubte. Aber das Tier war nicht verletzt, trotz der blutigen Pfotenspuren auf dem weißen Laken. Sie nahm ihm sein Spielzeug fort und setzte es behutsam vor die Tür.

Dann hörte sie das Telefon. Wieder lief sie die Treppe hinunter, wieder mit nackten Füßen, was sie erst merkte, als sie unten angekommen war. Das Telefon war unterdessen verstummt. »Unbekannter Teilnehmer« stand auf dem Display. Regine? Vielleicht. Egal.

Sie griff nach der Zeitschrift, die auf dem Küchenstuhl lag, und ging hinüber ins Kaminzimmer. Zettel lagen auf dem

Couchtisch, sie mußte sich um irgend etwas kümmern, es war wohl wichtig. Später.

Als sie sich aufs Sofa sinken ließ, sprang die Katze auf ihren Schoß und schnurrte. Sie hatte das Spielzeug im Maul, das Sophie ihr weggenommen hatte, und ließ es fallen.

»Alisha. Mein Schatz. Ein Geschenk?«

Sophie nahm das Bündelchen auf. Ein roter Lederbeutel an einem langen Riemen, bestickt mit Perlen und Federn, sie kannte ihn, es war ein Medizinbeutel, ein Beutel für Amulette und zauberkräftige Kräuter, angeblich Indianerhandwerk. Das trug man damals, als die Welt voller Blumen, Liebe und Magie war. Ihre Hände strichen über den Beutel, glätteten die Federn, entwirrten die Perlenschnüre. Man konnte ihn um den Hals tragen. Zwischen den Brüsten. Das Leder wurde warm durch den Körperkontakt, weich, anschmiegsam. Und es duftete nach Sandelholz und Myrrhe. Sie ließ die Lederriemen durch die Finger gleiten und vergaß die Zeit. Draußen der Wind in den Bäumen. Drinnen ein Lufthauch, als ob das Haus zu sprechen versuchte.

Irgendwann schreckte sie auf, mit rasendem Puls, da war etwas, das sie nicht vergessen durfte. Sie stand auf, schlüpfte in die Pantoffeln, lief hoch, zog sich im Schlafzimmer aus und ging ins Bad. Erst als sie unter der Dusche stand und ihre Füße brannten, entdeckte sie die tiefen Kratzer in den Fußsohlen.

Nackte Füße. Scherben. Und sie hatte nichts gespürt.

Das Haus zieht sich zusammen. Es wird enger, es rückt immer näher. Es raubt mir die Luft, es läßt mich nicht mehr frei.

Es bewegt sich. Es schaukelt. Es wiegt mich in den Schlaf. In die Bewußtlosigkeit. Ich muß wach bleiben. Ich bin so müde.

Wenn ich nicht aufpasse, wenn ich die Augen schließe, wenn ich mich nicht konzentriere, sehe und rieche und höre ich Dinge, die nicht da sind. Das Bett die rote Decke der Spiegel. Süßer Rauch in der Luft, Patschuli. Und Vanille. Blütenblätter auf dem Boden, Rosenblätter, wie hingetupft, eine samtrote Spur. Ein leiser Klang, ein Feenklang, glockenhell, gläsern, vom

Wind bewegt wie die langen weißen durchsichtigen Tücher vor dem Fenster. Musik. Sehnsuchtstöne.

Im Spiegel sehe ich wie durch einen Schleier langes blondes Haar und blaue Augen unter hohen Brauen. Ich trete näher. Sie tritt näher. Ein Hauch geht über das Glas, macht es opak, verschleiert das Bild, hüllt es ein. Bricht es entzwei.

Das Haus hat den Spiegel zerschlagen. Auf dem Boden blutige Fußspuren. Und überall die weiße Katze. Alisha.

13

Als Bremer die Einkäufe ausgepackt, geputzt, gesaugt, die Bettwäsche gewechselt und den Katzen Putenhäppchen serviert hatte, war der Tag fast vorbei, und ihn überfiel die tiefe Trauer eines enttäuschten Liebhabers. Klein-Roda war ihm wie das Paradies vorgekommen, als er endlich zurück war von der langen Reise mit Anne. Nichts gegen Dubai, aber die Suite im Emirates Palace war viel zu groß und ungemütlich gewesen, die sechs Flachbildfernseher ließen sich nicht ausschalten, und die goldenen Wasserhähne hatte man spätestens beim Zähneputzen in der Hand. Außerdem hielten die da unten nichts von Weißwein.

Als er nach neun Stunden Flug und drei Stunden Autofahrt in Klein-Roda angekommen war, hatte er Herzklopfen gehabt. Ob sie ihn wieder aufnahmen, die Katzen, sein Dorf? Das Haus hatte eher abweisend gerochen, nach feuchten Wänden und halbkompostierten Mäuseleichen. Auf dem Küchentisch ein Stapel Post, die Marianne alle paar Tage aus seinem Briefkasten gefischt hatte, darunter jede Menge verregneter Werbeprospekte und kostenloser Zeitungen, die schüchterne Mädchen und gehbehinderte Rentner in seinen Briefkasten stopften, obwohl dort seit Jahr und Tag ein »Nein, danke!«-Aufkleber pappte. Draußen verrottete das Laub auf den Wegen zwischen den Beeten, in denen die ersten Krokusse den letzten Schneeglöckchen begegneten. Das Haus sah schäbig aus, wie immer im Frühjahr, bevor der Wein ausgetrieben hatte und den grauen Putz gnädig verhüllte.

Aber schon am nächsten Tag war alles wieder gut. Die Katzen zierten sich nicht lange, sobald er Futter und Schmeicheleien aufbot, und nach und nach kamen auch die Nachbarn vorbei und taten, als ob sie Bremer vermißt hätten.

»Wird Zeit«, hatte Erwin gemurmelt, der kaum noch hustete, seit er das Rauchen aufgegeben hatte. Fast fehlte einem was.

»Na, endlich gehen hier abends wieder die Lichter an.« Gottfried brachte einen Zehnerkarton mit frischen Eiern mit. »Macht keinen Spaß, auf ein düsteres Loch zu gucken.« Gottfried und Marie wohnten am Friedhofsweg mit direktem Blick auf Bremers Hütte, weshalb ihnen nichts entging: ob er Besuch kriegte, den Gartenzaun strich, die leeren Weinflaschen zum Container brachte oder Postpakete bekam.

»Hast du schon gehört?« Marianne. Sogar der aktuelle Klatsch über die Ereignisse in Klein-Roda und um Klein-Roda herum hatte ihm all die Monate über gefehlt. Und als auch noch Wilhelm anrief, um ihm aufzutragen, mal nach den Gullys auf der Hauptstraße zu schauen – »die haben Sturm und Regen angesagt, und wenn der ganze Dreck nicht ordentlich in den Kanal geht …« –, als er der rauhen Altmännerstimme des Ortsvorstehers lauschte, packte ihn eine derart elementare Rührung, daß er fast ein paar Tränchen verdrückt hätte. Die Diagnose war eindeutig, und sie schreckte und freute ihn zugleich: Er hatte Heimatgefühle. Er hatte Klein-Roda vermißt. Er hatte tatsächlich in der schönen großen weiten Welt Sehnsucht gehabt nach einem kleinen stinkenden Dorf in einem abgelegenen Landstrich Deutschlands.

»Du verbauerst.« Eine stehende Redewendung von Karen Stark, dem Superweib aus der fiebernden Metropole am Main. »Komm wieder in die Stadt, damit du mal was anderes riechst als Gülle und Schweinestall. Lüfte dich aus.«

Es war ein alter Streit zwischen ihnen. Er hätte sich eine Wohnung in der Stadt leisten können. Ein Aktienpaket, das 2001 den Gang aller anderen Aktien gegangen war, nämlich nach unten, tief in den Keller, weshalb es sich damals noch nicht einmal gelohnt hatte, es zu verkaufen, hatte seitdem in seinem Schneewittchensarg gelegen und geschlummert, von aller Welt, vor allem von ihm, vergessen. Heute war es eine runde, pralle Schönheit, und zusammen mit dem Erbe seines Vaters bildete es ein Vermögen, von dem er sich zwar keine Suite im Emirates Palace in Abu Dhabi leisten konnte, aber mit Leichtigkeit ein geräumiges Loft in Frankfurt, vielleicht sogar in einem der neuen Apartmentblocks direkt am Main, mit Bootssteg. Die Rückkehr in die Stadt lag im Trend, niemand träumte mehr von der Idylle im Grünen, noch nicht einmal Eltern mit Kleinkindern. Aber irgend jemand mußte sich dem Trend ja widersetzen. Er liebte die etwas größere Gartenhütte, die er sein Haus auf dem Lande nannte. Paul Bremer, Beruf: Anachronist.

Und was erwartete ihn schon in Frankfurt? Eine gute Freundin, die nie Zeit hatte. Sie hätte längst mal zurückrufen können. Ebenso wie Gregor Kosinski aus dem Nachbardorf, der völlig ausgebucht tat, seit er aus dem Polizeidienst ausgeschieden war.

Klein-Roda war sein Paradies. Seine Spielzeugeisenbahnlandschaft, in der er die Weichen stellte. Sein Auenland. Sein ungetrübtes Glück. In diesem Paradies hatten verschwundene kleine Jungen nichts zu suchen. Und auch keine Frauen mit Rehaugen, die zerbrechlich aussahen und in Wirklichkeit eiserne Schmetterlinge waren, auch wenn sie zurückgezogen lebten und sich noch nicht einmal die Nachbarin um sie kümmerte.

Das Buch? Er hätte sich nach dem Titel erkundigen sollen. Interessant, daß sie schrieb. War das vielleicht der Grund, warum Ulla Abel nicht nach ihr gesehen hatte? Weil man Schriftsteller für exzentrisch hielt, nicht von dieser Welt, zu intellektuell, unnahbar? Unwahrscheinlich. In Klein-Roda wußte man, was Städter und Intellektuelle vom Dorfleben hielten – und man wußte auch, daß man es besser wußte.

Er war an eines der Bücherregale im Kaminzimmer gegangen, während der Notarzt Sophie Winter untersuchte. Ihre Bücher wiesen keine systematische Ordnung auf, allerdings gab es zwei Regalbretter mit Fachliteratur. Über das Drehbuchschreiben, über Kameraarbeit, über Fernsehdokumentationen. Also hatte sie etwas mit Film und Fernsehen zu tun gehabt.

Beim Kaffeekochen in der Küche hatte er sich gefragt, wie es sich wohl lebte, so allein in einem so großen alten Kasten. Die Küche wirkte aufgeräumt, aber nicht gerade gemütlich, schon ihrer Größe wegen. Der Kühlschrank brummte, ein älteres Modell, bestimmt ein Stromfresser. In der Obstschale auf der Anrichte lagen eine Gewichtsmanschette, wie Jogger sie benutzten, um auch die Arme beim Laufen zu trainieren, ein Füllfederhalter und eine aufgerissene Tüte Fishermen's Friend. Im Regal neben der Spüle und dem Wasserkocher standen Marmeladengläser, eine Blumenvase, eine Buchstütze, eine Tüte Haferflocken, ein Glas Marmite und eine Packung Fencheltee. Unter dem Fenster zwei Stühle an einem Tisch, der groß genug war für ein spartanisches Frühstück zu zweit. Aber wahrscheinlich saß sie jeden Morgen alleine hier.

Und dann hatte er den Küchenschrank geöffnet, auf der Suche nach Kaffeebechern. Erst hatte er nicht begriffen, was er da sah: Zwischen den Tassen, Bechern und Schüsseln lagen Knochen. Weiße Knochen, sorgfältig arrangiert, ihrer Größe nach von Hasen oder Katzen. Ein Rattenschädel war auch dabei. Und der Unterkiefer eines größeren Tiers, könnte der eines Schafs gewesen sein. Oder eher eines Lamms. Es hatte ihn seltsam berührt. Warum sammelte sie Knochen? Aus Sentimentalität? Als Talismane? Oder als Rohstoff für schamanische Riten und Zaubertränke?

Eine Hexe. Das würde passen. Und es würde erklären, warum sie dir so gut gefällt, dachte Bremer und verzog den Mund zu einem spöttischen Lächeln.

Seine Laune hatte sich wie durch ein Wunder gehoben. Er lief kurz entschlossen nach oben und zog sich um, holte das Fahrrad aus dem Schuppen, schob es auf die Straße, schwang sich in den Sattel, trat kräftig an und fuhr der Abendsonne entgegen. Er mußte wieder Form kriegen, weniger essen, mehr radfahren. Fünf Kilo weniger bis Pfingsten! Der Mensch braucht Ziele.

Bis zum Ortsausgang begleitete ihn der Duft aus Willis

Schweinestall. Erst am Rande des Wäldchens begann die Luft nach feuchter Erde zu riechen. Und auf der Straße nach Groß-Roda war das Gefühl wieder da: der Traum vom Fliegen. Oben ein einsamer Milan, unten ein einsamer Mann, beides seltsame Vögel, beide frei. Bremer senkte den Kopf mit dem kurzen weißen Haar und duckte sich mit einem Juchzer in die Kurve.

Kurz vor dem Ort waren Karlheinz und Ingo von der Gemeinde mit dem Zerkleinern einer Scheinakazie beschäftigt, die zerborsten am Straßenrand lag. Bremer bremste.

»Wieder im Land?« Karlheinz hielt ihm die Pranke hin und drückte seine Hand, bis es weh tat.

»Hab ich euch etwa gefehlt?«

»Wie die Hühnergrippe.« Ingo grinste.

Bremer lächelte noch immer, als er nach der Abkürzung über den Feldweg wieder zu Hause einlief. Die Sonne war untergegangen, und ein Wolkenband am Horizont hatte ihren rosigen Widerschein geschluckt.

Keine Nachricht von Anne. Keine von Karen.

Vermisse dich

Er schickte die SMS an beide.

14

Im Korbstuhl bewegte sich ein Schatten und blähte sich auf. Über ihrem Kopf knisterte es. Am Fuß der Kommode flackerten kleine Lichter. Sophie setzte sich auf und unterdrückte einen Schrei. Es ist nichts, dachte sie und holte tief Luft. Es ist nur der Mond. Im Mondlicht kehrt sich alles um – das Lebendige erstarrt und das Tote erwacht.

Sie zitterte vor Kälte, aber sie schob die Bettdecke von sich und stand auf. Fast hätte sie geschrien vor Schmerz. Ihre Füße. Sie ging wie auf Rasierklingen. Vorsichtig schlüpfte sie in die Pantoffeln, tastete sich vor zur Tür, wanderte wie in Trance die Treppe hinunter und öffnete die Haustür.

Auf der Gartenbank hockte die Katze und starrte ins Gebüsch. Das Mondlicht zeichnete Schneisen auf den Boden unter den Nadelbäumen. Er war weich wie junges Moos.

Die Katze sprang von der Bank und lief vor ihr her. Unter einem Strauch blieb sie hocken, einem Strauch mit graugrünen Nadeln, an dessen Zweigen silbrig glänzende schwarzblaue Früchte hingen. Sophie trat näher. Der Duft des Wacholders trieb ihr die Tränen in die Augen.

Und dann hörte Sophie die Stimme des Vogels, ganz so wie früher.

»Mein Mutter der mich schlacht,
mein Vater der mich aß,

mein Schwester der Marlenichen
sucht alle meine Benichen,
bindt sie in ein seiden Tuch,
legt's unter den Machandelbaum.
Kiwitt, kiwitt, wat vör'n schöön Vagel bün ik!«

Sie wischte sich die Tränen aus den Augenwinkeln, knickte einen der Zweige ab, an dem die Wacholderbeeren schon reif zu sein schienen, und ging weiter.

Der andere Geruch fuhr ihr erst in die Nase, als sie am Zaun zum Nachbargrundstück angelangt war. Er war so gegenwärtig und so vergangen wie die Stimme des Vogels. Jemand hatte einen Eimer Gülle über den Johannisbeersträuchern ausgeleert.

Sophie schüttelte sich unwillkürlich. Der Geruch war widerlich. Schweinekühemenschenscheiße in flüssiger und brockiger Form – und dazwischen Slipeinlagen. Irgendwann würde sie das alles aus den Beeten scharren müssen.

Doch als ein Schatten über den Mond zog, hatte sie keine Angst mehr. Das Gülle-Attentat war ein gutes Zeichen. Jemand hatte den Ball aufgenommen. Das Spiel begann.

Nach der Liebe

1

»Lies doch mal was für Erwachsene!«

Harry Potter *ist* für Erwachsene, Flo.

»Lies doch mal überhaupt was! Statt immer nur in den Spiegel zu glotzen!«

Bingo, Caro. Das war ein Leberhaken. Aber jetzt husch. Raus in die weite Welt.

DeLange horchte den beiden kleinen Zicken hinterher, rührte in seinem lauwarmen Milchkaffee, trank aus, stand auf und schob die CD ins Küchenradio. Die Stimmung verlangte nach Verdi. *Eleonora! Io sol saprò soffrire.* Mario del Monaco als Alvaro, in äußerster Lautstärke. »Ich werde allein zu leiden lernen!« Zum Gänsehautkriegen.

Dann holte er den Staubsauger aus dem Abstellraum und legte los. Noch eineinhalb Stunden, bis er wieder am Set sein mußte. Vorher ins Büro zu gehen lohnte sich nicht. Und wenn er sich nicht gründlich ablenkte, blieben ihm eineinhalb Stunden, um sich Sorgen zu machen. Um den verschwundenen Jungen, um Flo und Caro, um Feli, die er nicht mehr gesehen hatte, seit sie sich mit den Mädchen in der Stadt traf. Und um über das Buch nachzugrübeln, das er Hannah zurückgeben mußte.

Lieber nicht an Hannah denken. Hast dich lächerlich gemacht, Alter. Die ist ein paar Grad zu heiß für dich.

Putzen lenkte ab. Und im Putzen war er nicht zu übertreffen. Auch wenn Feli das damals anders gesehen hatte. »Du vermittelst den Mädchen ein falsches Männerbild«, hatte sie gespottet, nachdem er sich für den Hausputz zuständig erklärte, für den in ihrem Leben angeblich nie Zeit war. DeLange mußte grinsen, wenn er daran dachte. Putzen als Therapie war die Idee der netten kleinen Dunkelhaarigen vom Zentralen Psychologischen Dienst gewesen, zu der er ein paarmal gegangen war, nachdem seine damaligen Kollegen ihn dazu überredet hatten. Überredet? Gezwungen. Mit vorgehaltener Pistole, sozusagen.

»Du hast in letzter Zeit für unseren Geschmack ein paar Türen zuviel eingetreten, Jo. Du hast ein Problem. Lös es bitte.«

Eines? Zwei, drei, viele, Jungs!

»Glaubst du nicht, daß moderne Frauen es zu schätzen wissen, wenn Männer sich im Haushalt einbringen?« hatte er Feli gefragt und scheinheilig gelächelt dabei.

»Einbringen ist in Ordnung. Aber ginge es auch etwas entspannter?«

Er hatte das Putzen betrieben wie einen Großeinsatz: mit voller Körperkraft, schwerem Gerät und chemischen Keulen. Er hatte Bad und Küche nicht gereinigt, sondern desinfiziert. Er hatte das Schlafzimmer nicht gelüftet, sondern in ein Gefrierhaus verwandelt. Erst seit er dreimal die Woche zum Krafttraining ging, beschränkte er sich aufs Nötigste. So wie heute.

In Windeseile waren Wohnzimmer und Flur gesaugt und die Stiefel und Sportschuhe der beiden Damen dahin gestellt, wo sie hingehörten.

Auch wenn du's nicht glaubst, Feli: Ich bin der Neue Mann, von dem die Frauen einst geträumt haben.

Jedenfalls im *Summer of Love*, und das schätzte er an Sophie Winters Roman. Auch wenn ihm die Mode der damaligen Zeit nicht lag, die Männer mit den langen Haaren und die Bräute mit den Blumen in der Frisur. Flowerpeople. Hippies. Er hatte nie ein Blumenkind zu Gesicht gekriegt, nicht im Fernsehen, zu Hause hatte man keins und erst recht nicht in der Realität. Die älteren Jungs in der Schule hatten Frisuren mit Scheitel und ausrasierte Nacken, die Mädchen durften noch nicht einmal Hosen tragen und steckten in dunkelblauen Faltenröcken, die fast bis an die Waden reichten. Miniröcke? So etwas gab es in Rüsselsheim nicht, erst recht nicht dort, wo die DeLanges wohnten, in der Siedlung, zu siebt auf 80 m^2. Keine Drogen und keine freie Liebe, höchstens Bier und halbtote Ehen. Ausnahme: die DeLanges. 1969 kam Laura, da waren sie zu acht.

An viel mehr erinnerte er sich nicht. 1968 war er erst sieben und in der zweiten Klasse und schrecklich verliebt in die Klassenlehrerin, die einen dicken blonden Zopf trug und entzükkende Sommersprossen hatte. Aber die zog die deutschen Mädchen vor, vor allem die Zwillinge, die noch blonder waren als sie und so schrecklich wohlerzogen taten.

Kleine altkluge Gastarbeiterkinder konnten da nicht mit.

DeLange schaltete den Staubsauger aus und verstaute ihn wieder in der Kammer. Dann inspizierte er das Bad. Irgendwann würden die beiden jungen Damen womöglich selbst ihre Haare aus dem Waschbecken fischen, aber das lag noch in weiter Ferne.

Bei den DeLanges wäre das nicht möglich gewesen, daß die Eltern hinter den Kindern herputzten. »Kommt nicht in Tüte«, pflegte Mamma zu sagen. Wie recht sie hatte.

Mamma Irene, geborene Simone. Verheiratet mit Luigi DeLange. Beide aus Mailand. Wohnhaft in Rüsselsheim seit 1960. Fleißige Gastarbeiter, die nicht daran dachten zu rebellieren, schon gar nicht gegen das Wohlstandsparadies Bundesrepublik Deutschland. Und die Kinder sollten es einmal besser haben.

DeLange holte Eimer, Scheuermilch und Putzlappen aus dem Abstellraum und ging hinüber zur Küche. Flo hatte ihren Walkman unter dem Küchentisch vergessen. Und Caro ein paar schmutzige Socken. Wenn es mehr nicht war.

Das vierte Kind der DeLanges wollte es nicht besser haben. Es wollte endlich zurückhauen, wenn es nach der Schule wieder Klassenkeile kriegte wie fast jeden Tag. Und zu Hause Prügel von Federico. Vom ältesten Bruder. Es wollte sich wehren können. Und dann ist das Kind zur Polizei gegangen, mit nicht ganz 16. Liegt doch nahe, oder?

DeLange warf einen angebissenen Apfel in den Abfall. Und eine verschimmelte Zitrone. Zumal, wenn das Kind seinen elften Geburtstag am 5. September 1972 gefeiert hat. Und mit Pappa fernsehen durfte, weil Mamma ihrem Mann zu den Olympischen Sommerspielen in München endlich erlaubt hatte, einen Fernseher zu kaufen. Und dann sieht es die Hubschrauber mit den Geiseln auf dem Flugplatz vor dem Tower von Fürstenfeldbruck. Die Spuren der Explosion, den ausgebrannten Helikopter. Hört, daß keine der Geiseln des »Schwarzen September«, allesamt Sportler aus Israel, überlebt hat.

Als die GSG 9 gegründet wurde, hatte der kleine Giorgio seine Helden.

DeLange hatte alle Flächen in der Küche feucht abgewischt, rieb sie mit Küchenpapier trocken und schüttete dann eine ordentliche Dosis Danklorix ins zugestöpselte Waschbecken. Der scharfe Geruch des Bleichmittels zog durch die Küche und vertrieb die letzten Spuren von Kaffee- und Toastduft.

Er selbst wurde kein Held. Als er es nach Jahren in eine Spezialeinheit schaffte, wollte er so schnell wie möglich wieder weg. Und im übrigen war er auch nicht deshalb zu den Bullen gegangen.

Er gab Scheuermilch auf den Schwamm und reinigte den Herd von den Spritzern der vorzüglichen Sauce Bolognese, die er liebevoll gekocht hatte und dann ganz alleine essen durfte, weil die Damen Spaghetti verweigerten, seit sie in irgendeiner Frauenzeitschrift gelesen hatten, daß Nudeln dick machen. Und so was bei einem italienischen Vater. Das ging gegen den Stolz. Und früher wurde gegessen, was auf den Tisch kam.

Früher spielen sie heute im Kino. Er machte sich keine Illusionen. Die beiden Mädels wickelten ihn um den Finger, wenn sie es darauf anlegten. Und im Grunde war er auf ihrer Seite. Es war gut, daß nicht mehr alles wie früher war.

Wenn er an seine Ausbildung dachte, fielen ihm Kälte und Demütigungen ein. Allein der Geruch in der alten Kaserne, in der sie damals untergebracht waren. Das Echo der schweren Stiefel beim Marsch durch die langen Gänge. Das alles war weiß der Himmel verzichtbar. Die Verteidigung des freien Westens kam auch ohne aus.

Und daß seit 1968 die Sitten verkommen und die Menschen verroht wären, stimmte auch nicht. Die Aufklärungsquote bei Gewalttaten nahm zu, und ihre Häufigkeit nahm ab. In dieser Hinsicht war Deutschland längst wieder auf dem Stand der beginnenden 60er Jahre. Darauf durfte ein Polizist stolz sein.

Außerdem sind Bullen heute Kuschelbärchen im Vergleich zu früher, dachte DeLange und polierte das Kochfeld liebevoll auf Hochglanz. Nach dem Buch von Sophie Winter zu urteilen, war damals ganz Westdeutschland eine Art gummiknüppelbewaffnete Spießeridylle gewesen. War natürlich Quatsch. Aber vielleicht erklärte das einiges.

Erklärt das auch Straßenschlachten? hörte er seinen Vater sagen. Die gab es natürlich nicht in Rüsselsheim. Die hatte er im Fernsehen gesehen. Steinewerfende Studenten, aufmarschierende Ordnungskräfte, Wasserwerfer. Irene und Luigi DeLange verstanden das nicht.

Warum machen die alles kaputt? Was wir aufgebaut haben?

DeLange schickte einen Gruß nach oben, zum Himmel, wo seine Mutter saß, bei einem Häppchen Manna auf einer rosa Wolke. Kommt nicht in Tüte, Mamma. Ich paß schon auf.

Er scheuerte das Waschbecken mit einer hingebungsvollen Wut, wie in alten Zeiten, lüftete kurz und verließ pünktlich die Wohnung. Er wußte noch immer nicht, woran genau ihn Sophie Winters Buch erinnerte. Aber vielleicht konnte man die Autorin selbst fragen.

Und Hannah ... Lächelte auch für Journalisten. Was war schon dabei? Plötzlich freute er sich wieder auf den Dreh. Das Auto schnurrte gen Frankfurt, er hatte das Radio nicht eingeschaltet, weil er sich die Laune nicht durch Nachrichten verderben lassen wollte, und die Verdi-CD steckte noch immer im Küchenradio. Er genoß die Ruhe bis kurz vorm Fernsehturm, als Karla ihn anrief und ihm einen Termin für nächste Woche aufbrummte. Eine Führung durchs Polizeimuseum. Der Vogelsberger Landfrauenverein.

Als er sich endlich dazu durchgerungen hatte, Feli anzurufen und zu fragen, wann sie geruhe, sich wieder einmal um ihre

Töchter zu kümmern, fuhr er schon auf den Hof hinter dem ehemaligen Polizeipräsidium ein.

Er parkte sein Auto genauso rücksichtslos wie alle anderen.

2

Marie stellte das Radio laut, als die Meldung kam, die sie nun schon so oft gehört hatten. »Vermißt wird Luca, zwölf Jahre alt, aus Klein-Roda bei Bad Moosbach. Der Junge hat blonde Haare, blaue Augen, ist schlank und ca. 1 Meter 65 groß, trägt blaue Jeans und eine rote Windjacke und ist am 27. März zum letzten Mal gesehen worden. Sachdienliche Hinweise bitte an die Polizei in Bad Moosbach oder an jede andere Polizeidienststelle.«

Marianne murmelte etwas vor sich hin, was Bremer für Beten gehalten hätte, wenn er sie nicht besser kennen würde.

»Ruhig bleiben«, sagte Gottfried und faßte nach Maries Hand. Seit einer halben Stunde hockten sie am Küchentisch im Haus von Gottfried und Marie und erörterten die Möglichkeiten, die noch blieben. Es waren nicht mehr viele.

Bremer konnte die Spannung mit Händen greifen. Sein Dorf war dabei, sich in einen Gemütszustand hineinzusteigern, der ihm vertraut war. Er folgte einem uralten Muster: Da draußen ist ein Feind, der das Zusammenleben bedroht. Dagegen rottet man sich zusammen. Und kämpft.

Aber alles Nötige schien bereits getan.

Moritz lehnte an der Tür, hatte die Brille abgenommen und rieb sich die Augen. »Wir haben im Umkreis von etlichen Kilometern alles abgesucht, wo sich ein Kind verstecken kann. Scheunen. Heuschober. Keller. Schuppen. In Mariannes Keller haben wir übrigens Bastis Katze gefunden, wir vermuten jedenfalls, daß sie es mal war.«

Der Kleine hatte vor zwei Jahren das ganze Dorf in Aufruhr versetzt, als seine Katze verschwunden war, nichts hatte ihn trösten können. Nur sein Großvater Gottfried. Und das Akkordeon.

»Im Schuppen von Erwin lagert eine beeindruckende Schnapsflaschensammlung.« Moritz grinste. »Alle leer und antik, natürlich.« Man hatte Erwin nach seiner Heimsuchung durch den Suchtrupp der Nachbarn minutenlang schimpfen gehört, ungewohnterweise in ganzen Sätzen, in denen das Wort »Privatsphäre« eine Rolle spielte. Schließlich trank er schon seit Monaten keinen Tropfen mehr.

»Wer mag schon, wenn bei ihm zu Hause herumgestöbert wird.« Marianne machte schmale Lippen. Eine Superüberhausfrau wie sie, bei der immer alles tipptopp sauber sein mußte, hatte es nicht gern, wenn man Leichen in ihrem Keller fand, und wenn es nur skelettierte Katzen waren.

Bei Bremer gab es keinen Keller, dafür fand man Rattenkadaver und aufflatternde Fledermäuse auf seinem Dachboden. »Hier müßte auch mal was passieren«, hatte Moritz mit kritischem Blick auf den Dachstuhl gesagt, und für ein paar Sekunden glaubte Bremer, im Gebälk den Holzbock ticken zu hören. Aber wahrscheinlich hatte Moritz lediglich an das notleidende Zimmermannshandwerk und eine Vermittlungsprovision gedacht.

»Wenn Luca nicht hier ist, wo ist er dann?« Maries Nerven lagen bloß. Die waren nie gut gewesen, aber seit Lucas Verschwinden brachte sie sich halb um vor Sorge um Basti. Die Eltern des Jungen hatten eine Forschungsprofessur in den USA angenommen, vor einem halben Jahr. Seither wohnte er bei den Großeltern. »Die Verantwortung, weißt du«, pflegte Gottfried zu sagen und das Gesicht in Falten zu legen.

»Und wenn der Junge verunglückt ist und irgendwo hilflos liegt?«

Moritz schüttelte den Kopf. »Wir haben den alten Silberbergwerksstollen abgesucht. Die Polizei hat Taucher zum Baggersee geschickt. Nichts.«

»Und der Tunnel?« Bremers Frage blieb in der Luft hängen und schien sich dort zu einer schwarzen Wolke zu verdichten. Die Frage berührte eine tiefe Wunde. Im Tunnel, einer unterirdischen Anlage bei Ebersgrund, war vor vielen Jahren der kleine Martin getötet worden, eine Tat, die noch Jahrzehnte später Menschenleben zerstört hatte. Etliche Jahre später hatte man dort die entführte Tamara gefunden, gottlob unverletzt. Der Tunnel war die schmerzende Stelle in der Kollektivseele der Region. Er war 1939 entstanden, als die Eisenbahnstrecke zweigleisig ausgebaut werden sollte, aber er wurde nie benutzt. In der weiträumigen unterirdischen Anlage stellten im Zweiten Weltkrieg Zwangsarbeiter Steuerelemente für Hitlers Wunderwaffe V2 her. Nach dem Krieg fand man auf einem Nebengleis einen komplett eingerichteten Zug mit Salon- und Schlafwagen – den Zug des Führers, wie einige der Älteren andächtig sagten. Mit dem der feige Verbrecher fliehen wollte, behaupteten die weniger Andächtigen.

»Wir haben auch den Tunnel abgesucht«, sagte Moritz. »Wir haben keine Spur von dem Bengel gefunden.«

»Und wenn es doch russische Kinderhändler waren? Wie bei der kleinen Greta?« Der Fall der vierjährigen Greta hatte die Medien monatelang beschäftigt. Marianne kannte unter Garantie noch die schrecklichsten Details und die wildesten Theorien. Aber das Mädchen wurde nie gefunden. Ebensowenig russische Kinderhändler. Doch Marianne wußte, was sie wußte.

»Vielleicht sollten wir Lucas Foto und die Suchmeldung kopieren und an die Bäume hängen?« Der Vorschlag war typisch Mann. Bremer lächelte Gottfried verständnisvoll zu, während Marianne »Das Kind ist doch kein entlaufenes Haustier!« fauchte.

Schweigen. Und dann Marie, mit ungewohnter Bitterkeit in der Stimme. »Habt ihr euch mal in ›Heinrichs Verhängnis‹ umgesehen?«

»Aber natürlich.« Moritz, beruhigend.

»Auch in dem Haus?« Marie klang nicht so, als ob sie sich beruhigen ließe. »In dem Haus, in dem damals ... Du weißt, was ich meine, Wilhelm, oder?«

»Damals ist lange her.« Wilhelm sah aus, als ob er lieber woanders wäre. Aber er schien zu wissen, worauf Marie anspielte.

»Dieses verdammte Hexenhaus.« Marie schüttelte Gottfrieds Arm ab, den er ihr um die Schultern legen wollte. Ihre Augen blitzten. »Diese verdammte Hexe.«

»Meint ihr das Haus von Sophie Winter?« Bremer sah von einem zum anderen. »Und was ist damit? Hat wer nachgeschaut?«

»Es war niemand da. Ich gehe morgen wieder hin.« Moritz hatte den Kopf an den Türstock gelegt und die Augen geschlossen.

»Es war niemand da. Soso.« Marie fauchte wie eine wütende Katze.

»Außerdem neigen Frauen nicht zur Entführung zwölfjähriger Schuljungen«, sagte Moritz müde.

»Und wie ist es mit dem Verführen?« Marie, rote Flecken auf den Wangen. »Neigen Frauen auch dazu nicht?«

»Marie!« Diesmal schaffte Gottfried es, sie in den Arm zu nehmen. Marie brach in Tränen aus. Bremer fiel auf, wie zart und durchscheinend sie geworden war und wie tief sich die Falten in ihr Gesicht gegraben hatten. Sie mußte ähnlich alt sein, aber sie sah weit älter aus als Sophie Winter. »Die Hexe.« Was hatte sie gegen die Frau?

»Laß doch die alten Geschichten, Marie«, sagte Wilhelm leise.

Alte Geschichten. Wilhelm, du wiederholst dich. War das nicht auch die eher schwache Begründung dafür gewesen, daß Ulla Abel nicht nach Sophie Winter gesehen hatte?

»Was für alte Geschichten?«

Wilhelm wich Bremers Blick aus. »Fang du nicht auch noch damit an, Paul«, sagte er leise, mit Blick auf Marie.

»Ich muß dann mal.« Moritz löste sich von der Tür. »Ich sollte mich ein bißchen um Nicole kümmern.«

Lucas Mutter war gestern hinter der Ladenkasse weinend zusammengebrochen – nach Tagen bewundernswerter Haltung.

»Hab mich schon gefragt, wann sie endlich mal ein paar Gefühle zeigt. Ich an ihrer Stelle …«

»Du bist nicht an ihrer Stelle, Marianne. Sei froh«, sagte Moritz leise.

»Ich meine, man geht doch nicht einfach weiter arbeiten, wenn das eigene Kind …«

»Besser, als allein in einem leeren Haus zu sitzen«, murmelte Wilhelm.

Marianne schüttelte trotzig den Kopf. »Sie hätte mal lieber gleich zu Hause bleiben sollen. Als das Kind noch da war. Aber von geordneten Verhältnissen konnte bei Nicole ja nie die Rede sein.«

»Das ist gemein«, sagte Moritz und ging hinaus.

Marianne zuckte die Schultern. Gottfried streichelte beschwichtigend über Maries Arm. Und Wilhelm sah noch besorgter aus als üblich. Auch Bremer verabschiedete sich. So sind sie, die lieben Nachbarn, dachte er, als er den Friedhofsweg hinunterging.

Hoch oben saß der einsame Star auf der Antenne und schnalzte und knödelte seelenvoll vor sich hin. Am Horizont zogen Flugzeuge weiße Streifen hinter sich her. Für einen Moment wünschte Bremer sich wieder weit weg.

Ich vermisse dich
Ich freue mich auf dich

3

Es roch nach Schnee. Wilhelm hob das Gesicht in die trügerisch laue Luft. Auch wenn sich schon alles wie Frühling anfühlte: Es gab noch was auf die Mütze. Das war so sicher wie das Amen in der Kirche.

Nur Lilly glaubte ihm nicht. Aber wann glaubte sie ihm schon mal? Als er das Gartentor öffnete, sah er sie über den Hof trippeln, die Polster für die Gartenstühle unterm Arm. Die Gartenscheren, die Hacken, die Spaten standen schon an den Gartentisch gelehnt und warteten darauf, daß er sie säuberte und schliff und ölte.

»Was habt ihr denn so lange zu besprechen gehabt?« rief Lilly, während sie den weißen Liegestuhl mit Schwamm und Lauge bearbeitete.

Wilhelm brummte etwas Unverständliches auf dem Weg zum Schuppen. Die Flex brauchte eine neue Scheibe. Aber fürs Schleifen der Gartengeräte reichte es noch.

»Was Neues von Luca?«

Nein. Und das hieß nichts Gutes.

»Unkraut vergeht nicht!«

Ach, Lilly. Und wenn doch etwas passiert war? Wilhelm hatte so seine Vorahnungen.

Er trauerte der Vergangenheit nicht nach, das nicht. Es hatte sich so viel verändert, und so vieles blieb gleich. Der eine schaffte seine Milchkühe ab, der andere stellte auf Schweinemast um, neuerdings gab es mehr Raps als Mais auf den Feldern, und ein gepflegtes Haferfeld war selten geworden. In den Gärten stand kein Rotkohl mehr, dafür gab es Zucchini und Stangenbohnen, Auberginen und Paprika. Die Feldlerchen stiegen wieder aus den Wiesen, nachdem sich jahrelang keine hatte blicken lassen; er hatte Kornblumen gesehen, letztes Jahr, und die jungen Frauen kriegten Kinder, als ob es das Selbstverständlichste der Welt sei. Alles ganz anders und alles wie immer.

Wilhelm stellte Hacke und Spaten wieder in den Schuppen und holte die Sense aus der Ecke hinter dem Gartenregal. Aber diesmal – diesmal würde etwas geschehen, was alles verändern würde. Diesmal …

Es würde schneien, wie in fast jedem Frühjahr um diese Zeit. Er würde sterben. Vor Lilly, wenn der Herrgott ein Einsehen hatte.

Es gab das große Vergessen. Manchmal spürte er den Sog. Und manchmal hatte er Lust, ihm nachzugeben.

4

Bremer trat gleichmäßig in die Pedale und versuchte gleichmäßig zu atmen. Beim Fahren wurde das Denken leicht und licht, ordneten sich die Gedanken neu und fügten sich zu überraschenden Erkenntnissen. Manchmal jedenfalls.

Es war verblüffend, wie das Verschwinden des Kindes alles hochspülte, was normalerweise sicher verstaut auf dem Grund des Gemeinschaftsgedächtnisses lag. In diesen Tagen aber blubberte der Schlamm und sonderte giftige Blasen ab.

Die alten Geschichten begannen ihn brennend zu interessieren. Ob Gregor Kosinski mehr wußte? Der alte Fuchs ließ sich überhaupt nicht mehr blicken, seit er pensioniert war und sich die Zeit mit einer Art Chronik des Kreises vertrieb.

Mit Schwung nahm er den Anstieg zur Landstraße und wurde erst langsamer, als er oben war. In der Ferne die Rotoren des Windparks. Dahinter dunkle Tannenwälder. Und darüber ein winzig kleines Dreieck, rot leuchtend. Ein Drachenflieger in der Vormittagssonne.

»Vergessen ist Gefahr und Gnade zugleich.« Irgend jemand hatte das mal gesagt, es war einer dieser Sätze, die ihm im Gedächtnis geblieben waren – vielleicht, weil er den Satz erst verstand, seit er in Klein-Roda wohnte. Im Dorf gab es keine Gnade des Vergessens. In einer kleinen Gemeinschaft mußte man gewaltsam unter der Oberfläche halten, was, wenn es gegenwärtig bliebe, das empfindsame Gewebe des Zusammenlebens zerstören würde. Nicht, daß sie verdrängt, konnte man der Landbevölkerung vorhalten, wie die Schlaumeier glaubten, sondern daß sie sich zu gut erinnert.

Die Erinnerung war eine Erzählung, die von den Älteren begonnen und von den Jüngeren aufgenommen wurde, und ihre Eckdaten waren nicht die großen Ereignisse der Weltgeschichte: Der erste Sputnik. Kennedys Ermordung. Der Bau der Mauer und ihr Fall 28 Jahre später. In Klein-Roda memorierte die große Erzählung Hochzeitstage und Beerdigungsfeiern, Geburt und Tod. Ein alter Mensch stirbt, ein Kind wird geboren. Allein deshalb kam Paul Bremer in der Erzählung seines Dorfes nicht vor. Er war nun mal nicht von hier.

Er beugte sich über den Lenker und ließ sich den Hang hinuntertragen. Alarmiert schreckten zwei Pferde hoch, die sich auf der Koppel ausgiebig im Schlamm wälzten. Als er ihnen zuwinkte, sprangen sie auf und galoppierten los, erst, als ob sie Angst hätten, und dann, als ob es ihnen Spaß machte, mitzulaufen mit dem Verrückten da vorne auf der Straße.

Du wirst immer ein Fremder bleiben, dachte Bremer. Und das hat seine unschätzbaren Vorzüge. Denn auch Nachbarschaftszwist ist fest eingewoben in die Geschichte und Geschichten; Kränkungen, vor Generationen zugefügt und nie vergessen. Er hatte da nicht viel zu bieten. Sophie Winter und ihr Haus aber hatten sich in die Erzählung eingeschrieben.

Warum Sophie? Sie kam nicht von hier. Daß das Haus eine Rolle spielte, war eher zu verstehen. Solange es leer stand und verkam, erinnerte es an die dunkle Geschichte der Siedlung, die Heinrich Brauers Schicksal geworden war. Und in Sophies Haus hatte er seinem Leben ein Ende gemacht. Weil er pleite war? Oder weil man ihn und sein Projekt abgelehnt hatte?

»Wer hoch hinauswill, fällt tief«, pflegte Gottfried zu sagen. Wer etwas wagt, beißt bei euch auf Granit, pflegte Bremer zu denken. Doch wahrscheinlich wäre Heinrich Brauer auch ohne sein Bauprojekt insolvent geworden, die Weltwirtschaftskrise knickte frisch erworbenen Reichtum millionenfach. Doch das war fast achtzig Jahre her.

Er trat langsamer in die Pedale, winkte Willi zu, der Gülle ausgefahren hatte und mit tropfendem und stinkendem Tank zurück nach Klein-Roda dieselte, und wich dem Fußball aus, der auf die Straße rollte, zwei kleine dunkelhaarige Jungs im Kielwasser.

Was hatte man gegen Sophie? Sie wohnte erst seit weniger als einem Jahr in der Siedlung, man kannte sie kaum, und sie war in das enge Netz der Nachbarschaft nicht eingebunden; warum also löste sie bei Marie so starke Emotionen aus? Verdächtigte sie ernstlich Sophie Winter, im Falle von Lucas Verschwinden die Finger im Spiel zu haben? Was wäre das Motiv?

Ein sexuelles? Nein, dafür waren Frauen tatsächlich nicht bekannt.

Bremer grüßte eine Frau, die sich mit der zögernden Bewegung einer Hüftkranken über die Straße mühte, einen müden Boxer hinter sich herziehend, und bog in den Auenweg ein. Als er vor Sophie Winters Haus angelangt war, wußte er nicht mehr genau, was er sie hatte fragen wollen. Bis ihm wieder einfiel, daß er dem Notarzt versprochen hatte, ihm die persönlichen Daten seiner Patientin und den Namen der Krankenkasse zu übermitteln. Er öffnete die Gartentür und ging zum Haus. Die Glasscherben lagen noch immer vor dem Fenster neben der Haustür. Als wäre etwas von innen hindurchgeflogen.

Bremer klingelte. Dann klopfte er. Nichts rührte sich. Aber er spürte auch keine Leere. Fast schien es ihm, als ob da drinnen etwas hockte. Wartete. Lauerte.

Fang bloß nicht auch noch an zu spinnen, dachte er und ging um das Haus herum in den Garten. Dort, wo die Birke gegen die Hauswand und das Dach gestürzt war, hing ein Stück Dachrinne herunter. Der Baum und die Tanne, die gegen sie gefallen war, lagen von den Ästen befreit und zersägt unter den anderen Bäumen. Auch die Nadelbäume, die weiter hinten auf den Zaun und den Gemeindeweg gefallen waren, hatte man entfernt. Bremer duckte sich unter die Bäume, unter denen nichts wuchs außer ein paar matschigen Pilzen. Von Sophie keine Spur. Aber im Unterholz unter einer Lärche blitzte etwas. Er bückte sich. Eine leere Konservendose. Baked Beans mit Tomatensauce. Und dahinter eine Mulde, ein geschützter kleiner Platz, wie der Schlafplatz eines Rehs oder eines großen Hundes.

Er richtete sich wieder auf. Sophie Winter war zwar nicht aufzufinden, aber es gab keinen Anlaß, sich Sorgen zu machen, bloß weil das seit Lucas Verschwinden im Trend lag. Oder?

»Wollen Sie zu Frau Winter?«

Bremer blickte auf. Dort, wo die Tannen eine Lücke in Sophie Winters Gartenzaun gerissen hatten, stand eine Frau in Radlerhose und flaschengrünem Fleecepullover auf dem Gemeindeweg, das Haar zu einem Pferdeschwanz gebunden. Die vielen Lachfalten ließen ihr Gesicht freundlich aussehen, obwohl sie nicht lächelte. Ulla Abel.

»Die ist mit dem Auto unterwegs.«

Natürlich. Der rote Mercedes stand nicht auf der Straße. Das hätte ihm gleich auffallen müssen. Bremer ging zu ihr hinüber. »Geht es ihr besser? Sie wissen vielleicht – während des Sturms – der Unfall ...«

Die andere runzelte die Stirn und zupfte sich eine Haarsträhne aus dem Gesicht. »Unfall?« sagte sie langsam und sah ihn an. »Sie meinen die umgestürzten Bäume?«

Bremer nickte. Sophie Winters Verhältnis zu den Nachbarn schien wirklich nicht das beste zu sein. In Klein-Roda hätte jeder von dem Unfall gewußt. »Ich wollte mal nach dem rechten sehen.«

»Das ist nett.« Die Frau sah ihn prüfend an. »Sie sind doch ...?«

»Paul Bremer aus Klein-Roda«, sagte Paul.

Ulla Abel nickte. »Frau Winter ist vor einer halben Stunde weggefahren. Keine Ahnung, wann sie zurückkommt.« Das klang fast wie ein Vorwurf.

»Na dann«, sagte er und wollte sich schon verabschieden.

Aber Ulla Abel war noch nicht soweit. »Vielleicht sieht sie es jetzt endlich ein.« Sie holte tief Luft. »Jetzt, wo etwas passiert ist.«

Sie mußte ihm angesehen haben, daß er nicht wußte, wovon die Rede war, und legte ihm die Hand auf den Arm.

»Die verdammten Bäume. Im Sommer machen sie alles dunkel, im Herbst liegt das ganze Laub auf der Straße, und das Kehren überläßt sie gerne anderen.«

Ihrer Nachbarin, vermutete Bremer.

»Überall ist es hell und freundlich – und mittendrin dieses finstere Loch. Das sieht doch – asozial aus.« Sie schien selbst ein bißchen erschrocken über dieses Wort und fügte ein versöhnendes »Oder?« an.

»Aber die Bäume standen doch schon immer da?«

»Ja, eben. Deshalb haben wir ja gehofft, daß sich was ändert, wenn das Haus endlich verkauft ist. Die Bruchbude hat viel zu lange leer gestanden, länger als die anderen, und mit denen hat man schon genug um die Ohren.« Ihr Blick ging ins Weite. »Alte Häuser machen Arbeit.«

Bremer wartete.

»Man soll ja nicht abergläubisch sein. Die Häuser hatten alle keinen guten Ruf, als wir hier einzogen. Aber das hier – das Haus hat einen ganz besonders schlechten.« Sie zögerte. Dann beugte sie sich zu ihm hinüber. »Es gab da – Vorkommnisse ...«

Vorkommnisse. Bremer hätte fast gegrinst. Das war ein Wort, das er mochte. Es klang so verheißungsvoll. So sprechend und geheimnisumwittert. Es konnte alles heißen.

»Sie meinen: Heinrich Brauers Selbstmord?«

»Das auch. Aber es sind noch andere Sachen passiert.« Ihre Stimme hatte sich gesenkt. »Im Krieg. Und danach.«

Bremer wollte nachfragen, aber sie kam ihm zuvor.

»Kaffee?« fragte sie. Er nickte und folgte ihr durch die Lücke im Zaun auf den Gemeindeweg. Sie wohnte in einem sauber durchrenovierten Haus, dem man seine Verwandtschaft mit Sophies Fachwerkschlößchen kaum noch ansah. Dort, wo mal ein Vorgarten gewesen sein dürfte, thronte ein weißgestrichener Carport, und neben dem gefliesten Weg zur Haustür ragten abrasierte Rosen aus dem sauber getorften Beet, an deren Stümpfen sich zarte rote Triebe zeigten. »Peter und Ulla Abel« stand auf einem handgetöpferten Schild neben der Haustür. Sie schloß auf und ließ ihn vorangehen, durch den Flur in die Küche.

Dort war es warm und feucht, auf dem Herd kochte etwas in einem großen Topf, und auf einem der Stühle lag der schwarzweißrote Kater, dem er gestern begegnet war, und gähnte ihn an.

Ulla Abel stellte zwei Kaffeetassen und eine Thermoskanne auf den Tisch. »Ich bin gleich wieder da.«

Bremer kraulte den Kater am Bauch und sah sich um. Bilder an der Wand von einem kleinen Mädchen mit Zöpfen und einem Jungen im Konfirmandenanzug. Die Kinder. Oder schon die Enkel? Bei den Landfrauen wußte man nie. Ein Kalender von der Sparkasse, Motiv: Frühling in einer idyllischen Flußaue, Farbfoto. Und das Blatt mit den Terminen für die Müllabfuhr – Restmüll, Papier, Grüner Punkt. Hausmüll alle zwei Wochen, alles andere alle vier Wochen, da gab es kein Pardon. Und wenn die Tonne überquoll.

Müll war ein großes Thema. Zeig mir deinen Müll, und ich sag dir, wer du bist. Bremers kleiner Haushalt erzeugte wenig Restmüll, dafür um so mehr Stoff für die Papiertonne: Zeitungen, Weinkartons und Büchertaschen. Ulla Abel sah aus wie jemand, der seinen Komposthaufen pflegte und keine Zeitung las. Das half natürlich wirtschaften.

»Sie hätten sich ruhig einschenken können.« Da war sie wieder, goß Kaffee ein und legte ein Fotoalbum auf den Tisch. Bremer führte die Tasse an den Mund und setzte sie wieder ab. Der Kaffee roch abgestanden. Seine Gastgeberin blieb hinter ihm stehen, öffnete das Fotoalbum und tippte auf ein Bild, das einmal ein Farbfoto gewesen sein mußte, aber mittlerweile aussah wie handkoloriert. »So sah das damals aus da drüben.«

Ganz anders als heute. Der Vorgarten war licht und luftig, man erkannte ein paar noch junge Bäume und Sträucher und etwas, das wie ein kleiner Weihnachtsbaum aussah. Ohne die alles überragenden Bäume wirkte das Haus freundlich und einladend, wie aus einem Katalog, der für Wanderurlaub in ländlicher Idylle warb.

Ulla Abel beugte sich vor und blätterte weiter. Sie roch nach Topfkuchen und Haarspray. Der Pferdeschwanz saß wieder sicher und straff, alle Haarsträhnen, die sich befreit hatten, waren an ihrem Platz.

»Und das sind die Leute, die damals in dem Haus wohnten.« Sie richtete sich auf und sah ihm zu, wie er das etwas unscharfe Bild betrachtete. »Mein Mann hat das alles gesammelt. Einiges hat er wohl drüben gefunden, als das Haus noch leer stand. Es gehört zur Geschichte der Siedlung und damit auch unseres Hauses, meint er. Ich weiß ja nicht.«

Zwei Frauen saßen auf den Stufen vor der Haustür und lächelten in die Kamera. Beide trugen lange wallende Gewänder, die eine in einem bläulich schimmernden Rot, die andere in einem nicht weniger aufdringlichen Gelbgrün. Beide schauten entrückt in den Himmel, die Köpfe zurückgelehnt, die Arme ausgebreitet. Die Frauen sahen aus wie die Hippies und Blumenkinder der späten 60er. Die »Alles ist in Afri-Cola«-Generation. Die eine ließ die langen blonden Haare wehen. Die andere hatte sich ein buntes Tuch um den Kopf geschlungen. Beide waren mit Schmuck behängt wie marokkanische Straßenhändler. Beide waren jung und schön. Und sie wirkten unschuldig und auftrumpfend zugleich.

»Wann war das?«

»28 Jahre bevor wir hier eingezogen sind. Und das war 1996.«

Also 1968. Bremer blickte auf, in die Augen von Ulla Abel, die nicht zu wissen schien, was sie von alledem halten sollte. Kein Wunder. Die beiden Frauen auf dem Foto paßten nicht in diese karge Gegend, in der die Älteren noch heute nicht viel redeten und Unauffälligkeit als Charakterstärke galt.

»Und wer waren die beiden?«

»Drei. Zwei Frauen, ein Mann. Eine Kommune.« Ulla Abel sprach das Wort vorsichtig aus, als ob sie nicht sicher sei, was das hieß. Oder verhieß. »Alle drei nicht von hier. Und niemand wußte, was die hier zu suchen hatten.«

Ulla Abel mußte 1968 noch ein Kind gewesen sein. Aber sie hatte den Erwachsenen genau zugehört.

»Und was hat man sich über die drei erzählt?« Nichts Gutes, wenn er die hiesigen Sturköpfe richtig einschätzte.

»Man muß das sicher verstehen – das waren andere Zeiten damals. Und man kannte hier so etwas nicht.«

»Sie sind hier aufgewachsen, Frau Abel?«

»Ulla.« Sie lächelte. »Nicht in der Siedlung. Unten, in Groß-Roda. Und meine Mutter war entsetzt, als mein Mann das Haus hier kaufte.« Sie setzte sich, legte die Unterarme auf die Tischplatte und beugte sich vor. »Es tät spuken hier.« Sie lachte.

Bremer lachte mit.

Aber er hatte plötzlich ein Bild vor Augen. Nein, kein Bild. Einen Film.

Ende der 60er Jahre. Drei junge Menschen, die sich an Sitten und Gebräuche nicht gebunden fühlten. Eine ländliche Gegend, in der die Menschen noch konservativer waren als in der Stadt. Auch in der Stadt empfand man Männer mit langen Haaren als Provokation. Doch auf dem Land mußte eine Kommune ein Skandal gewesen sein. Zwei Frauen, ein Mann! Laute Musik! Fremde Gerüche! Und was man sonst so hörte über freie Liebe – Drogen – Exzesse. Die Phantasie der Nachbarn mußte Amok gelaufen sein.

»Was ist passiert, damals?«

Ulla Abel wich seinem Blick aus. »Ich weiß es nicht«, sagte sie leise. »Aber sie waren irgendwann nicht mehr da.« Und dann sagte sie etwas, das nicht zu ihr paßte:

»Fragen Sie meinen Mann.«

Der weiche Wind streichelte sein Gesicht. Er fuhr ohne Umweg nach Klein-Roda zurück. Keine SMS von Anne. Dafür ein entgangener Anruf von Karen. Doch als er zurückrief, hatte sie das Mobiltelefon schon wieder ausgeschaltet.

5

17. *Bild: In der Wohnung. Abends.*

Sascha und Angel tanzen, völlig selbstvergessen. Musik: In-A-Gadda-Da-Vida *von Iron Butterfly, aufgedreht bis zum Anschlag. Die Tür fliegt auf. Zwei Polizisten stürmen herein, gefolgt von Hauptkommissar Jensen.*

Das entsetzte Gesicht von Sascha. Das verwirrte von Angel.

DeLange stand auf den Fußballen und wippte. Warum Martin Vogelsang mit der Szene nicht zufrieden war, verstand er nicht. Hedi Baumeister, die die Sascha spielte, sah gut aus – selbst wenn sie weinte. Das tröstete über Hauptkommissar Jensen hinweg, der den eiskalten Nazi mimte. Die hatten alle zuviel Fernsehen geguckt.

Aus den Augenwinkeln sah er den Fotografen auf sich zukommen. Georg Blumenkron. Ein schlaksiger Typ mit einer schwarzen Baskenmütze auf dem Kopf, der auf den ersten Blick jünger aussah, als er war. Der machte schon seit Stunden keine Fotos mehr. Hatte zwei Becher Kaffee in der Hand.

»Wollen Sie?« Blumenkron hielt ihm einen Becher hin.

»Danke.« Womit hatte er das verdient?

»Das zieht sich ganz schön, oder?« Blumenkron stellte sich neben ihn und schlürfte seinen Kaffee. Er trug die Baskenmütze verkehrt herum, mit einem roten Abzeichen auf der Krempe. DeLange schaute genauer hin. Es war ein kleiner roter Stern.

»Kann man so sagen.« Er nippte. Heiß, stark, zu süß.

»Und die Musik kann ich langsam nicht mehr hören. *In-A-Gadda-Da-Vida* bis zur zwangsweisen Bewußtseinserweiterung. Früher mochte ich das ja, aber heute …«

DeLange brummte zustimmend.

»Hoffentlich versetzt uns die Autorin nicht.« Blumenkron blickte über den Kaffeebecher hinweg in die Runde.

Sophie Winter sollte gegen Mittag eintreffen. Vielleicht war das der Grund, warum alle so nervös waren.

»Ruhe bitte!« Der Aufnahmeleiter sah tadelnd zu ihnen herüber. Das Team drehte die ganze Szene noch einmal.

»Und – danke!«

Alle schwiegen, sekundenlang. Dann schnatterten sie los wie Viertkläßler nach Schulschluß. Erleichtert. Diesmal schien Vogelsang zufrieden zu sein.

Blumenkron drehte sich zu DeLange um, lachend, wollte etwas sagen, stutzte, drückte ihm seinen Kaffeebecher in die Hand und riß die Kamera hoch. Im gleichen Moment kam Vogelsang mit ausgestreckter Hand auf sie zu.

»Frau Winter«, sagte Vogelsang. »Wie schön.«

DeLange drehte sich langsam um. Das also war sie. Klein, weiße Haare, braune Augen, dezent geschminkt. Anziehend. Vor allem die Augen.

»Martin Vogelsang. Ich habe die große Freude, bei der Verfilmung Ihres wunderbaren Buchs Regie führen zu dürfen.«

DeLange hätte fast gegrinst. Vogelsang versuchte es mit Schmeichelei. Oder war das vorauseilendes Süßholzraspeln? Autoren konnten schwierig sein. Und Autorinnen hatten einen noch schlechteren Ruf.

»Hannah Lohberg spielt die Angel.« Hannah zuckersüß, Sophie Winter abwartend. Zickenkrieg? Aber nein. »Ich liiieeebe Ihr Buch«, zwitscherte die Lohberg. Braves Mädchen. Die Winter neigte huldvoll das Haupt.

Vogelsang stellte alle vor, die nicht ausweichen konnten, während er die Winter durch die Menschenmenge dirigierte. Ob sie mehr als zwei Namen behielt?

»Das ist übrigens unser Berater für die Polizeiszenen, Frau Winter. Kriminalhauptkommissar Giorgio DeLange. Er paßt auf, daß auch alles korrekt ist, was wir hier drehen.« Vogelsang, väterlich-freundlich.

»Versprochen?« Sie lächelte ihn an.

DeLange versuchte zurückzulächeln, ohne sie zu erschrecken.

Bei Hedi Baumeister blieben Vogelsang und Sophie Winter stehen. DeLange hörte nicht hin. Hannah hatte sich bei ihm untergehakt.

»Pause«, hauchte sie ihm ins Ohr. »Setzt du dich zu mir?«

Aus den Augenwinkeln sah er Nikolaus Maurer auf die Winter zusteuern. Das also verschaffte ihm die Ehre ihrer Gesellschaft: Hannahs Journalist war beschäftigt. Aber DeLange war nicht kleinlich. Er nahm, was er kriegen konnte.

Hannah hatte die Hände um den Becher mit Kaffee gelegt, als ob sie friere, und pustete hinein. Sie sah ihn über den Becherrand hinweg an. Grüne Augen mit goldenen Punkten. Ihm wurde schon wieder ganz anders.

»Bist du eigentlich verheiratet? Hast du eine Freundin?«

Ja. Und nein. Aber wie beschreibt man das Verhältnis zu Feli?

»Kinder?«

Darüber konnte man reden. Als sie zu lachen begann, merkte er, daß er darüber wie ein Wasserfall reden konnte. Flo, die Erstgeborene. Überfliegerin in der Schule. Und Caroline. Sechs Wochen zu früh geboren. Er hatte sie nächtelang durch die Wohnung getragen, wenn sie vor Müdigkeit weinte. Flo und Caro. Sein Glück. Sein Elend, das er immer dann spürte, wenn etwas passierte. Den vermißten Jungen hatte man noch immer nicht gefunden.

Er sah auf, hinüber zum großen Tisch am Fenster, an dem Sophie Winter mit Vogelsang und dem Journalisten saß, umtänzelt von Blumenkron, der ein Foto nach dem anderen schoß.

»Und? Wie findest du sie, unsere Autorin?«

Sympathisch. Freundlich. Irritierend.

Sie wirkt, als ob sie vor etwas Angst hat, dachte er.

6

»Frau Winter? Ich bin Nikolaus Maurer.«

Der Mann mit der gepflegten Glatze legte eine Hand unter ihren Ellbogen und steuerte sie an einen Tisch am Fenster. Als ob er ein Recht darauf hatte.

»Ich habe mich sehr auf unser Gespräch gefreut.«

Sie lächelte unverbindlich. Einen Moment lang wußte sie nicht, was der Mann von ihr wollte.

»Ich habe so viele Fragen an Sie.« Er setzte sich ihr gegenüber. »Wissen Sie ...«

Sie zuckte zurück. Maurer hielt den Bleistift zwischen Daumen und Zeigefinger, als wollte er damit zustechen.

»Wissen Sie – mich beschäftigt das Verhältnis von Fiktion und Wirklichkeit. Wieviel Raum nimmt das persönlich Erlebte ein in Ihrem hinreißenden Roman? Und was ist erfunden? Oder – wird gar die eigene Geschichte erst wirklich im Moment des Aufschreibens? Dann also, wenn sie Literatur wird?«

Seine Augen. Der Mann hatte seltsame Augen.

»Und dann, als dritte Ebene gleichsam, die Verfilmung. Also ich wüßte gern mehr über das mehrfach Gebrochene im Verhältnis zum realgeschichtlichen Gehalt Ihres Buchs.«

Der Mann schien zu glauben, daß man seine Fragen verstehen könne. »Er geht den Dingen auf den Grund«, hatte Regine gesagt. »Er ist vielleicht ein bißchen kompliziert, aber er gilt als der beste Reporter der *Profile*. Er hat Niveau.«

»Verstehen Sie?«

Nein. Sophie schüttelte benommen den Kopf. Sie konnte sich kaum konzentrieren. Um sie herum eine Ausgelassenheit wie auf einer Klassenfahrt. Ihr Blick suchte den Regisseur, aber der unterhielt sich mit der Blonden, die die Sascha spielte. Wie waren sie bloß auf diese Frau gekommen? Der Polizist, der Berater – sie hatte gar nicht gewußt, daß es so etwas gab – sprach mit der Darstellerin der Angel, die gefiel ihr weit besser.

»Man glaubt, Sie seien dabeigewesen. Sie erzählen so lebendig, Frau Winter.«

Lebendig. Natürlich. Es lebte ja. Es lebte und es leuchtete. Wie war noch einmal die Frage?

Maurer beugte sich vor und sah sie an, aus blauen Augen, sie hatte lange nicht mehr so ein Blau gesehen, vor allem nicht bei Männern. Dabei spiegelte sich das Deckenlicht auf seiner Glatze. Sie hätte fast gelacht.

»Und was ist das für ein Gefühl, wenn sich andere Ihres Textes bemächtigen? Zum Beispiel die Szene, die wir eben gesehen haben …«

Sie tanzt, selbstvergessen. Und wie sie tanzt. Die langen blonden Haare schwingen vor ihrem Gesicht, das dünne Kleid fließt um ihre Glieder. Alles ist Duft und Sound und Liebe. Um den Hals trägt sie eine Kette, Silber mit stumpfen roten Steinen, und zwischen den Brüsten einen kleinen roten Lederbeutel, weich von ihrer Wärme und ihrem Schweiß.

»Nun, die wenigsten Autoren sind mit der Verfilmung ihres Werks zufrieden. Das ist ja bekannt. Sie hängen an ihren eigenen Bildern, ja sie fühlen sich ihnen geradezu verpflichtet. Und dann die Schauspieler, die immer anders sind als die Figuren der Vorlage. Ist das auch für Sie ein Problem?« Er setzte den Stift erwartungsvoll auf das Blöckchen, das er vor sich liegen hatte. Ohne sie aus den Augen zu lassen, malte er Kringel auf das Papier.

Im Nebenzimmer zupft einer immer wieder die gleichen Akkorde auf der Gitarre. Ein Junge, er bleibt nicht lange, läuft albern kichernd von Raum zu Raum. Charles und Rosy stopfen einander Süßigkeiten in den Mund, während Felix Rosys Fuß streichelt, immer wieder, immer die gleiche Stelle.

»Das alles ist schon schwierig genug, aber noch schwieriger wird es, stelle ich mir vor, wenn die Geschichte von eigener Erfahrung gespeist wird, wenn es gar die eigene Geschichte *ist* …«

Maurer begann, die Kringel, in die er seine Stichworte geschrieben hatte, mit Pfeilen zu verbinden. »Sie hatten ja einmal angedeutet, Frau Winter, daß *Summer of Love* eine wahre Begebenheit zugrunde liegt. Können Sie das präzisieren?«

Sicher, dachte Sophie. Natürlich. Die Wahrheit.

Irgendwann sind alle gegangen, nur wir bleiben übrig, sitzen einander gegenüber, im Schneidersitz, sehen uns tief in die Augen, sprechen nicht. Sie und ich. Und zwischen uns die weiße Katze.

Maurer legte den Stift beiseite und sah sie an. »Frau Winter? Hallo?«

»Sascha.« Sie lauschte ihrer Stimme, als ob sie nicht zu ihr gehörte. »Sascha war in Wirklichkeit viel schöner.« Viel schöner als diese Nebendarstellerin aus einer Vorabendserie. »Viel, viel schöner.«

»In Wirklichkeit?« Maurer zog die Augenbraue hoch. »Die Figur der Sascha ist also nicht erfunden? Interessant. Zumal wenn man bedenkt, wie tragisch die Geschichte ausgeht. Aber das Ende ist doch sicherlich erfunden, oder? Wenn nicht …« Er klopfte sich mit dem Bleistift gegen die Vorderzähne.

Sophie stand auf. Ihr war schwindelig. Sie mochte seine Fragen nicht. Sie verstand seine Fragen nicht. Was war wirklich, erfunden, wahr, gelogen? Sie wußte es nicht. Niemand wußte es. Und niemand durfte sie danach fragen.

»Aber Frau Winter … Ihr Verlag gab mir zu verstehen …«

Und dann der Fotograf. Er war ständig um sie herum. Das

Blitzlicht tat ihren Augen weh. Sie wollte nicht, daß er sie so sah. Daß man sie so sah. Er war ihr unheimlich. Hastig griff sie nach ihrer Jacke. Alle waren aufgestanden: der Regisseur, der Journalist, der Polizist. Und an den Tischen vor und hinter ihr schauten alle zu ihr herüber. Ihr zitterten die Knie. Und als sie ihre Handtasche vom Stuhl nahm, geschah es. Sie wischte mit dem schweren Beutel die Kaffeetasse vom Tisch.

Zersplitternde Spiegel. Zerbrochene Gläser. Scherben überall. Sie spürte ihre Füße.

»Ich muß gehen«, sagte sie.

7

DeLange reagierte vollautomatisch. Er konnte gar nicht anders. Als er Sophie Winter aus dem Raum stürzen sah, folgte er ihr. Ganz der Beschützer.

»Wiedersehen, Giorgio!« Hannah. Verdammt. Er hätte sie glatt ohne Abschied sitzengelassen. Sie nahm seine Hand und zog ihn zu sich herunter. »Und bring mir gelegentlich das Buch wieder, ja?« flüsterte sie. Dann küßte sie ihn auf die Wange.

In der Mittagssonne war es fast warm. Sophie Winter stand wie ein verlorenes Kind auf dem Parkplatz, einen Autoschlüssel in der Hand.

»Ich weiß nicht, wo mein Auto steht«, murmelte sie, als er neben ihr war.

Man nimmt den Schlüssel, drückt auf das Symbol für Entriegelung und guckt, wo es blinkt, dachte er und nahm ihr den Schlüssel aus der Hand. Aber der Schlüssel hatte keine Fernbedienung. Er lag glitzernd und kühl in seiner Hand. Er kannte solche Schlüssel. Das dazugehörige Auto war was für Liebhaber.

»Ich helfe Ihnen suchen«, sagte er. »Welche Farbe hat das gute Stück?«

Unverhofft lächelte sie ihn an, hob die Hand und berührte ihn an der Wange. »Wie die Lippen Ihrer Freundin«, sagte sie und grinste wie ein Schuljunge. Er griff in die Tasche, zum Taschentuch. Hannahs Lippenstift hatte abgefärbt. Das Biest.

Er steckte das Taschentuch wieder ein und kam sich lächerlich vor.

Sie war ein paar Schritte vorausgegangen, drehte sich zu ihm um und schüttelte verwirrt den Kopf.

»Wir finden das rote Schmuckstück schon«, sagte DeLange mit »Sie haben ein Problem? Ich bin die Lösung!«-Stimme. Sie hatte ihr Auto wahrscheinlich weit vorn geparkt, weil sie fürchtete, in der Nähe des Eingangs keinen Platz mehr zu finden. Das machten die meisten Frauen so. Und in diesem Fall war es sogar eine weise Entscheidung gewesen.

Ein paar Meter hinter ihnen schlenderte ein Mann mit Baskenmütze. Blumenkron. Noch mehr Fotos? Er hatte nicht das Gefühl, daß ihr das recht wäre. Sie wirkte noch immer verängstigt – und tatsächlich hakte sie sich bei ihm ein, eine Geste, die ihn rührte. Manchmal war es von Vorteil, Polizist zu sein. Schutzpolizist. Er zog ihren Arm an sich und führte sie an der langen Reihe parkender Autos vorbei.

»Welche Marke?«

»Ein Mercedes.«

Er sah sie von der Seite an. Natürlich. Ein Coupé, vermutete er. Geld genug dürfte sie ja haben.

»Gibt es das wirklich? Ein Kriminalkommissar als Berater?«

»Das gibt es.« Schließlich haben wir einen Ruf zu verlieren. »Wir stellen die Komparsen und die Ausrüstung. Und beraten in Fragen der Authentizität.«

»Aber Sie waren doch damals noch gar nicht dabei. Sie wissen doch gar nicht …« Sie unterbrach sich, verlegen.

Wie dumm und gewalttätig die Bullen damals waren? Natürlich nicht. »Ich halte mich ans Drehbuch«, sagte DeLange. »Und das hält sich an den Roman, nehme ich an.« Wenn er doch den Hauch einer Ahnung hätte, woran ihn die Geschichte erinnerte. Dann könnte er sie fragen. »Und Sie? Sind Sie zufrieden?«

»Womit? Ich hab ja kaum was gesehen.« Sie lächelte wieder. »Bevor ich geflohen bin.«

»Na ja – mit den Schauspielern?« Mit Hannah. Den anderen.

»Ich weiß nicht.« Sie sah ihn nicht an. »Sascha ...« Und dann flüsterte sie fast. »Sascha war so unfaßbar schön.«

Also schöner als Hedi Baumeister? In diesem Moment fiel ihm ein, woran das Buch ihn erinnerte.

Seminar in Wiesbaden. Kriminalübernahmelehrgang. Leiter des KÜL: Kriminalhauptkommissar Ernst Zobel. Thema: Was man so alles versieben kann. Beispiel: Der Fall einer Frau, die kurze Zeit nach einer tätlichen Auseinandersetzung aus einem hessischen Dorf verschwindet. Bei der Auseinandersetzung ist es zu geringfügigen Sach- und Personenschäden gekommen. Der Tatortbericht geradezu penibel, er umfaßt immerhin sieben Seiten. »Da hat jemand geübt. Vorbildlich.« Die restliche Beweisaufnahme lückenhaft, das Bildmaterial spärlich, Blutspuren sind nicht gesichert worden. »Warum auch? Da werden ein paar Fremde von der Dorfjugend aufgemischt. Was kümmert das einen Provinzbullen, der Ruhe haben will in seinem Sprengel?«

Diese Auffassung teilte ein Lehrgangskollege. »Bei der Tatortsicherung konnte doch noch niemand wissen, daß es eine Vermissung geben würde. Warum hätte man also weitergehende Maßnahmen treffen müssen?«

»Die ermittelnden Kollegen waren damals exakt so sensibel und weitblickend wie Sie.« Zobel, süffisant. Und dann folgte sein üblicher Vortrag über die »Nase«, die man haben müsse als guter Ermittler. Und daß ohne Intuition auch die beste Routine nichts hilft. DeLange hatte das damals aufgesogen wie Eierlikör. Wer schreibt, der bleibt – öde lange pingelige Berichte. Aber wer eine feine Nase hat, bringt die Sache voran. Daran hatte er sich geklammert, wenn ihn sein Job zum Gähnen ermüdete.

»Ihre Geschichte erinnert mich an einen Fall, mit dem ich mal zu tun hatte.«

»Haben Sie das Buch gelesen?« Aufmerksame braune Augen.

»Natürlich.« Gar nicht natürlich. Hannah war schuld.

Sophie Winter lächelte, als ob sie ihm nicht ganz glaubte.

»Es ging um eine Frau ...« DeLange, verdammt. Dir wird doch wohl endlich der Name einfallen!

Ihr Gesicht hatte er klar vor Augen. Jahre später hatte es

einen Bericht in einer großen Illustrierten gegeben – über die auffallend schöne Frau mit den großen blauen Augen und den langen blonden Haaren, die eines Tages spurlos verschwunden war. Vielleicht hatte Sophie Winter den Bericht damals gelesen und als Anregung genommen? Das war ja nicht verboten. Oder handelte man sich für so etwas den Vorwurf ein, abgeschrieben zu haben?

Er wollte sie fragen, aber Sophie Winter hatte sich abgewandt. Weißes Gesicht. Blick ins Nirgendwo. Hände um die Handtasche geklammert.

Und plötzlich schmiegte sie sich eng an ihn. »Entweder habe ich einen Knall, oder es verfolgt mich jemand«, flüsterte sie.

DeLange hielt es mit dem guten alten Spruch »Daß du paranoid bist, heißt noch lange nicht, daß keiner hinter dir her ist«, und nahm sie schützend in den Arm. Dein Freund und Helfer. Er übertraf sich selbst.

»Wer verfolgt Sie?«

»Ein Mann.« Sie strich sich die Haare aus dem Gesicht und versuchte zu lachen. »Aber vielleicht bilde ich mir das nur ein.« Sie seufzte und machte Bambiaugen.

DeLange blickte um sich. Niemand zu sehen. Auch Blumenkron nicht.

»Kennen Sie den Mann?«

»Vielleicht. Ja. Wenn es ihn überhaupt gibt.«

DeLange kam sich seltsam vor. Sie standen da, eng umschlungen, wie ein Liebespaar. Ein nicht mehr ganz junger Mann und eine ziemlich viel ältere Frau. Aber zu seinem Erstaunen fühlte es sich gut an, sie im Arm zu halten.

»Ist er noch da?« Sie fragte mit Kleinmädchenstimme.

»Der große böse Wolf?«

Sie lachte. Sie löste sich von ihm.

Ihr Auto stand tatsächlich ganz am Ende des Hofs. Und was für ein Auto! Er mußte sie völlig entgeistert angesehen haben.

»Wollen Sie ihn fahren?« Kein kleines Mädchen mehr. Eine Frau, die weiß, worauf Männer stehen. Auf ein Auto wie dieses hier.

Der rote Mercedes war ein berühmt-berüchtigtes Modell, das er verdammt gut kannte. Ein kleiner, solider, wendiger, hübscher Roadster. Die Kiste gehörte eigentlich ins Polizeimuseum, stellvertretend, dorthin, wo noch immer ihr Schädel ausgestellt war, der, wenn es nach ihm ginge, schon längst begraben worden wäre. Der Schädel des Mädchens Rosemarie. Das Auto der Rosemarie Nitribitt: ein Mercedes 190 SL, Jahrgang 1963.

Der einzige Unterschied: Die Nitribitt fuhr ihn in Schwarz und ohne Verdeck.

Sophie Winter hielt ihm den Schlüssel hin. DeLange zögerte einen Moment. Dann öffnete er ihr den Schlag und stieg ein. Auf der Fahrerseite.

8

»Warum wird man Polizist?« Ich mag eigentlich keine, dachte Sophie. Ich habe meine Gründe dafür.

»Was glauben Sie?«

Er bewegte den Schaltknüppel, als ob er beim Getriebe höflich anfragte. Das war angenehm. Auch daß er die Haare viel zu lang trug und sich einen Dreitagebart erlaubte, was sie eigentlich gar nicht mochte, aber es stand ihm.

»Wollen Sie eine ehrliche Antwort?«

Ein kantiges, vernarbtes Gesicht mit langem Kinn. Und dann die Augen: nicht hellbraun, wie ihre, sondern dunkel, tiefliegend, etwas beunruhigend. Wie der ganze Mann.

Sie nickte. Und hoffte, daß er etwas anderes zu bieten hatte als das tief betroffene Geschwätz in den Fernsehkrimis: daß er die Schwachen schützen wolle. Und für die Gerechtigkeit sei. Wer war das schließlich nicht.

»Weil es besser ist, Polizist zu werden, als im Knast zu landen.«

Er manövrierte durch den Stau auf dem Alleenring, als ob er mit der Eleganz des Autos wetteifern wollte. Geschmeidig. Mit gerade dem richtigen Kick, was das Gasgeben betraf. Bei der Hansaallee fuhr er eine Schleife auf die Eschersheimer. Rechts vor ihnen lag das neue Polizeipräsidium. Schade, dachte Sophie.

»Weil ich schon mit 14 ein kleiner Gauner war und mit 15 nicht mehr daran glaubte, das Talent zum großen Gauner zu haben.« Er fuhr auf den Parkplatz, bremste, stellte den Motor aus, drehte sich zu ihr und sah sie an. Dann lächelte er. »Mittlerweile gibt es auch noch ein paar bessere Gründe.«

Wahrscheinlich durfte man ihn nicht reizen. Bestimmt war er eitel, so wie er sich kleidete. Sicher war er launisch. Autoritär. Und doch hatte sie sich bei ihm beschützt gefühlt. Das waren widersprechende Eindrücke, die sie irritierten.

»Darf ich Sie auch etwas fragen?«

Sie nickte.

»Ein zwölfjähriger Junge wird vermißt. Mich beschäftigt das.« Er hielt den Autoschlüssel in den langen Fingern, er schien ihn zu streicheln. »Daß Menschen einfach so verschwinden und nicht wieder auftauchen – das hat mich schon immer beschäftigt.« Sie mußte zu intensiv auf seine Hände gestarrt haben, denn er zuckte fast schuldbewußt zusammen und reichte ihr den Schlüssel.

»Ihr Buch erinnert mich an etwas. Beziehen Sie sich darin auf eine wahre Geschichte?«

Warum fragen sie alle das gleiche, dachte sie.

»Natürlich ist ein Roman Literatur, also Fiktion – aber vielleicht hat Sie irgend etwas inspiriert? Vielleicht ist nicht alles erfunden?«

Wirklich, erfunden, wahr, gelogen. Warum?

»Wir können mit den heutigen Methoden viele alte Fälle aufklären. Manchmal denke ich …«

Und welche Botschaft ist die wirkliche, wahre, wahrhaftige? Die neuen Zeichen auf dem Pergament oder die alte Schrift, die langsam wieder an die Oberfläche steigt?

Sie schüttelte stumm den Kopf. Er fragte nicht weiter. Er war verlegen, als er ihr aus dem Auto half. Sie senkte den Kopf, als sie sich verabschiedeten.

Wie in Trance steuerte sie das Auto aus der Stadt heraus. Sie wäre gerne weiter mit ihm gefahren. Vielleicht hätte er irgendwann zu fragen aufgehört.

Es war noch viel zu früh, die Lesung begann erst in vier Stunden. Der Ort lag auf halber Strecke zwischen Frankfurt und Klein-Roda, man war in einer guten halben Stunde da. Aber sie hatte ja auch nicht die Absicht gehabt, den Drehort so früh zu verlassen. Irgendwie war alles schiefgelaufen. Erst das verunglückte Gespräch mit dem Journalisten, wie hieß er noch? Egal. Und dann Verfolgungswahn. Was war das bloß? Ihre Sinne waren überreizt. Sie brauchte Urlaub. Und vielleicht – hatte der Sturz im Sturm doch wesentliche Körperteile beeinträchtigt. Zum Beispiel den Kopf.

Regine würde tief gekränkt sein, wenn sie ihr erzählte, wie das Interview verlaufen war. Und daß sie den Regisseur hatte stehenlassen und geflohen war.

Und wenn der Polizist nicht gewesen wäre ... Er hatte ihr gefallen. Obwohl ihr schon lange kein Mann mehr gefiel.

Eine Ampel. Gelb. Dann Rot. Sophie bremste.

Irgend etwas geschah mit ihr, das sich ihrer Kontrolle entzog. Sie hatte das Gefühl, daß etwas nach ihr griff, etwas Dunkles. Tu was dagegen, Sophie, dachte sie. Sie legte die Stirn auf das Lenkrad und atmete tief durch. Wehr dich.

Hinter ihr hupte es. Sie schrak hoch, legte die Kupplung ein, würgte den Motor ab. Jetzt hupten alle.

Rechts ab in die Hügelstraße, zum Autobahnzubringer. Die Abfahrt nach Kassel nicht verpassen. Sophie konzentrierte sich aufs Autofahren wie eine Novizin bei der Führerscheinprüfung. Und endlich war sie auf der Strecke.

Sie fuhr auf der rechten Spur. Sie fuhr langsam. Das schwarze Tuch des Verdecks knatterte, und es zog im Wagen. Aber die Ledersitze rochen vertraut, und das Motorengeräusch gab ihr das Gefühl, geborgen zu sein.

Das Buch. Es war ihr Triumph über die Vergangenheit gewesen. Sie hatte sie sich angeeignet und neu definiert. Aber nun war eine andere Kraft am Werk und drängte sich in ihre Erzählung. Und mit einem Mal wußte sie nicht mehr, was wirklich war und was nur ein Produkt ihrer Phantasie. Nicht das Buch war zum Leben erwacht – die Vergangenheit forderte ihr Recht und schimmerte wie eine geheime Botschaft durch den Text. Und begann, ihn auszulöschen.

Der Mann. Der Fotograf. Für einen Moment hatte sie geglaubt, ihn zu kennen. Hatte gefürchtet, daß er wie damals Marlene etwas las in ihr, daß seine Fotos sie enthüllen, sie bloßstellen würden. Daß er ihr das Gesicht nehmen könnte – die alte Indianerfurcht. Und dann, als er ihnen folgte, nach draußen, auf den Hof hinter dem Präsidium … Was wollte er von ihr?

Hinter ihr hupte ein LKW. Sie blickte auf den Tacho. Sie fuhr zu langsam, viel zu langsam. Der Mercedes reagierte sofort, als sie beschleunigte und auf die mittlere Spur wechselte. Hinter ihr blendete der LKW-Fahrer auf. Wahrscheinlich hielt er sie für den typischen Fall von »Frau am Steuer«, die an alles mögliche, nur nicht ans Autofahren denkt.

Sie verzog den Mund. Und hatte er nicht recht? Reiß dich zusammen, Sophie. Der Journalist hat dich auf dem falschen Fuß erwischt. Das kommt vor.

Und ihre Angst war nicht real. Vielleicht war es nur die Angst vor Peinlichkeit? Vor dem Moment, in dem einer vor ihr stehen, sie umarmen und »Erinnerst du dich?« sagen würde. Und, wenn sie sich nicht erinnerte, vorwurfsvoll »Ich bin doch der Winnie!« riefe. Der Winnie, der Frank, der Marco, der Paul. Einer der vielen, die ihr nichts bedeutet hatten. Keiner hatte ihr etwas bedeutet. Davor nicht und danach erst recht nicht.

Die Ehe mit Hanswolf Winter war der Versuch gewesen, endlich ein ganz gewöhnliches Leben zu führen. Normal zu fühlen, normal zu leben, normal zu sein. Nachdem alles in Scherben gefallen war, um sie herum, die Zeit der Unschuld vorbei war. Und es hatte sie gegeben, oder? Die Zeit, als der Rausch noch keine dreckige Nadel in der Vene war. Als man das Lied noch nicht zerstört hatte.

1967 in London. Sie war durch die Stadt und die Szene getorkelt wie ein liebestrunkener Schmetterling. Alles war großartig: das Wetter, die Mode, die Musik, die Männer, das LSD, der Shit und die Süßigkeiten danach, wenn man bekifft war. Süßigkeiten, die sich im Mund aufplusterten und groß und wunderbar wurden. Alles plusterte sich auf und wurde groß und wunderbar in diesem unendlichen Rausch, alles hatte Bedeutung, jede Farbe, jeder Geruch, jeder Laut, jeder Mensch. Sogar das Ich, von dem damals alle glaubten, das es in jedem Menschen verborgen war und nur darauf wartete, entdeckt und befreit zu werden.

Sophie hatte alles ausprobiert, hatte gekifft mit Steven, der einen Laden mit indischen Klamotten in Notting Hill besaß, hatte Speed eingeworfen mit David und mit ihm beim Pink-Floyd-Konzert geknutscht, bis sie unter der Bestuhlung landeten. Peter hatte sie kennengelernt, als sie bei einer Vorstellung des Living Theatre auf die Bühne gegangen war, wo sich alle berührten. Einige zogen sich aus. Andere, vor allem die Älteren, waren auf mehr aus als die keuschen Berührungen, die sich Peter erlaubte. Und dann war da Ben. Und Mandrax. Dann Balamani. Und eine Opiumpfeife.

Und schließlich Max. Das Ende kam mit dem LSD-Trip mit Max. Erst begann der Horizont zu brennen, später sah sie im Wohnzimmer des kleinen Reihenhauses in Clapham Common Würmer aus den Wänden kriechen. Sie hatte geglaubt, tot zu sein.

Sie mußte entsetzlich geschrien haben. Jede seiner Berührungen, mit denen Max sie beruhigen wollte, hatte gebrannt wie Feuer, und sie hatte noch lauter geschrien, bis er ihr in seiner Verzweiflung den Mund zuhalten wollte und sie fast erstickt wäre. Irgend jemand holte die Polizei. Irgendwie landete sie im Krankenhaus. Irgend jemand holte sie wieder heraus und setzte sie in den Zug nach Frankfurt.

Wo schließlich alles begann, die Liebe und die Schönheit. Und erst als die Liebe zerbrach, kamen all die anderen, als ob sie die Wunde hätten schließen können – Winnie und Frank und Marco und Werner und Paul. Vorbei und vergessen. Was machte das schon.

Kurz vor Bad Soden fuhr sie auf einen Parkplatz, senkte die Rückenlehne ihres Sitzes und versuchte zu schlafen.

Ein Palimpsest ist ein Stück beschriebenes Pergament, das man abgeschabt hat, um es erneut benutzen zu können. Aber was geschieht, wenn sich die alte Eintragung wieder bemerkbar macht? Sichtbar wird? Mit der neuen Schrift konkurriert? Sie überwältigt? Sie ihrerseits auslöscht?

9

Am Tag, an dem das Fernsehen kam, stand Klein-Roda kopf. Bremer lehnte stillvergnügt am Gartentor und sah zu, wie drei Männer und eine Frau mit Kamera und Mikrofon das Dorfleben aufmischten.

Nicht daß man hier in der Provinz Fernsehen noch für etwas Besonderes hielt, sein Dorf war medienerfahren wie alle anderen, die sich schon mal um den Titel »Hessens dollstes Dorf« beworben hatten. Außerdem schickten die Fernsehanstalten regelmäßig unerschrockene Reporter vorbei, die nach Rinderwahn und Vogelgrippe fragten oder, im Namen der Klimakatastrophe, Vorbildliches und Verwerfliches recherchierten, etwa die Solaranlage auf Willis Scheunendach (»die richtige Entscheidung!«) oder den zunehmenden Rapsanbau auf den Feldern (»gut für die Energiebilanz, schlecht für die Artenvielfalt«). Medienkompetenz war selbstverständlich für alle, die von Kindesbeinen an Mama und ihr Videogerät gewohnt waren.

Aber heute ging es um mehr, genauer: Es ging um alles. Das Thema, das die vier und ihr Gerät angelockt hatte, lautete »Das Dorf und sein Superstar«. Das Thema waren Basti und die Castingshow »Hessen sucht den Superstar der Volksmusik«.

Es hatte eine heiße Debatte darüber gegeben, ob Basti mitmachen sollte beim Wettbewerb der volkstümlichen Musiker, immerhin waren so erwachsene und erfolgreiche Acts dabei wie die Gletscherfetzer oder Regina, »die aparte Erscheinung mit dem aufregenden Timbre«. Marie hatte mit gekrauster Stirn wiederholt, was ein Lehrer in Bastis Schule zu bedenken gegeben hatte: ob das Kind nicht zu jung sei für öffentliche Auftritte und frühen Ruhm oder frühe Niederlagen, je nachdem. Basti spielte schließlich erst seit zwei Jahren – auf dem Akkordeon, einer steirischen Harmonika »Alpenklang«, die ihm sein Großvater als Trost für die verschwundene Katze geschenkt hatte.

Alle widersprachen. Basti war mit seinen elf Jahren nicht nur ein Virtuose auf der Wanzenpresse – da sieht man mal, welch kreativen Schub der Verlust eines geliebten Haustieres auslösen kann, dachte Bremer –, sondern auch im Scheinwerferlicht und vor tobenden Massen cool und locker wie ein alter Hase. Basti in seinen neuen Geox, die Gottfried ihm nach dem ersten erfolgreichen Auftritt in der Castingshow spendiert hatte. Basti in seiner feschen Lederhose. Basti mit »Hej, Slavko, spiel uns eins«, das Bremer mittlerweile mitsingen konnte, auch wenn das Stück nicht unbedingt zur Musik seines Herzens zählte.

Das Fernsehteam filmte Basti beim Üben, Basti beim Hühnerfüttern, Basti und seine edlen weißen indischen Pfautauben, Basti und seine stolzen Großeltern Gottfried und Marie. Und, natürlich, das Ambiente, in dem dieses Ausnahmetalent lebte: Willi auf seinem nagelneuen Fendt 820 Vario Großtraktor, 6 Zylinder, Turbolader, 207 PS, die Stereoanlage auf volle Dröhnung, heute HR 4, als Kompliment ans Fernsehteam. Marianne hinter der Schubkarre mit den riesigen runden Natursauerteigbrotlaiben auf dem Weg zum Backhaus, vor dem Gottfried dekorativ Brennholz zerkleinerte. Und Erwin, auf seinem Rasentraktor thronend, während er den golffähigen Rasen seines Grundstücks kurz hielt. In einer solchen Umgebung konnten nur Begabungen heranwachsen.

Guten Morgen
Magst du steirisch
Mehr als französisch
Weißt du worauf du dich einläßt
?

»Und? Was sagen Sie zum Erfolg des kleinen Sebastian?« Bremer starrte auf ein von einer großen gelben Schaumstoffkugel umhülltes Mikrofon. An der Kamera schaltete sich ein rotes Licht ein. Das geschah ihm recht. Es gab keine Unbeteiligten in diesem Spiel. Nur nicht stottern.

»Ich finde es großartig. Wir alle sind stolz auf Basti und wünschen ihm ein rauschendes Finale! Ich halte ihm nicht nur die Daumen, ich werde auch meine Stimme für ihn abgeben!« Gottfried hatte die entsprechende Nummer schon vor Tagen verteilt, unter der man »voten« konnte. Bremer jedenfalls würde voten, bis die Wahlwiederholungstaste glühte.

»Und wird Sebastian es ganz nach vorne schaffen, was meinen Sie?« Die junge Frau mit der spitzen Nase und dem dunklen Bubikopf sah nicht unbedingt wie ein Fan steirischer Volksmusik aus. Machte sie sich etwa heimlich lustig? Bremer merkte verblüfft, wie ihn allein der Gedanke wütend machte. Klein-Roda war zwar nicht der Nabel der Welt, aber für Spott hatte er kein Verständnis.

»Platz eins, zwei oder drei«, sagte er kühn und strahlte nun erst recht in die Kamera. »Aber ehrlich gesagt: Ich tippe auf den ersten Platz.«

Sie nickte. Sie lächelte, während einer ihrer Begleiter um sie herumturnte und fotografierte. Der Mann trug seine Baskenmütze wie Che Guevara. Auch noch mit einem roten Sternchen vorne an der Krempe. Albern.

Sie lächelte auch bei der nächsten Frage: »Und ist das nicht traurig? Das eine Kind wird gefeiert und das andere ist noch immer verschwunden. Was sagt man im Dorf über den kleinen Luca?«

Bremer hielt die Luft an und versuchte seine Gesichtszüge zu kontrollieren. »Wir haben die Suche nach Luca nicht aufgegeben«, antwortete er steif.

»Vielleicht hätte man auf die Teilnahme Sebastians an der Veranstaltung verzichten sollen, meinen Sie nicht?«

Sie lächelte noch immer, die Schlange.

»Ganz im Gegenteil«, sagte Bremer und spürte, wie ihm die

Hitze ins Gesicht stieg. »Basti hat ein Recht auf seinen Erfolg. Wir müssen zeigen, daß für die Kinder ein Leben ohne Angst möglich ist. Wir ...«

»Danke!« Das Licht an der Kamera verlosch. Die Journalistin lächelte noch immer, als sie sich verabschiedete, um nach neuen Opfern zu suchen.

Aber ihre Bemerkung hatte gesessen. Es gab eine helle Welt, in der kleine Jungen umjubelte Superstars werden konnten. Und es gab eine dunkle Welt, in der sie spurlos verschwanden. Vielleicht hätte man Luca rechtzeitig ein Akkordeon in die Hand drücken sollen?

Hoffentlich lebte der Bengel noch. Hoffentlich hatte er es warm und genug zu essen. Hoffentlich war er bald zurück.

Stunden später kam der Bus. Marie hatte sich eine Trachtenbluse angezogen, und Gottfried trug bunte Hosenträger. Basti in seinen Lederhosen mit den Hirschhornknöpfen, die seine Berufskleidung geworden waren, wirkte kein bißchen aufgeregt. Auf der alten Fernsehantenne oben auf dem Dach saßen fünf seiner prächtigen weißen Tauben und gurrten. Frieden.

Bremer hätte noch lange dem Bus hinterhergewinkt, wenn Karen nicht angerufen hätte.

»Lebst du noch?«

Er hörte sie seufzen. »Mehr oder weniger. Und du?«

»Zu gut.« Er erzählte ihr von den unzähligen Dinnerpartys und den vielen Cocktails während der Reise mit Anne. »Fünf Kilo zuviel.«

»Ich hab zehn Kilo weniger.«

»Wie hast du das gemacht?« Frau Oberstaatsanwältin Karen Stark kämpfte, seit er sie kannte, mit einem Übergewicht, das er ihr beim besten Willen nicht bescheinigen konnte. Aber Frauen sind wohl so.

»Zuviel Arbeit. Vertretung unserer Pressesprecherin. Und ansonsten – ach, du weißt doch. Ich kann die Methode nicht weiterempfehlen.«

Also das Übliche. Liebeskummer. Gunter. Der attraktivste

Gerichtsmediziner Frankfurts, behauptete Karen. Da die andere Rechtsmedizinerin eine Frau war, hieß das nicht viel.

»Ich habe ein viel größeres Problem.«

Er ließ sie erzählen. Ein neuer Job. Eine andere Stadt.

»Soll ich? Ja oder nein?«

»Was sagt dir dein Gefühl?« Bremer hatte im Laufe der Zeit gelernt, Frauen nicht nach ihrem Verstand zu fragen, den sie doch nur unterschätzten.

»Was heißt hier Gefühl? Es geht um einen Karrieresprung, der mit einer ziemlichen Unannehmlichkeit verbunden ist: Ich werde versetzt.«

Er hörte im Hintergrund den Frankfurter Stadtverkehr. Sie saß offenbar auf dem Balkon, während sie telefonierten. Für einen kurzen Moment beneidete er sie um ihre Altbauwohnung im Westend und die paar Grad, die es in Frankfurt wärmer war als hier.

»Weit weg?« Bremer hob die Wasserpistole und hielt Nemax mit einem gezielten Strahl davon ab, die frisch gesetzten Salatpflanzen aus dem Boden zu scharren.

Karen seufzte wieder. Dann sagte sie es ihm.

Bremer horchte in sich hinein. Zu seiner eigenen Verblüffung waren seine Gefühle eindeutig: Er freute sich nicht über die frohe Botschaft. Im Gegenteil: Er war wütend auf Karen. Anne war unterwegs und würde so bald nicht wiederkommen. Und seine beste Freundin machte sich aus dem Staub wegen ein paar Mäusen mehr im Monat. Er fühlte sich unendlich verlassen.

»Die Aufstiegsmöglichkeiten in unserem Beruf sind begrenzt, das weißt du. Ich bin schon viel zu lange in Frankfurt. Es ist meine letzte Chance.« Karen klang, als ob sie sich verteidigen müsse. Mußte sie auch, fand Bremer.

»Und Gunter?«

»Dem ist es im Prinzip egal, wo er bei seinen Flügen einen Zwischenstopp einlegt.« Auch das hörte sich nicht ekstatisch an. »Ich treffe ihn nachher. Wahrscheinlich zum letzten Mal.«

»Ich glaube, du hast dich längst entschieden.«

»Ja.« Und, nach einer Pause: »Paul? Ich vermisse dich.«

Dann komm doch her, wollte er sagen. Erst reden wir darüber, und später machen wir einen Roten auf, sitzen bis Mitternacht vor dem Kamin und starren ins Feuer. Scheiß auf die Karriere. Scheiß auf deinen Lover, diesen Leichenaufschneider mit den kalten Händen, der dich nie wirklich geliebt hat.

Er hatte das Telefon noch am Ohr, als sie längst aufgelegt hatte, und schreckte zusammen, als er eine Stimme hörte. Der Mann lehnte am Gartenzaun. Der Fotograf mit der Baskenmütze.

»Entschuldigen Sie bitte …«

Was wollte der Kerl? Weiter Salz in die Wunde streuen? Wie seine reizende Fernsehkollegin?

»Wohnt hier nicht irgendwo Sophie Winter?« Der Mann versuchte gewinnend zu lächeln.

»In der Siedlung«, sagte Bremer mürrisch. »Nach dem Ortsausgang rechts hoch.« Er wandte sich ab. Ohne Gruß.

10

Sophie Winter blätterte um, nahm einen Schluck Wasser und hob den Blick. Da saß die vielköpfige Hydra: ihr Publikum. Eine auffällig farbenfroh gekleidete Frau in einer der vordersten Reihen lächelte in sich hinein, sie schien sich an etwas Angenehmes zu erinnern. Zwei Reihen hinter ihr saß ein junges Mädchen vor lauter Anspannung kerzengerade auf dem Stuhl. Der ältere Mann in der ersten Reihe hatte die Augen geschlossen, als ob er sich ganz auf ihre Worte konzentrieren wollte. Aber die meisten Zuhörer schauten ihr zu, während sie las, als ob es für die Wirkung ihrer Worte wichtig wäre, wie sie aussah, während sie sie aussprach.

Sophie senkte den Blick und las weiter. Sie mußte nicht hinschauen. Sie spürte die Stimmung auch so: ob ihre Zuhörer gespannt waren. Amüsiert. Oder gelangweilt und abweisend. Noch schienen alle mitzugehen. Ihre Stimme füllte mühelos den Raum; er war nicht sehr groß, aber bis auf den letzten Platz besetzt. Man hatte ihr einen roten Sessel hingestellt, ein Tischchen mit einem Glas Wasser und einer Leselampe. Auf ein Mikrofon hatte sie verzichtet, der Lesesessel stand auf einem Podest, und ihre Stimme trug bis in die hinterste Ecke.

Es war seltsam, wie anders sie sich fühlte, ganz anders als noch heute mittag. Wenn sie las, wußte sie, wer sie war. Und nun fühlte sie sich in ihrem Element.

Sie blickte auf. Sie hatte sich angewöhnt, das regelmäßig zu tun, um zu zeigen, daß sie den Kontakt mit ihrem Publikum suchte, das, wie immer, in der Mehrzahl weiblich war. Ein Liebesroman war nun mal nichts für Männer.

Als sie zu schreiben anfing, hatte sie in solchen Kategorien nicht gedacht. Liebesroman? Thriller? Krimi? Die Geschichte mußte raus, das war alles. Erst später hatte sie nach einem Verlag gesucht und kaum zu hoffen gewagt, einen zu finden. Unbekannte Autorin sendet unverlangtes Manuskript ein, und schon der fünfte Verlag nimmt es begeistert an. Unwahrscheinlich? In der Tat. Aber das Leben war unberechenbar. Das Buch der unbekannten Autorin, noch nicht mal blond, dafür schon etwas älter, fand nicht nur einen Verlag, es verkaufte sich auch noch. Und nun wurde es verfilmt. Rache konnte so süß sein.

Einem Mann vorne in der ersten Reihe war das Kinn auf die Brust gesunken. Waren die Liebesszenen zwischen Sascha, Angel und Charles wirklich nichts für Männer? Kaum zu glauben. Die meisten Männer fanden die Vorstellung sicher unwiderstehlich, von zwei Frauen geliebt zu werden. Charles hatte es hemmungslos genossen, jedenfalls zu Anfang. Und dann … Er hatte dabei geholfen, den Zauber zu zerstören. Das hatte sie ihm nie verziehen.

Sie horchte ihrer Stimme hinterher, versuchte vorwegzunehmen, was ihr Publikum empfand. Schon die geringsten Zeichen gaben Auskunft, ob es ihr noch folgte, Kleiderrascheln, Atmen, kleine Laute der Ungeduld. Sie hatte gelernt, auf atmosphärische Schwankungen zu reagieren, mal beschleunigte sie das Tempo, mal wechselte sie von einer stillen Passage über zu Szenen, in denen mehr passierte.

Sie hatte sich mittlerweile in Trance gelesen. Es war seltsam, aber ihre eigene Stimme zog sie immer tiefer in die Geschichte hinein, es war wie Hypnose: Sie war dabei, sie lebte in ihrem Buch. Sie war Angel auf der Suche nach Sascha. Erst die Liebesszene. Dann, als Kontrast, die Drogenrazzia in der Frankfurter Wohnung. Dann die Idylle oder das, was sie damals dafür gehalten hatten, nach der Flucht aus der Stadt ins Dorf, in die Abgeschiedenheit. Und dann die Jagdszenen.

Sie merkte an der Stille um sie herum, daß ihre Zuhörer bei ihr waren, mit ihr gingen, bis zu jener Nacht, in der die drei aus dem Paradies vertrieben wurden. Sie spürte das überwältigende Gefühl völliger Übereinstimmung. Sie hatte es geschafft. Sie hatte sie erobert.

Sophie machte eine Pause und trank einen Schluck Wasser. Übereinstimmung. Sie hätte nie geglaubt, daß so etwas möglich war. Erst hatte sie unter keinen Umständen öffentlich lesen wollen – und sich, als sie sich endlich dazu durchgerungen hatte, vor jeder Lesung gefürchtet. »Du *mußt* lesen.« Regine. »Der Kontakt mit dem Publikum ist unverzichtbar. Die Leser wollen wissen, wer hinter dem Buch steckt, das sie verzaubert hat.«

Niemand! hatte sie damals gedacht. Niemand steckt hinter dem Buch. Ich habe eine Geschichte aufgeschrieben, das ist alles.

»Hör auf, dich zu sträuben. Du wirst es genießen.«

Eine Geschichte, sonst nichts. Aber bei jeder Lesung stand jemand auf und fragte. Immer ein bißchen zögernd, immer mit großen Augen, in denen man eine ungebändigte, ungesättigte Neugier las: »Frau Winter, diese Geschichte ... Sie schreiben so lebendig, man glaubt dabeizusein ... Ich will Ihnen ja nicht zu nahe treten ... Aber haben Sie etwas davon selbst erlebt?«

Zuerst hatte sie das weit von sich gewiesen. Dann hatte sie geheimnisvoll geguckt und keine Antwort gegeben. Später hatte sie den Kopf gewiegt und »Ein bißchen Wirklichkeit steckt in jeder guten Geschichte« gemurmelt. Damals wußte sie bereits, daß sie zurückkehren und ihre Rache auskosten würde. Das war nach der zwanzigsten oder dreißigsten Lesung gewesen, in einem Literaturhaus, die meisten Buchhandlungen waren mittlerweile zu klein für ihr Publikum geworden.

Kein Vergleich mit dem ersten Mal. Die erste Lesung war schrecklich gewesen. Ein unfreundlicher Raum in einer Stadtbibliothek. Die Leiterin stotterte bei der Vorstellung, nannte sie erst »Frau Sommer« und verstummte dann hilflos. Es fehlte das Glas Wasser auf dem Tisch, und es gab keine Mikrofonanlage. Als die ersten Leute »Lauter!« schrien, wäre Sophie am liebsten aufgestanden und gegangen. Aber dann stellte sie sich hin vor die zwanzig, dreißig Zuhörer und versuchte grimmig, so laut wie möglich zu sprechen. Es wurde still. Die Stimmung verschob sich unmerklich. Sie hörten zu. Und zum Schluß gab es Applaus. Die zwanzig Exemplare ihres Buchs, die auf einem Tischchen auslagen – »falls jemand das Buch von Frau Winter käuflich erwerben möchte«, hatte die Bibliotheksleiterin steif gesagt – waren innerhalb von einer Viertelstunde ausverkauft. Da spürte sie zum ersten Mal, daß etwas in Bewegung geriet. Ein paar Wochen und zwei Lesungen später rief Regine an. Der Verlag druckte eine zweite Auflage. So fing alles an. Und nun …

Sophie las weiter. Aber etwas störte. Ein Geräusch. Es paßte nicht zu der geballten Aufmerksamkeit, die sie zu spüren glaubte. Sophie hob die Augen. Für einen Moment waren die Gesichter der Menschen vor ihr eine Ansammlung heller Ovale. Dann schärfte sich ihr Blick wieder, und sie sah, daß dem Mann mit den geschlossenen Augen das Kinn auf die Brust gesunken war. Er schnarchte.

Sie verlor den Faden. Sie brach ab, mitten im Satz. Die ersten lachten.

Der Mann schrak auf, als seine Nachbarin ihn anstieß, und sah verlegen zu ihr hoch. Sophie lächelte verzeihend und las weiter, aber der Bann war gebrochen. Sie war aus dem Traum gefallen, sie erreichte ihr Publikum nicht mehr, sie hatte sich selbst verloren. Und plötzlich war ihr der eigene Text fremd. Die Geschichte von Sascha, Charles und Angel kam ihr kalt und konstruiert vor, das eigene Buch bloßes Kunsthandwerk ohne Seele. Saschas Schönheit stand nur auf dem Papier. Und die Liebe war ein Irrtum, ihr zu opfern vergeblich.

Die ersten verließen den Raum.

Sophie spürte, wie ihr heiß wurde und dann der kalte Schweiß aus den Poren kroch. Wenn sie jetzt alle gingen … Sie blickte auf. Nein, nur einer war aufgestanden, das bedeutete nichts. Ein Mann. Wahrscheinlich mußte er mal. Die Prostata. Sie wollte den Blick wieder senken, aber der Mann stand da und rührte sich nicht. Er fixierte sie. Kannte sie ihn? Er war schlank, die

Haarfarbe konnte sie nicht erkennen, er trug eine schwarze Mütze auf dem Kopf. Er hielt ihr Buch in der Hand, hob es hoch, als ob er ihr damit drohen wollte. Dann, endlich, ging er.

Sie las weiter. Sie stockte. Sie stotterte.

Es war die Szene kurz vor dem Abschied. Nur noch wenige Abschnitte. Das hältst du durch, sagte sie sich. Aber die Buchstaben schienen sich von den Seiten gelöst zu haben, sie erkannte sie nicht mehr. Alles geriet in Bewegung, der Tisch, der Sessel, ihr Magen hob und senkte sich. Und das Licht war merklich dunkler geworden.

Sie hörte es murmeln, dort unten im Publikum. »Brauchen Sie einen Arzt?« rief jemand. Sie schüttelte den Kopf. Nach ein paar lähmenden Sekunden und einem Schluck Wasser hatte sie sich wieder gefangen, lächelte ins Publikum, entschuldigte sich und las die Szene zu Ende. Aber sie hatte keine Luft und keine Stütze mehr, ihre Stimme war viel zu leise. Und die Worte klangen in ihren Ohren wie raschelndes Papier.

Endlich war es vorbei. Sophie atmete tief ein und wieder aus, legte das Buch aufgeklappt auf den Tisch, strich noch einmal über die Seiten und sah dann auf. Stille. Und endlich Applaus. Sie klatschten, alle, aber es klang nicht so wie sonst. Es klang gedämpft, verlegen fast. Sie sah zu Hans-Jürgen hinüber, dem die Buchhandlung gehörte, die eigentlich eine Weinhandlung war – und spürte seine Unsicherheit. Die ersten Zuhörer gingen. Vor dem Büchertisch stand nicht wie sonst eine Schlange. Und nur wenige trauten sich zu ihr, um sich ein Buch signieren zu lassen. Sie wirkten fast verschüchtert, sie schienen zu fürchten, daß Sophie zu schwach sein könnte, um den Füller zu halten. Unsinn, dachte sie. Sie signierte schwungvoll, wie immer. Es war nichts.

Nichts? Als sie ihren Wagen auf die B 49 gesteuert hatte und sich in der Dunkelheit nach Hause tastete, versuchte sie zu begreifen, was ihr Verstand nicht begreifen wollte.

Das Haus. Sie hätte nie und nimmer dort einziehen dürfen. Und als nächstes wollten auch noch Fremde kommen und im Haus nach dem vermißten Kind suchen. Auf dem Boden. Im

Keller. In Schränken und Abstellräumen. Sie mochte nicht daran denken, was sie finden würden. Möbel? Koffer? Kisten? Erinnerungen?

Sie fuhr langsam, sie wurde immer langsamer. Ein Kleinwagen überholte sie laut hupend. Jugendliche auf dem Weg zur Disco, und später, in den frühen Morgenstunden, auf dem besten Weg zu einer innigen Verbindung mit einem Chausseebaum. In Gegenden wie dieser standen besonders viele Holzkreuze am Straßenrand mit Namen, Geburts- und Todesdatum. Junge Männer und nicht mehr ganz frische Autos. Ihr Mitleid war im Laufe der Jahre schütter geworden und dann erloschen.

Als sie in der Siedlung ankam, war es kurz nach Mitternacht. Bei den Nachbarn war alles dunkel. Das Haus duckte sich unter die schwarzen Bäume, die schmale Mondsichel, die ungeheuer dekorativ auf dem Rücken lag, wie ein Genießer in der Hängematte, spendete kein Licht. Sie parkte das Auto und öffnete das Gartentor. Der Weg war nicht beleuchtet, sie hatte es immer abgelehnt, alles hell wie der Tag zu machen, man verlernt ja sonst die Nacht. Aber diesmal wäre ihr ein bißchen Licht recht gewesen.

Sie kramte in ihrer Handtasche nach dem Schlüssel. Nie war eine Handtasche groß oder klein genug, so daß man gleich fand, was man suchte. Die Forsythie vor dem Haus roch verblüht; es duftete nach aufbrechender Erde. Etwas raschelte im Gebüsch und entfernte sich langsam. Ein Tier? Dann war es größer als eine Maus. Die Katze? Die wäre nicht davongerannt.

Sophies Körper reagierte ganz ohne ihr Zutun. Sie spürte, wie sich die feinen Härchen auf ihren Armen aufstellten, fast wie bei Alisha, wenn ein fremder Kater sich in ihr Revier wagte. Mit trockenem Mund schloß sie die Haustür auf. Das erste Mal, seit sie hier eingezogen war, dachte sie an eine Alarmanlage.

Aber ob das verhindert hätte, was sie vorfand, nachdem sie die Haustür hinter sich zugezogen hatte?

Sie roch es, bevor sie es sah. Ein Geruch, der ihr die Kehle zuschnürte und das Wasser in die Augen trieb. Es mußte unter dem zerbrochenen Flurfenster liegen. Sie hielt die Luft an und tastete nach dem Lichtschalter. Da war es. Etwas Rotes. Es bewegte sich. Es lebte noch. Sie stürzte zur Gästetoilette.

Nach unendlich langen Minuten beruhigte sich ihr Magen. Sie holte das Kehrblech aus der Besenkammer neben dem Klo und ging zurück in den Flur. Ein überfahrenes Eichhörnchen. Natürlich lebte es nicht mehr. Nur die Maden wimmelten unter seinem stumpfen roten Fell.

Sie brachte die lebende Leiche hinaus, bis zum Gartentor, nicht zum Mülleimer, nicht in der Dunkelheit. Auf dem Rückweg stolperte sie und wäre fast gefallen. Aufatmend schloß sie die Haustür hinter sich zu.

Auf dem Boden im Flur kringelten sich noch immer vereinzelte Maden auf der Suche nach ihrer Futterstelle. Die Wut, mit der sie auf den fetten kleinen Dingern herumtrampelte, überraschte sie. Was konnten die Maden dafür, daß ihr jemand eine Freude bereiten wollte?

Außerdem ...

Sie hatte damit gerechnet. Sie hatte es befürchtet. Sie hatte darauf gewartet, sie hatte darauf gehofft. Und jetzt – sie horchte in sich hinein. Sie wurde ruhig.

Ihre Rache kam an. Der Feind reagierte.

Als sie barfuß hinauf ins Schlafzimmer ging, wartete die Katze auf sie. Das Tier lag auf dem Bett, den kleinen roten Lederbeutel zwischen den Pfoten.

11

»Papa, ich kann heute nicht in die Schule.«

Caro, ich weiß, wie schlecht es einem vor einer Mathearbeit geht. Aber du mußt.

»Nun komm schon und stell dich nicht so an!«

Also bitte, Flo! Halt mal kurz die Luft an, ja?

»Papa, ich habe Angst. Es blutet.«

Also weißt du, Caro. Wir sind hier nicht im Kino.

»Wirklich, Papa.«

DeLange fiel das Herz in die Hose. Mein kleines Mädchen. Steht mitten in der Küche, Augen weit aufgerissen, und hält sich den Bauch. Mein kleines Mädchen ist kein kleines Mädchen mehr. In diesem Moment haßte er Feli inbrünstiger, als er sie je geliebt hatte.

Mit wenigen Schritten war er bei seiner jüngsten Tochter und nahm sie in den Arm. Er kam sich zu groß, zu plump, zu gefühllos, zu männlich vor. Wahrscheinlich schämte sie sich. »Geh wieder ins Bett, Caroline.«

»Ich kann nicht!« Verzweifelt.

DeLange, auf dem Schlauch. Bis er es endlich kapierte. »Ich hol dir ein frisches Laken, o. k.?« Sie nickte unter Tränen. Flo zog betreten ab in die Schule.

Eine Minute später wählte er Felis Nummer. Das war ihr Job, verdammt! Ihre Jüngste kriegte die Tage, und die Mutter war nicht da. Die Rabenmutter. Die elende Schlampe. Das untreue

Miststück. Nie da, wenn man sie brauchte. Auch nicht früh um halb acht. Sie ging einfach nicht ans Telefon. Er warf das blöde Ding auf den Tisch, wo es mit der Butterdose zusammenstieß, bevor es auf den Boden fiel.

»Sachdienliche Hinweise bitte an die Polizei in Bad Moosbach ...« Das Radio. Die suchten noch immer nach dem Zwölfjährigen. Ob der auch so ein Prachtstück von Mutter zu Hause hatte? So eine mit Selbstverwirklichungstick?

Caro war oben auf dem Klo. Er hörte sie schluchzen, als er in ihr Zimmer ging, um das Bett frisch zu beziehen. Gut, daß Flo schon weg war. Zwei Mädchen mit Hang zum Drama verkraftete er heute morgen nicht.

»Caro? Dein Bett ist fertig.«

Keine Antwort. Rumgeflenne. Dann ging die Spülung.

»Caroline? Soll ich dir was holen? Aus der Apotheke?« Wie nannte man das? Damenbinden. Hoffentlich mußte er nicht danach fragen.

»Nein? Ja? Soll deine Mutter kommen?«

Er wartete die Antwort nicht ab, lief die Treppe hinunter, suchte das Telefon, fand es unter dem Küchentisch, drückte die Wahlwiederholung.

»Bei DeLange.« Ein Mann. Ein verdammter Scheißtyp. Um acht Uhr morgens. Um Viertel vor acht Uhr morgens, um genau zu sein. Was es nicht gerade besser machte.

»Ich möchte meine Frau sprechen.« Stille in der Leitung. Dann hörte er den Kerl »Felicitas!« rufen.

»Ja?« Sie klang weit weg und irgendwie traumverloren. Gut gevögelt oder gut gefrühstückt? Wahrscheinlich beides. Schlampe.

»Caro hat ihre Tage. Kommst du?«

Eine halbe Stunde später stand sie in der Tür, eine Plastiktüte in der Hand. »Sie ist im Bett«, sagte DeLange, ging an ihr vorbei und zog die Wohnungstür hinter sich zu.

Wieder Verdi. *Pace, pace, mio dio.* Dennoch zu schnell auf der Autobahn. Trotzdem zu spät im Büro. Karla, im Flur, den Kaffeebecher in der Hand. Sie strahlte. Na, dann war es wohl soweit.

»Ich wechsle zum ersten Juni«, sagte sie anstelle einer Begrüßung. Fast hätte DeLange »Meine Tochter hat ihre Tage gekriegt« geantwortet. »Die zweite Nachricht ist weniger gut, Jo. Es wird keinen Nachfolger geben, sondern eine Nachfolgerin. Pech für dich.«

DeLange nickte, als ob er damit gerechnet hätte.

»Angelika Schau, du kennst sie ja.«

Und ob. Eigentlich war sie eine Nette, aber sie hatte einen Gang wie alle Hühner, die schon mit 16 bei den Bullen gelandet waren: wie ein Mann. Sie hatte sich kürzlich beim Mittagessen in der Kantine bei ihm ausgeheult. Das hatte er nun davon. Den Moment der Schwäche würde sie ihm nie verzeihen.

»Wir müssen Frauen fördern. Bei gleicher Qualifikation, versteht sich.«

Versteht sich. Alleinerziehende Väter pubertierender Töchter sind nicht quotenrelevant.

Er ging ohne eine Antwort an Karla vorbei und auf sein Zimmer. Sie würden sich das Maul zerreißen, die lieben Kollegen. »DeLange kriegt schon wieder ein Huhn vor die Nase gesetzt! Dabei wäre er auch gern mal was geworden.« Ja. Wäre er. A 12 statt A 11 wäre ein Schritt in die richtige Richtung gewesen. Mädchen, die erwachsen werden, sind teuer.

Auf dem Schreibtisch die Post. Obenauf eine Glückwunschkarte, zum Unterschreiben. Eilt! Na klar. Den Rest sortierte er nach Dringlichkeitsstufen. Eine weitere Anfrage von Omega Film: mittlerer Grad. Eine Einladung zur Pressekonferenz: unwichtig. Eine Journalistenanfrage: heute noch. Das neue IPA-Heft: ab auf den großen Stapel im Regal. Für Mußestunden.

Die Mailbox: wie üblich zugemüllt. Löschen. Oder mit ein paar Sätzen erledigen.

Die gute Nachricht: Martin Vogelsang meldete einen Nachdreh an. Drei Komparsen im richtigen Outfit. Auch recht. Dann konnte er Hannah das Buch zurückbringen.

Das Buch. Es lag vor dem Bild von Flo und Caro neben dem Monitor. DeLange starrte auf den Buchtitel. *Summer of Love*. Wann war seiner gewesen? Ewig her.

Feli war die Schwester der Freundin von Fred gewesen, als sie sich kennenlernten, auf einem Picknick mit Kollegen vom K 21, beim Weingut Becker in Walluf. Sie hatten im Garten am Rheinufer gesessen und den Kindern und Hunden beim Spielen zugesehen – oder, in seinem Fall, so getan als ob. In Wirklichkeit hatte er Feli angestarrt, die hinreißend aussah: glänzende rote Haare, Pferdeschwanz; durchscheinend weiße Haut, Sommersprossen. Auf jede seiner Fragen lächelte sie ein süßes Lächeln, krauste die sommersprossige Nase und sagte: »Genau«, bevor sie antwortete. Damals hatte ihn diese kleine Macke bezaubert, später hatte sie ihn zur Weißglut gebracht. Und heute früh …

Er hatte sich Mühe gegeben, sie nicht zu genau anzusehen, als er vorhin an ihr vorbei und aus der Wohnung gestürmt war. Ihre Haut war nicht mehr ganz so weiß, aber die Sommersprossen auf dem Nasenrücken erkannte man noch immer. Sie war ihm ein bißchen blaß vorgekommen, aber ihre Augen glänzten. Schlampe. Verdammt.

Tja, Alter. So sieht man eben aus, wenn man glücklich ist. Erinnerst du dich noch? War da nicht mal was?

DeLange stand auf, ging zum Fenster und sah hinaus in den Innenhof. Die noch jungen Bäumchen dort unten zeigten schon einen leichten grünen Schimmer. Ganz mutige Kollegen nahmen ihren Morgenkaffee draußen an einem der Biergartentische. Die Säfte stiegen. Nur nicht bei ihm. Es gab Zeiten im Leben eines Menschen, da macht das Frühjahr keinen Spaß mehr.

Neue Liebe, neues Glück? Nicht für dich, Alter. Hannah? Ist Schauspielerin, viel zu jung, hat an jedem Finger fünfe. Eine Nummer zu groß. Sophie Winter? Ein bißchen zu alt. Aber er mochte sie trotzdem. Vielleicht sollte er herausfinden, wieso ihn ihr Buch an den Fall erinnerte, den sie vor zwanzig Jahren im Übernahmelehrgang bei Ernst Zobel durchgenommen hatten. Sozusagen als Gesprächsangebot.

War da nicht etwas gewesen, irgendeine Notiz über den alten Zobel, in einer der letzten IPA-Nachrichten?

Er hob den Stapel mit den Zeitschriften aus dem Regal und verteilte alles auf dem Boden. Die *Hessische Polizeirundschau:*

drei Jahrgänge komplett. Beiseite legen. Pressemitteilungen, die hier nicht hingehörten: Extrastapel. Zeitungen, Illustrierte, Nachrichtenmagazine: Papierkorb. Blieb der etwas niedrigere Haufen mit dem *IPA-Report*. In einem der Hefte hatte er es gelesen, vor Monaten schon. In welchem Heft? In dem mit der schicken Mieze aus Andorra auf dem Titel, die so unnachahmlich elegant den Verkehr regelte?

Veranstaltungskalender. Biker-Tour zum Bierfest nach Kulmbach. Ohne mich, dachte er.

Sammler- und Tauschbörse des Sammlerkreises Frankfurt am Main für Polizeieffekten. Wofür die Kollegen so Zeit haben.

Körnige Fotos vom 31. IPA-Preisskat. Vom Weihnachtsmarkt in Würzburg. Von der Rheingauer Weinwanderung. Und – da war's. Ehrenpreis der IPA Frankfurt 2005 für Ernst Zobel wegen seiner Verdienste als Schatzmeister der Sektion Mittelhessen.

DeLange griff zum Telefon. Servo Per Amikeco. Das Motto der International Police Association, IPA genannt. Auf Esperanto, was niemand sprach. Aber auch mit Englisch konnte man sich den Dienstweg verkürzen. Die IPA war Direkthilfe für Polizisten rund um den Globus, schnell und unbürokratisch.

»Ernst Zobel? Der wird sich freuen, wenn du anrufst.« Danke, Anke. DeLange wählte die Nummer, die sie ihm gegeben hatte, Friedberger Vorwahl, die Wetterau also. Zurück zu den Wurzeln. Man hatte Zobel immer angehört, daß er ein Landei war. Ende Vierzig war er damals gewesen beim Kriminalübernahmelehrgang in Wiesbaden. Also war er heute Ende Sechzig.

»Giorgio DeLange! Jo!« Der Alte kannte ihn noch. DeLange fühlte seine Kehle eng werden. Rührung? Na, und wie.

12

Heute war sie nicht zu früh aufgewacht. Und heute hatte sie nicht vergessen, Pantoffeln an die Füße zu ziehen. Heute hatte sie es sogar geschafft, eine Runde zu joggen. Du machst Fortschritte, dachte Sophie, hängte die Windjacke an den Garderobenhaken im Flur und öffnete die Küchentür. In der Tür blieb sie stehen. Es roch. Nicht nach dem halbverwesten Tierkadaver von gestern abend. Auch nicht nach eingebranntem Kaffee, sie hatte die Kaffeemaschine seit dem Vortag nicht mehr benutzt. Es roch fremd. Nach Katzenfutter? Nein, den Geruch kannte sie. Wo war überhaupt die Katze? Wo war ... Der Name. Sie hatte schon wieder den Namen vergessen. Ihr Hirn. Es war zum Verzweifeln.

Sophies Blick fiel auf den Küchentisch. Erst erfaßte sie nicht, was da lag, und dann mißtraute sie ihrer Wahrnehmung. Es konnte nicht sein. Sie halluzinierte. Aber als sie sich vorsichtig dem Tisch näherte und mit den Fingerspitzen das Gebilde berührte, gab es keinen Zweifel mehr: Es waren Knochen. Mit ein paar Schritten war sie beim Küchenschrank. Jemand hatte die Knochen ausgeräumt, die sie dort aufbewahrte, jeden einzelnen, und sie auf dem Tisch ausgelegt.

Jemand war im Haus gewesen. Die Tierleiche konnte jemand durchs Flurfenster hineingeworfen haben, aber das hier ... Sophie ließ sich auf den Stuhl sinken und betrachtete das Muster, das die Knochen bildeten. Es erinnerte sie an den Totenkopf einer Piratenflagge. Sie ließ die Hände über den Knochen schweben und schob sie dann vorsichtig zusammen. So etwas machte niemand, der sie mit Tierkadavern erschrecken wollte. Das war jemand, der sie subtiler quälen wollte.

Wer? Sie wußte, sie mußte durchs Haus gehen, durch jedes einzelne Zimmer, auch in das Zimmer, das sie nie betrat, mußte in die Schränke gucken, unter die Betten. Aber ebensogut wußte sie, daß sie niemanden finden würde.

Sie hatte die Knochen selbst aus dem Schrank genommen. Sie hatte damit gespielt. Sie hatte das Ganze vergessen. War es nicht so? Es mußte so gewesen sein.

Der Feind war draußen.

Sie stand auf und fegte mit einer unbedachten Handbewegung den zarten Rattenschädel vom Tisch, der auf dem Küchenboden zerschellte. Es knirschte unter ihren Füßen, als sie zum Küchenschrank ging, um die Knochen sorgfältig wieder zu verstauen. Sie schloß die Schranktür behutsam, ging hinüber zur Kaffeemaschine, füllte Wasser ein, gab Kaffeemehl in den Filter.

Der Feind hat sich nicht verändert.

Damals im Sommer, im Sommer 1968, dem schönsten Sommer ihres Lebens, hatte sie erst gar nicht begriffen, was geschehen war – nur den Geruch, den hatte sie sofort verstanden. Er lag über der Straße und über dem Garten, ein süßlicher Geruch nach Gülle. Und sie hatten die Brühe nicht auf den Feldern verteilt, sondern bei den Hippies abgeladen, über die Wäsche auf der Leine geschüttet und durch das geöffnete Autofenster gekippt. Das passierte in diesem Sommer nicht ein- oder zweimal. Es passierte fast jeden Tag, eine geschlagene Woche lang. Am zweiten Tag öffnete niemand von ihnen mehr Fenster oder Türen, die Wäsche trocknete in der Küche, und man ließ draußen besser nichts herumliegen.

Danach landete die Jauche im Gemüsebeet, mitten auf den Salatpflanzen, die die abendlichen Überfälle der Schnecken überlebt hatten. Oder auf dem Phlox oder der Tagetes. Auf den Liegestühlen. Auf der Katze.

Das Auto, ihr Bus, ihr wunderschön bemalter alter VW-Bulli, stank barbarisch. Die Mädchen weigerten sich, damit zu fahren, und Charles versuchte vergeblich, so zu tun, als ob ihm der Geruch nichts ausmachte.

Hatten die gewußt, daß keiner von ihnen die Polizei holen würde?

Sophie Winter goß Kaffee in den Becher und ging hinüber ins Kaminzimmer. Hier hatten sie gesessen, Abend für Abend, und sich gestritten. Man holt nicht die Bullen. Niemals. Man redet mit den Menschen da draußen, mit jedem einzelnen. Frieden und Liebe. Abend für Abend hatten sie sich versöhnt, oben, im Bett. Love and Peace. Das soziale Experiment mit den »Menschen da draußen« aber endete ausgesprochen unfriedlich.

Kirmes. Das war die Gelegenheit, glaubten sie.

Sophie lehnte sich in die Sofakissen zurück und schloß die Augen. Wir machen uns hübsch. Charles bindet sich eine Krawatte um, stellt sich betont ungeschickt dabei an, um uns zum Lachen zu bringen. Wir gehen zu Fuß. Wir rechnen mit allem möglichen, mindestens mit Spießrutenlaufen. Die Jungen am Eingang zum Festplatz glotzen, Bierflaschen in der Hand. Ich lächle, Sascha lächelt, Charles sagt: »Tach auch.« Und dann hält er dem einen die Hand hin. Dem Pickeligen vom Hof ein paar Straßen weiter, wo wir Milch geholt haben. Jedenfalls bis eine tote Maus auf dem Grund der Kanne lag. »Ein Versehen!« Natürlich.

Der Pickelige ignoriert die hingestreckte Hand. Die anderen pfeifen hinter uns her. Gelächter. An den Tischen sitzen die Älteren und starren. Die Weiber mit zusammengepreßten Lippen. Die Männer – na ja. Am widerlichsten sind die, die uns angrinsen mit ihren schlechten Zähnen. Es ist früher Nachmittag, aber überall wird gesoffen. Bier und Schnaps.

Das Festzelt. Es spielt eine Art Bläserkombo, zwei schmierige Kerle mit Saxophon, einer an der Hammondorgel. Niemand tanzt. Nur wir. Wir drei. Uns egal, ob sie glotzen.

Als wir gehen wollen, fängt uns ein ganzes Rudel ab. Sie drängen Charles beiseite und versuchen, uns Mädchen zu betatschen. Sie stinken nach Bier und Schnaps und Kuhstall. Der Gestank haftet ihnen an, egal, ob sie geduscht oder sich mit Aftershave desinfiziert haben. Einer preßt seine Lippen auf meine, Bartstoppeln, saurer Atem. Ich schreie auf. »Ich dachte, du magst so was.« Grinsen.

Charles schlägt um sich, brüllt: »Ihr Schweine.« Jemand stellt ihm ein Bein. Als er am Boden liegt, leert ein anderer eine fast volle Bierflasche über ihm aus. Wir gehen.

Auf der Straße ein alter Mann, jedenfalls damals kommt er mir alt vor. Steht da, läßt uns näher kommen, mustert Sascha, von oben bis unten. Und spuckt ihr ins Gesicht. Sie und ich haben geheult auf dem Weg nach Hause.

Dann Ruhe. Keine Gülleattacken mehr. Charles meint, wir hätten ihnen gezeigt, daß wir uns nicht einschüchtern lassen.

Bis jemand eines Tages das Seitenfenster vom Bulli einschlägt und Benzin auf die Polster gießt. Und es anzündet.

Nie vergesse ich das anzügliche Grinsen der Bullen. Ob wir den Bus vielleicht selbst angezündet hätten? Im Rausch? Ist man da nicht manchmal etwas – unkontrolliert? Man hört da so einiges! Aber – Rauschgift ist verboten. Jedenfalls hier bei uns.

Und dann haben sie das Haus auf den Kopf gestellt. Sämtliche Dosen geöffnet, Reis und Tee auf den Boden geschüttet, die Kleider aus den Schränken gezerrt, die Blumenvasen umgekippt, meine Parfümflasche geleert. Aber sie haben nichts gefunden.

Glück gehabt, sagt einer der Bullen. Um eine Anzeige seid ihr noch mal herumgekommen.

Die Schallplatte hatte einen Sprung nach dem Besuch. Unsere Lieblingsplatte. Jefferson Airplane. *Surrealistic Pillow*.

Wer hat mein Lied so zerstört.

13

»Du hast dich gar nicht verändert.«

DeLange grinste. Gelogen. Das traf nur auf sein Gegenüber zu. Ernst Zobel sah gut aus, drahtig, beweglich, kurzes weißes Haar, wache Augen. Ganz der alte. Wenn da nicht der traurige Zug um seinen Mund wäre.

Er folgte Zobel in den Wintergarten. Das Haus war überschaubar; ein Fachwerkhaus, eine kleine Scheune, ein Innenhof. Der Alte hatte Kaffee gekocht und Kekse auf den Tisch gestellt. Setzte sich auf einen weißen Korbstuhl, das Kissen sah aus, als ob er immer dort säße. An seiner Seite ein weißer Schäferhund. Ein schönes Tier.

Und dann sagte das Schlitzohr erst mal nichts. Und ließ seinen Gast kommen. Der alte Trick funktionierte: DeLange redete. Ohne Pause.

Karriere nach erfolgreichem Beenden des Kriminalübernahmelehrgangs, Kurzfassung: Erst Kriminalobermeister im mittleren Dienst. Übergewechselt ins K 21 nach Frankfurt. Einbruchskriminalität. Im Dienst verletzt. Während der Genesung zuviel Zeit zum Nachdenken gehabt, auf Ideen gekommen. Zum Test fürs Studium angemeldet. Bestanden, Listenplatz 80 von 120. Und dann drei Jahre lang gepaukt – Verwaltungsrecht, Strafrecht, Psychologie, die ganze Schau. Praktika in Offenbach und Darmstadt.

Geheiratet. Das Beste daran waren Florentine und Caroline.

Nach dem Diplom Ernennung zum Kriminalkommissar. OK in einem Frankfurter Kommissariat.

Und nach einem Verfahren (wegen des Einsatzes der Dienstwaffe mit Todesfolge) Rebellion in der Familie: Papi soll keine Einsätze mehr fahren! Wir haben Angst! Flo und Caro. Die ihn vorher wochenlang genervt hatten. Warum können wir keinen Polizeihund haben, Papa? Weil ich kein Hundeführer bin. Und nicht bei der Drogenfahndung arbeite.

In Wirklichkeit hatte Feli Angst gehabt. Und wer gab klein bei? Wer wohl. Im Polizeipräsidium Frankfurt in der Abteilung für Presse und Öffentlichkeit war eine Stelle frei. Ja, genau, in der PÖ, dem rosaroten Kreativverein. Besonders beliebt beim kleinen Mann in Blau: Die gehören auf Streife, die Sesselfurzer. Die müßte man in die Produktion schicken.

War eh aussichtslos, bei fünf Mitbewerbern. Und dann das Wunder: Er kriegte die Stelle. Sachrate 22, zuständig für die Arbeit mit den Medien, und, als ziemlich angenehme Beigabe, Besoldungsgruppe A 11. Und das war's dann. Das Leben in Kurzform.

»Gut!« und »Bravo!«. Zobel sagte das Richtige an den richtigen Stellen. »Und jetzt?«

Und jetzt? Hat Feli einen neuen Freund und DeLange eine neue Vorgesetzte, wird Caro erwachsen und ihr Vater alt.

Was war daran komisch? Ernst Zobel schien zu lachen. »Komm, Jo. Du warst einer der Besten, damals. Freche Klappe, aber was dahinter. Und jetzt spuck's schon aus. Womit kann ich dir helfen?«

Helfen? Mir? DeLange zögerte. Dachte an Sophie Winter. Ihr Buch. Woran es ihn erinnerte. Und daß man sich während der Dienstzeit eigentlich nicht mit privaten Angelegenheiten befassen sollte.

»Wir müssen reden!« Klara, Mezzosopran.

»Ich muß fort!« DeLange. Heldentenor.

»Wohin?«

Das geht dich gar nichts an. »Material für die Pressekonferenz!« Das funktionierte immer. Auch diesmal. Außerdem war es nicht weit bis nach Assenheim, wo Zobel wohnte. Und überhaupt: Eine ungeklärte Vermissungssache war nie eine private Angelegenheit. Und wann bin ich schon mal nicht im Dienst, dachte DeLange.

»Ich hab da was, was mich beschäftigt. Ein Fall, mit dem wir uns in deinem Seminar befaßt haben.«

»Verdammt lang her.«

»Das kannst du wohl sagen. Aber ich hab's nicht vergessen: Dorfjugendliche verprügeln drei aus der Stadt zugezogene junge Leute. Zwei Monate später wird eine der drei als vermißt gemeldet. Eine schöne Frau. Eine besonders schöne Frau.«

»Alexandra Raabe«, sagte Ernst Zobel.

DeLange mußte lachen. »Das meinst du nicht ernst.«

»Doch. Ich sehe ihr Bild vor mir.« Zobel seufzte und richtete den Blick ins Weite.

War er noch verheiratet? Noch immer mit derselben? DeLange hatte einen zweiten Namen auf dem Türschild gesehen.

»Größe 1,72, Augenfarbe blau. Geboren am 4. April 1946 in Bad Dürkheim. Die Eltern besaßen eine Kellerei, der Vater war dort Bürgermeister bis 1992.«

Bingo. Ernst Zobel war ein As.

»Alexandra Raabe verschwand im August 1968, im Alter von 22 Jahren. Zuletzt wurde sie gesehen in einer Siedlung bei Klein-Roda, Oberhessen. Es gab und gibt keinen Hinweis auf ihren Verbleib. Man hat sie unseres Wissens nie gefunden, nicht tot und nicht lebendig.«

Was für ein Gedächtnis. Und das nach einem halben Jahrhundert Polizistenleben mit allem, was die menschliche Existenz zu bieten hat, von Ladendiebstahl bis Kindesmißbrauch. »Erinnerst du dich an alle Fälle so gut?«

»Nein, Jo. Ich erinnere mich nicht an alle Fälle. Aber diesen hier werde ich nie vergessen. Er zeigt, worauf es in unserem Beruf ankommt.«

Auf die Nase, dachte DeLange.

»Auf absolute Unparteilichkeit. Und ...«

»Auf Intuition.«

Ernst Zobel lachte. »Na also, Jo. Was beschäftigt dich daran? Hast du eine neue Spur? Oder geht es nur um schöne Erinnerungen an die Jahre deiner Ausbildung? Der lange Weg vom Wurm zum Menschen?«

»Weiß nicht. Vielleicht.«

»Raus mit der Sprache. Du hast was.«

Der Alte hatte sein Gespür nicht verloren. Aber DeLange zögerte. »Ich kann's dir noch nicht sagen. Wenn ich mehr weiß ...«

»Sag mir Bescheid«, sagte Zobel. »Ich bin da.«

Am liebsten wäre DeLange sofort wieder gefahren. Die Akte Raabe. Sie mußte noch irgendwo aufzutreiben sein. Aber das wäre unhöflich gewesen. »Und deine Frau ...«, fragte er schließlich.

Ernst Zobel sagte eine Weile nichts. Seine Stimme klang belegt, als er endlich antwortete. »Wir sind seit 45 Jahren verheiratet. Und jetzt ...«

Mit Feli war es noch nicht einmal acht Jahre gutgegangen.

»Sie ist im Krankenhaus. Sie hat nicht mehr lange zu leben. Ich hole sie übermorgen nach Hause.« Ernst Zobel streichelte den Hund. DeLange wußte nicht, was er sagen sollte.

Die Minuten verstrichen, bis das Schweigen weh tat. »Laß nur«, sagte Ernst Zobel leise, als DeLange Tröstendes zu murmeln versuchte. Schließlich verabschiedete er sich und fuhr zurück ins Präsidium.

Beim Mittagessen bildete DeLange sich mitleidige Blicke der Kollegen ein. Karla war verdächtig freundlich zu ihm. Die Kollegin Schau ließ sich nicht blicken. Und das Chickencurry schmeckte fad.

Alles andere war Routine. Die Akte im Fall Raabe mußte bei der KD in Fulda liegen, sofern sie sie aufgehoben hatten. Anrufen. Lange klingeln lassen. Müder Kollege an der Strippe.

»1968? Ist ja ganz schön lange her. Das ist geschreddert.«

»Sicher?«

»Hundertprozentig.«

»Können Sie das garantieren?«

»Na ja. Man müßte jemanden in den Aktenraum schicken. Kann dauern.«

»Habt ihr soviel zu tun da oben?«

»Na gut, weil Sie es sind.« Noch müder, der Kollege. »Halbe Stunde.«

»Also um 14 Uhr 30?«

»Ja. In Gottes Namen. Um halb drei. Wenn es denn sein muß.«

Halbe Stunde später. Wieder ganz lange klingeln lassen. Immer noch müde, der Kollege. Aber er hat was gefunden! Einen ganzen Aktenordner. Jubel.

»Ich brauche eine offizielle Anforderung.«

Müde *und* risikoscheu, der Mann. Großartige Mischung.

»Geht klar. Geht gleich raus.«

Gleich ist übertrieben. Erst die Staatsanwaltschaft anrufen und die Akte freigeben lassen. Aber unter welchem Vorwand?

Die Tür. Wieder Klara. »Das Museum, Jo.«

Das Museum. Unser Polizeimuseum. Große Publikumsattraktion. Verbrecher, Bullen, Sensationen.

»Rosi hat Jubiläum. Das ist ein guter Anlaß. Wir dachten an eine Art ...«

Gedenkveranstaltung? Nur über meine Leiche. Und ihr 50. Todestag war letztes Jahr.

»Ihr 75. Geburtstag. Der Fall fasziniert die Leute.« Klara ließ sich in den Besucherstuhl vor seinem Schreibtisch fallen.

»Der Geburtstag war vor knapp zwei Monaten, Klara.« Aber Rosi war als Leiche nicht totzukriegen. Rosemarie Nitribitt, das Frankforter Mädsche, mit einer Kopfverletzung tot aufgefunden am 1. November 1957. Eine der erfolgreichsten Huren der Nachkriegsgeschichte. Erfolgreicher jedenfalls als die Kollegen, die in ihrem Todesfall ermittelten, die hielten damals Pannenrekord. Und wir Sensibelchen stellen auch noch ihren Schädel in unserem Museum aus. Ja, der Kopf der Nitribitt hat einiges gesehen. Nicht nur Erfreuliches.

»Na und? Mach nicht schon wieder so ein Gesicht, Jo.« Klara, unerschütterlich gut gelaunt. »Ich möchte, daß wir am

Beispiel der Nitribitt einmal demonstrieren, was wir heute anders machen würden.«

Alles. Wir haben heute eine Aufklärungsquote, die Mord zu einer Sache macht, zu der man niemandem raten kann. Worum sich leider ausgerechnet die nicht kümmern, die es im Affekt tun – und das ist die Mehrheit.

»Eine großartige Idee.« Manchmal haben auch Vorgesetzte eine Eingebung. »Und wer soll das organisieren?« Die Frage war die Antwort. Sie lächelte. Er lächelte sparsam zurück. Und wußte in diesem Moment, wie er am schnellsten und unkompliziertesten an die Akte Raabe herankam.

»Ich hab da übrigens noch was, Klara. Einen uralten Fall, in dem ähnlich lehrreich ermittelt wurde. Die Akte würde ich gerne in die kriminalpolizeiliche Sammlung übernehmen. Wenn nichts dagegen spricht?«

»Prima. Ich schätze Eigeninitiative.«

»Und vielleicht kann man unsere neuen Methoden auch an diesem Fall demonstrieren?«

Klara runzelte die Stirn. Er wußte, was sie dachte. Retrograde DNA-Untersuchungen waren teuer. Und wo lag das Aufklärungsinteresse?

»Mal sehn. Laß die Akte erst mal kommen.«

Und wahrscheinlich hatten die Kollegen damals weder Spurenträger gesammelt noch vernünftig asserviert. Dann erübrigte sich eine DNA-Untersuchung von ganz allein. So war das meistens mit guten Ideen.

»Halt mich auf dem laufenden, Giorgio! Ciao!« Klara stand auf und ging.

DeLange telefonierte, bis sich sein Ohr wie eine große rote Wärmflasche anfühlte. Das Netzwerk, an dem er Jahre geknüpft hatte, funktionierte heute nicht auf Anhieb, die Leute machten Urlaub, feierten krank oder waren gerade Eltern geworden. Schließlich rief er Ute an, alte Bekannte aus K-11-Zeiten, Pressesprecherin bei der Frankfurter Staatsanwaltschaft. Sie nahm sofort ab, mit einem kurzen, präzisen, aussagekräftigen: »Ja?«

»Ute? Hier ist Jo.«

»Und hier ist Karen Stark. Bestehen Sie auf Ute, oder kann auch ich Ihnen weiterhelfen?«

Entschuldigung. Mein Fehler. Wußte nicht, daß die Pressesprecherin nicht mehr Ute heißt. Und nun mach deinen Aufsager, DeLange.

Die Stimme am Telefon unterbrach ihn nicht. »Wir können eine Akte nur freigeben, wenn der Fall eingestellt worden ist.« Kühl, sachlich, kooperativ. »Darüber hat die Staatsanwaltschaft vor Ort zu befinden.«

Ist bekannt. Wir dachten an den kleinen Dienstweg.

»Wie lange ist das her? 40 Jahre? Da seh ich kein Problem, Herr Lange.«

DeLange. Aber man verzichtet schon mal auf ein Stückchen Identität, wenn man es mit einer hilfsbereiten Oberstaatsanwältin zu tun hat. Außerdem war ihre Stimme angenehm tief.

»Wer ist zuständig? Fulda. Ach, da kenne ich jemanden. Alte Studienfreundin. Sie hören von mir.«

Das sagen sie alle. DeLange legte die Füße auf den Tisch. Er rechnete mit nichts. Vor allem nicht damit, daß sie schon eine halbe Stunde später wieder anrief.

»Tut mir leid, hat länger gedauert, wir sind ins Reden gekommen, Sie wissen ja, wie Weiber sind.«

DeLange versuchte, sich nicht anmerken zu lassen, daß er grinste.

»Die Verfügung geht heute raus.« Sie klang ganz anders jetzt. Weicher. Was so ein gutes Weibergespräch doch ausmacht.

»Ich bin Ihnen etwas schuldig, Frau Stark.« Man kann's ja ruhig mal mit Charme versuchen. Tatsächlich – sie lachte.

»Das merk ich mir, Herr DeLange. Ich komme darauf zurück.«

Diesmal stimmte der Name. Sie hatte sich kundig gemacht. Aus irgendeinem Grund fühlte DeLange sich geschmeichelt.

Er lehnte sich in den Schreibtischsessel und lächelte in sich hinein. Na, wer sagt's denn. Eine staatsanwaltliche Verfügung, ein nicht mehr ganz so müder Kollege in Fulda, und schon ist die Akte da. Also in circa fünf Wochen. Und nun erklär mir, Alter, warum du dich für eine seit vierzig Jahren verschollene Schönheit interessierst. So schön wie damals wird sie heute nicht mehr sein, ob tot oder lebendig. Also?

Aus Neugier. Aus Gerechtigkeitsgefühl.

Bullshit.

Weil ich Hannah das Buch zurückgeben muß.

Quatsch.

Wegen Sophie Winters Rehaugen.

Schon eher.

Weil ich nicht an Feli denken will, nicht an Caro, nicht an Angelika Schau.

Aha! Nur tote Frauen sind gute Frauen?

Na gut. Vielleicht tu ich's für Ernst Zobel.

14

Gottfried rutschte tiefer in den Autositz und betrachtete das Wolkenband am Horizont. Es würde noch einmal schneien in diesem Frühjahr. Gegen Ende des Monats, schätzungsweise. Nur Idioten schlossen aus dem warmen Wetter der letzten Tage, daß das ewig so weitergehen würde. Wetter war tückisch.

Durch das halbgeöffnete Fenster auf der Fahrerseite hörte er eine Mutter nach ihrem Kind rufen. Ihr macht euch alle viel zu verrückt mit euren Blagen, dachte er. Haben wir früher auch nicht gemacht. Und hat es vielleicht was geschadet?

Das Wolkenband franste aus und verschob sich nach rechts. Südwestwind. Unklare Wetterlage. Aber für den baldigen Umschwung sprach, daß der Mittelfinger schmerzte – der an der linken Hand, der nicht mehr da war.

Ein türkisch aussehendes Ehepaar – sie Kopftuch, er Schnurrbart – kam mit einem vollbeladenen Einkaufswagen zum Parkplatz zurück. Er kannte die beiden nicht. Man verlor langsam den Überblick. Früher war man Fremden gegenüber abweisend, heute waren sie einem egal. Er war sich nicht sicher, was besser war.

Er für sein Teil hatte gern alles im Blick. Nachmittags in der Sonne auf der Bank vor der Scheune sitzen und den Friedhofsweg hinunterblicken bis auf die Hauptstraße, dorthin, wo Bremers Haus stand, das war seine Vorstellung von Entspannung. Gut, daß der Kerl zurück war. Seither gab es wenigstens wieder Leben da unten.

Nun mach schon, Marie. Heute ist nicht Freitag, also gibt es nicht viel einzukaufen. Brauchen tun wir ja eh nichts mehr. In unserem Alter.

Gottfried ließ die Scheibe ein weiteres Stück herunter. Wahrscheinlich stand sie rum und schwätzte. Aber reingehen und ihr Beine machen? Niemals.

Marie einmal die Woche zu Jürgen's Lädchen fahren war in Ordnung. Er tat das gern. Aber sich in ihre Angelegenheiten einmischen war streng verboten. Während sie das Haushaltsgeld ausgab, blieb er im Auto sitzen, wie andere Ehemänner auch. Nur wenn er einen von ihnen kannte, stieg er aus, auf ein Schwätzchen. Gottfried richtete sich auf und schaute aus dem Fenster. Heute schien niemand dazusein.

Gut, daß es Marie besserging. In der letzten Zeit machte er sich Sorgen um sie. Sie war so dünn geworden. Und alles regte sie auf. Vor allem, seit Luca verschwunden war. Das beschäftigte sie mehr, als gut für sie war.

Der Grund war Erika. Immer noch und immer wieder Erika, was man um Himmels willen nicht aussprechen durfte. Nur einmal hatte er gewagt zu sagen, was er dachte: Laß Erika, Marie. Laß sie ruhen. Das alles ist lange her.

Sie hatte zwei Wochen lang nicht mehr mit ihm gesprochen.

»Liebst du die Oma?« Basti, vor zwei Wochen. Gottfried lächelte in sich hinein. Keine Ahnung. Sie waren seit über 40 Jahren zusammen, da fragt man das nicht mehr.

Eine Hand an der Fensterscheibe. Jemand klopfte. Wilhelm. Immer noch dabei. Der Alte würde weitermachen, bis er tot umfiel. Gottfried stieg aus.

Schlechte Nachrichten. Man sah es dem Nachbarn an, er machte ein Gesicht wie nach zwei Bier zuviel.

»Sie haben Walter Manz vorläufig festgenommen.«

Den Freund von Nicole Baumeister. Den Lebensgefährten von Lucas Mutter. Gottfried rutschte das Herz in die Hose.

»Und?«

»Sie haben Fotos von Kindern gefunden. Auf dem Computer.«

»Kinderpornografie?«

Gottfried sprach das Wort so aus, wie er die Sache empfand: unendlich fremd. Er wußte mehr oder weniger, was damit gemeint war, aber er hatte nicht die geringste Vorstellung, was es bedeutete.

»Wohl nicht direkt. Aber es waren Fotos von Luca dabei. In Frauenkleidern.«

»Hat er … ich meine …?«

Wilhelm wiegte den Kopf. »Möglicherweise Mißbrauch.«

Auch das war etwas, was er nie begreifen würde. Nie. Obwohl Marie so tat, als ob sie wüßte, was das war.

Marie. Sie stand hinter ihnen. Er hatte sie nicht kommen hören.

15

Als Sophie aufwachte, hatte sie den Becher noch immer in der Hand. Der Kaffee war kalt geworden. Sie setzte sich auf. Wer noch vor dem Frühstück wieder einschläft, hat ein Problem, dachte sie. Aber der Traum blieb wie durch silbrig glänzende Spinnenfäden mit ihr verbunden, und das war gut, sie wollte sich gar nicht lösen von ihm.

Von der weiten grünen Ebene unterhalb der Usambaraberge. Von bleichen Tagen, die so plötzlich Nacht wurden, als ob jemand die Sonne gelöscht und statt dessen die Sterne angezündet hätte, die nun über der Schattenlandschaft hockten, zum Greifen nah. Von den Geräuschen, die mit der viel zu kurzen Dämmerung einsetzten: Rascheln im Unterholz, aufrauschende Nachtvögel und schrille Insekten, fernes Gebrüll, nahe Rufe. Von den Gesprächen am Feuer, vom Geruch brennender Eukalyptuszweige. Sie hatte von Afrika geträumt.

Als Kind hatte sie älter werden wollen oder Tierärztin oder berühmt. In Afrika wäre sie gern Savannenläuferin gewesen.

Es war der erste Urlaub nach ihrer Hochzeit. Für eine Hochzeitsreise war keine Zeit gewesen. Oder kein Geld, Hanswolf hatte teure Hobbys. Eines dieser Hobbys wegen waren sie hier: zum Jagen. Während er mit den schwarzen Wildhütern voranging und nach Beute Ausschau hielt, war sie in einigem Abstand gefolgt, geduldig, ruhig, stundenlang. Unendlich zufrieden. Hatte fliehenden Dikdiks hinterhergeschaut, wunderschönen häschengroßen Zwergantilopen. Hatte goldfarbene Gazellenherden in der Nachmittagssonne durch den Busch ziehen und Schwärme von Enten auffliegen sehen. Hatte mit den Wildhütern am Lagerfeuer gesessen und auf Hanswolf gewartet.

Sie hatten die Löwin grollen gehört, die in einem nahe gelegenen Gehölz verendete. Hanswolfs Kugel hatte die schöne Jägerin getroffen, aber nicht gleich getötet, sie mußte eine Weile zum Sterben gebraucht haben. Hätte die Löwin noch ein Fünkchen mehr Leben in sich gehabt, als Hanswolf ihr in der hereinbrechenden Dämmerung in das Gehölz folgte, etwas, das ihre Begleiter, wie man ihrem Gesichtsausdruck ansah, für selbstmörderischen Wahnsinn hielten, wäre sie damals Witwe geworden. Mit Studienratspension.

Am nächsten Tag, im weichen Gras unter den Schirmakazien, in deren sparsamem Schatten sie saß, um die Herde von Gnus nicht zu stören, die wie Höhlenmalereien an ihr vorbeizogen, hatte sie etwas Hartes unter ihrer Hand gespürt und ohne Angst vor Schlangen, Skorpionen und Feuerameisen ins Gras gegriffen. »Dikdik«, hatte der Wildhüter gesagt, dem sie den weißen Knochen vorlegte, und auf sein Schienbein gezeigt.

Sophie setzte sich auf und kappte die letzten feinen Verbindungen zum Traum. Den Knochen hatte sie mitgebracht. Den Mann hatte sie bald darauf zurückgelassen. Sie lief auf bloßen Füßen hinüber in die Küche und versuchte, sich an das Gefühl von weichem, biegsamem Gras unter den Fußsohlen zu erinnern. Aber der Traum war verblaßt.

Die Küche war düster, die Bäume ließen das bißchen matten Sonnenschein nicht durch. Der Kaffee auf der Warmhalteplatte der Kaffeemaschine roch schon wieder angebrannt. Also kochte sie neuen. Sie wartete auf das summende Geräusch, mit dem das Wasser sich erhitzte, bevor es schlürfend und spuckend auf das Kaffeemehl tropfte. Aber es tat sich nichts. Und sie brauchte viel zu lange, bis sie begriff, daß sie vergessen hatte, Wasser in den Tank zu füllen.

Endlich gab die Kaffeemaschine die vertrauten Laute von

sich. Sophie spürte die Kälte der Küchenfliesen unter ihren nackten Fußsohlen. Dann ging sie zum Kühlschrank.

Irgendwann hatte sie das Gefühl, schon eine ganze Weile vor dem Kühlschrank zu stehen und hineinzustarren, obwohl da nichts war. Gar nichts. Noch nicht einmal die harte Ecke Parmesan, die seit Wochen im Käsefach gelegen hatte. Sie hatte Hunger. Und sie fragte sich zugleich, wann sie den Kühlschrank leer gegessen hatte. Wann – und wie. Und wieder stieg dieses Gefühl in ihr hoch, von dem sie sich langsam verfolgt fühlte. Draußen war der Feind, das war auch gut so. Aber was war drinnen? Was tat – das Haus?

Was für ein dummer Gedanke. Häuser tun nichts. Auch dieses hier nicht.

Sie sah auf die Uhr. Jürgen's Lädchen machte pünktlich zur Mittagspause zu, aber wenn sie sich beeilte ... Sie griff nach der Einkaufstasche, als das Telefon klingelte. Wie immer im falschen Moment. Wahrscheinlich Regine. Wer sollte es sonst sein? Sie hätte dem attraktiven Polizisten gestern ihre Karte geben sollen. Der wäre mal eine Ablenkung gewesen.

Sie nahm den Hörer aus der Basisstation. »Hallo, Regine.«

»Verschwinde, du Nutte.« Eine Männerstimme, ein bißchen vernuschelt, wahrscheinlich betrunken. »Wir wissen, wer du bist. Du weißt, was passiert. Wir haben dich gewarnt.« Mehr mußte sie nicht hören, sie kannte solche Sätze. Und sie kannte solche Stimmen, heisere Männerstimmen, voller unterdrückter Wut. Es stimmte also. Die Ratten hatten den Köder geschluckt.

Eine Minute später rief der Kerl wieder an. Diesmal war Sophie schneller. »Wenn Sie noch einmal anrufen, zeige ich Sie an. Ich fürchte mich nicht vor der Polizei. Die Zeiten haben sich geändert.«

»Bella, was ist los mir dir? Mit wem sprichst du?« Regine. Sie klang erschrocken und ein wenig außer Atem.

Sophie kam sich unendlich lächerlich vor. »Ich dachte, es sei jemand anderes am Telefon.«

»Wer ruft dich an? Belästigt er dich? Hast du ihm deine Nummer gegeben?«

Natürlich nicht. Sie hatte dafür gesorgt, daß ihre Telefonnummer in keinem Verzeichnis stand. Das war das wirklich Irritierende an dem anonymen Anruf. Woher hatte der Kerl die Nummer? Sie hatte, soweit sie sich erinnerte, nur einem einzigen hier aus der Gegend ihre Telefonnummer gegeben, damals, als sie einzog und Hilfe brauchte. Dem Ortsvorsteher, einem netten alten Herrn. Aber warum hätte der sie weitergeben sollen?

Andererseits – was hieß das schon: soweit sie sich erinnerte? Genau das schien mehr und mehr das Problem zu sein. Aber was ging das Regine an. Die machte sich auch so zu viele Sorgen.

»Das Gespräch mit Nikolaus Maurer gestern. Er hat mich eben angerufen.« Regine stockte. »Er war ganz irritiert.«

Na und? Sophie ging unruhig durch die Küche, das Telefon am Ohr. Hoffentlich war der Kaffee bald durchgelaufen.

»Was hast du dem Mann denn bloß alles erzählt?«

Obwohl sie noch immer mit nackten Füßen auf dem kalten Küchenfußboden stand, wurde ihr warm. Und dann heiß.

»Und warum bist du einfach gegangen? Er wollte doch nur von dir wissen, ob …«

Sie ließ Regine reden und reden und wanderte, den Hörer noch immer am Ohr, aus der Küche durch den Flur ins Kaminzimmer. Die Narzissen, die sie gestern gekauft hatte. Sie waren alle aufgegangen, viel zu schnell, und begannen schon zu verblühen. Sie nahm einen blaßgelben Stengel aus der Vase.

»Sophie? Hörst du überhaupt zu?«

»Natürlich, Liebes.«

Sie trug den kleinen Blumenleichnam in die Küche und legte ihn auf den Tisch.

Die Wahrheit konnte sie Regine nicht sagen. Die Wahrheit war weit erschreckender als alles, was Regine befürchtete. Die Wahrheit lautete: Sie wußte nicht, wovon die Rede war. Sie konnte sich an kein Gespräch mit wie hieß er noch erinnern. Noch nicht einmal an den Mann.

Das Haus seufzte. Ein kühler Lufthauch zog an ihr vorbei. Sie mußte den Geistern opfern. Das hatte sie in Afrika gelernt.

Sophie klemmte den Hörer zwischen Schulter und Ohr, öffnete den Küchenschrank und nahm die kleinen Knochen heraus, zuerst die Rippenbögen. Sie legte sie auf den Tisch, unter die tote Blume.

Immerhin erinnerte sie sich an den Mann von der Kripo und wie er sie in den Arm genommen hatte. Er roch gut, ein unaufdringlicher, klarer Männerduft, und seine Arme hatten sie gewärmt. Aber warum hatte er sie in den Arm genommen? Wovor hatte sie sich gefürchtet? Irgend etwas hatte sie beunruhigt. Aber was? Sie erinnerte sich an rein gar nichts mehr. Erst mit der Lesung am Abend setzte ihr Gedächtnis wieder ein.

Irgendwo in ihrem Inneren gab es einen weißen Fleck. Und der wurde immer größer.

Sophie streichelte behutsam die zarte Wirbelsäule eines Kaninchens, bevor sie sie in die Mitte legte, und schloß das Bild mit dem Unterkiefer des Lamms ab. Die Wirbelsäule sah wie eine Nase aus, die Rippenbögen wie Augenbrauen und Lider. Sie plazierte rechts und links davon die beiden Hüftgelenke. Ohren.

Das Haus bebte. Zitterte. Neigte sich. Nahm es die Gabe an oder nicht?

»Sprich mit mir, Sophie. Ich bitte dich.«

Sie trat einen Schritt zurück. Ein Gesicht. Sie mußte es nur noch zum Lächeln bringen.

»Sophie?«

Sie legte die Blume seitlich über die Knochenskulptur. Jetzt stimmte alles.

»Entschuldigung, Regine. Ich bin nicht ganz bei mir.«

Das hätte sie nicht sagen dürfen. Das regte Regines Redefluß erst richtig an. Aber dafür erwartete sie wenigstens keine Antworten mehr.

Sie ging hinüber zur Vorratskammer. Nach ihrem Einzug hatte sie allerhand Haltbares eingekauft, wie es sich für einen anständigen Haushalt gehörte, aber so richtig viel war nicht mehr da. Immerhin stand noch ein Glas Sauerkirschen ganz oben im Regal.

»Du hattest – Probleme während der Lesung gestern abend, stimmt das?«

Sophie versuchte den Deckel vom Glas zu schrauben. »Ein kleiner Schwächeanfall, nichts Schlimmes.« Sie nahm das Glas, drehte es um und stieß es mit dem Deckel auf den Tisch. Man konnte es dann leichter öffnen. Warum das funktionierte, wußte sie nicht. Regine schnatterte weiter ins Telefon.

»Was hast du gesagt?« Sie drehte das Glas wieder um und schraubte den Deckel auf. Es ging wirklich ganz leicht.

»Hast du deine anderen Termine im Blick? Soll ich Nikolaus Maurer ein weiteres Gespräch anbieten?«

Sie stellte das geöffnete Glas auf den Tisch. Man mußte den Geistern opfern, um sie sich gewogen zu machen.

»Sicher. Warum nicht. Gerne.«

Regine sprach weiter. Sophie hörte nicht zu. Sie verließ die Küche, blickte noch einmal zurück und ließ die Tür angelehnt. Für die Katze. Im Flur legte sie das Telefon zurück ins Ladegerät, nahm den Haustürschlüssel vom Haken, griff sich Einkaufskorb und Portemonnaie und ging hinunter ins Dorf, zu Jürgen's Lädchen. Wenn sie die Geister befrieden wollte, mußte mehr im Haus sein als ein Glas mit Sauerkirschen.

Auf der Straße Ulla Abel mit Besen. Sophie grüßte vorsichtig. Sie hatte immer ein schlechtes Gewissen, wenn sie die Nachbarn sah, wie sie die Straße kehrten. Täglich. Und sie – sie hatte das ein-, zweimal gemacht, ziemlich ungeübt, in der Stadt mußte man die Straße nicht fegen, aber dann hatte sie aufgegeben. Wozu auch? Welchen Dreck machte sie schon?

Die Bäume. Das Laub. Sie kannte die Klage. Aber jetzt war Frühjahr, und Laub gab es erst wieder im Herbst.

Ulla nickte, nicht unfreundlich, und fegte weiter. Ulla war in Ordnung, nur ihr Mann war unangenehm. Schleimiges Lächeln, falsche Freundlichkeit.

Vor Jürgen's Lädchen standen zwei schwatzende Frauen, die sofort verstummten, als sie an ihnen vorbeiging. Weiber. Nur Jürgen lächelte, freundlich wie immer, was nicht wirklich darüber hinwegtröstete, daß kein Brot mehr da war. Joghurt gab es nur noch mit Früchten, und im Käseregal lagen Handkäs', Mozzarella und Camembert, nichts nach ihrem Geschmack.

Sie legte dennoch eine Schachtel Camembert neben die Packung Knäckebrot in den Korb und kaufte eine Tüte sündhaft teurer Tomaten. Aber wen wunderte der Preis? Es war erst Anfang April.

Jürgen hockte wie eine freundliche Eule hinter seiner Kasse, wo sonst Nicole saß, und fragte anteilnehmend, wie es ihr ergangen sei während des Sturms. »Das Klima spielt verrückt«, sagte er düster. Sie nickte, um nicht antworten zu müssen. Was war mit Nicole? Irgend etwas war geschehen, irgend etwas Schlimmes, aber was bloß? Sie nahm das Wechselgeld entgegen und ging.

Du mußt endlich die Scherben beseitigen und das Flurfenster reparieren, dachte sie, als sie das Gartentor öffnete. Sie streifte die gelbe Forsythie neben der Haustür und ließ die verwelkten Blütenkelche über ihre Hand rieseln. Du mußt ... Und dann stockte ihr der Atem. Die Haustür stand offen.

Du hast sie hinter dir zugezogen und zweimal abgeschlossen, dachte sie, wie immer. Bestimmt? Bestimmt.

Oder? Sie vergaß zuviel in der letzten Zeit. Womöglich hatte sie auch das vergessen. Demnächst ließ sie noch die Kochplatte an. Sie sah das Haus in Flammen stehen und fröstelte. Sie sollte etwas gegen diese verdammte Vergeßlichkeit tun. Dann ging sie ins Haus.

In der Küche warf sie die vertrocknete Narzisse, die auf dem Küchentisch lag, in den Restmüll und stellte das leere Sauerkirschenglas in den Korb mit den Flaschen. Wann war sie das letzte Mal beim Flaschencontainer gewesen? Sie erinnerte sich nicht. Auch nicht, ob sie die fünf leeren Weinflaschen, die im Korb lagen, allein ausgetrunken hatte. Wahrscheinlich. Sicherlich nicht zusammen mit den Nachbarn.

Sophie setzte sich an den Küchentisch, löffelte einen der scheußlich süßen Früchtejoghurts, trank einen Becher Kaffee, der nicht mehr schmeckte, und ließ die Tomaten auf dem Tisch stehen. Da war etwas. Etwas, das sie unter keinen Umständen vergessen durfte. Die weiße Katze spazierte über den Küchentisch und zuckte mit dem buschigen weißen Schwanz. Sophie ließ das Tier den leeren Joghurtbecher auslecken und kraulte es, bis es zu schnurren begann.

Sie blieb sitzen am Küchentisch, die Katze auf dem Schoß, horchte auf die Atemzüge des Hauses und das Pochen ihres Herzens. Sie saß und saß und starrte hinaus in den Garten. Die Tanne winkte ihr zu, als ob sie ihr etwas sagen wollte.

16

45 Jahre. Zobel war seit 45 Jahren mit seiner Frau zusammen. Die Zahl ging DeLange nicht aus dem Kopf. Wie sich das wohl anfühlte, auf 45 Jahre Eheglück zurückzublicken?

Das schaffst du nicht mehr, Alter. Auch nicht, wenn du es auf die durchschnittliche Lebenserwartung des deutschen Mannes bringst und dann noch bei Verstand bist. Dir fehlt die entscheidende Voraussetzung: das geeignete Gegenüber.

Am Nebentisch wurde es laut. »Verbieten. Dann hat sich das.«

Karla. Es ging um die NPD-Demonstration, die für Samstag angemeldet war. Zum zweiten Mal in diesem Jahr. Das nervte alle hier.

»Wir kennen doch das Spiel. Die Braunen grölen ihren dumpfen Schwachsinn, und wir müssen sie auch noch schützen dabei.« Vor den Gegendemonstranten, die, fand DeLange, meistens auch nicht gerade intelligentes Zeug brüllten.

»Was heißt hier: ›Wir machen sie zu Märtyrern, wenn wir sie verbieten‹? Muß sich ein Rechtsstaat etwa alles gefallen lassen? Und im übrigen – die Kosten für so einen Einsatz gehen in die Hunderttausende.«

Eine rein politische Rechnung. Die Gehälter für die Einsatzkräfte mußten schließlich sowieso bezahlt werden. DeLange rührte in seinem Kaffee, vor sich Sophie Winters Roman. Er hatte sich vorgenommen, das Buch noch einmal gründlich durchzugehen, bevor er es Hannah zurückgab. Mit einem Klecks

Salatsauce auf Seite 152 – hoffentlich würde sie ihm verzeihen. Aber er konnte sich nicht konzentrieren.

In der Kantine hatte man ebensowenig seine Ruhe wie im Büro. Am liebsten hätte er sie alle an die Arbeit geschickt. Wo war das Problem? Die Polizei hatte die Menschen bei der Ausübung ihrer Rechte zu schützen, wozu das Recht auf freie Meinungsäußerung und Demonstration gehörte, und ihm persönlich war es egal, wie vielen Schwachköpfen er dabei half, ihre idiotischen Überzeugungen in die Welt zu posaunen. Also sollte auch die NPD demonstrieren dürfen. Das hatte man ja wohl gelernt aus 1968 ff., als die Obrigkeit das bloße Demonstrieren schon für Rebellion hielt.

Nanu, Alter? Was sind denn das für Einsichten? Er ertappte sich dabei, wie er zu grinsen begann. So sprach nicht der Türeintreter DeLange. Das war O-Ton Feli. Genau: Für die wäre *Summer of Love* die perfekte Lektüre. Wasser auf ihre Mühlen. Was hatten sie sich gestritten, früher, vor oder nach irgendeiner dieser Latschdemos, die zum Glück aus der Mode gekommen waren – bis ausgerechnet die Neonazis sie wiederentdeckten. Immer wenn er sich lustig machte über die »friedlichen Bürger« und die »kritische Öffentlichkeit«, die sich nach einer aus dem Ruder gelaufenen Demo über das brutale Vorgehen der Polizei beklagten. Diese nützlichen Idioten der Krawallmacher und Gewalttäter.

»Die paar Chaoten geben euch doch nur den Vorwand, auf den ihr wartet!« Feli. Vorwurfsvoller Blick.

Stimmte ja. Manchmal. Bei manchen.

Ach, leck mich, dachte DeLange. Die Roten sind nicht besser als die Braunen. Und solange die NPD nicht verboten ist, haben sie Rechte wie alle anderen auch. Laßt sie doch einfach durch einen abgelegenen Stadtteil dackeln, wo sie schön unter sich sind.

Aber das gefiel den anderen nicht, den Guten. Man mußte doch ein Zeichen setzen, mußte aller Welt zeigen, daß man dagegen war. Das ging schlecht ohne die Bösen. Und so schaukelte sich die Sache hoch. Ein Scheißspiel. Und die Polizei war erst der Prellbock und hinterher der Sündenbock.

Nett waren höchstens die jährlichen Umzüge am Christopher Street Day. Allerdings nervte DeLange, daß er bei den Schwulen als die schärfste Nummer unter den anwesenden Polizisten galt. Von kichernden Männern abgeknutscht zu werden war auch nicht seine Vorstellung von Glück.

»Mag ja sein, daß es zu unserem Job gehört, die Prügelknaben zu spielen«, sagte der Kollege, mit dem Karla sich stritt. »Aber dann möchte ich eine entsprechende Gehaltszulage.«

Richtig, dachte DeLange und blätterte vor.

»Wir haben Wichtigeres zu tun, als Braune zu schützen. Es gibt einen neuen Fall von Kinderpornografie. Verdacht auf Vertuschungsmord.« Karla senkte die Stimme.

DeLange spürte, wie sich sein Puls beschleunigte. Der vermißte Junge war noch immer nicht gefunden worden. Dafür hatte man den Freund der Mutter festgenommen. Der hatte Kinderbilder fragwürdiger Art auf seinem PC gespeichert. Es war nicht auszuschließen, daß der Mann hinter dem Verschwinden des Jungen steckte. Und das bedeutete meistens: Das Kind ist tot.

Eine Beziehungstat in der Familie. Das übliche vertraute unheimliche Muster. Liebe deinen Nächsten? Besser nicht.

Wenn Flo und Caro etwas passieren würde …

Sein Mund wurde trocken. Was Gott verhüten möge.

Wenn aber doch? Dann würden die Kollegen als erstes den Vater in die Mangel nehmen. Ihn. Und er konnte sich ihre Gesichter dabei vorstellen. Gnadenlos. Als zweites wäre der Freund der Mutter dran. Felis Kerl.

Die Männerstimme am Telefon. Die »Felicitas!« rief. Morgens um kurz vor acht. Wut und Angst kamen über ihn wie eine Hitzewelle. Was, wenn die Kinder Kontakt zu Felis Liebhaber hatten, ihn trafen, womöglich in Felis Wohnung? Seine Hand ging zum Mobiltelefon. Nach ein paar Sekunden legte er sie wieder auf den Tisch.

Flo und Caro verschwiegen ihm nichts. Das hatten sie noch nie getan. Die Kinder waren sicher.

Er winkte hinüber zu Karla und den anderen, steckte *Summer of Love* in die Jackentasche, holte den Matchbeutel mit den

Sportsachen aus dem Schrank im Büro, ging zum Auto und fuhr zum Filmset. Als er dort eintraf, war Pause, wie er vermutet hatte. Hannah saß in der Kantine an einem kleinen Tisch am Fenster vor einem Glas Bionade und sah schön aus. Sie lächelte ihn an, während er auf sie zuging. Fast wäre er gestolpert. Sie war nicht nur schön, sie war hinreißend. Er setzte sich zu ihr und hielt ihr das Buch hin wie eine heiße Pizza im Karton.

Klemmi, dachte er. So wird das nie was mit den Frauen.

Sie rührte sich nicht, bis er die Hand mit dem Buch verlegen sinken ließ, aber sie hörte auch nicht auf zu lächeln. »Hast du's gelesen?«

DeLange nickte.

»Und?«

Er legte das Buch in ihrer Reichweite auf den Tisch und wollte antworten. Aber sie sah an ihm vorbei. Ihr Lächeln vertiefte sich, es wurde zu einem Strahlen, sie stand auf.

Diesmal wußte DeLange sofort, daß es nicht ihm galt. Er drehte sich um. Ja, da war er wieder, der Mann, der im Leben der Hannah Lohberg eine Rolle zu spielen schien. Lang, schlank, elegant und mit polierter Glatze. Nikolaus Maurer.

Hannah hob die Hand, flatterte ihm eine Art Abschiedswinken zu und war ab sofort ausschließlich für Maurer da. DeLange trat unauffällig den Rückzug an.

Nicht ins Büro. Sondern dorthin, wo er sich den verdammten Frust aus dem Leibe toben konnte. Er nahm den Matchbeutel aus dem Auto und ging zu Fuß Richtung Bahnhof.

Er fädelte sich ein in den Strom der Menschen, überholte geschmeidig und wich aus, wenn ihm jemand entgegenkam. Ein junger Mann in Anzug und Mantel, der mit ausladender Geste ins Nichts telefonierte. Eine lächelnde Frau im Sari. Ein ausgemergelter Typ mit leerem Blick. Eine junge Frau mit langem dunklem Zopf vor einem Zwillingskinderwagen. Ein Besoffener, der in sauberem Zickzackkurs über den Bürgersteig torkelte. Ein Pärchen, jung, Rucksacktouristen.

Er machte einen Umweg zur Taunusstraße und kaufte im Asialaden Zitronengras, Ingwer, Chilis und kleine Auberginen.

Wenn Flo und Caro bei der Chorprobe waren, durfte er kochen, was sie nicht mochten: scharfe Shrimps aus dem Wok. Auf dem Rückweg kam er an zwei Nutten vorbei, die auf der Straße standen und rauchten. War das Rauchen mittlerweile auch im Puff verboten? Sauber.

Bei Rot über vier Spuren und Trambahnschienen. Links ab in die Niddastraße. Zwei Fabriketagen, weißgestrichene Wände, ruhiges Licht. Keine Musik. Keine aufgetakelten Bräute. Sondern graue Lederpolster, polierter Stahl und gutgeschmierte Mechanik.

Er lief die Treppe hoch zur Garderobe, zog sich um und kam mit dem Handtuch um den Hals wieder herunter. Das ganze Programm. Konzentration, Schweiß und Eisen. Immer am Limit. Und heute noch ein bißchen darüber hinaus. Erst die Beinpresse, die B6. DeLange legte 400 Pfund auf, auf jede Seite, stellte Lehne und Schulterpolster ein, fuhr den Sitz vor, ließ ihn einrasten, stemmte die Füße gegen die Platte, schloß die Augen und drückte das Gewicht nach vorn. Ganz langsam. Superslow. Bis ihm schlecht wurde.

In seiner Erinnerung war es immer kalt und naß und dunkel gewesen, wenn Randale angesagt war, damals, als er noch bei der Bereitschaftspolizei diente. Und trotzdem hatte er geschwitzt. Und geglaubt, die Menge zu riechen, die sich da vor ihm zusammenballte und aus der Steine und Flaschen flogen, die im Blitzlicht der Fotoapparate aufflackerten, bevor sie trafen. Eine dunkle Masse von Menschen, aufgeladen, drängend. Chöre der Wut, Stakkato des Hasses. Furchteinflößend, egal, wer sich da versammelte.

Er wischte sich mit dem Handtuch den Schweiß vom Gesicht und ging an die Stirnseite des Raums zur F1, für die schräge Bauchmuskulatur. Erst ging er auf 100 Pfund. Aber 110 fühlten sich bissiger an.

Wieder schloß er die Augen und sah die Szenerie vor sich. Ihr Gegenzauber war der Sound gewesen, den es gab, wenn er und die anderen alle zusammen den Helm aufsetzten und das Visier herunterklappten. Erst auffliegender Vogelschwarm, dann Guillotine. Wenn alle rhythmisch auf die Schilde klopften. Wenn sie erst langsam, dann immer schneller vorwärts marschierten im heißen Licht der Scheinwerfer, im Wasserwerferdampf.

»Steinzeitrituale!«

Ja, Feli. Hast ja recht, Feli.

Er atmete tief ein und ging hinüber zur C3. Ließ sich hochziehen und dehnen von 380 Pfund Eisen, bevor er das Gewicht herunterzog. Spürte, wie seine Wirbelsäule sich befreite, während seine Armmuskulatur zu vibrieren begann. Setzte das Gewicht zu laut ab. Merkte, daß er die Ruhe störte.

Rüber zur D7. Barrenstütz. Definiert den oberen Brustmuskel. Nach kurzem Zögern legte er gleich 440 Pfund auf.

Man braucht ein archaisches Ritual bei solchen Einsätzen. Als eine Art Beschwörung. Als Bitte um Schutz. Bevor man hineinmarschiert in einen Hagel aus Flaschen, Steinen und Stahlkugeln und in eine kalte Phalanx Schwarzgekleideter mit Palästinensertuch vor dem Gesicht. Damals an der Startbahn West. Nein, das waren keine friedlichen Bürger mehr. Am Ende gab es zwei Tote – unter den Polizisten.

Ihm ging die Luft aus. Als er absetzte, etwas zu laut, aufstand, etwas zu geräuschvoll, und schweißnaß zur E3 gehen wollte, traf ihn ein Bannstrahl aus stahlblauen Augen. Eine große und ziemlich beeindruckende Rothaarige. Er lächelte sie entschuldigend an, obwohl er ihr lieber ein Raubtiergrinsen und die Zähne gezeigt hätte.

Sie lächelte allerliebst zurück, als er seine 220 Pfund hochstemmte, und sagte: »Angeber.«

Vor dem Schnee

1

Das Rauschende Brünnlein gab es nicht mehr, was schade war – oder auch nicht, dachte Bremer: Das häßliche gelbe Fensterglas war verschwunden, die dunkelbraunen Gardinen ebenfalls, und die schweren Sitzgarnituren und der Bartresen, braun gebeiztes Furnier, waren auf dem Sperrmüll gelandet. Der alte Fritz hatte sich zurückgezogen und stand nur noch selten hinter dem Zapfhahn. Er ließ nicht erkennen, ob er das Alte vermißte oder das Neue begrüßte.

Sein Enkel war zwei Jahre zuvor von der Hotelfachschule nach Heckbach zurückgekehrt, mit einer jungen hübschen Französin, die, wie sich die Klatschbasen erzählten, beim Anblick der düsteren Kneipe einen Weinkrampf gekriegt und dann den ganzen Laden auf den Kopf gestellt hatte. Nicht nur den Gastraum, in dem jetzt klassische Musik, Bilder von Auberginen, Tomaten und Kürbissen an den Wänden und Kerzenlicht und weiße Spitze auf den Tischen dominierten, sondern auch den Garten. Nun saß man hier nicht mehr auf Bänken an langen Biertischen, sondern in zierlichen Sesselchen an Bistrotischchen unter einer altrosa Markise.

Bremer setzte sich an einen der Tische neben der Tür. Daß man schon draußen sitzen konnte, so früh im Jahr, war ein Grund, dem Klimawandel von Herzen dankbar zu sein. Wenn es denn einen gab.

Vorne, nahe dem Gartentor, saßen Leute, die man hier früher

nicht zu sehen bekommen hätte: der junge Anwalt, mit dem Marianne drohte, wenn Willi ein paar zuviel getrunken hatte; ein paar Tische weiter der kreative Fotokünstler aus Groß-Roda, bei dem sich die Frauen in lasziven Posen ablichten ließen, um ihrem Liebsten eine Freude zu machen. Auch die restliche Kundschaft war nicht mehr ganz die alte, obwohl Felix eine Karte mit bewährten Brotzeitgerichten bereithielt sowie ein gutgezapftes Bier für diejenigen, die sich Jakobsmuscheln an Shiitake-Pilzen und Lende vom Freienseener Schwein auf Zuckererbsen nicht leisten konnten. Wie zum Beispiel die Gruppe lebenslustiger Rentnerinnen, über deren Nordic-Walking-Stöcke Bremer vorhin fast gestolpert wäre.

Allen, die dem Rauschenden Brünnlein nachtrauerten, pflegte Felix zu erklären: »Man kann auch mit einem Glas Pfälzer Grauburgunder und einem Salat mit Rhöner Ziegenkäse glücklich sein. Und solange mir der Landfrauenchor jede Woche die Treue hält und der Skatclub und der Karnevalsverein, mach ich ja wohl irgend etwas richtig, oder?« Die Arbeitslosen und Frühverrenteten vermißte er offenbar nicht. Die traf man jetzt ein Dorf weiter vor Ida's Futterkrippe – Alles für den Hunger.

Auch Bremer vermißte nichts, nur den traditionsreichen Namen Rauschendes Brünnlein. Felix nannte seine feine Kneipe einfallslos Bei Felix.

Kriminalhauptkommissar a. D. Gregor Kosinski grüßte nach rechts und nach links, bevor er sich aufatmend in das Sesselchen neben Bremer fallen ließ und die langen Beine von sich streckte, an die der Erfinder von Bistrotischchen nicht gedacht hatte.

»Lanz. Verkehrsbulldog, Jahrgang 1950«, sagte er zur Begrüßung.

»Wo?« Bremer blickte sich um.

»Gleich«, sagte Kosinski.

Ein tiefblauer Trecker mit einer Art Schornstein anstelle eines Auspuffs dieselte um die Ecke, im Fahrerraum unter einem knallroten Verdeck ein Jungbauer mit zwei quietschenden Kindern. Bremer kannte weder den Schlepper noch seinen Fahrer, aber das Modell war zweifelsohne besonders schön.

»Jahrgang 1951«, sagte Kosinski und bestellte bei Fanny ein Mineralwasser. »'tschuldigung.«

»Angeber«, sagte Bremer. Landwirtschaftliche Nutzfahrzeuge an ihrem Sound erkennen war das eine, aber auch noch den Jahrgang präzise bestimmen? »Hätte ja auch Erwins alter Deutz sein können, oder?«

»Komm, Paul. Der Deutz D30 S ist ein Zweizylinder-Viertaktdiesel. Und der Lanz Bulldog ist selbstredend ein Einzylinder-Zweitaktdiesel.« Jetzt grinste Kosinski. »Ein Schlepper kann nicht einzylindrig genug sein. Hat sein Erfinder gesagt.«

Bremer dankte Fanny für das Bier, das sie ihm hingestellt hatte, und hob das Glas auf Kosinski. Ein alter Dorfpolizist wie er hatte die höheren Weihen, nicht nur was Trecker betraf.

»Nett, daß du dir die Zeit genommen hast. Man weiß ja, daß Rentner alle Hände voll zu tun haben.«

Kosinski grinste und musterte ihn. Was würde er sagen? »Gesund siehst du aus?« Oder, auch nicht weniger beleidigend: »Das gute Leben bekommt dir?«

»Schön, dich wiederzusehen. Gibt nicht viele hier, mit denen man vernünftig reden kann. Kopflose Hühner, allesamt.«

Das mußte ein Kompliment sein. Bremer fand es zweischneidig. »Wie soll man denn sonst reagieren, wenn ein Kind verschwindet?«

»Abwarten. Kleine Trebegänger gehen so schnell nicht verloren.«

»Das sagst du so.«

»Statistik. Und Erfahrung. Die meisten tauchen wieder auf. Wahrscheinlich wird er demnächst in Frankfurt aufgegriffen. Oder in Berlin. Also nur die Ruhe.«

»Erklär das mal der Mutter.«

Kosinski seufzte. »Ich weiß. Aber seit jeder Fall in den Medien breitgetreten wird, denken alle nur ans Schlimmste. Gut möglich, daß der Bengel sich irgendwo versteckt hält und sich nicht nach Hause traut.« Der Alte schwenkte sein Glas, als ob sich ein guter Wein darin befände und nicht halbtotes Sprudelwasser.

»Er ist schon verdammt lange unterwegs.«

»Ich weiß. Aber ich hab das im Gefühl.« Kosinski blickte ins Leere. »Manchmal geht auch was gut aus«, fügte er leise hinzu.

Dein Wort in Gottes Ohr, dachte Bremer und tastete in der Hosentasche nach dem Mobiltelefon, das sanft vibrierte.

»Mit Anne alles in Ordnung?«

Guter alter Gregor. Er wußte immer, wann man das Thema wechseln mußte.

Was machst du
Kneipe mit Gregor
Was trinkst du
Bier
So früh

Kosinski grinste, als Bremer sein Handy wieder wegsteckte. »Die Frage ist die Antwort«, sagte er.

Bremer schüttelte den Kopf. »Ich weiß nicht. Sie ist Politikerin, sie ist ehrgeizig, sie engagiert sich. Aber als Prinzgemahl bin ich fehlbesetzt. Und Cocktails auf Dinnerpartys kann ich nicht mehr sehen.« Er leerte das Glas. War ein verdammt gut gezapftes Bier. »Paßt das vielleicht zu einer ehrgeizigen Frau?«

»Hast du sie gefragt?«

Nein. Natürlich nicht.

Auch Kosinski fragte nicht weiter. Das war das Einzigartige an Männerfreundschaften: daß man gemeinsam schweigen konnte. Das konnte man mit keiner Frau. Die Ausnahme hieß Anne Burau. Sie war schön, sie war schlau, sie war diskret. Und gänzlich anders als die anderen. Und natürlich vermißte er sie. Brennend.

Vermisse dich
Trink nicht so viel
Vermisse dich trotzdem

Fanny brachte ein zweites Bier. »Und was ist mit dir?« Bremer musterte mit hochgezogenen Augenbrauen Kosinskis Wasserglas.

Der Alte verzog das verknitterte Gesicht zu einem resignierten Lächeln. »Geben Sie Ihrer Leber eine Chance. Hat der Arzt gesagt.«

Bremer nickte verständnisvoll. Eine Plage, die Ärzte. »Und sonst?«

Kosinski blickte wieder in sein Mineralwasser. »Na ja – viel Stoff. Viel Arbeit.«

Es hatte sich schnell herumgesprochen, womit er sich beschäftigte nach seinem Abschied aus der Polizeidienststelle in Bad Moosbach. Kein echter Bulle würde je seine Wißbegierde ablegen können, die sich als Neugier tarnt und doch nur tief eingefleischtes Mißtrauen gegen die menschliche Natur ist. Wer Verhöre gewohnt war, legte sich als Rentner am besten ein Hobby zu, das dazu paßte. Kosinski hatte das Ausfragen und Protokollieren in ein historisches Projekt gepackt. Es hieß »Eine Chronik von Groß-Roda und Umgebung«.

»Früher kriegte niemand das Maul auf, wenn du mal eine kleine Auskunft brauchtest im Zuge der Aufklärung einer Straftat – und heute rennen sie dir die Bude ein.«

Bremer grinste den Alten an. Der liebte sein Projekt – und für die alten Leute, die sich um so besser erinnerten, je weiter das Ereignis zurücklag, war es ein Segen. Geschichtenerzählen ließ die viele freie Zeit schneller vergehen.

Alte Geschichten. Tja.

»Was weißt du über ›Heinrichs Verhängnis‹?«

Kosinski stutzte. »Wie kommst du denn darauf?«

»Kennst du das Haus, das noch nicht kaputtrenoviert ist? Dort, wo die vielen Bäume stehen?«

»Natürlich.« Kosinski zögerte. »Seit einem Jahr wohnt wieder jemand dort, soweit ich weiß.«

Bremer erzählte ihm die Geschichte von Sophie Winter und den umgestürzten Bäumen. Und daß das Haus einen schlechten Ruf hatte – aus Gründen, die er nur halb verstand.

»Ja, ich kenne das Haus und seine Geschichte.« Plötzlich schienen die scharfen Falten in Kosinskis Gesicht, vor allem die zwischen Nasenflügeln und Mundwinkeln, noch tiefer zu werden. »Es ist keine gute Geschichte.«

Er trank sein Wasser in einem Zug aus, stellte das Glas geräuschvoll auf den Tisch, drehte sich um und winkte nach Fanny. »Ein Bier«, sagte er. »Ein großes.«

Und dann schwieg er, bis Fanny das Bier brachte und er den ersten Zug genommen hatte.

»Ich kenne das Haus von außen und von innen. Es hat niemandem Glück gebracht. Willst du das wirklich wissen?«

Bremer nickte.

»Von Anfang an?«

»Von Anfang an.«

Kosinski räusperte sich. »Heinrich Brauer war ein liebenswürdiger Spinner – und seine Siedlung war eine schöne Idee, aber keine gute. Als er 1930 pleite ging, waren nur zwei der acht Häuser fertig geworden, aber auch die standen leer. Wenige Monate später, im Frühjahr 1931, erhängte er sich in einem seiner Häuser. Und weißt du, in welchem?«

»Ja«, sagte Paul. »Im Haus von Sophie Winter.«

Kosinski nickte bedächtig. »Und das ist nicht das einzige Drama, was sich dort abgespielt hat. Willst du alles hören?«

Bremer hob das Glas und prostete ihm zu. »Alles«, sagte er.

»Bis 1933 war die Siedlung tot. Niemand ging auch nur in die Nähe von ›Heinrichs Verhängnis‹. Es spukte, das wußte jeder.«

Ulla Abel hatte das auch gesagt.

»Und dann kam Alfred Wirth und kaufte die beiden fertig gestellten Häuser. Entweder war er nicht abergläubisch, oder er kannte die ganzen Geschichten nicht. Ich tippe auf letzteres: Er stammte nicht von hier. Wirth war Ingenieur, er hatte gute Kontakte zur NSDAP und machte Karriere in der Rüstungsindustrie. Er plante und überwachte den Bau des Tunnels bei Ebersgrund – du weißt, daß man dort während des Krieges Steuerelemente für Hitlers Wunderwaffe herstellte?«

Die V2. Bremer nickte.

»Wirth leitete die Produktion bis Kriegsende und setzte dabei Zwangsarbeiter aus Frankreich und Polen ein. Die beschäftigte er auch beim Ausbau der anderen Häuser, die er unterdessen billig gekauft hatte. Er scheint seine Leute halbwegs fair behandelt zu haben. Vielleicht ist er deshalb 1945 nicht belangt worden.«

Fanny brachte eine neue Runde Bier. Die Rentnerinnen klapperten mit ihren Nordic-Walking-Stöcken davon. Eine Amsel begann in den Ästen eines Kirschbaums zu singen.

»Sechs der Häuser verkaufte er nach dem Krieg an eine englische Immobilienfirma, die sich aber nicht darum kümmerte. Die von ihm zuerst erworbenen behielt er. In dem einen wohnte er mit seiner Frau, das andere hatte er seinem Sohn Hans geschenkt. Hans Wirth, der Mitte der 30er Jahre eine nicht mehr ganz junge Frau namens Theresa geheiratet hatte, fiel im Zweiten Weltkrieg an der Ostfront. Seine Mutter wurde ein Pflegefall – aus Kummer um den Tod des Sohnes, wie es heißt –, und Theresa, die kinderlos geblieben war, zog zu ihren Schwiegereltern, um ihnen den Haushalt zu besorgen. Wirths Frau starb kurze Zeit später, Alfred Wirth erst 1953. Kannst du mir bis hierhin folgen?«

»So halbwegs«, sagte Bremer.

»Gut. Denn jetzt kommt's.«

Kosinski zog die langen Beine ein und stützte die Unterarme auf den Tisch. »Theresa lebte noch dreizehn Jahre in dem Haus ihrer Schwiegereltern, bevor sie eines Tages verschwand, ohne Abschied von den Nachbarn, was die nicht weiter wunderte. Alle hielten die alte Dame für seltsam, um es höflich auszudrücken. Immerhin hatte sie einen Makler damit beauftragt, beide Häuser zu verkaufen. Als der Mann das Haus, das sie zuletzt bewohnt hatte, zum ersten Mal besichtigte, muß ihn der Schlag getroffen haben.«

Der Alte war auf dem zierlichen Sesselchen nach vorn gerutscht und hatte die Stimme gesenkt.

»In jedem Zimmer hatte Theresa Wirth etwas anderes gesammelt: In einem Raum stapelten sich die Zeitungen und Zeitschriften bis unter die Decke, in einem anderen leere und offenbar sorgfältig ausgewaschene Konservendosen. Und in einem weiteren hatte sie Schuhe gehortet.«

»Und das hat niemand gemerkt?«

»Offenbar nicht. Die Entrümpelung muß ziemliches Aufsehen erregt haben. Den Ruf des Hauses hat das nicht gerade gehoben; während die anderen Häuser Abnehmer fanden, wurde Theresa Wirths Haus erst 1968 vermietet. An drei junge Leute aus Frankfurt. Studenten, angeblich. Aber auf uns wirkten sie wie Exoten. Außerirdische. Verrückte.«

Fanny sah fragend herüber. Bremer nickte. Noch zwei Bier.

»Was dann passierte, war ... was soll ich sagen ... nicht gerade ein Ruhmesblatt. Heute versteht man das nicht mehr. Aber damals ...« Kosinski streckte die Beine von sich und schien seine Schuhspitzen zu mustern. Dann blickte er auf und seufzte. »Wir haben uns alle ziemlich danebenbenommen.«

Bremer dachte an die Bilder, die er bei Ulla Abel gesehen hatte. »Ist doch klar, daß niemand sie mochte, die Hippies«, sagte er. So war man damals, nicht nur auf dem Land: stur und dickköpfig. Manche waren das noch heute.

Kosinski lachte auf. »Du untertreibst. Wir haben sie gehaßt. Zwei Mädchen und ein Kerl. Ein Langhaariger. Zwei Flittchen. Und wie die herumliefen. Eine anständige Arbeit hatten sie auch nicht.« Kosinski kratzte sich am Kopf und sah Bremer an, als ob er sich bei ihm entschuldigen müsse.

»Sie wurden geschnitten.« Keine Kritik, nur eine Feststellung.

»Geschnitten? Wenn es nur das gewesen wäre. Sie wurden gemobbt. Und die Polizei ...«

»Dein Freund und Helfer«, sagte Bremer und grinste den Alten spöttisch an.

»Wir haben mitgemacht.«

Der Spott verging ihm. »Du auch?«

»Ja.«

Das verschlug Bremer die Sprache. Kosinski lehnte sich in den Sessel und blickte einer Krähe hinterher. Am Nebentisch hörte man Lachen. Bremer leerte sein Glas in einem Zug. Fanny blickte fragend zu ihm herüber. Er schüttelte den Kopf.

Nach einer Weile räusperte sich der Alte. »Versteh mich nicht falsch, Paul. Wir haben das meiste gar nicht mitgekriegt. Damals ging man nicht zu den ›Bullen‹, wenn man zur Gegenkultur gehörte.«

Der blaue Lanz mit dem roten Verdeck nagelte vorbei, diesmal ohne die Kinder.

»Es fing noch einigermaßen harmlos an. Einige der Dorfburschen leerten Gülle bei den Hippies aus. Auf der Kirmes gab es Rempeleien. Das Übliche halt. Aber dann zündete einer der jungen Idioten den VW-Bus der drei an.«

»Das Übliche halt?« Bremer merkte, wie seine Stimme sich empört hochschraubte.

Kosinski hob die Hand. »Wart's ab. Es kommt noch schlimmer. Wir haben das bei der Polizei zum Anlaß genommen, bei den angeblichen Studenten eine Drogenrazzia zu veranstalten. Sie hätten das im Drogenrausch ja selbst gemacht haben können, verstehst du?«

Bremer verstand. Zu gut.

»Du kannst dir vorstellen, wie es hinterher bei denen aussah.«

Danke. Er hatte Phantasie. Leider reichte seine Vorstellungskraft auch aus, um sich den Gregor Kosinski von damals vorzustellen – jünger. Dümmer. Brutaler.

Und jetzt wußte er, an welchen Film er beim Besuch bei Ulla Abel gedacht hatte. An *Easy Rider* und die schweigsamen Männer mit ihren Schießprügeln auf den blitzblank gewienerten Pick-ups. Gregor einer von ihnen? Die Vorstellung tat weh.

»Und dann eskalierte der Konflikt.« Kosinski atmete tief durch. »Ein Mädchen aus der Nachbarschaft hatte sich mit den dreien befreundet.« Er fuhr sich mit der Zunge über die Lippen. »Die haben ihr wahrscheinlich das Ohr abgeschwätzt – über die repressive Gesellschaft und die Emanzipation und die freie Liebe und diesen ganzen Stuß.«

Daß man sich von alten Zwängen befreien müsse, sich öffnen dem Neuen. Ach, das hatten sie alle erzählt, auch Jahre später noch, wenn sie ein Mädchen ins Bett kriegen wollten. Das war zwar schlechter Stil, aber kein Verbrechen.

»Das mochten deine verklemmten Nachbarn wohl nicht?«

»Na ja.« Kosinski schob den Bierfilz über den feuchten Fleck auf dem Bistrotischchen. »Das Problem war – Erika war etwas Besonderes. Sie war sehr schön – und sie war nicht sehr stabil.«

»Stabil?« Was sollte denn das heißen.

»Mental, meine ich.« Kosinski beugte sich vor. »Paul, versteh mich, ich rechtfertige nichts von dem, was damals geschah – aber das mit Erika war nicht so einfach. Die Kleine kannte keine Grenzen. Sie machte alles mit. Auch Rauschgift und Sex, war zu befürchten.«

»Und jeder ging davon aus, daß die drei Außerirdischen skrupellos genug waren, um sie auszunutzen, ihre – wie sagst du? – mentale Instabilität? Was für ein reizendes Menschenbild!«

»Ach, Paul. Du kennst doch den Mechanismus. Erika war für alle eine – Herausforderung.« Kosinskis Stimme wurde leise. »Die meisten Männer haben auf die Hippies projiziert, was sie selbst gern getan hätten.«

»Und das rechtfertigt Jagd auf Fremde?«

Kosinski hob die Schultern und ließ sie wieder fallen. »Ich rechtfertige nichts, ich versuche nur zu erklären, warum der Freund von Erikas Schwester glaubte, etwas unternehmen zu müssen. Er ist mit einem Kumpel zur Siedlung gefahren und dann …«

»Und dann?« Bremer hatte einen schlechten Geschmack im Mund, der nicht vom Bier kam.

»Es gab eine Prügelei. Ein paar umgefallene Stühle. Ein zerschmetterter Garderobenspiegel. Eine gebrochene Nase. Und angeblich hat man die drei draußen im Garten an die Bäume gebunden.«

»Angeblich?«

»Unsere beiden haben das immer bestritten. Nicht die Prügelei mit dem Studenten, das galt als Ehrensache. Aber alles andere. Trotzdem blieb der Langhaarige bei seiner Geschichte, er habe sich und die Mädchen erst nach Stunden befreien können. In den frühen Morgenstunden hat er den Notarzt kommen lassen. Und der hat die Polizei verständigt.«

»Und du warst dabei.«

Kosinski nickte. »Ich habe den Tatortbericht geschrieben. Ganz besonders gründlich. Aus Übungszwecken. Die setzten mich gern bei so was ein.« Der Alte lachte ohne große Freude.

»Und dann?«

»Nichts. Wir haben die Sache für eine eher harmlose Auseinandersetzung unter Jugendlichen gehalten und beide Augen fest zugedrückt. Die Hippies haben sich in ihrem Haus verbarrikadiert und auch Erika nicht mehr reingelassen. Was ja Sinn der Übung war. Und eines Tages ...«

»Eines Tages habt ihr sie erfolgreich verjagt. Und alles hatte wieder seine Ordnung.« Bremer spürte, daß sein Spott bitter klang.

»Richtig. Niemand weinte ihnen eine Träne hinterher. Und auf unserer Dienststelle hatten wir genug zu tun mit einer Serie von Brandstiftungen. Ich war mit dem Fall nicht mehr befaßt. Ich war woanders eingesetzt.«

Bremer war plötzlich unendlich froh, seine ersten Liebesabenteuer in den 70er und nicht den verklemmten 60er Jahren erlebt zu haben. Das alles lag so unvorstellbar weit zurück. Ferner als der Mond.

»Aber was wir damals nicht wußten, nicht wissen konnten – eines der beiden Mädchen wird seither vermißt.«

Also doch nicht nur eine harmlose Prügelei. Kosinski winkte nach Fanny für ein weiteres Bier. Bremer schloß sich an. Bei solchen Geschichten blieb man besser nicht nüchtern.

»Und wenn das Mädchen deinen harmlosen Dorfjungs zum Opfer gefallen ist?« Ob er die Täter kannte? Wahrscheinlich ja. Hoffentlich nicht.

Kosinski hob die Schultern und ließ sie wieder fallen.

»Und alle haben weggeschaut?« Der Gedanke tat viel zu weh.

Kosinski schüttelte hilflos den Kopf.

Bremer spürte das Bier und die Kälte, die heraufkroch, seit die Sonne hinter einer Wolke verschwunden war. Er kannte seine Idylle und ihre Abseiten. Sie mochten hier niemanden, der fremd war. Und das war noch heute so: Sie mochten keine wie Sophie Winter.

Und plötzlich machte er sich Sorgen um sie. Vierzig Jahre sind nicht viel Zeit, wenn man auf dem Land lebt. Wenig ändert sich wirklich. Aber manches ändert sich nie.

2

»Jo, natürlich wärst du der Richtige gewesen. Ich habe das immer gesagt. Aber die Politik des Hauses ...« Karla. Beide Hände gehoben. Die ihr gebunden waren. Dank der Politik des Hauses.

DeLange kam sich idiotisch vor. Er stand mitten im Flur, zwei Becher mit Kaffee in der Hand, einen für sich, den anderen für die Chefin, und fühlte sich unwohl. So als kooptierter Frauenversteher. Ausgebootet aus historischer Notwendigkeit. Zugunsten der Wiedergutmachung jahrhundertelanger Diskriminierung.

Er hielt Karla ihren Kaffeebecher hin, den er an seiner Espressomaschine gefüllt hatte. Er machte den besten Kaffee der Abteilung, was kein Kunststück war angesichts der Plörre, die die anderen sich antaten.

Nun nimm schon, Karla.

Aber sie flatterte noch immer mit den Händen. »Andererseits ist Angelika Schau nicht die schlechteste Wahl, weißt du.«

»Kein Problem.«

Karla guckte ungläubig.

»Ich habe damit kein Problem.« Nur mit dem blöden Mobiltelefon, das tief in der Hosentasche vergraben vor sich hin vibriert. Und damit, daß ich keine Hand frei habe, weil Karla ins Große Ganze starrt. Statt mir ihren Kaffeebecher abzunehmen. »Wirklich nicht.«

Sie streckte die Hand aus. Na endlich.

»Du erlaubst?« Er fingerte das Telefon aus der Hosentasche und guckte aufs Display. Feli. Warum rief sie nicht auf dem Diensttelefon an? Warum rief sie ihn überhaupt an? Er wies das Gespräch ab. Er wollte nicht mit ihr sprechen. Nicht jetzt.

»Denkst du an die Pressekonferenz?« Karla steckte die Nase in ihren Becher und schnüffelte, als ob sie einen kostbaren Bordeaux probierte. Erst hatte er diese Marotte als Kompliment für seinen großartigen Caffè Latte gedeutet, mittlerweile nervte es ihn. »Ich habe schon wieder einen Anruf aus dem Ministerinnenbüro gekriegt.«

Die Pressekonferenz. Natürlich. Die Ministerin legte den allergrößten Wert darauf. Immer wenn es eine Erfolgsmeldung gab – ein gutes Ermittlungsergebnis oder eine neue Fahndungsmethode –, mußte das in Frankfurt abgefeiert werden. Warum keine PK in Wiesbaden? Da ist schließlich der Sitz der Landesregierung? So was hatte er ganz zu Anfang mal zu fragen gewagt. Karla hatte sich kaputtgelacht ob seiner Naivität. »Damit nur der *Wiesbadener Kurier* darüber berichtet? Nein, Jo. In Frankfurt sitzt die Medienmacht. So funktioniert das Geschäft. Also ran an die Arbeit.«

DeLange nahm einen Schluck Kaffee. »Ich verstehe ehrlich gesagt nicht, was wir in Sachen Fast ID Neues zu melden haben. Die Sache funktioniert, der Gauner drückt seine sauberen Finger auf unseren handlichen digitalen Fingerabdruckscanner, der beamt die Info ans INPOL, und presto – schon wissen wir, ob der Kunde Dreck am Stecken hat.«

»Jo, stell dich nicht so dämlich an. Die Botschaft lautet: Wir haben unsere Spitzenposition im digitalen Erkennungsdienst ausgebaut, wir hier in Hessen.«

Jaja. Hessen vorn.

»Das kommt dem Bürger unmittelbar zugute, auch wenn es Steuergelder kostet. Okay?«

»›Die Minimierung des Grundrechtseingriffs für den Betroffenen‹.« DeLange war die delikate Wortwahl aus dem Ministerium in Fleisch und Blut übergegangen.

»Und das übersetzen wir jetzt hübsch ins Deutsche.«

»Niemand muß mehr warten oder gar in Gewahrsam genommen werden, während seine Daten überprüft werden. Das mindert öffentliches Aufsehen und damit die Peinlichkeit.«

Karla legte die Hand auf seinen Bizeps und drückte fest zu. »Guter Junge. Pressekonferenz am Freitag. Dein alter Freund hat sich angesagt. Dr. Doom. Du machst die Honneurs. An die Arbeit.« Und verschwand in ihrem Zimmer.

Wieder hatte er zwei Becher in den Händen, diesmal leere. DeLange stand im Flur wie die Kuh beim Donnern und spürte Wut in sich hochsteigen.

Ich will nicht. Und ich werde nicht. Diese Scheißpressekonferenz leiten. Karla.

Schon gar nicht, wenn dieses Arschloch mitmischt, unser selbsternannter Sicherheitsexperte, Doom wie Weltuntergang, mit dem jede Pressekonferenz eine endlose Tortur wird.

Ich brauch das nicht, Karla. Der Mann ist zwar der Parteivorsitzende der Ministerin, und sie kann ihn nicht ausstehen, was für sie spricht, aber ansonsten schlichter Landtagsabgeordneter, und ich sehe überhaupt nicht ein ...

Karla steckte den Kopf aus ihrem Zimmer und war so freundlich, ihm einen der beiden Becher abzunehmen. Es war sogar ihr eigener.

»Ich bereite die Show zu Rosis Jubiläum vor, Karla. Und ich habe da noch den anderen Fall, den ich zusätzlich präsentieren muß. Außerdem brauchen die Leute vom Hessischen Fernsehen einen Nachdreh. Ich kann mich nicht auch noch ...«

»Klar kannst du, Jo. Ich kenne dich doch.« Und mit einem geradezu gemeinen Augenzwinkern zog sie sich wieder zurück.

DeLange hätte ihr am liebsten seinen Kaffeebecher hinterhergeworfen. Aber immerhin hatte er jetzt eine Hand frei. Als das Mobiltelefon wieder vibrierte, zog er es aus der Hosentasche, klappte es auf und bellte hinein.

»Ja?«

Er hörte es atmen. Dann ein zaghaftes Hallo. Eine Männerstimme. DeLange schaute ungläubig aufs Display. Felis Nummer. So ein Dreckskerl. Jetzt rief er auch noch an, ihr Lover. Mit ihrem Handy.

»Was wollen Sie?«

»Sind Sie ein Bekannter von Felicitas DeLange?«

Was war denn das für eine blöde Frage? »Nein! Ich bin nicht ihr Bekannter! Ich bin ihr Mann!« Wußte der Kerl das vielleicht nicht?

Schweigen. Aber der Mann atmete hörbar schneller. Angst, dachte DeLange schadenfroh. Und das zu Recht.

»Ruhig, Herr DeLange, ganz ruhig. Ich frage ja nur, weil ...«

»Wieso rufen Sie überhaupt von Felis Handy aus an?« Er hielt das Telefon viel zu fest in der Hand. Locker, Mann.

»Ihre Nummer ist die letzte, die von Frau DeLanges Mobiltelefon aus angerufen wurde, abgespeichert unter ›Jo‹, ich wußte also nicht ...«

»Hat sie wieder ihr Handy irgendwo liegengelassen?« Wenn das so war ... DeLange versuchte es mit einem zivileren Tonfall.

»Nein.«

»Ja, was dann?«

»Also ... Felicitas DeLange ist Ihre Frau?«

»Ja. Wer sind Sie?« Ruhig jetzt.

»Markus-Krankenhaus. Ihre Frau ist vor ein paar Stunden bei uns eingeliefert worden.«

Ganz ruhig. »Was ist mit meiner Frau?« Nicht das Handy zerquetschen. DeLange stieß die Tür zu seinem Büro auf und ließ sich in den Schreibtischsessel fallen.

»Ihr Zustand ist stabil, aber Sie möchten sie bitte erst morgen besuchen. Und bringen Sie ihre Versicherungskarte mit.«

Wieso erst morgen? Und wieso ich? Wieso nicht der Typ, mit dem sie zusammenwohnt? Er nickte mit zusammengebissenen Zähnen. »Was ist los mit ihr?«

»Das kann ich Ihnen nicht sagen.« Die Stimme am Telefon klang ausweichend. »Aber der behandelnde Arzt weiß sicher mehr.« DeLange spürte, wie etwas nach ihm griff. Er legte das Mobiltelefon auf den Tisch, nahm den Kopf in beide Hände und versuchte sich zu entspannen.

Der Mann aus dem Krankenhaus sagte noch irgend etwas, bevor das Handy verstummte. Auch egal.

Er mußte sich um Flo und Caro kümmern. Ob sie es schon wußten? Sicher nicht. Aber – wenn der vom Krankenhaus auch zu Hause angerufen hatte? Hatte er nicht, sagte sein Verstand. Wenn aber doch? Caro ging erst nach der zweiten Stunde in die Schule. Er mußte nach Hause. Er mußte zu Feli. Er mußte mußte mußte.

DeLange versuchte aufzustehen, aber ihm war schwindelig. Der Schweiß brach ihm aus allen Poren. Und dann wurde ihm übel.

Der alte Hausfreund, der erst noch vorsichtig angeklopft hatte, trat die Tür ein. Und dann gab es nur noch sie beide.

Der zottige Kerl knurrte. Fletschte die Zähne. Ging zum Angriff über. Zusammengekrümmt, die Hände um die Armlehnen gekrallt, die Stirn auf der Schreibtischplatte, ließ DeLange den Schmerz wie eine Woge heranrollen und über sich hereinbrechen. Er versuchte, langsam zu atmen und die aufsteigende Übelkeit zu unterdrücken. Es riß und biß und krallte sich fest in ihm, sein Haustier, der Phantomschmerz.

»Wir können uns das auch nicht erklären, Herr DeLange.« Ein Spezialist, einer der vielen. Der letzte. »Meines Erachtens gibt es dafür keine physischen Ursachen. Ich tippe auf eine starke seelische Komponente.«

Vor DeLanges Augen opakes Grau. Metallischer Geschmack im Mund. Wie ein Pistolenlauf.

Die zweite Welle brandete heran und zog sich wieder zurück. Die dritte folgte, unvermindert stark. Er spürte die verkrampften Muskeln in seinen Oberschenkeln zittern und versuchte, ruhig weiterzuatmen. Atmen. Atmen. Atmen.

Die vierte Attacke. *Vergin m'assisti.* Heilige Jungfrau, steh mir bei.

Endlich wurde es heller vor seinen Augen. Der Hausfreund hatte sich müde gekämpft. DeLange löste die Finger von den Armlehnen. Als Karla im Türrahmen auftauchte, einen Aktenordner unterm Arm, war er noch benommen, aber wieder verhandlungsfähig.

»Eine Attacke?«

Er nickte. Die schlimmste seit ... Seit Feli ausgezogen war.

»Geh nach Hause«, sagte sie und legte ihm den Ordner auf den Tisch. »Geh zum Arzt.« Dann fühlte er ihre Hand auf der Schulter.

Mitleid. Auch das noch.

»Ich mach das schon mit der Pressekonferenz.«

DeLange blieb sitzen, während sie ging und leise die Tür hinter sich zuzog. Der schwarzmarmorierte Leitzordner auf seinem Schreibtisch verströmte Archivgeruch, er roch nach stockfleckigem Papier und jahrzehntealtem Staub. »Vermißte Person Alexandra Raabe« stand auf dem Rücken. 1968.

3

Sophie Winter schrak auf. Sie wußte nicht, wo sie war. Doch es gab da etwas, was sie tun mußte. Dringend. Sie hatte keine Zeit, sie mußte handeln, es hing so viel davon ab. Das Buch auf ihrem Schoß rutschte herunter und fiel auf den Boden.

Aber was?

Für einen winzigen Moment kam ihr das Kaminzimmer fremd vor, das Sofa, auf dem sie saß. Der Couchtisch, auf dem ein Glas stand, in dem ein Löffel steckte. Und der Sessel, auf dem sich eine Katze räkelte, gähnte, auf den Rücken wälzte. Sie stand auf und streichelte dem Tier abwesend den Bauch.

Sie war zu Hause. Es war alles in Ordnung.

Sie hatte sich mit einem Buch aufs Sofa im Kaminzimmer zurückgezogen, weil es so kalt und ungemütlich geworden war draußen. Das war das letzte, an das sie sich erinnerte.

Doch plötzlich wußte sie wieder, was sie nicht verpassen durfte. Die Lesung. Sophie Winter blickte hoch zur Wanduhr, eine Pendeluhr, ein Regulator von Erwin Sattler, ein Schmuckstück, das sie sich geleistet hatte, als sie zu begreifen begann, daß das Buch sich gut verkaufte. Es war schon 18 Uhr. Sie mußte sich waschen, schminken, etwas anziehen. Sie mußte nach … Wohin mußte sie fahren?

Es steht im Kalender, immer mit der Ruhe, redete sie sich zu. Aber wo war der Kalender?

Die Katze gab einen kleinen Protestlaut von sich, als Sophie sich von ihr löste und hinüber zum Schreibtisch ging. Der Kalender war nicht da, wo er sein sollte. Dafür fand sie das Ladegerät fürs Mobiltelefon, das sie gestern gesucht hatte. Als sie ihren alten Filofax endlich in der Hand hielt – er lag unter der Zeitung von gestern, da liegt er gut, dachte sie –, war es bereits Viertel nach sechs.

Und da stand es, direkt neben dem Lesezeichen. Unter dem Datum vom 2. April. Lesung in einer Buchhandlung in Oberursel. Wo das lag, wußte sie ausnahmsweise. Fahrzeit etwa eine Stunde, die Veranstaltung begann um 20 Uhr, sie hatte nicht mehr viel Zeit zum Umziehen und Schminken.

Aber es dauerte nicht länger als üblich, bis sie mit sich zufrieden war. »Gesunde Haut, kräftiges Haar«, hörte sie ihre Mutter sagen. »Das macht die gute genetische Grundausstattung.« Und die verdankst du mir, hieß das. Alles verdankst du mir. In diesem Glauben war Sophie aufgewachsen. Was die gute Haut betraf, so konnte sie damit leben. Es machte das unvermeidliche Altern etwas erträglicher.

Ein trockenes Knäckebrot, auf die Schnelle, in der Küche im Stehen, bevor sie ging. Nach kurzem Nachdenken ließ sie die Packung auf dem Tisch liegen, neben dem Camembert und den Tomaten. Man wußte ja nie.

Auf dem Weg zum Auto überfiel sie wieder die Furcht, etwas Wichtiges, etwas Wesentliches vergessen zu haben. Sie blieb stehen. Versuchte sich zu konzentrieren. Aber da war nichts, gar nichts, nur ein leeres Hirn, in dem sich langsam Panik ausbreitete.

Das Buch. Der Gedanke kam wie eine Erlösung. Sie hatte ihr Buch vergessen. Das Buch mit der Strichfassung, man konnte auf einer Lesung schließlich nicht das ganze Buch vorlesen, also mußte sie kürzen, raffen, beschleunigen. Ohne die Strichfassung keine Lesung.

Sophie lief zurück, etwas unsicher auf den schwarzen Samtpumps mit den hohen Absätzen, die sie in einem Anfall von Übermut angezogen hatte, schloß die Haustür auf, trat in den Flur und wußte quälende Sekunden lang nicht, was sie hier wollte. In der Küche ein Geräusch, im Flur ein Geruch, ein Schatten huschte vorüber. Eine Ratte? Sie schüttelte das Gefühl ab, nicht allein zu sein, und ging ins Kaminzimmer. Auf dem Schreibtisch lag das Buch nicht, auch nicht auf dem Sofatisch. Nicht neben dem Sofa, nicht im Bücherregal.

Konzentrier dich, dachte sie. Du hast es noch gehabt, kürzlich, in Gießen. Du bist nach Hause gefahren, viel zu langsam, warst ein Verkehrshindernis. Bist hier angekommen, hast das Buch ...

Im Auto gelassen. Sie mußte es im Auto gelassen haben.

Es war kurz vor sieben.

Wieder schloß sie die Haustür, drehte den Schlüssel zweimal um und lief zum Auto. Das Buch lag auf dem Rücksitz. Sie atmete aus und tätschelte das glatte, kühle Autoblech. Sie liebte das Auto, eine echte Antiquität, außer der Sattler ein weiterer Luxus, den sie sich geleistet hatte von den Honoraren und Tantiemen. Geldsorgen hatte sie weiß Gott nicht mehr. Ihre Sorgen waren gänzlich anderer Natur. »Immateriell« war das richtige Wort.

Sie ließ den Wagen an, der Motor summte wie ein Bienenschwarm. Die Straße hinuntergleiten bis zur Hauptstraße, Ullas stets schlechtgelauntem Ehemann Peter zuwinken und den beiden Männern, die sie im Winter mit Holz beliefert hatten, Vater und Sohn, die Namen hatte sie vergessen, aber in diesem Fall machte das nichts, sie hatte genug Holz, und irgendwann würde es ja auch wieder Sommer werden.

Auf der Landstraße kam ihr im Abendlicht ein einsamer Radfahrer entgegen, ein schlanker Mann mit kurzem weißem Haar, er kam ihr vertraut vor. Grüßen, vorsichtshalber. Auf die B 49. Und dann die Abkürzung nehmen zur Autobahn, durchs Wäldchen. Ein leichter grüner Flaum bedeckte die Äste der Buchen. Das Verdeck knatterte. Kühle Luft strömte durch das halb heruntergekurbelte Fenster. Sie schaltete das Licht ein, begann sich zu entspannen und auf den Abend zu freuen.

Kurz vor der Kurve zog der Wagen plötzlich nach rechts. Es knatterte, ein Geräusch, das klang, als ob ein Hubschrauber über ihr in der Luft stand. Das Geräusch wurde lauter. Die Bäume kamen näher. Sie bremste, aber nichts geschah. Sie bremste mit aller Kraft, aber es dauerte unendlich lange, bis der Wagen zum Stehen kam. Sophie blieb sitzen, hörte ihr Herz klopfen und wartete, bis ihr Atem ruhiger wurde. Dann öffnete sie die Tür. Ihr schöner roter Luxusschlitten hing im Straßengraben, ein paar Zentimeter von einer borkigen Eiche entfernt.

Sie stieg aus und ging um das Auto herum. Von der Straße aus sah man nichts. Die Weißwandreifen glänzten über den rotlackierten Radkappen. Aber dort, wo der Wagen im Straßengraben hing, hatte sich das Gummi von der Felge abgelöst. Der Vorderreifen sah gar nicht gut aus.

Sophie lehnte sich an den Kotflügel und hätte fast gelacht. Sie sah sich auf den Knien liegen, den Wagenheber ansetzen, die Radmuttern lösen, den Ersatzreifen aufziehen. Der eigentliche Witz war, daß sie keinen Ersatzreifen dabeihatte. Der Mann, der ihr sein bestes Stück unter Tränen verkauft hatte, wollte den Ersatzreifen nachliefern, hatte bei jedem Anruf beteuert, daß er gleich morgen, nein: sofort! alles Nötige veranlassen würde. Irgendwann hatte sie aufgegeben nachzufragen. Irgendwann hatte sie die Sache mit dem fehlenden Ersatzreifen vergessen.

Und dann kam die Absurdität der Szene bei ihr an. Ein rotes Nuttenauto und eine nicht mehr ganz jugendliche Erfolgsautorin mit den zum Auto passenden Highheels mitten im Wald – so etwas mußte man erst einmal erfinden. Hoffentlich kam niemand vorbei. Ihr Ruf wäre endgültig ruiniert.

Aber die Zeit wurde knapp. Sie brauchte einen Abschleppdienst. Ein Ersatzauto. Jemand, der sie zur Lesung fuhr. Schnell.

Es dauerte eine Weile, bis sie ihr Mobiltelefon in der Handtasche aufgestöbert hatte. Erst der ADAC. Dann Regine. Regine mußte die Veranstalter anrufen, sagen, daß sie auf dem Weg sei, aber später käme, daß man warten möge.

Sie klappte das kleine silberne Handy auf, wollte sich zum ADAC durchtasten, vertippte sich. Rief erneut das Menü auf, tippte diesmal richtig und hielt sich das Telefon ans Ohr. Und dann rutschte es ihr aus der Hand. Es kam mit einem trockenen

Schmatzen auf dem Asphalt auf und zerplatzte. Sophie stand in der Dämmerung unter den dunklen Bäumen und wußte minutenlang nicht, was sie tun sollte. Endlich ging sie auf die Knie und tastete nach den Einzelteilen. Ein Kleinwagen kurvte heran, blendete auf, schlitterte an ihr vorbei, hupend. Dann grölte jemand irgend etwas, es klang nicht freundlich. Sie hatte das Auto nicht kommen gehört.

Als sie die Teile aufgesammelt hatte und mit zitternden Händen versuchte, sie zusammenzufügen, fehlte der Akku. Wieder ging sie in die Knie, tastete den Boden mit der Hand ab, faßte in eine spitze Buchecker vom Vorjahr und in mulchiges Laub. Nichts. Der Adrenalinschock trieb ihren Puls hoch.

Du mußt. Pünktlich bei der Lesung sein. Beim ADAC anrufen. Die Stelle, an der das Auto stand, halb auf der Fahrbahn, absichern. Pünktlich bei der Lesung sein. Regine anrufen. Den ADAC alarmieren. Pünktlich bei der Lesung sein. Du mußt.

Am liebsten hätte sie geweint. Reiß dich zusammen, dachte sie. Tränen ruinieren das Make-up. Und wie sähe das aus, wenn doch noch jemand käme?

Sie zog das Warndreieck aus der Schutzhülle und ging auf unsicheren Beinen zurück. Vor der Kurve stellte sie das nicht sehr stabil wirkende Plastikschild auf und hoffte, daß niemand in ihr Auto fuhr, bevor sie Hilfe holen konnte. Ihr Traumauto, zerquetscht und zerschrammt. Das war die schlimmste Vorstellung. Dann machte sie sich zu Fuß auf den Weg nach Hause.

Es war dunkel geworden. Eine weiße Eule schwebte auf Armeslänge über sie hinweg, als sie aus dem Wäldchen trat. Auf den Wiesen stand das Wiesenschaumkraut wie ausgeflockte Milch auf dem Kaffee. Niemand fuhr an ihr vorbei, weder in die eine noch in die andere Richtung.

Und plötzlich erinnerte sie sich an die Nacht vor vierzig Jahren. Sie war allein in Frankfurt unterwegs gewesen, auf irgendeinem Fest, das sie noch vor Mitternacht verließ, die Leute waren verklemmte Spießer und langweilten sie. Sie lief nach Hause, in langen schwarzen Wildlederstiefeln mit Plateausohlen, von einem Ende der Stadt zum anderen, das ging in Frankfurt, es war ja, räumlich gesehen, keine große Stadt. Irgendwann hatte sie sich von den belebteren Straßen entfernt und war auf einer Ausfallstraße gelandet, rechts und links Kasernen, in denen amerikanische Soldaten untergebracht waren.

Die Amerikaner. Seit wie vielen Jahren waren sie schon abgezogen, die amerikanischen Besatzer? Früher gehörten sie dazu, die GIs, Frauen, Männer, Schwarze, Weiße in ihren lässigen khakifarbenen Uniformen und den Schnürstiefeln, sie bestimmten das Stadtbild, man hatte sich an sie gewöhnt.

Als sie Schritte hinter sich hörte, ging sie schneller. Aber sie wurde nicht mißtrauisch, als es plötzlich still war in ihrem Rükken. Und dann hatte er sie gepackt und hinter die Hecke eines Vorgartens gezerrt.

Gewalt macht seltsame Dinge. Ihr Körper reagierte instinktiv – sie empfand keinen Schmerz, obwohl er sie geschlagen hatte, mit dem Handrücken ins Gesicht, aber ihr Puls raste. Alles auf Flucht. Da ist ein Messer, sagte er und hielt etwas Kühles an ihren Hals. Keinen Laut. Und keine Bewegung. Sonst.

Seltsam, was man denkt in einem solchen Moment. Sie dachte an Vietnam und an all das, was ein Soldat können muß, um sein Handwerk zu betreiben, und hatte dennoch keine Angst. Als er sie küssen wollte, wußte sie, daß er kein geübter Vergewaltiger war. Vielleicht einfach nur ein einsamer Kerl?

Aber sie sagte nicht auch noch auf Wiedersehen, als sie aufstand. Das nicht, dachte Sophie und hätte fast gelächelt.

Sie hatte Stimmen gehört auf der Straße, er würde nichts riskieren wollen, es war ungefährlich, einfach aufzustehen und zu gehen. Als sie endlich auf dem Bürgersteig stand, trafen sie amüsierte Blicke, die beiden Männer, allem Anschein nach ebenfalls Amerikaner, konnten sich offenbar nur einen Grund vorstellen, warum sie, aus einem Gebüsch kommend, die Jeans hochziehen mußte. Die nicht auch noch, dachte sie und stellte sich an die Straße, um ein Auto anzuhalten. Denn jetzt spürte sie den Schmerz. Sie war bei dem Überfall umgeknickt, hatte sich den Knöchel verstaucht, und der begann anzuschwellen.

Das hat man von hohen Absätzen, dachte Sophie und verfluchte die Risikofreude, mit der sie auch heute wieder in den Schuhschrank gegriffen hatte.

Damals hielt lange niemand an. Der kleine Deuxchevaux, der es schließlich tat, war eigentlich schon voll, sie paßte nur mit Müh und Not noch hinein. Studenten auf dem Weg zu einem Fest. Nur Sascha hatte sie zu verdanken, daß der Fahrer sie nach Hause brachte und nicht mit auf das Fest schleppte. Sascha machte ihr Platz, als sie sich ins Auto quetschte. Sascha begriff, was passiert war. Sascha kam am nächsten Tag mit einer Flasche Sekt. Sascha zog eine Woche später ein.

Sophie hatte schmerzende Füße und eine Blase am rechten kleinen Zeh, als sie in der Siedlung ankam. Der Auenweg lag im Dunkeln, obwohl es noch früh am Abend war, in den Häusern ringsum kein Licht. Die Nachbarn ließen immer um die gleiche Zeit mit einem häßlichen Ratschen die Rolläden herunter, egal, wie hell es noch war, eine Sitte, die sie nicht nachvollziehen konnte und die wohl etwas mit Fernsehgewohnheiten zu tun hatte. Sie öffnete das Gartentor, tastete sich den Weg entlang zur Haustür und steckte den Schlüssel ins Schloß. Er bewegte sich nicht. Er paßte nicht. Sie hatte den falschen Schlüssel mitgenommen.

Unmöglich. Sie hatte nur einen Schlüsselbund.

Es war das falsche Haus. Sie blickte sich um, während sich Angst in ihre Kehle brannte. Sah erst gar nichts, weil ihr plötzlich Tränen in den Augen standen. Spürte endlich die weichen gelben Blüten unter ihren Fingern und roch den Duft der Forsythie, die neben der Haustür blühte. Hörte Glas splittern unter ihren Füßen. Das Glas des zerbrochenen Fensters.

Sie war nicht verrückt. Es war ihr Haus und es war ihr Schlüsselbund und es gab für alles eine rationale Erklärung. Sie bewegte die Klinke. Die Tür war offen. Deshalb gab es auch nichts aufzuschließen, wo hatte sie nur ihren Kopf? Sie wischte sich die Tränen aus den Augenwinkeln. Alles war in Ordnung. Nichts war geschehen. Sie ging hinein.

Im Flur roch es seltsam. Das Treppenlicht funktionierte nicht. Sie horchte auf ein Geräusch. War jemand da? Mensch, Tier,

Gespenst? Vorsichtig tastete sie sich an der angelehnten Küchentür vorbei durch den Flur, ins Kaminzimmer. Das Telefon. Erst Regine, dann der ADAC. Oder umgekehrt. Ob sie wohl warteten, in Oberursel, in der Buchhandlung?

Sie nahm den Hörer und drückte die Nummer, unter der sie Regines Anschluß gespeichert hatte. Hielt ihn ans Ohr und wartete. Wartete, wählte wieder und wartete und wartete und wählte, bis sie begriff, was sie längst ahnte. Das Telefon war tot.

Im Flur klappte die Haustür. Kam jemand? Sie hielt die Luft an.

Oder war jemand gegangen?

4

Die Mädchen. Wo waren die Mädchen? DeLange stand in der Wohnungstür und hielt den Atem an. Dann stieß er ihn geräuschvoll wieder aus.

Nicht hysterisch werden, Alter. Heute ist Chorprobe. Da kommen sie spät. Und du darfst kochen und trinken, was du willst und endlich mal wieder ungesund leben.

Aber er hatte zu beidem nicht die geringste Lust. Die Schmerzattacke hatte seinen Körper erschöpft, hinter den Schläfen saß ein dumpfer Druck, und in seinem Magen machte sich schon beim Gedanken an Essen und Trinken ein flaues Gefühl breit.

Er trat in den Flur, zog die Tür hinter sich zu, ging in die Küche und legte das Buch auf den Tisch, *Summer of Love*, das er auf dem Heimweg bei seiner Stammbuchhandlung gekauft hatte, wo es direkt neben der Kasse lag. Sophie Winter war erfolgreich. Das tröstete.

Daneben legte er den Aktenordner, der Deckel von Feuchtigkeit aufgequollen und mit abgestoßenen Kanten. Der Geruch nach Staub und Papier verstärkte den Druck hinter seinen Schläfen, es war, als dünstete die Akte etwas aus, das ihm das Hirn vernebelte.

Warum bloß machst du dir die Mühe.

Ablenkung. Nur nicht an Feli denken.

Und was willst du finden?

Weiß nicht.

Wirklich nicht?

Ein paar Antworten, vielleicht. Warum fühlt sich eine Buchautorin verfolgt. Was hat die Literatur der Wirklichkeit zu bieten.

Noch etwas?

Ob wir den Fall Raabe heutzutage wohl aufklären könnten.

Na endlich. Ich dachte schon, du seist kein Polizist mehr.

Er öffnete das Fenster weit, obwohl es kühl war draußen, und setzte sich an den Tisch. Dann schlug er den Aktendeckel auf. Der erste Bericht sah ganz ordentlich aus.

»Von der Straße aus gelangt man durch ein Gartentor auf einen gepflasterten Weg, der zur Haustür führt. Neben der Haustür befindet sich ein Klingelknopf über einem Briefkasten. Es gibt kein Namensschild unter der Klingel. Die Klingel ist nicht in Takt. Auf dem Briefkasten ist mit Tesafilm ein maschinenschriftlicher Zettel befestigt, ausweislich dessen hier Neumann/Raabe/Simon wohnen.«

»Ausweislich dessen« – welch Eleganz! Da konnte einer noch schreiben. Und auch noch mit einer mechanischen Schreibmaschine. Da verzeiht man »in Takt«, zumal jemand das große T liebevoll geweißt, ein »t« eingefügt und die beiden Worte von Hand mit einem Schrägstrich verbunden hatte. DeLange blätterte weiter.

»Die Haustür ist oberhalb teilweise verglast und mit einem elektrischen Türschließer versehen. Das Schloß ist ein sogenanntes Buntbartschloß, die Türklinke befindet sich an der Innenseite. Nach normaler Benutzung reicht die Kraft des Öldruckschließers nicht aus, sie wieder zu schließen.«

Ein Öldruckschließer. Was für eine andere Welt war 1968.

Und so ging es weiter. Der Dreiminutenbrenner für das Flurlicht fand ebenso Beachtung wie die Kleiderablage und der Damenschirm, der auf ihr lag. Darunter ein Damenstrickmantel, der keine Auffälligkeiten aufwies. DeLange blätterte weiter. Polizeioberwachtmeister Gregor Kosinski, der den Tatortbericht verfaßt hatte, wies alle Tugenden auf, die man heute bei so vielen Kollegen vermißte. Und dabei hatte der Mann noch nicht einmal Abitur. War damals noch nicht üblich. Damals waren Polizisten bei den braven Bürgern ähnlich beliebt wie Soldaten. Man braucht sie, aber man schätzt sie nicht. Und da es nicht jedermanns Sache ist, für wenig Geld die Dreckarbeit zu machen, nahm man damals, wen man kriegen konnte. Selten die Besten.

Aber der Kollege Kosinski ... Respekt.

Der Zustand des großen Wohnraums wurde ebenso detailfreudig beschrieben, der Standort des umgestürzten Sofas, des Sessels, des umgeworfenen Couchtischs.

»Unter dem Tisch liegen ein Aschenbecher, eine zerknüllte leere Zigarettenschachtel (Marke Gauloises) und ein zusammengeknüllter Straßenbahnfahrschein aus Frankfurt am Main. Soweit bei der 1. Besichtigung des Fahrscheins festgestellt werden kann, wurde dieser im Monat Mai abgestempelt.« Also etwa drei Monate bevor Alexandra Raabe das letzte Mal gesehen wurde.

DeLange überschlug die eher langweiligen Details aus Küche (unaufgeräumt) und Schlafzimmer (schwarzgestrichene Wände, ein Che-Guevara-Poster an der Wand, ein zwei mal zwei Meter großes Bett). Das war der Teil der Ermittlungsarbeit, gegen die KÜL Zobel nichts einzuwenden gehabt hatte. In der Tat perfekt.

Fragwürdiger die anderen Protokolle, die die Akte versammelte. Eine kurze Notiz nur zu einer Art Vorgeschichte. Offenbar hatte man den Bewohnern des Hauses schon vorher »Streiche« gespielt, wie es unnachahmlich harmlos hieß. Von Verunreinigung des Gartens war die Rede. Von einem angezündeten Auto. Aber vor allem davon, daß man erfolglos nach Drogen gesucht hatte – im Haus der drei jungen Leute, natürlich, nicht bei der Dorfjugend.

DeLange lehnte sich im Küchenstuhl zurück und legte die Beine auf den Tisch. Das war normalerweise streng verboten. »Du legst doch sonst soviel Wert auf Manieren!« Caro, anklagend. »Alles eine Frage der Hygiene, Papa.« Flo, spöttisch.

Er nahm die Akte auf den Schoß. Nein, die Untersuchung

war nicht vorurteilsfrei gewesen. Zobel hatte recht. Besonders auffällig bei der Vernehmung der beiden Männer, die von den Hausbewohnern beschuldigt worden waren, sie überfallen zu haben.

»Auf Vorladung erscheint der Sägewerksarbeiter Ernst Berg, geb. am 2. August 1942, wohnhaft in Groß-Roda, Im Heck 2, und erklärt, mit dem Gegenstand der Vernehmung vertraut gemacht und zur Wahrheit ermahnt, folgendes:

›Ich wurde belehrt, daß ich vor der Polizei keine Angaben zu machen brauche.‹«

Und so weiter und so fort.

»Mit Karl-Heinz Neumann, Alexandra Raabe und Angela Simon hatte ich keinerlei persönlichen Kontakt, d. h. ich habe mich nie mit ihnen unterhalten. Über den Verkehr der genannten Personen kann ich keine konkreten Angaben machen. Die gegen mich ergangenen Beschuldigungen weise ich zurück.«

Ähnlich ergiebig waren die Aussagen des Schreinermeisters Gottfried Funke, geb. am 11. November 1938, wohnhaft in Klein-Roda, Friedhofsweg 4.

Obwohl beide Männer keine jungen Burschen mehr waren, machte die Vernehmung deutlich, daß man die ganze Auseinandersetzung nicht weiter ernst nahm. Während die Tatortbeschreibung übergenau war, ging man bei der Aufnahme der Personenschäden ausgesprochen schlampig vor. Das Ganze roch, es stank nach voreingenommener Ermittlung.

DeLange stand auf und stellte sich ans Fenster. Scheißgefühl, wenn die eigenen Leute Mist bauen. Bloß weil die einen Hippies sind, die man eh nicht mag, und die anderen brave Landjungs, die Konflikte auf ihre Weise regeln. Wogegen der tolerante Provinzbulle natürlich nichts machen kann.

Der Fall Raabe ähnelte der Geschichte, die Sophie Winters Roman erzählte – mehr, als ihm lieb war. Sie hatte offenbar gar nicht so sehr übertrieben. Aber woher kannte sie die Details? Sogar ihre Beschreibung der Kirmesbesucher traf die eine oder andere Gestalt, die ihm da aus der Akte entgegenblickte.

Aus dem Illustriertenartikel stammte das nicht. Die Akte

konnte sie nicht gelesen haben. Und in einem wichtigen Punkt unterschieden sich Akte und Roman: In *Summer of Love* wurden die drei von den Dörflern wie Wild durch den Wald gehetzt. Das eine der Mädchen, Sascha, wurde dabei getötet. Dem Roman zufolge wäre Alexandra Raabe demnach nicht nur verschwunden, sondern auch tot.

Deutlicher gesagt: sie wäre ermordet worden.

DeLange fühlte, wie sich die Härchen an seinen Unterarmen aufstellten. Er witterte eine Fährte.

Er starrte noch immer aus dem Fenster, als das Telefon klingelte. Das Markus-Krankenhaus. Man hatte Feli auf die Intensivstation verlegt. DeLanges Magen machte einen Sprung nach oben. Ob er sie sehen könne? Nein. Sein Magen sank ins Bodenlose.

Er blieb vor dem Fenster stehen und sah einer Bande Meisen zu, die in der Kastanie im Garten gegenüber tobten – bis es draußen dämmerte, die Tiere schlafen gingen und ihm kalt war. Irgendwann schloß er das Fenster und schaltete das Radio ein. Schob die CD hinein. Klickte sich vor bis zu Leonores Arie.

> *Infelice, delusa, rejetta,*
> *Dalla terra e del ciel maledetta,*
> Unglücklich betrogen verstoßen
> *Che nel pianto protratavi al piede,*
> *Di sottrala all'inferno vi chiede.*
> verflucht Errettung Hölle Tränen.

Fast hätte er nicht bemerkt, daß die Mädchen an der Wohnungstür waren. Hastig schaltete er das Radio aus.

5

Es würde schneien. Noch nicht in dieser Nacht. Aber bald. Gregor Kosinski hatte das in der Nase.

Beate hatte ihm natürlich widersprochen. Das tat sie aus Prinzip. Und sie hatte ihn gönnerhaft auf die Stirn geküßt, nachdem sie aufgestanden war vom Frühstückstisch. Das Aufräumen überließ sie neuerdings ihm. Er hatte ja auch nichts Besseres zu tun, im Gegensatz zu ihr, die dreimal in der Woche die Gemeindebibliothek betreute, was sie »Arbeit« nannte. Was er tat, war »Hobby«.

An diesem Abend traf sie sich mit dem Gesangsverein bei Felix. Das konnte spät werden. Er hatte nichts dagegen.

Es würde schneien. Nicht heute, nicht morgen, aber bald. Es schneite oft noch um diese Zeit. Petra war am 9. April geboren, mitten in einem Schneesturm. Das wußte er besser als Beate; die erinnerte sich nur daran, daß er vergessen hatte, Blumen mitzubringen. Und das würde sie nie vergessen.

Kosinski sah aus dem Fenster in die Finsternis, während er zum Abendbrot Wurst aufschnitt, Tomaten und Gurken. Unter dem Birnbaum blühten die gelben Krokusse. Die weißen unter dem Apfelbaum würden bald folgen. Die Apfelblütenknospen waren prall. Die Rosen trieben aus. Hoffentlich wurde es nicht mehr allzu kalt.

Dann ließ er den Hund hinaus. Kosinski blieb in der Haustür stehen. Noch war der Himmel sternenklar, aber am Horizont,

Richtung Wasserkuppe, stand ein Wolkenband, hinter dem sich der aufgehende Mond versteckte.

Im Arbeitszimmer, das er sich im ehemaligen Schweinestall eingerichtet hatte, was die Frauen der Familie noch immer zu dummen Witzen reizte, lag das Protokoll eines Interviews, das er im Winter gemacht hatte. Ein Mann aus Groß-Roda erzählte von den Ereignissen in »Heinrichs Verhängnis« vierzig Jahre zuvor. Er hatte das Interview nach dem Gespräch mit Paul herausgesucht und nachgelesen. Es war alles noch schlimmer, als er in Erinnerung gehabt hatte.

Und wir haben nichts dagegen unternommen, dachte Kosinski. Im Gegenteil: Sie alle hatten mehr als einen Fehler gemacht damals, auch er, der als Polizeioberwachtmeister auf seiner Dienststelle nichts zu sagen gehabt hatte. Aber was entschuldigte das schon.

Sie hatten sich parteiisch verhalten. Sie hatten die Opfer wie potentielle Täter behandelt. Sie hatten oberflächlich ermittelt. Sie hatten womöglich einem Verbrechen Vorschub geleistet. Und er? Er hatte seinem Gefühl nicht getraut, das ihm schon damals gesagt hatte, daß sie alle etwas Wichtiges, etwas Wesentliches übersehen hatten.

Freut dich das, Paul? Daß wir genauso stur und fremdenfeindlich sind, wie ein toleranter Städter wie du sich das so vorstellt?

Kosinski rief nach dem Hund, der schweifwedelnd angelaufen kam und sich an seine Hosenbeine schmiegte. Die Vergangenheit meldete sich zurück. Kein schönes Gefühl für einen pensionierten Kerl, der sich auf seine Karriere bislang etwas eingebildet hatte.

Kein schönes Gefühl? Er fühlte sich beschissen.

Gregor Kosinski schloß die Haustür und setzte sich ohne große Lust an den Abendbrottisch. Als seine Frau nach Hause kam, lag er schon im Bett.

6

Das Schreien drang in seinen Traum. Bremer war im Bruchteil einer Sekunde wach, knipste die Nachttischlampe an und sprang aus dem Bett. Er kannte den Laut. Er brachte seinen Puls auf Hochtouren und ließ ihm zugleich das Blut gefrieren. Sein Körper reagierte wie vor Hunderttausenden von Jahren der eines Savannenbewohners auf den Säbelzahntiger.

Dessen Nachfahre hockte im Schlafzimmer in der Ecke unter dem Fenster, sträubte das Fell, machte einen Buckel und knurrte. Und wieder schrie das Opfer, laut und durchdringend. Todesangst und wütender Protest. Die Beute wollte leben.

Neben Birdie saß Nemax, der interessiert betrachtete, was sie im Fang trug. Die Kleine hatte einen Vogel im Maul. Eindeutig das Falsche.

Als Bremer auf sie zuging, wich sie knurrend aus, kroch unters Bett, lief dann ins andere Zimmer und galoppierte wieder zurück, als er ihr nachkam und auch dort nach ihr greifen wollte. Aber Bremer gab nicht auf. Vielleicht war der Vogel noch unverletzt. Denn womit Katzen spielen wollen, das nehmen sie vorsichtig zwischen die spitzen Zähne.

Soll ja nicht gleich schon vorbei sein, der ganze Spaß. Loslassen. Festhalten. Loslassen. Laufenlassen. Beobachten. Und dann mit der Pfote abstoppen. Hin und her rollen. Wieder laufen- oder davonkriechen lassen, je nachdem, wie angeschlagen das Opfer bereits war. Je länger, desto besser. Und zum Schluß –

vielleicht – ein bißchen fressen, was man so schön weich gespielt hatte.

Du bist ein Idiot, ein Weichei, das sich in etwas einmischt, das nun mal Natur ist. Katzen sind so. Bremer blieb stehen.

Das kleine Raubtier knurrte und schielte zu ihm hoch. Und dann ließ Birdie den Vogel vorsichtig frei. Es war eine Meise, eins dieser kleinen lustigen Dinger, die den ganzen Winter über durch seinen Apfelbaum gehüpft waren und in den Futterringen geschaukelt hatten. Bremer rückte einen halben Schritt vor. Birdie grollte. Der Vogel bewegte sich und versuchte davonzukriechen. Jetzt hielt es Nemax für an der Zeit, sich einzumischen. Und als ob sie sich nicht entscheiden könnte, wer von beiden der bedrohlichere Spielverderber war, ließ Birdie den Vogel für einen Moment aus den Augen. Die Meise kroch in die Lücke zwischen Kommode und Wand, zu schmal für einen Katzenkopf und zu weit weg für eine Katzenpfote, hockte sich mit dem Rücken zum Feind und rührte sich nicht.

Bremer war auf ihren schrillen Protestschrei gefaßt, als er Birdie packte, aber nicht darauf, daß sie ihm die Krallen in die Hand schlug. Er setzte sie vor die Tür, schickte Nemax hinterher, leckte sich das Blut von der Hand und ging auf die Knie. Behutsam streckte er die Hand nach der Meise aus. Wahrscheinlich war nichts mehr zu retten. An geknickten Flügeln und gebrochenen Beinchen starb man nicht sofort, eher schon an Todesangst. Aber das Tier ließ sich in die Hand nehmen, das Herz pochte, die dunklen Augen blinzelten unruhig. Bremer umschloß den zarten Körper mit beiden Händen und stellte sich ans geöffnete Fenster. Der Vogel regte sich, die kleinen, erstaunlich warmen Krallen kitzelten seine Handteller. Die Flügel bebten. Er öffnete langsam die Hände. Die Meise stellte sich auf die Beinchen, ordnete ihre Flügel, wartete noch eine Schrecksekunde und flog davon in die Morgendämmerung.

Erst nach Minuten ließ Bremer die Katzen wieder herein, die ungeduldig an der Tür kratzten. Birdie war beleidigt und ließ sich nicht streicheln. Nemax versuchte die Nase in die Ecke zu stecken, in der die Meise gesessen hatte.

Ihm war ganz schwach vor Rührung. Du Meisenretter, dachte er. Es klang wie Warmduscher. Aber es fühlte sich verdammt gut an.

Als das Teewasser kochte, hatten sich die beiden Katzen wieder beruhigt und sprangen durch die offene Haustür einem frühreifen Insekt hinterher. Bremer trank den Tee im Stehen. Er war unruhig, weil es seit zwei Tagen kein Lebenszeichen mehr von Anne gab, die Los Angeles wieder verlassen hatte und nun irgendwo in den Weiten Afrikas und wahrscheinlich da, wo es am gefährlichsten war, über Entwicklungsprojekte verhandelte. Sicher steckt sie im Funkloch, sagte er sich. Oder der Akku ihres Mobiltelefons ist leer. Sie wird sich schon melden.

Und dann klingelte das Telefon. Bremer zuckte zusammen.

Wer so früh anrief, hatte schlechte Nachrichten. Die schlechteste aller schlechten: Anne war etwas zugestoßen. Er lief die Treppe hoch in sein Arbeitszimmer.

Bitte nicht auflegen, dachte er, als er das Telefon nicht gleich fand. Aber der Anrufer gab nicht auf, nicht wie andere Idioten, die einen erst wach klingeln und, kaum hatte man sich hochgerappelt, auflegen, weil sie das schlechte Gewissen übermannt hat. Er fand das Telefon unter dem Katalog seines Weinhändlers.

»Paul?« Er hatte mit einer sonoren Männerstimme gerechnet, die ihm auf Englisch mitteilte, in welches Krankenhaus man Anne gebracht hatte. Oder mit Anne selbst, die ihm irgendeine Gruselstory erzählte, in der Malaria, Schlangengift und/oder die Lösegeldforderung einer Gruppe exotischer Freiheitskämpfer eine Rolle spielten.

»Tut mir leid, daß ich dich so früh störe.« Die brüchige Altmännerstimme gehörte Wilhelm, für den 7 Uhr morgens wahrscheinlich schon spät war.

Bremer war so erleichtert, daß er »Macht nichts« stammelte.

»Moritz hat Sophie Winters Auto gefunden. Er war heute früh unterwegs nach Frankfurt und hat mich angerufen.«

»Unfall?«

»Ein platter Reifen. Das Auto steht in der Kurve vor dem Wäldchen, du weißt, die Abkürzung zur Autobahn. Sie hat noch ein Warndreieck aufgestellt und ist dann offenbar zu Fuß nach Hause gegangen.« Wilhelm hustete. Er hustete kein bißchen weniger, obwohl er nicht mehr rauchte, seit sie ihm vor Jahren einen Lungenflügel entfernt hatten. Das Geräusch gehörte zu Klein-Roda wie das Geheul der Hunde beim Glockenläuten.

»Und was soll ich tun?«

»Das Auto ist ein Verkehrshindernis. Ich habe sie eben angerufen und sie nicht erreicht. Könntest du vielleicht ...?«

»Die Frau ist Schriftstellerin, Wilhelm.« Bremer fühlte einen Gähnkrampf in sich aufsteigen. »Da geht man spät ins Bett und wacht spät auf.«

»Aber das Telefon ist gestört. Der Ruf ging gar nicht durch. Und dann ...« Ein weiterer Hustenanfall. »Ihre Nachbarin hat mich gestern abend angerufen. Ich hab das nicht weiter ernst genommen, aber jetzt ...«

»Ulla Abel?«

»Genau. Sie sagt, sie hätte eine verdächtige Person gesehen. In Sophie Winters Garten.«

»Ich schau nach.« Bremer unterbrach das Gespräch, ohne sich groß zu verabschieden, machte sich im Bad halbwegs öffentlichkeitstauglich, suchte viel zu lange nach dem Autoschlüssel und fuhr los. Es war zwanzig nach sieben, kalt und wolkenlos. Am Horizont kündigte sich ein strahlender Sonnenaufgang an.

Im Auenweg standen die Autos noch in den Garagen oder schon vor den Gartentoren, in den Küchen brannte Licht, auch bei Ulla Abel. Nur Sophie Winters Haus war dunkel. Er klingelte, aber die Klingel schien nicht zu funktionieren. Er klopfte, erst dezent, dann unhöflich laut. Sie hatte offensichtlich einen gesunden Schlaf.

Er wartete einen Moment, dann ging er zurück zum Auto, rief den ADAC an und fuhr zum Wäldchen. Das Warndreieck hätte er fast übersehen, der Wind oder ein Auto hatten es in den Straßengraben geweht. Sophie Winters roter Mercedes stand ein paar Meter weiter hinter der Kurve. Sie hatte ihn in der Tat ziemlich ungünstig geparkt, aber offenbar war niemand hineingefahren, was an ein Wunder grenzte, denn die Strecke war als Promilleweg bekannt. Bremer schaltete die Warnblinkanlage an, legte den Rückwärtsgang ein und parkte sein Auto so, daß man es schon von weitem sehen konnte. Dann stieg er aus und lief hinüber zu Sophie Winters Wagen.

Das Auto wies keine Dellen oder Lackschäden auf, sie hatte es direkt vor einem Baum zum Stehen gebracht. Bremer ging um das Auto herum. Der rechte Vorderreifen hatte sich beim Bremsen von der Felge gelöst. Er kniete sich hin und begutachtete den Schaden. Der Reifen war hinüber, das kam vor, manchmal war es ein Nagel, manchmal ein spitzer Stein, der sich durch die Reifendecke gebohrt hatte. Nichts davon zu sehen. Bremer zögerte. Dann schraubte er die Kappe vom Ventil. Er berührte mit dem Finger den kleinen Stift in dessen Mitte. Der Ventileinsatz bewegte sich. Er war herausgedreht, höchstens mit zwei bis drei Umdrehungen, sonst wäre der Reifen sofort platt gewesen.

Ein Zufall? Kaum zu glauben. Ein Versehen? Vielleicht. Wahrscheinlich nicht.

Als der Mann vom ADAC endlich mit dem Abschleppwagen kam, hatte Bremer wohl viermal sein Handy aus der Hosentasche genommen, um die Polizei anzurufen. Viermal hatte er sich dagegen entschieden. Denn so etwas tut man nicht auf dem Land. Man klärt seine Angelegenheiten von Angesicht zu Angesicht. Die Frage war nur: Mit wem?

Das Gespräch mit Gregor saß ihm in den Knochen. Es sah ganz danach aus, als ob sich nicht viel geändert hätte seit damals. Auch Sophie Winter war fremd und störte: Das auffällige Auto. Die vielen Bäume in ihrem unordentlichen Garten. Die Tatsache, daß sie in einem Spukhaus wohnte. Sie hatte das Dorf gegen sich. Aber ein aufgedrehtes Radventil wäre schon ein bißchen mehr als bloßes Ressentiment. Es würde bedeuten, daß die Stimmung bereits in Aggression umgeschlagen war.

Und der nächtliche Besucher in ihrem Garten? Schlief sie wirklich so fest? Oder war ihr etwas passiert?

Paßt schon, flüsterte es in ihm. Du kennst das doch, wie das hierzulande funktioniert. Immer sind die Fremden schuld, wenn etwas schiefgeht. Rumänische Räuberbanden, russische Kindesentführer – Hauptsache, es ist keiner von uns. Siehe Walter Manz. Der Mann, der sich womöglich an Luca vergangen hat, kommt aus Thüringen, was geht uns so einer an? So schützt sich die dörfliche Gemeinschaft vor der Implosion. Und das Elend war – man konnte es sogar verstehen. Man muß ja weiterhin zusammenleben. Besser, das Böse kommt von außerhalb. Doch manchmal wird dem dörflichen Zusammenhalt jemand geopfert. Und das ist nicht mehr verständlich. Das ist kriminell.

Sophie Winter als Sündenbock, als Opferlamm? Wenn das der Fall wäre – wenn ihr etwas passiert wäre – dann ...

Dann, dachte Bremer, ist es verloren, dein Auenland. Dann gehst du fort. Zurück in die Stadt.

Der ADAC-Mann lud den roten Mercedes unter den fachmännischen Kommentaren eines Autoliebhabers auf und notierte sich Bremers Telefonnummer. Dann fuhr er davon.

Auch Bremer machte sich auf den Rückweg zu Sophie Winters Haus. Wieder klopfte er, wartete. Aber es rührte sich nichts.

»Sie ist da, ich habe sie vorhin gesehen, wie sie die Katze rausließ«, rief es vom Gartenzaun her. »Wahrscheinlich hat sie sich wieder hingelegt. Das macht sie öfter.« Ulla Abel. Er war mit ein paar Schritten bei ihr.

»Wie wirkte sie? Alles in Ordnung? Und was ist mit der Person, die Sie in ihrem Garten gesehen haben?«

Ulla zögerte. Dann hob sie die Schultern und ließ sie wieder fallen. »Ich weiß nicht. Es war ja dunkel. Aber irgend etwas ...«

Irgend etwas stimmt hier nicht. Das dachte Bremer auch.

»Es hat geblitzt. Wahrscheinlich eine Taschenlampe.«

Bremer zögerte. Dann beruhigte er sich damit, daß Sophie Winter noch lebte und ein nächtlicher Besucher nicht unbedingt ein Verbrecher sein mußte. Vielleicht war da einer nur diskret gewesen? In diesem Fall ginge ihn das nichts an.

Er nahm den Weg zurück durch die Flußaue. Mitten im milchweißen Wiesenschaumkraut ein schwarzer Fleck: Nachbars Kater, der Schrecken aller anderen Katzen, auf Beute lauernd. Beim

Anblick des über ihm kreisenden Greifvogels wünschte er sich nicht zum ersten Mal, daß den alten räudigen Kerl der Geier holte.

Der Tag hatte seinen Glanz verloren. Bremer ging lustlos seinen Pflichten nach. Nichts half gegen das dumpfe Gefühl, daß sich etwas zusammenbraute in und um Klein-Roda. Nicht die perfekte Klangkulisse: Die Schweine nebenan röchelten, ein paar unruhige Jungbullen brüllten, irgendwo wimmerte eine Kreissäge, und die Stereoanlage auf Willis Luxusschlepper schaffte es, den sonoren Motorensound mit Golden Oldies zu übertönen. Nicht die Sonne und die blühenden Krokusse und die zarten Rosentriebe. Nur die gezielten Schüsse aus der Wasserpistole auf Birdie und Nemax machten Spaß. Die beiden Bestien fanden nichts angenehmer als duftende, feuchtwarme, frisch aufgelockerte Erde und nichts gräßlicher als Wasser auf dem hochglanzpolierten Fell. Aber abgesehen von solch bescheidenen Freuden war ungerecht die Welt, in der die Geliebte unterwegs war und sich schon seit Tagen nicht mehr rührte, die beste Freundin unerreichbar und der alte Freund seinen Nimbus als guter Bulle eingebüßt hatte. Ganz zu schweigen von den Nachbarn, die ihre Abgründe offenbart hatten.

Irgendwann ging sogar ihm seine schlechte Laune auf die Nerven. Du verhältst dich wie ein Kind, dem man sein Spielzeug weggenommen hat, dachte er. Klein-Roda ist nicht das Paradies, das war es noch nie. Und wieso rechnest du immer mit dem Schlimmsten?

Warum wohl. Wenn wenigstens der Junge wiederauftauchte. Sie alle brauchten eine gute Nachricht, und zwar bald.

Aber vielleicht hatte sich wenigstens Anne in der Zwischenzeit gemeldet … Er faßte in die Hosentasche. Aber da war nichts. Er hatte das schwarze Mobiltelefon, das er gewöhnlich wie einen Talisman bei sich trug, irgendwo liegengelassen. Seine Suche führten ihn durchs ganze Haus und den halben Garten. Endlich fand er das Ding – es lag neben der Gießkanne, mit der er die Tulpen und Narzissen gewässert hatte.

Eine verzweifelte SMS. Und keine Antwort. Er ließ sich frustriert auf die Gartenbank sinken und wählte Karens Nummer.

»Ja?«

Wenigstens eine war da. Er holte tief Luft. »Sie meldet sich nicht.«

»Wer?«

»Anne.«

»Na und? Vielleicht hat sie keinen Empfang.«

»Du bist herzlos. Vielleicht ist ihr was passiert?«

Karen lachte. »Ach, Paul, das hättest du längst erfahren. Nein, bestimmt ist alles ganz harmlos. Viel schlimmer ist es, wenn die Liebesgrüße immer just im richtigen Moment eintreffen. Kurz bevor man die Hoffnung aufgegeben hat.«

»Wieso?« Das sah er überhaupt nicht ein. Zumal es für Grüße von Anne immer der richtige Moment war.

»Ach, du Glücklicher. Du hast ja keine Ahnung ...« Sie seufzte. »Gunter hat mich damit monatelang in Trab gehalten. Selbst wenn er anrief, wußte ich nie, ob er auch da war, wo er zu sein behauptete. Und wenn ich mal nichts von ihm hörte, war es ein Funkloch.«

»›Der Akku ist leer.‹«

»Genau. ›Ich habe das Ding im Auto liegengelassen.‹ Ich kenne die Ausreden in- und auswendig. Und manchmal sind es noch nicht einmal welche.«

»›Die Zeitverschiebung.‹«

»›T-Mobile ist wirklich unzuverlässig.‹«

»›Mir ist das auch ein Rätsel.‹«

Karen lachte, dieses tiefe, schöne, ein bißchen ordinäre Lachen. »Du sagst es. Wo ist sie jetzt, die gute Anne?«

»Irgendwo im tansanischen Busch.« Soweit er sich erinnerte.

»Aha! Nimm das Funkloch und einen leeren Akku als Ausrede, und schon hast du ein ganzes schönes langes Wochenende. Unkontrolliert und ungestört.«

Mit einem attraktiven tätowierten tansanischen Wildhüter.

Bremer wurde unruhig. Er hörte auf die Geräusche, die Karen begleiteten. Sie schien in der Stadt zu sein. Auf der Zeil?

Jetzt wurden die Geräusche leiser. Und Karens Stimme kam näher. Und plötzlich klang sie ganz weich. »Paul! Was ist los mit dir! Das glaubst du doch alles selber nicht!«

»Nein.« Natürlich nicht.

Und dann erzählte er ihr die ganze elende Angelegenheit. Von seinem Dorf und den alten Geschichten. Sie unterbrach ihn nicht. Und sagte, als er fertig war: »An irgend etwas erinnert mich die Geschichte. Warte mal …«

Dann war ihr Akku leer.

Bin wieder da
Wo warst du
Akku leer
Das sagen sie alle
Vermisse dich
I. d. a.

7

Das Frühstück war eine kurze Affäre gewesen. Die Mädchen waren spät dran, und das ersparte ihm jede Erklärung. Irgendwann würde er es ihnen sagen müssen. Aber nicht jetzt.

DeLange steckte *Summer of Love* und seinen Notizblock in die Tasche. In Krankenhäusern mußte man grundsätzlich warten, da half Lektüre, die ablenkte. Dann schloß er die Wohnungstür hinter sich, mit einem Gefühl, das er zuerst nicht verstehen wollte. Doch dann begriff er. Es war das Gefühl, daß die Jugend vorbei war. Die Jugend seiner Töchter.

Er ließ das Auto an und fuhr los. Erst durch die Hügelstraße. Dann auf die Ginnheimer Landstraße, wo er sich fast verfahren hätte. Nicht nachdenken. Nicht zu schnell fahren. Keine Panik. Kurz vor dem Krankenhaus nahm ihm eine schwankende Radfahrerin die Vorfahrt. Unter anderen Umständen hätte er ihr ein aufmunterndes »Heute schon an Selbstmord gedacht?« zugebrüllt, aber noch nicht einmal dafür reichte es. Das Leben war nicht nach seinem Geschmack. Um es vorsichtig auszudrücken.

Der Parkplatz hinter dem Krankenhaus war fast leer, die meisten Besucher kamen nach Feierabend. Er parkte das Auto nahe dem Eingang. Es war noch kälter geworden, der Frühling war vorerst vorbei, auch wenn sich eine Amsel im Gebüsch noch immer wie frühlingstrunken aufführte.

Eine Frau im Rollstuhl kam ihm entgegen, sie rauchte eine Zigarette und lächelte, als ob sie glücklich wäre, aber der

Mann, der ihren Rollstuhl schob, sah aus, als ob er am liebsten weinen würde.

Der Geruch. Allein der Geruch machte ihn krank. DeLange lief die Treppe hoch, er wollte mit niemandem im Fahrstuhl stehen, der in einem ungewaschenen und abgewetzten hellblauen Frotteemantel steckte und nach Krankheit roch oder nach dem, was in den Klarsichtbeutel tropfte, den er in der Hand hielt.

Im Wartezimmer vor der Intensivstation saß glücklicherweise niemand. Aber Feli war bestimmt nicht der einzige Notfall. Eine Frau im weißen Arztkittel lief vorbei, nickte ihm geistesabwesend zu, öffnete die Tür zur Intensivstation und schloß sie hinter sich. Durch den Türspalt hatte er mehrere Bekittelte gesehen, die sich geschäftig über etwas beugten. Über den Leib Felis? Ihm war schlecht.

Ein Pfleger schaute in den Raum. »Kann ich etwas ...« Die Augenbrauen fragend hochgezogen. »DeLange«, sagte Giorgio. »Meine Frau?«

»Felicitas DeLange?« Er bildete sich ein, so etwas wie Mitleid über das Gesicht des Mannes huschen zu sehen. War es so schlimm?

»Ich fürchte, Sie müssen ein paar Minuten warten.«

DeLange wußte, was das hieß. Mindestens eine Stunde. Nachdem er die orangefarbenen Plastikstühle und das Tischchen umkreist hatte, auf dem abgegriffene bunte Illustrierte lagen, setzte er sich endlich, ganz vorne auf die Kante eines der Plastikstühle, und zog Sophie Winters Buch aus der Jacketttasche. Er legte Spiralblock und Bleistift auf das Tischchen und nahm sich die Geschichte erneut vor, diesmal in Hinblick auf das, was in der Akte Alexandra Raabe stand. Erst die Personen. Angel, Charles und Sascha, alle drei um die zwanzig. Bis auf die Namen stimmte das überein.

Es wurde nicht ganz klar, was die drei zusammengebracht hatte. Charles war Student, jedenfalls hatte er sich für Philosophie eingeschrieben. Angel studierte Biologie, und was Sascha trieb, erfuhr man nicht. Jedenfalls hatten sie im Frankfurter Nordend eine Altbauwohnung angemietet. Und dort liebten sie sich, rauchten Shit und hörten Musik, wahrscheinlich in einer Lautstärke, die sie bei den Nachbarn unter Garantie nicht beliebt machte. Und eines Tages kam es zu dem, was die Autorin einen »Überfall« nannte: Man untersuchte die Wohnung auf Drogen. Die drei waren offenbar angezeigt worden, und die Polizei vermutete einen Dealerring, den sie ausheben wollte.

DeLange seufzte und blätterte weiter. Hatten die Kollegen damals wirklich auf jede Denunziation hin gleich die ganz große Nummer geschoben? Oder übertrieb das Buch so stark wie das Drehbuch? Die drei Romanhelden jedenfalls fühlten sich als Opfer einer intoleranten, autoritären Staatsmacht und beschlossen auszuwandern. Aufs Land. Als ob dort das Paradies sei.

»Möchten Sie etwas trinken? Kaffee? Ein Wasser?« DeLange sah auf. Der Pfleger. Seit wann war man in Krankenhäusern zuvorkommend? Er schüttelte den Kopf. Und bevor er fragen konnte, wie es Feli ging, war der Pfleger verschwunden.

Er beugte sich wieder über das Buch. Die drei mieteten eine heruntergekommene Fachwerkvilla mit Garten irgendwo im Hessischen. Auch das waren klare Parallelen zur Akte Alexandra Raabe. Das Dorf reagierte erst reserviert und dann feindlich auf die Neuankömmlinge. Sie wurden geschnitten, nicht mehr gegrüßt, belogen, übervorteilt. Die Bäckersfrau bediente sie nicht. Und auf einer Kirmes wurden sie angepöbelt. Nur ein junges Mädchen hielt zu ihnen, obwohl seine Familie mit allen Mitteln den Kontakt zu verhindern suchte.

DeLange überblätterte die Seiten, die den Lebensalltag der Liebeskommune beschrieb. Sie pflanzten Bäume im Garten, versuchten ein Gemüsebeet anzulegen, meditierten, kifften und machten Liebe. Zu dritt? Ein Mann, zwei Frauen.

Für manche Männer sicher der Himmel auf Erden. Nicht für ihn. Ihm reichte eine.

Während Angel, aus deren Perspektive die Geschichte erzählt wurde, als ein ganz ansehnliches, nettes Mädchen rüberkam, war für Sascha kein Superlativ zu schade. Blond und blauäugig, lange, schmale Glieder, eine auffallend schöne Frau. Auch das erinnerte ihn, natürlich – an Alexandra Raabe.

DeLange legte das Buch beiseite und starrte vor sich hin. Sascha war, soweit er wußte, der Kosename von Alexander. Auch hier gab es also Übereinstimmung.

Er malte zwei Kringel in seinen Notizblock und verband sie miteinander, in dem einen stand »Sascha«, in dem anderen »A. R.«

Und was hatte die Winter noch gesagt, vor ein paar Tagen, auf dem Filmset? »Sascha war schöner« – als ihre Darstellerin. Sie kannte sie also. Von Fotos?

Denkbar. Die andere Möglichkeit: Sie kannte sie wirklich. Aus Frankfurt, woher auch immer. Oder …

»Herr DeLange?« Als er aufblickte, stand ein Alien vor ihm. Oder einer, der zum Mond fliegen wollte. Für einen Moment wußte er nicht, wo er war und warum er hier war. Auf den zweiten Blick erkannte er die Ärztin wieder.

»Herr DeLange? Kommen Sie bitte mit?«

Er folgte wie ein begossener Pudel. Daß er Schutzkleidung anziehen mußte, war ein schlechtes Zeichen. Er fürchtete sich vor dem, was ihn erwartete. Dann stand er vor Felis Bett.

»Waterhouse-Friderichsen-Syndrom infolge einer zu spät erkannten Meningoenzephalitis.« Die Ärztin klang sachlich, aber nicht kalt.

Feli lag inmitten von Schläuchen und Kabeln weiß in einem weißen Bett, nichts rührte sich an ihr, kein Finger, kein Mundwinkel, keine Wimper. Immerhin atmete sie, die weiße Bettdecke hob und senkte sich kaum wahrnehmbar.

»Ihre Frau war nach einer bakteriellen Infektion offenbar zunächst symptomfrei. Gestern ist sie nach heftigem Erbrechen mit hohem Fieber aufgefunden worden. Sie hat einen Kreislaufschock infolge einer Nebennierenapoplexie durch Meningokokken-Sepsis erlitten.«

Nebennierenapoplexie. Was immer das war.

»Die Nebennierenrinde wird angegriffen oder zerstört, was zu einem akuten Mangel an Cortison führt. Wir haben eine hochdosierte Hydrocortison-Therapie angesetzt. Hoffentlich rechtzeitig.«

DeLange strich vorsichtig über die weiße Hand, in der eine Kanüle steckte. »Wer hat sie gefunden?«

Die Ärztin zog fragend die Augenbrauen hoch.

»Wir leben getrennt«, sagte DeLange. »Ich war nicht bei ihr.« Aber der andere mußte bei ihr gewesen sein. Warum hatte das Arschloch ihr nicht geholfen? Er fühlte sich innerlich zittern vor Wut.

»Ich weiß es ehrlich gesagt nicht, Herr DeLange.« Und es ist auch nicht weiter wichtig, schien die Miene der Ärztin zu sagen. »Ich weiß nur, daß es besser gewesen wäre, wir hätten sie früher hier gehabt.«

»Ist denn …« Hoffnung, wollte er sagen. Aber welcher Arzt würde das schon verneinen?

»Der Zustand Ihrer Frau ist sehr ernst. Wir tun, was wir können. Wir halten Sie auf dem laufenden.« Das Gesicht der Frau konnte er nicht erkennen, aber sie hatte müde Augen und eine müde Stimme. Irgendwie beunruhigte ihn das noch mehr – obwohl er noch nie einen Arzt auf einer Intensivstation erlebt hatte, der frisch und gut gelaunt gewesen wäre. Das lag wohl in der Natur der Sache. DeLange berührte vorsichtig Felis Wange, die sich trocken und kantig anfühlte.

»Wie lange …«

Die Ärztin hob die Schultern und ließ sie wieder fallen. »Die Wende kann sehr schnell kommen.« Und es wäre besser, wenn sie schon gestern käme, hörte DeLange heraus.

»Unsere Töchter. Dürfen sie …«

Die Ärztin sah ihm in die Augen.

Was stellst du auch für dumme Fragen, Alter.

»Denken Sie an die Versicherungskarte, wenn Sie Ihre Frau morgen wieder besuchen?«

Die Versicherungskarte. Natürlich. Auf dem Parkplatz dachte er kurz daran, bei Felis Wohnung vorbeizufahren, um diese verdammte Karte zu suchen. Aber er hatte keinen Schlüssel. Und wenn der Kerl da wäre … Warum hatte sie ihm eigentlich nicht erzählt, daß sie einen Neuen hatte?

Wenn der Kerl da wäre … gäbe es eine Schlägerei. DeLange

ballte die Fäuste. Er stieg ins Auto und fuhr ins Büro. Die Mädchen würden bald nach Hause kommen. Und seine Arbeit war das einzige, was den Moment der Wahrheit hinauszögern könnte.

Er saß am Schreibtisch und beantwortete E-Mails, als das Telefon klingelte – sein Diensttelefon. Dort riefen die Mädchen normalerweise nicht an, aber er griff dennoch hastig nach dem Hörer.

»DeLange.«

»Karen Stark.« Eine dunkle Stimme, die amüsiert klang. »Ich habe Ihnen Ihre Akte organisiert, erinnern Sie sich?«

Er mußte irgend etwas gekrächzt haben, das seinem tiefen Erstaunen über die Schnelligkeit ihrer Aktion Ausdruck gab, jedenfalls lachte sie.

»Wenn man das Nützliche mit dem Angenehmen verbinden kann ... Meine Freundin und Kollegin aus Fulda hat mir den Krempel mitgebracht, als wir uns gestern in Frankfurt getroffen haben.«

Das war kürzer als der kleine Dienstweg. Das war ein Katzensprung.

»Tja, Herr DeLange, Ihre Begeisterung freut mich natürlich.«

Jetzt nicht stottern, Alter. »Kann ich Sie ...« Einladen. Ausführen. Dankbar anlächeln.

»Sehr umfangreich scheint die Akte ja nicht zu sein. Aber etwas macht mich stutzig. Ein Freund hat mir von einer Angelegenheit erzählt, die in dem Ort spielt, in dem Alexandra Raabe zuletzt gesehen wurde. Eine eigenartige Koinzidenz, finden Sie nicht auch?«

Koinzidenz. Seltsam, was für eine Distanz ein solches Wort aufbauen kann.

»Wir sollten vielleicht mal darüber reden? Bei einem Kaffee?«

Gerne. Wenn ich ... Das Handy vibrierte. Ein Anruf von zu Hause. Die Mädchen.

»Entschuldigen Sie, aber meine Töchter ...«

»Verstehe.«

»Kann ich Sie ...?«

Aufgelegt. Er hatte einfach keinen Schlag bei den Damen.

8

Wilhelm saß vor seinem Haus auf einem weißen Plastikstuhl in der Sonne, die dünnen Beine unter einer Decke, die Hände auf dem Schoß, und sah seiner Frau zu, die mit der Hacke im Garten stand und die dunkle Erde lockerte. Lilly, klein, rund, immer gut gelaunt, war zwar auch nicht mehr die Jüngste, dachte Bremer, zog sich einen Stuhl heran und setzte sich neben den Alten. Aber Wilhelm sah heute richtig klapprig aus.

Dennoch. Es half alles nichts. Bremer holte tief Luft. Er mußte wissen, was los war.

»Die alten Geschichten, Wilhelm. Was ist damals in ›Heinrichs Verhängnis‹ passiert? Und was habt ihr gegen Sophie Winter?«

Wilhelm senkte den Blick. Als er ihn wieder hob, schüttelte er den Kopf. »Es gibt Dinge, Paul, über die redet man besser nicht.«

»Aber wir müssen darüber reden. Irgend jemand ist hinter Sophie Winter her. Warum?«

»Komm, Paul. Das bringt doch nichts.«

»Wilhelm! Ich bitte dich! Was ist mit den drei jungen Leuten geschehen, die vor vierzig Jahren in Sophie Winters Haus gewohnt haben? Und was war mit dem Mädchen, das damals verschwand und nie wiederaufgetaucht ist?«

Wilhelm schüttelte noch immer den Kopf.

»Irgendwer hat Sophie Winters Auto manipuliert. Ihr die Luft aus dem Reifen gelassen. Sie hätte gegen einen Baum fahren können. Sie könnte tot sein. Will das jemand hier? Und wer?«

»Paul. Jetzt mach mal halblang.«

»Oder steckt ihr alle unter einer Decke? Wie damals?«

Du riskierst alles, was dir heilig ist, dachte Bremer für einen flüchtigen Moment.

»Also komm. Das ist Unsinn.«

Du riskierst alles, was du liebst.

»Laß das. Bitte.«

Du riskierst das, was du deine Heimat nennst. Bremer senkte den Kopf. Er atmete tief ein und ließ seine Wut abkühlen.

»Laß Wilhelm in Ruhe. Ich kann dir das Nötige erklären.«

Gottfried. Er hatte ihn nicht kommen hören. Er stand am Gartentor, das Gesicht in grimmige Falten gelegt, die geballten Fäuste in die Hosentaschen gesteckt und die Schultern vorgeschoben. Ganz störrischer Bulle.

»Setz dich«, sagte Wilhelm müde und klopfte auf den freien Stuhl. »Kaffee?«

Gottfried schüttelte den Kopf. Aber wenigstens setzte er sich, wenn auch nur ganz vorne auf die Kante des Gartenstuhls, damit es ja nicht so aussah, als ob er es sich gemütlich machen wollte.

»Wegen der Frau, die in ›Heinrichs Verhängnis‹ wohnt. Sophie Winter.« Gottfried räusperte sich. »Du siehst das alles falsch, Paul. Hier hat niemand etwas gegen Zugezogene. Dich ertragen wir ja auch.« Ein matter Scherz, ein schiefes Lächeln, aber immerhin.

»Niemand hat was gegen Sophie Winter. Aber die Frage ist doch wohl erlaubt, was sie hier will, oder?«

Bremer lehnte sich zurück und betrachtete seinen Nachbarn. »Was soll sie denn schon hier wollen, Gottfried? Das Haus ist schön und romantisch und liegt ruhig, genau das Richtige für Städter mit Sehnsucht nach Landleben.«

Gottfried spuckte aus. »Paul, die Frau hat ein Buch geschrieben, das in einer schönen, romantischen Fachwerkvilla spielt, vor vierzig Jahren. In einer Gegend, die man glatt mit unserer hier verwechseln könnte. Und in diesem Buch begeht ein ganzes Dorf einen Mord. Man weiß ja, wie sie sind, die Bauern. Dick, dumm und gewalttätig.«

Bremer wollte etwas sagen, aber Gottfried legte ihm die Hand auf den Arm, die Hand, an der der Mittelfinger fehlte und die dennoch stark genug war, so daß ihr Griff weh tat. »Dieses Buch wird ein großer Erfolg. Und daraufhin kauft die Autorin eine Fachwerkvilla, in der es Vorkommnisse gegeben hat, vor vierzig Jahren, also etwa zu der Zeit, in der das Buch spielt. Merkst du was?« Gottfried tippte sich an die Stirn. »Da zählt doch jeder eins und eins zusammen und kommt zum gleichen Schluß: Hier in dieser gottverlassenen Gegend wohnen Mörder, die bis heute ungeschoren geblieben sind. Ich frage mich, wann das erste Fernsehteam anrückt und uns alle befragt. Motto: Ist es nur Literatur, oder ist es auch Wirklichkeit?«

Bremer fühlte ein Gefühl in sich hochsteigen, das er im Umgang mit Gottfried nicht kannte: Ungeduld. Er schien wie alle anderen nur um seinen guten Ruf besorgt zu sein, die Wahrheit interessierte niemanden. »Gottfried, ich kenne das Buch von Sophie Winter nicht, aber ich weiß, was damals passiert ist.« Sofern Gregor Kosinski nicht etwas Wesentliches unterschlagen hatte.

Der beste Nachbar der Welt beugte sich vor. »Paul.« Er flüsterte fast. »Bei allem, was mir heilig ist. Wir haben uns damals ziemlich übel aufgeführt. Ich will da gar nichts schönreden.«

Wir. Er war also auch dabeigewesen. Und dabei mußte Gottfried damals fast dreißig gewesen sein. In dem Alter begeht man keine Dummejungenstreiche mehr.

»Es ging um Erika. Versteh doch.«

Bremer kannte keine Erika. Oder doch. Kosinski hatte ein Mädchen erwähnt, das so hieß. Sie war nicht ganz richtig im Kopf.

»Erika ist bei den Hippies ein und aus gegangen. Das machte uns Sorgen, und ich …« Er biß sich auf die Lippen. »Also wir sind hin und haben denen die Meinung gesagt.« Gottfried sah nicht auf, aber er hatte den Anstand zu erröten.

»Die Einrichtung demolieren, die Bewohner verprügeln, die drei wie beim Indianerspiel an den Marterpfahl binden – das nennst du Meinung sagen?«

Gottfried schüttelte den Kopf. »Paul, wir waren schlimm genug. Aber das – das stimmt einfach nicht. Ich hab dem Kerl eins aufs Maul gegeben, weil er beleidigend wurde, Charles nannte sich der eingebildete Depp. Den Frauen haben wir kein Haar gekrümmt. Und natürlich haben wir sie nicht an den Marterpfahl gebunden, wofür hältst du uns denn?«

Für frisch zivilisierte Barbaren, dachte Bremer und schämte sich für den Gedanken, wenn auch nur ein bißchen.

»Wir haben mit dem Verschwinden des Mädchens nichts zu tun. Vor allem haben wir keinen Mord begangen.«

»Bist du sicher?« Was nicht paßt, wird passend gemacht. Und was stört, kommt weg. Unkraut sowieso. Aber auch junge Hunde, Katzen und Kälber, die nicht so sind, wie sie sein sollen. Warum nicht Menschen?

»Das alles ist vierzig Jahre her, es war eine andere Zeit damals«, sagte Wilhelm, fast flehentlich. »Zwei Frauen und ein Mann gemeinsam in einem Haus. Das gehörte sich nicht.«

»Ach was. Wir mochten sie einfach nicht, die Hippies, die Langhaarigen, die nicht arbeiteten und von freier Liebe quatschten. Die in weißen Gewändern im Garten herumstanden und irgendeine Art Kult betrieben. Und dann – Rauschgift.« Gottfried fuhr sich mit der Zungenspitze über die Lippen. »Wir haben alle geglaubt, sie würden den Kindern Drogen verkaufen. Sie auf dumme Ideen bringen. Wir wollten sie nicht da haben bei uns, verstehst du?«

Ja, dachte Bremer. Ich verstehe. Es konnte nicht gutgehen. Aber Gewalt? Und womöglich Mord?

»Ich wüßte es, wenn damals mehr passiert wäre als eine kleine Prügelei.« Gottfried hatte sich wieder zurückgelehnt, nun saß er doch auf dem Stuhl, als ob er noch eine Weile bleiben wollte.

»Dann ist doch alles gut«, sagte Bremer und hörte die spöttische Abwehr in seiner Stimme. »Was regt ihr euch auf? Es ist ein Roman, es ist erfunden, sie hat die Sache von damals ein wenig zugespitzt, was kümmert es euch?«

»Die Sache reißt alte Wunden wieder auf, verstehst du. Tiefe Wunden.« Wilhelms Stimme klang heiser und brüchig.

»Und deshalb läßt man ihr die Luft aus den Reifen?«

Gottfried ignorierte seinen Einwurf. »Erika ging immer wieder dorthin. Sie war völlig fasziniert von den dreien. Und sie hatte ihren eigenen Kopf, niemand konnte sie hindern. Aber sie war nicht ganz richtig, verstehst du? Marie hat sich fast umgebracht vor Sorgen.«

»Marie?«

Gottfried sah plötzlich unendlich hilflos aus.

»Erika ist – sie war Maries Schwester«, sagte Wilhelm behutsam. »Sie hat sich vor vielen Jahren das Leben genommen.«

Maries Schwester. Nun verstand er wenigstens eines: Maries Bitterkeit.

»Urteile nicht so hart, Paul. Wir waren jung und dumm.« Gottfried war aufgestanden und hielt Bremer die Hand hin. Paul sah seinem Nachbarn in die Augen, zögernd. Er zögerte zu lange. Als er die Hand mit den rissigen Fingernägeln ergreifen wollte, wandte Gottfried sich ab und ging. Ohne Gruß.

Der alte Mann auf dem billigen weißen Plastikstuhl legte die knotigen Hände ineinander, als ob er betete. »Das alles ist lange her und gehört vergessen«, sagte Wilhelm leise.

Bremer schwieg. »Kannst du vergessen, Wilhelm?« fragte er nach einer Weile.

Der alte Mann streckte den Fuß aus und zertrat mit der Schuhspitze einen Käfer vor ihm auf dem Boden, der auf dem Rücken lag und strampelte. »Nein, Paul. Ich wünschte, ich könnte es. Aber es begleitet mich Tag für Tag und Nacht für Nacht. Alles.«

Vergessen ist Gefahr und Gnade zugleich. Wenn Bremer nur wüßte, wer das gesagt hat.

Für Wilhelm schien es keine Gnade zu geben.

9

Caro saß am Küchentisch über Büchern und Heften und lutschte an einem Stückchen Ananas. Flo war nicht da. Bevor DeLange Panik kriegen konnte, schaltete sich sein innerer Terminkalender ein. Ruhig, Alter. Sie ist beim Judotraining.

»Mathearbeit. Morgen in der zweiten Stunde.« Caro. Ganz Konzentration.

»Hast du Hunger?« Müßige Frage. Er kannte die Antwort.

»Nöööö.«

Hunger hatte die kleine Bohnenstange nie. DeLange hätte ihr liebend gern über das glänzende Haar gestrichen, aber das war schon lange nicht mehr erlaubt. »Laß das, Papa.« Weil man irgend etwas in Unordnung bringen könnte, was auch immer, nichts jedenfalls, was er als Frisur identifizieren konnte. Aber welcher Mann konnte das schon.

Er war froh, daß sie ihn nicht ansah und ihn fragte, warum er so ein Gesicht machte. Flo sollte dabeisein, wenn er ihnen die Nachricht überbrachte. Er kam sich wie ein geprügelter Hund vor, als er sich aus der Küche schlich, hoch in sein Zimmer. Die Fotos. Sie lagen in einer Schachtel ganz unten im Bücherregal. Er hatte sie sich seit Jahren nicht mehr angesehen. Und er würde es auch an diesem Tag nicht tun. Er holte die Schachtel aus dem Regal, stellte sie auf den Tisch am Fenster, setzte sich, legte den Kopf auf den Deckel und wartete, bis sein Gesicht sich wieder entkrampfte. Er hatte vergessen, wie schmerzhaft

Weinen sein kann. Dann ging er wieder nach unten in die Küche.

»Gibt's nichts zu essen? Bloß die blöde Ananas?« Flo. Endlich. Gerötete Wangen, verstrubbeltes Haar, blitzende Augen. Und dann sah sie ihn an, und ihr Gesicht veränderte sich. »Jo? Papa?«

DeLange setzte sich an den Küchentisch. Was tat man in solchen Fällen? Nimmt man die Kinder in den Arm oder schildert man alles möglichst sachlich? Er tat das, was er immer tat. Er legte den Fall dar.

Caro saß steif auf ihrem Stuhl und ballte die schmalen Fäuste. Flo war hektisch aufgestanden, rief »Ich google das« und lief in ihr Zimmer zum Computer.

»Warum hast du Mama verlassen?« Caro, tonlos. »Das wäre nie passiert, wenn du bei ihr geblieben wärst.« Rote Flecken im Gesicht. Kurz vorm Losheulen.

DeLange rührte sich nicht. Sollte er vielleicht »es war genau umgekehrt« sagen? Eure Mutter hat mich verlassen, weil irgend so ein Künstlerfuzzi ihr das Blaue vom Himmel versprochen hat, bevor er sie sitzenließ? Und könntet ihr euch bitte mal bei diesem anderen Arschloch beschweren, das nicht gemerkt hat, wie schlecht es ihr ging?

Flo in der Tür. Ein bedrucktes Blatt Papier in der Hand. Zittern in der Stimme. »Ein Waterhouse-Friderichsen-Syndrom tritt bei etwa 15 % der Patienten mit einer Meningokokken-Sepsis auf, führt in bis zu 90 % der Fälle zum Tod und ist unbehandelt immer tödlich.«

Danke, Flo. So genau wollte ich das gar nicht wissen.

Und dann heulte Caro los. Und dann Flo. Und dann …

Du nicht auch noch, DeLange.

Irgendwann war Caro eingeschlafen. DeLange nahm sie behutsam auf den Arm, um sie ins Bett zu tragen. »Papa, dürfen wir bei dir schlafen?« Flo. Mit rotgeweinten Augen. Die seit einem Jahr nicht mehr Papa zu ihm sagte, nur noch Jo, Grund: »Ich bin doch kein kleines Kind mehr.«

Er nickte. Flo kuschelte sich neben Caro, er deckte beide zu und setzte sich in den Sessel am Fenster. »Kommst du auch, Papa?« Flo, mit Kinderstimmchen.

DeLange machte einen beruhigenden Laut und wartete, bis auch seine Älteste eingeschlafen war. Er saß im Sessel, horchte auf den Abendverkehr und eine späte Amsel und lauschte den leichten Atemzügen seiner Töchter. Allein dafür lohnte es sich, wach zu bleiben. Dafür lohnte es sich zu leben.

10

Es klopfte, zum dritten oder vierten Mal. Sophie Winter rührte sich nicht. Sie wollte nicht an die Haustür gehen. Sie wollte niemanden sehen. Sie wollte niemanden sprechen. Sie ruhte schon seit Stunden unten auf dem Sofa, das Tagebuch auf dem Schoß, und horchte auf die Geräusche des Hauses. Es murmelte. Es bewegte sich. Es griff nach ihr.

Ihr Kopf fühlte sich seltsam leicht an, das mußte daran liegen, daß sie noch nichts gegessen hatte. Unterzuckerung macht erst euphorisch und dann nervös. Sie näherte sich in rasender Geschwindigkeit dem nervösen Stadium. Natürlich hatte sie frühstücken wollen, heute morgen. Aber es war nichts da, auch nicht der Camembert, den sie gestern bei Jürgen gekauft hatte. Wahrscheinlich hatte sie ihn längst gegessen.

Wenn sie einfach liegen blieb, konnte sie wenigstens nichts verkehrt machen. Heute früh hatte sie ihr Portemonnaie im Kühlschrank gefunden. Eigentlich war das komisch. Aber es machte ihr angst.

Sie lag gern auf dem Sofa. Die weiße Katze, die keinen Namen hatte, war vorbeigekommen, hatte sich hinter den Ohren kraulen lassen und ging dann ihren Angelegenheiten nach. Die halbvertrockneten Narzissen, die sie längst hätte wegwerfen müssen, rochen nach Friedhof. Die Bäume bewegten sich vor dem Fenster und mit ihnen die Schatten, die sie warfen, je nachdem, ob die Sonne schien oder Wolken durchzogen.

Aber draußen war nicht wichtig. Auch wenn es auf sie einstürmen wollte, laut, stinkend, aufdringlich. Wie der Eichhörnchenkadaver im Flur. Wie der Anruf.

Sophie lehnte sich in die Sofakissen und beobachtete die Fliege, die auf dem Tisch vor ihr mit den Flügeln schlug, immer schneller, bis sie zu kreiseln begann. Todestanz. Sophie sah hin, bis ihr die Augen tränten. Was hatte sie noch alles vergessen? Wie viele Bruchstücke ihres Lebens fehlten bereits? Wann waren es so viele, daß das Gebäude ihrer Wirklichkeit zusammenbrach? Und was wäre dann noch von ihr übrig? Der Gedanke packte und schüttelte sie. Nein, sie hatte keine Angst vor der Welt da draußen. Nicht vor madenzerfressenen Kadavern oder anonymen Anrufen. Ein zerbrochenes Fenster konnte man mit Pappe zukleben, ein totes Eichhörnchen in die Mülltonne werfen und den Boden hinterher naß aufwischen. Das alles war nicht weiter wichtig. Selbst ihre Rache war nicht mehr wirklich wichtig.

Wichtig war, was drinnen passierte. Drinnen in diesem Haus. Drinnen in ihrem Kopf. Wo wegräumen und naß aufwischen nichts half.

Das Haus. Es begann sich selbst zu verdauen, ließ Dinge verschwinden und spie dafür andere wieder aus. Sie hatte heute morgen ein mit bunten Perlen besticktes Stirnband entdeckt, neben dem Katzenkörbchen, und vor dem Kaminofen ein seidenes Tuch. Der Duft nach Sandelholz und Vanille zog vorbei, glimmende Räucherstäbchen, rauschende Kleider, klirrende Armbänder und der feine silbrige Klang von Elfenglöckchen im Wind.

Nachtvögel bei Tag. Mond in der Mittagssonne.

Sophie setzte sich auf. Die Vergangenheit, die sie hatte begraben wollen, wehrte sich. Sie stieg aus dem Grab empor. Sie forderte ihren Tribut. Die alte Schrift drang an die Oberfläche und überwältigte die Worte, die sie hatten bannen sollen.

Du spinnst, Sophie.

Die Knochen. Was oder wen hatten die Knochen herbeigelockt?

Du drehst durch, Sophie!

Ja. Gewiß. Nachzulesen in ihrem Tagebuch. Sie packte das schwarze Buch und öffnete es da, wo der Tintenschreiber zwischen den Seiten lag. Zwei Zeilen in einer ruhigen, klaren Schrift. In ihrer eigenen. Aber sie erinnerte sich nicht daran, sie aufgeschrieben zu haben. »Ihr Atem geht durch das Haus wie ein Windzug. Ihr Duft weht vorbei. Ihre Augen über mir unter mir.«

Sie starrte auf die Zeilen, bis ihr die Augen zufielen, und schrak erst auf, als es in der Küche klirrte. Das schwarze Tagebuch fiel zu Boden. Oben im ersten Stock knarrte eine Tür. Sie stand hastig auf. Unter ihren Füßen protestierten die Dielenbretter. Während sie zur Küche lief, spürte sie wieder diese feine, kaum fühlbare Bewegung in der Luft. Eine Präsenz. Ein Gespenst.

In der Küche saß die Katze neben dem Futternapf, den sie vom Tisch gestoßen hatte. Daneben leuchtete es rot. Ein zerschmettertes Marmeladenglas. Johannisbeermarmelade, vor Jahren gekauft. Für Conrad. Warum bloß hatte sie das Glas beim Umzug mitgenommen? Sie aß keine Marmelade.

»Was machst du da, kleine Bestie?«

Aber die Katze hatte den Kopf auf den Boden gesenkt und zerbiß einen der trockenen kleinen Brocken nach dem anderen, die neben dem Futternapf lagen. Die Marmelade rührte sie nicht an.

Die weiße Katze. Sie hat alles gesehen. Hörst du, Sophie?

11

Furchtbar, die Mädchen aufwachen zu sehen. Erst rosig, entspannt, gutgelaunt. Und dann wurden die kleinen Gesichter grau und spitz.

»Wann können wir zu Feli?« Heute nicht, Flo.

»Ich bleibe hier. Ich kann nicht in die Schule gehen.« Deine Mathearbeit, Caro. Dein Lieblingsfach.

»Nein.«

»Aber Papa ...« Ein Aufschrei, unter Schluchzen.

DeLange litt. Tut es für eure Mutter. Caro. Flo.

Na endlich. Er brachte sie bis kurz vor die Musterschule und sah ihnen nach. Gib dein Bestes, Caro. Komm auf andere Gedanken, Flo.

Zurück. Ins Polizeipräsidium. Karla wie immer im Flur, den Kaffeebecher in der Hand. Daneben Angelika Schau. Auch das noch.

»Morgen, Jo! Ihr kennt euch?«

Ja. Schau guckte, als bedauerte sie das. Tja.

»Wie geht's dir? Du siehst schlecht aus! Ist was mit den Mädchen?«

Karla. Nicht hier. Nicht jetzt.

Sie verstand, gottlob. »Also, Angelika – dann bis später!«

Bis später? Soso. Man verabredete sich bereits.

DeLange folgte Karla ins Zimmer, aber er setzte sich nicht. Er brauchte es nicht gemütlich, während er ihr die Lage schilderte. Sie machte keine Schwierigkeiten. Flexible Arbeitszeiten für den Rest der Woche bewilligt, Mitgefühl inklusive.

»Wenn du was brauchst ... wenn du dich aussprechen willst ...«

Danke, Karla. Es gibt nichts zu sagen.

Er nahm ihre guten Wünsche mit in sein Zimmer, beantwortete ein paar Anfragen und textete die automatische Antwort für eingehende E-Mails. Aus dem Krankenhaus keine Neuigkeiten. Lage ernst, aber nicht hoffnungslos. Dann schloß er die Bürotür hinter sich.

»Wie geht es Mama?« Caro, ganz kleine Stimme.

»Warum bist du schon zurück?«

»Ich habe Angst.«

DeLange litt. Sein kleines Mädchen hatte Angst. Und wer war schuld? Feli, die in ihrem Krankenbett lag und allen Sorgen machte.

Auch er hatte Angst.

12

Der Topf mit dem Lorbeerbusch lag noch immer neben dem Gartenweg. Und vor dem Fenster neben der Haustür glitzerten die Glasscherben. Wenigstens hatte sie das Fenster mit Pappe und Klebestreifen verschlossen. Sophie Winter gehörte offenbar zu den Menschen, die gerade mal das Notwendigste erledigen – und nur, wenn es sich nicht verhindern ließ.

Bremer drückte auf den Klingelknopf. Nichts. Es hätte ihn auch gewundert, wenn ausgerechnet die Klingel repariert wäre. Auf sein Klopfen reagierte sie nicht. Er drückte die Klinke herunter. Die Tür war verschlossen. Auch das war kein Wunder. Wer feindselige Nachbarn hat, läßt seine Tür nicht offen.

Vorsichtshalber ging er am Haus entlang Richtung Garten. Fast wäre er über das graue Kabel gestolpert, das über dem Weg lag. Sein Blick ging an der Hauswand hoch. Das Telefon. Die graue Buchse an der Hauswand hing nur noch an einer Schraube. Jemand hatte mit Gewalt das Kabel aus der Buchse gezogen.

Also doch, dachte Bremer. Alles wie damals.

Alles? Hoffentlich nicht.

Im Garten hinten war sie nicht. Wenigstens lag sie diesmal nicht unter irgendeinem umgestürzten Baum. Das war die gute Botschaft. Aber wo sollte sie sonst sein, ohne Auto? Joggen? Einkaufen? Bremer zögerte. Er war sich plötzlich sicher, daß sie zu Hause war.

Diesmal klopfte er fester und länger an ihre Haustür.

»Sie müßte eigentlich dasein«, rief Ulla Abel über den Gartenzaun. »Vorhin hab ich sie noch gesehen.«

Ein Dank der dörflichen Kontrolle, dachte Bremer. Bevor er ein weiteres Mal klopfen konnte, öffnete sich die Tür.

Blaß sah sie aus und schmal. Und wütend. »Lassen Sie mich in Ruhe! Ich habe Ihnen doch gesagt, daß ich Sie anzeige, wenn Sie nicht …«

»Frau Winter, Sie verwechseln mich«, erklärte Bremer und verhaspelte sich dabei. Die braunen Rehaugen in dem weißen Gesicht ließen nicht erkennen, daß sie wußte, wer er war.

»Es geht um Ihr Auto.«

»Mein Auto?« Ihr Blick ging hinüber zur Straße.

»Erinnern Sie sich? Sie haben Ihr Auto im Wäldchen stehengelassen, es hatte einen Platten.«

»Ich?« Sie sah verwirrt aus. Dann schüttelte sie den Kopf. »Ich war die ganze Zeit zu Hause«, sagte sie und öffnete die Tür ein Stück weiter. »Die müssen das Auto gestohlen haben.«

»Wer, Frau Winter?« Das paßte ins Bild. Es paßte zu allem, was er gehört und vermutet, und zu dem, was er eben gesehen hatte. »Und wissen Sie, daß jemand das Telefonkabel aus der Buchse gerissen hat? Ihr Telefon ist tot.«

Der Wind frischte auf. Sie stand da, als ob sie fror, in einem Kimono aus roter Seide, den sie mit beiden Händen über der Brust zusammenhielt.

»Sie sollten die Störungsstelle anrufen.«

Sie nickte. Dann hielt sie ihm die Tür auf.

Bevor er die schwere Haustür hinter sich schließen konnte, fegte der nächste Windstoß heran und hinein. Bremer folgte Sophie Winter in das große Kaminzimmer. Auf dem Tisch, dem Boden, dem Sofa lagen kleine Zettel, mittendrin die weiße Katze, die die Zettel gejagt zu haben schien und jetzt auf dem Boden kauerte und mit der Pfote nach ihnen tastete, als ob sie sie am Auffliegen hindern wollte.

»Soll ich?«

Bremer kniete schon. Alle Zettel waren beschrieben, in einer kleinen, sparsamen Handschrift. »Brot, Milch, Käse, Tomaten, Eier« stand auf einem. Ein Einkaufszettel. »Batterien!!!!« auf dem anderen. Der dritte war schon merkwürdiger: »Sie kommt wieder. Sie ist da. Sie bleibt.« Skizzen für ein neues Buch? »Fenster. Wer kennt Glaser?« Das war konkret.

Ebenso konkret war die Telefonnummer der Polizei. Aber die kannte man eigentlich auswendig.

Bremer legte die Zettel auf den Couchtisch, neben die Vase mit den verblühten Narzissen, deren vertrocknete Blüten weiß und durchsichtig waren wie Papier. Die Katze beobachtete ihn dabei, die Pfote fest auf die restlichen Zettel gestemmt. Als Bremer die Hand danach ausstreckte, knurrte sie, als ob er ihr eine erbeutete Maus wegnehmen wollte.

»Wie heißt sie?« Bremer blickte auf. Sophie Winter stand noch immer in der Tür, verfroren und verwirrt. Sie antwortete nicht.

»Ich meine die Katze. Wie rufen Sie sie?«

»Ich weiß nicht.« Sophie Winter zögerte. Dann lächelte sie, ein schüchternes, kleines Lächeln. »›Komm her‹? ›Es gibt Futter‹? ›Sei brav‹?«

Die Katze zog die Zettel mit der Pfote näher an sich heran und schien auf Bremers Reaktion zu warten. Ein Spiel. Bremer machte lockende Laute und streckte den Zeigefinger aus. Die weiße Pfote schlug nach ihm – mit eingezogenen Krallen.

»Sie gehört zum Haus.« Sophies Stimme klang verträumt. »Sie wohnt schon immer hier.«

»Auch damals? 1968?« Bremer wußte nicht, warum er das fragte. Es war schlechterdings unmöglich. Katzen wurden, wenn es hoch kam, zwanzig Jahre alt. Und diese hier war gerade mal erwachsen.

»Immer schon«, sagte Sophie.

Die weiße Katze machte einen Buckel, gähnte und überließ Bremer die restlichen Zettel. »Das Märchen vom Machandelboom« stand auf dem einen. »Palimpsest« auf dem anderen. Und auf dem dritten stand »Wo bist du?«, »Hunger« auf einem vierten. Er legte die Zettel zu dem Häufchen auf dem Couchtisch und stand auf.

»Haben Sie schon gefrühstückt? Soll ich Kaffee kochen?«

Diesmal lächelte sie. Diesmal schien sie ihn wiederzuerkennen. Dann blickte sie an sich hinunter, und er hätte schwören können, daß sie errötete. »Gerne. Ich – ziehe mir nur etwas an.« Er hörte ihre leichten Schritte auf der Treppe.

In der Küche roch es nach Katzenfutter. Auf dem Boden lagen Scherben und eine rote Masse. Ein zerschmettertes Marmeladenglas. Bremer nahm sich Papier von der Küchenrolle und wischte notdürftig auf. Als er sich wieder aufrichtete, sah er sie – die Knochen, die er bei seinem letzten Besuch im Küchenschrank entdeckt hatte. Sie lagen auf dem Küchentisch, und es sah so aus, als hätte Sophie Winter die weißen Skeletteile zu einer Art Muster angeordnet.

Während der Kaffee durchlief, rief er die Störungsstelle an. Irgendeiner mußte ihr schließlich helfen. Der Retter der Witwen und Meisen, dachte er. Wenn sie lächelte, sah sie Jahre jünger aus. Sie war noch immer eine anziehende Frau.

Und jemand bedrohte sie. Das herausgerissene Telefonkabel war eindeutig. Hatte Ulla Abel nachts also doch den Täter gesehen, der mit der Taschenlampe nach der Telefonleitung suchte? Und das Auto sabotierte? Das Ventil war gelockert worden, daran hatte er keinen Zweifel mehr. Andererseits – sie hatte das Auto gar nicht gefahren. Behauptete sie jedenfalls. Wer aber sabotiert ein Auto, das er stehlen will? Oder operierten hier mehrere Parteien unabhängig voneinander? Plötzlich fiel ihm der Fotograf wieder ein, der sich nach Sophie Winter erkundigt hatte, an dem Tag, als das Fernsehteam Klein-Roda besuchte, um Bastis Geschichte aufzuzeichnen.

Basti war übrigens nicht auf Platz eins gekommen. Auch nicht auf Platz zwei oder drei. Aber auf Platz vier, und das war viel für ein junges Talent bei soviel Konkurrenz.

»Danke, daß Sie sich um mich kümmern.« Er hatte sie nicht kommen hören; sie stand im Türrahmen, die dichten weißen Haare gebürstet, in Jeans und Pullover, und sah hellwach aus. »Ich bin …« Wieder bekam sie diesen Blick, von dem er nicht sagen konnte, ob er in sich gekehrt war oder, im Gegenteil, in die Ferne gerichtet. »Ich bin nicht immer ganz bei mir.« Sie lächelte entschuldigend.

»Das Auto«, sagte er. »Sind Sie sicher, daß Sie das Auto nicht gefahren haben?«

»Was ist mit dem Auto?« Die Frage kam schnell und klar. Sie war wieder da. Als ob jemand den Schalter umgelegt hätte.

»Ein Platten. Der rechte Vorderreifen. Mehr ist nicht passiert, aber – das Ventil wurde gelockert. Das kann eigentlich kein Zufall sein.«

Sie ging hinüber zum Küchentisch und fegte mit der Hand die Knochen zusammen.

»Genausowenig wie die herausgerissene Telefonleitung.«

Sie nickte. »Vor ein paar Tagen hat mir jemand einen madenzerfressenen Eichhörnchenkadaver ins Haus geworfen. Durch das zerbrochene Fenster.«

Das zerbrochene Fenster. Die Scherben lagen noch immer draußen, nicht drinnen, wie es logisch wäre. Was, wenn Sophie Winter selbst das Fenster zerstört hatte? Der Gedanke beunruhigte ihn, ebenso wie die Schlußfolgerung: Was, wenn sie selbst hinter den angeblichen Angriffen stand?

»Sie machen so etwas gern. Vor vierzig Jahren war es Gülle.«

»Wer? Wer macht so etwas? Sie müssen zur Polizei gehen!« Auch das sprach nicht für sie: daß sie ihre angeblichen Verfolger nicht anzeigte.

Wieder lächelte sie. »Das interessiert die nicht. Ach – und dann war da noch ein anonymer Anruf – ein Kerl. Besoffen.« Sie stellte Kaffeebecher auf den Tisch und ging zum Kühlschrank. Bremers Blick folgte ihr. Soweit er erkennen konnte, befand sich nichts im Kühlschrank. Gar nichts. Als sie mit leeren Händen zurückkam, war ihr Lächeln verlegen geworden. »Es ist noch nicht einmal mehr Kaffeemilch da«, sagte sie leise.

»Was haben Ihre Nachbarn gegen Sie?« Er dachte an Ulla Abel. Sie wirkte nicht bösartig. Aber sie hielt Sophie Winters Haus unter Beobachtung. Andererseits – warum rief sie bei Wilhelm an, wenn sie glaubte, etwas Verdächtiges zu sehen? Warum ging sie nicht selbst hinüber zu ihrer Nachbarin? Oder ihr Mann?

Bremer versuchte, all das zusammenzubringen: das Auto, die Telefonleitung, das Eichhörnchen, den anonymen Anruf und eine sehr genau beobachtende Nachbarin. Und die Überlegung, ob Sophie selbst hinter den Angriffen steckte. Aber er kam zu keinem Schluß.

Für einen flüchtigen Moment schoß ihm der Gedanke an Luca durch den Kopf. Ob er Sophie Winter Streiche spielte? Aber das paßte nicht zu dem Jungen – mal abgesehen davon, daß das hier keine Streiche mehr waren.

Sophie rührte in ihrem Kaffee, obwohl es nichts umzurühren gab. »Ach«, sagte sie. »Das ist eine lange Geschichte.«

Eine alte Geschichte. Eine lange Geschichte. Langsam war er solche Antworten leid.

13

Sophie Winter hatte sich lange nicht mehr so lebendig gefühlt. Sie hatte geputzt und aufgeräumt und eingekauft, kurz vor der Mittagspause, da traf man niemanden in Jürgen's Lädchen.

Dennoch hatte der Keller Überwindung gekostet. Das Treppenlicht funktionierte nicht, und irgend etwas lief raschelnd davon, als sie die ausgetretenen Stufen hinunterging. Unten brannte zwar das Licht, aber nur schwach; die vorigen Bewohner hatten an der Glühbirne gespart. Den Rest der Gemütlichkeit hatte Fliegenschiß beigesteuert.

Es roch modrig, nach feuchten Wänden und toten Mäusen. Sie griff sich zwei verschimmelte Stühle mit geflochtenen Sitzflächen, die längst durchgebrochen waren, und brachte sie nach oben. Warum das niemand verfeuert hatte? Ein alter Wäschekorb folgte, desgleichen ein großer Topf, die Emaille abgesprungen, in dem wahrscheinlich früher eingekocht worden war. Sie stapelte alles vorne am Gartentor, eigentlich hätte sie die Sperrmüllabfuhr vorher anrufen müssen, aber vielleicht gewährte man ihr ja gnädigerweise schon bald einen Termin.

Als sie wieder unten im Keller stand, spürte sie ihre Lust erlahmen. Regale, voll mit Einmachgläsern, einige davon mit Inhalt. Zwei Kartoffelmieten, hoffentlich ohne Kartoffeln. Sie wußte zu gut, wie es sich anfühlte, wenn man in verrottete Kartoffeln griff. Schleimig und glitschig waren noch harmlose Begriffe für die haptische Katastrophe, an die sich ihre Finger erinnerten.

Sie räumte eine defekte Stehlampe und einen demolierten weißen Plastikgartenstuhl an den Treppenaufgang. In die hinterste Ecke des Kellers traute sie sich nicht. Irgend etwas lag da, Teppiche, Decken, Säcke. Naß wahrscheinlich. Der ganze Keller war naß, es mußte hineingeregnet haben.

Sophie schleppte Lampe und Plastikstuhl nach oben und ging ein letztes Mal nach unten, um zuzusperren. Die Tür klemmte. Sie zog, sie ruckelte. Dann ging sie wieder hinein in den Raum, um die Tür von innen zuzudrücken. Das Hindernis entpuppte sich als ein Holzsplitter, der sich unter die Tür geklemmt hatte. Als sie sich bückte, um ihn zu entfernen, sah sie es – und in diesem Moment war alles wieder da.

Es stand hinter der Tür, das Ding, das die Erinnerung Welle um Welle hochsteigen ließ. Ein runder Vogelkäfig, vielleicht eineinhalb Meter hoch. Einst weiß lackiert, jetzt grau und schäbig. Als sie ihn zuletzt gesehen hatte, im Summer of Love, im August 1968, hing er an einem Haken vor dem Fenster und bewegte sich mit jeder kleinen Brise, die hereinwehte. Das Behältnis meiner Seele, hatte Sascha ihn genannt.

Kiwitt, kiwitt, wat vör'n schöön Vagel bün ik ...

Sophie stand im Keller, fühlte sich hilflos und hätte fast geweint. Aber sie wollte nicht weinen. Der Käfig jedenfalls gehörte nicht auf den Sperrmüll. Sie wischte mit der Hand Mörtel und Spinnweben vom Gitter und bugsierte ihn die Treppe hoch. Er gehörte auch nicht in den Keller. Er gehörte in den ersten Stock.

Sie ließ den Vogelkäfig auf dem Treppenabsatz stehen, zögerte. Dann öffnete sie die Tür zu ihrem Schlafzimmer. Das große Zimmer mit dem kleinen Balkon, der auf den rückwärtigen Garten hinausging, war damals wie selbstverständlich Charles' Raum gewesen, keiner von ihnen hatte angezweifelt, daß dem Mann das größte Schlafzimmer zukam. Er hatte in tagelanger Arbeit die Wände schwarz gestrichen und ein großes rotes Poster von Che Guevara über sein Bett gehängt. Manchmal saß er im Schneidersitz auf der Decke aus samtigen Kaninchenfellen und rauchte einen Joint. Wie ein alter Indianer. Und aus den Lautsprechern seiner für damalige Verhältnisse gigantischen Stereoanlage dröhnte *In-A-Gadda-Da-Vida* von Iron Butterfly. Stundenlang.

Es war so ewig lange her, so unvorstellbar fern, der Tag, an dem sie sich kennenlernten. Und es war so nah und so lebendig. Sie hatte im dunklen und verräucherten Club Voltaire auf einem Hocker an der Bar gesessen, in einem derart kurzen Rock, daß ihr heute noch kalt wurde beim Gedanken daran. Sie hatte ein Bier getrunken, das nicht schmeckte, und eine Roth-Händle geraucht, obwohl sie Zigaretten nicht mochte und Rauch nicht vertrug, nur weil der schlaksige Junge mit den kurzen dunklen Locken ihr eine angeboten hatte. Sie wußte nicht mehr, wie er hieß, nur daß er ihr aufgefallen war während eines Teach-in im Hörsaal VI, weil er eine dicke schwarze Brille trug, so eine Art Ernst-Bloch- oder Georg-Lukács-Gestell, und alles besser wußte als die da vorne auf dem Podium. Das hatte sie nun davon. Er redete auf einen kleinen dicken Blonden ein, in der einen Hand ein Glas, mit der anderen zerteilte er eine imaginäre Salami, wenn er ein wichtiges Argument unterstreichen wollte. Wahrscheinlich ging es um das Akkumulationsgesetz des Kapitals und wieso der Kapitalismus sich überlebt hatte und daß man auf der Seite der Arbeiterklasse kämpfen müsse.

Sie hatte nicht zugehört, aber sich furchtbar kleinbürgerlich gefühlt, niemand trug mehr Minirock, jedenfalls nicht die Genossinnen; die waren alle jünger als sie, hatten enge Jeans an, darüber kniehohe Stiefel und eine Lederjacke. Und wenn sie ehrlich war, interessierte sie sich nicht für die theoretische Herleitung der Notwendigkeit der Revolution, obwohl sie ein Marxismus-Tutorium belegt hatte, weil das alle taten. Doch immer wenn der Knabe mit den lockigen Haaren eine weitere Salami mit ein paar Handkantenschlägen hingerichtet hatte und sie anguckte, hatte sie genickt und »genau« gesagt und am Bier genippt und den Rock über den Oberschenkeln gerade gestrichen.

Nach Hause war sie mit einem anderen.

Mit einem, der plötzlich neben ihr gestanden und gelächelt und »Was für ein abstrakter Scheiß« gesagt hatte. Und daß man konkret werden müsse. Daß die Revolution im Hier und Jetzt zu leben sei. Und man nicht auf den neuen Menschen warten könne.

Charles, in einem geblümten Hemd und mit langen weichen dunkelblonden Haaren. Einen Monat später zogen sie zusammen, in einen heruntergekommenen Altbau in der Rotlintstraße. Fünf Zimmer, zwei Balkons. Die Heizung wurde nie warm, und der Wasserboiler fiel immer dann aus, wenn sie unter der Dusche stand und sich gerade das Haar einshampooniert hatte. Aber es war ein Traum gewesen. Zuerst.

Sophie zog die Tür wieder hinter sich zu. Der Raum nebenan war damals ihr Zimmer gewesen. Sie hatte lange nicht mehr hineingesehen. Was sie sah, war trostlos. Es roch unbewohnt. Da waren Flecken auf dem grauen Parkett. Unter dem Fenster hatte sich das Holz hochgewölbt. Feucht, schon seit Jahren. Wahrscheinlich Schimmel in den Wänden. Damals war das Zimmer licht und luftig gewesen und hatte nach Zimt und Sandelholz geduftet. Sie hatte nicht viel aus Frankfurt mitgebracht, als sie einzogen. Eine Kommode, deren Schubladen immer offenstanden. Und ein Bett, ein Traum von einem Bett. Mit weißen Laken und weißen Bettbezügen. Auf der Kommode ein silbernes Teekännchen, in dem Räucherstäbchen steckten. Und als Gardine ein alter Bettüberwurf aus Filethäkelei.

Sophie ging zum Fenster. Im Geäst der Lärche, die den Blick auf den Garten verstellte, hockte ein winzig kleines Vogelnest aus Gras und Zweigen und Plastikfetzen. Es rührte sie fast zu Tränen. Damals waren die Bäume noch klein gewesen, und keiner von ihnen hatte sich vorstellen können, wie groß sie einmal werden würden. Charles hatte eine Birke gepflanzt, sie hatte eine Rotbuche gewählt, und Sascha ... Die Rose, die sie sich gewünscht hatte, gab es nicht mehr. Es war das erste, wonach sie bei ihrem Einzug gesucht hatte. Aber der Wacholder stand noch immer.

Ihre Schritte hallten in dem leeren Raum. Wer hatte nach ihr hier gewohnt? Es hatte wechselnde Mieter gegeben, das wußte sie, aber nie war jemand lange geblieben. Was hatten sie gespürt? Die Liebe? Den Haß? Die Trauer?

Die Tür zum dritten Zimmer öffnete sie nur zögernd. Einmal kurz hatte sie in den Raum gesehen, als der Makler sie durchs Haus führte bei der ersten Besichtigung. Seither mied sie das Zimmer, sie ging stets schneller, wenn sie an ihm vorbeimußte, es war kindisch, aber sie konnte nicht anders. Der Raum war leer bis auf ein Bettgestell. Mit ein paar Schritten war sie beim Fenster, das schwarz war von Spinnweben, und versuchte es zu öffnen. Zugerostet. Ihr Blick ging nach oben. Und da, da war er noch, der Haken, an dem der Vogelkäfig gehangen hatte. Sie lief zurück in den Flur, nahm den Käfig und hängte ihn an seinen Platz. In diesem Augenblick wußte sie, was sie zu tun hatte.

mein Schwester der Marlenichen
sucht alle meine Benichen

Der Dachboden. »Man muß das Haus gründlich entrümpeln«, hatte der Makler gesagt. »Die meisten Mieter haben irgend etwas zurückgelassen, auch der Keller ist voll mit Gerümpel. Lassen Sie jemanden kommen, der Ihnen hilft, ich kenne da eine Initiative junger Arbeitsloser.«

Aber Sophie hatte den Kopf geschüttelt. Die Vorstellung, daß es noch immer da war ... daß sie noch immer hier war ... das war ihr wichtiger als Ordnung. Sie zog die Tür zu Saschas Zimmer hinter sich zu, lehnte sich einen Moment lang dagegen und horchte auf die Geräusche des Hauses. Das Haus atmete ein und atmete aus. Es knisterte. Etwas bewegte sich über ihr. Etwas schabte am Holz. Die Katze?

Aber die weiße Katze strich um ihre Beine. Sophie bückte sich und nahm das Tier auf, das sich diesmal nicht wehrte. »Du erinnerst dich, oder?« flüsterte sie der Katze ins Ohr. Dann ließ sie die Weiße herunterspringen und öffnete die Tür zum Dachboden. Die Tür ließ sich leicht öffnen, obwohl sie seit diesem einen Mal nie wieder oben gewesen war, sie knarrte noch nicht einmal. Die Treppe war steil und schmal. Oben roch es nach Staub und Verwesung. Sie wagte einen Blick in den grauen Zinkzuber, der in der Ecke stand. Er war fast voll, und obenauf schwamm ein graues, schlieriges Gebilde mit einem langen Schwanz. Es schüttelte sie ungewollt. Dahinter stand der kleine Tisch aus Saschas Zimmer, an dem sie geschrieben hatte, in ein Tagebuch, ein schwarzes Moleskine, sie erinnerte sich gut.

Der Sessel. Der Spiegel. Der Kleiderschrank. Es war alles da.

Auch der große Seekoffer. Doch der stand offen. Jemand hatte die Kleider und Tücher, den Schmuck und die Schuhe herausgeholt und nachlässig wieder hineingelegt. Sophie kniete sich neben den Koffer. Da war das Kleid, das Sascha am liebsten getragen hatte. Sie griff mit klammen Händen in den fadenscheinigen Stoff. Die Farbe ein bläuliches Rot, eigentlich eine kalte Farbe, aber an Sascha hatte es aufregend ausgesehen. Da! Das Armband, das sie ihr geschenkt hatte. Der Hut. Bücher. Sie hob ein zerlesenes Exemplar von Tolkiens *Herr der Ringe* hoch, das sich körnig anfühlte vor Staub, und legte es zurück in den Koffer.

Lange kniete sie so. Lange. Und als sie aufstand, schmerzten ihre Knie. Als erstes brachte sie den Tisch nach unten, dann den Sessel. Der Schrank würde warten müssen, das bewältigte sie nicht allein. Sie stellte jedes einzelne Möbelstück wieder an den Platz, an dem es damals gestanden hatte. Über das Bettgestell legte sie die indische Decke aus dem Koffer, die rote mit den kleinen Spiegeln.

Den Koffer holte sie als letztes.

Es war draußen dunkel geworden, als sie wieder hinunterging. In der Küche machte sie Abendbrot für zwei, einen Salat aus hartgekochten Eiern und Tomaten. Es war ein seltsames Gefühl, am Küchentisch einem zweiten Gedeck gegenüberzusitzen.

Nach dem Essen goß sie sich ein Glas Riesling ein, der einzige Wein aus Jürgen's Lädchen, den man trinken konnte, und ging wieder hoch in Saschas Zimmer. Auf dem Tisch stand der Plattenspieler, den sie im Koffer gefunden hatte. Sie ließ die Schallplatte aus der Hülle gleiten und legte sie auf den Plattenteller. Der Sound war wie mürber Samt und man hörte die Kratzer, aber was machte das schon.

> If the truth is found
> To be lies
> And all of the joy
> Within you dies

Als sie aufwachte, lag sie auf Saschas Bett und hielt das Glas Wein in der Hand, noch fast voll. Sie hatte keinen Tropfen verschüttet.

In der Nacht träumte sie von dem großen Bett in Charles' Zimmer und von der weißen Katze. Von Sascha, die sich an sie schmiegte. Ihr warmer Körper an ihrem Rücken. Ihre Atemzüge ein sanfter Hauch an ihren Schulterblättern. Ihre Hand, klein, zart, wie ein Vogel im Nest.

Sie wachte auf vom Schlagen einer Tür, ein kalter Lufthauch strich über ihre bloße Schulter, sie zog die Decke hoch bis unters Kinn und wünschte sich zurück in den Traum. Dann schlief sie wieder ein.

Vor der Stille

1

Nachthemden. Hautcreme. Haarbürste. Die Liste war nicht lang, aber beruhigend: Offenbar ging man im Krankenhaus davon aus, daß die Mühe noch lohnte. »Und die Versicherungskarte der Krankenkasse.« Klar, dachte DeLange. Hauptsache, ihr kriegt euer Geld.

»Hat sich Frau DeLanges Freund mal blicken lassen?« Durchs Telefon hörte er das Klirren von Besteck auf Geschirr. Wurde im Krankenhaus das Frühstück gerade serviert oder schon wieder abgeräumt?

»Welcher Freund?« fragte die Schwester.

Schöner Freund. Ans Telefon ging der Kerl auch nicht. Hinfahren? Auf Verdacht? Warum nicht. Der Mensch ist ein Gewohnheitstier. Und Feli hatte immer, auch als sie noch zusammenlebten, einen Wohnungsschlüssel bei den Nachbarn deponiert – die gossen auch die Blumen, wenn es nötig war.

Er fuhr die Strecke wie in Trance. Feli wohnte im Gallus, dort, wo er jede finstere Ecke kannte. Sie fand die Aura von schnauzbärtigen Männern und bekopftuchten Frauen, von Asialäden, Gebrauchtwagenhändlern und Dönerbuden inspirierend. Er nicht. Er kannte sich hinter den pittoresken Kulissen besser aus als sie.

Vor der Haustür. Zwei Namen neben der Klingel. DeLange und Kramer. Warum bloß tat das noch immer weh. Doch nun verstand er wenigstens, weshalb sie sich mit den Mädchen neuerdings in der Stadt traf. Sie wollte den beiden den neuen Kerl nicht zumuten. Danke für dein Feingefühl, Feli.

Er klingelte. Nichts. Er klingelte bei den Nachbarn. Der Türöffner summte.

Zweiter Stock. E. Prokovska, laut Türschild. Weiblich, älter, mütterliche Maße. Erst abwartend. Dann, nach Blick auf seinen Ausweis, ausladend hilfsbereit. »Furchtbar. Ihre Frau auf der Trage, ganz blaß. Und dann mit Blaulicht und Martinshorn abtransportiert. Da macht man sich doch Sorgen.« Wahrscheinlich erwartete sie detaillierte Schilderungen von Felis Zustand. DeLange schützte Eile vor. Sie schloß ihm die Wohnung auf.

Die Küche unaufgeräumt, wie gehabt. Dort, wo mal ihr Schlafzimmer gewesen war, wohnte jetzt offenbar der Kerl. Wie sie es mit dem bloß aushielt? In seinem Zimmer herrschten Zwielicht und peinliche Ordnung, das Bett war gemacht, obwohl die Vorhänge noch halb zugezogen waren. In Felis Zimmer schien eine blasse Sonne durch die ungeputzten Scheiben, die Tür zum Balkon stand halb offen, auf dem Boden stapelten sich die Bücher neben Schuhen und Kleidungsstücken. Das Bett ein Chaos aus Kissen und Decken, natürlich schlief der Kerl bei ihr, aber warum brauchte er dann noch ein eigenes Bett?

Ruhig, Alter. Ganz ruhig.

DeLanges Hand löste sich von der Türklinke, an die er sich geklammert hatte. Die oberste Kommodenschublade stand offen. Slips, Büstenhalter, Hemden. Er schob die eine zu und öffnete die andere. Nachthemden besaß Feli nicht, nur so etwas wie Pyjamaoberteile für ziemlich große Männer. Er legte zwei davon auf ihr Bett, suchte vier der am wenigsten frivolen Unterhosen heraus und zwei Paar Socken.

Die Haarbürste. Nicht die Haarbürste vergessen.

Er hatte keine Vorstellung, wo er nach ihrer Versicherungskarte suchen sollte. Bei ihm steckte so etwas ganz ordentlich in einer großen Brieftasche, die er in der Schreibtischschublade aufbewahrte. Ihr Schreibtisch bestand aus einem Türblatt auf zwei Schubladencontainern aus dunklem Metall. Er öffnete eine Schublade nach der anderen. In der dritten fand er den Füller, den er ihr vor Jahren geschenkt hatte, das Hochzeitsfoto, auf dem sie wunderschön aussah, zwei Kinderschühchen, eins von Flo, eins von Caro, ein silbernes Zehnmarkstück, einen Button vom Museumsuferfest 2004, die Reste einer vertrockneten Rose und, ganz unten, ihren Ausweis, das Bonusheft für den Zahnarzt und die Versicherungskarte.

»Was zum Teufel machen Sie hier?«

DeLange fuhr herum. So sah der Kerl also aus. Ein Bürschchen. Blaß wie ein Engerling. Große schwarze Brille.

»Wie kommen Sie hier rein?«

Typ Buchhalter. Oder IT-Experte. Viel zu jung für sie. »Das geht Sie gar nichts an.« DeLange nahm Ausweis und Versicherungskarte an sich.

»Legen Sie das gefälligst zurück!«

Oho. Das Bürschchen kam näher und pumpte sich auf.

»Ich hole die Polizei!«

DeLange lächelte. Er wußte, wie er dabei aussah.

»Raus hier!« Der Engerling kriegte richtig Farbe im Gesicht.

»Wer sind Sie eigentlich, junger Mann?« DeLange lächelte nicht mehr. Er grinste. Nichts würde ihm größere Erleichterung verschaffen als eine einfache, ehrliche, gradlinige Prügelei.

»Das möchte ich Sie fragen!«

DeLange wartete ein paar Takte, bis sich der Wunsch legte, dem Kerl schon mal präventiv eine zu knallen. »Giorgio DeLange«, sagte er schließlich. Doch er war zu allem bereit.

Verblüfft sah er, wie der andere das Gesicht verzog und zu strahlen begann.

»Hätten Sie das nicht gleich sagen können?« Der Kerl streckte die Hand aus. DeLange mußte sich zusammenreißen, um sie nicht zu ergreifen. Aber er hielt nichts von einer sogenannten aufgeklärten Beziehung zwischen Liebhaber und Ex. Er glaubte ans Archaische im Mann, und das hieß: Finger weg von dem, was mir gehört. Schließlich hatten weder Feli noch er die Scheidung eingereicht.

Doch der andere ließ sich durch nichts von seiner freudigen Erregung abbringen. »Ich bin Frank Kramer. Ich habe den Notarzt angerufen, und dann ging alles furchtbar schnell. Ich weiß noch nicht einmal, in welches Krankenhaus sie Felicitas gebracht haben. Auch wenn ich keine Zeit habe, sie zu besuchen ...« Der Wichtigtuer blickte doch tatsächlich auf seine Armbanduhr.

»Na, das muß wahre Liebe sein.« Erst die Freundin fast verrecken lassen und dann keine Zeit für einen Besuch haben. DeLange hatte schon wieder Lust auf Prügel – und spürte die alte Wut auf Feli. Wie konnte sie sich mit einem solchen Weichei abgeben, das nun auch noch zart errötete.

»Na ja, ich bin ja nur der Untermieter, und da mischt man sich ungern ein.«

DeLange sackte der Unterkiefer weg. Er ließ sich auf die Bettkante sinken und wußte nicht, ob er lachen oder heulen sollte. Der Untermieter. Nicht der Liebhaber. Beinahe hätte er sich tödlich lächerlich gemacht.

»Sie hat großen Wert auf ihre Privatsphäre gelegt, ich meine, es ist ja auch nicht ganz leicht, ein Zimmer vermieten zu müssen, weil man ...« Kramer hüstelte.

Weil man mal wieder pleite ist? Vom Ehemann keinen Unterhalt kriegt? Um den man gar nicht erst gebeten hat? DeLange legte das Gesicht in die geöffneten Hände und stöhnte.

»Geht es ihr – gut?«

DeLange blickte auf. Er sah in ein besorgtes Gesicht. Der Untermieter schien zu allem Überfluß auch noch ein netter Kerl zu sein. Das Gefühl der Erleichterung, das ihn überkam, war so heftig, daß ihm auch das peinlich war.

Liebst du sie etwa immer noch, du Idiot?

»Nein«, sagte er. »Es geht ihr nicht gut. Die Krankheit ist lebensbedrohlich. Ich muß jetzt zu ihr.«

Im Türrahmen drehte er sich um. »Sie gießen ab und an mal die Blumen, ja?«

Frank Kramers Gesicht spiegelte Ratlosigkeit.

»Ein Mann kann das«, sagte DeLange.

Er fuhr los, langsamer als sonst. Gut, daß er die Verdi-CD nicht dabeihatte, sonst hätte er sofort losgeflennt. Und dann tönte auch noch das verdammte Mobiltelefon. Bitte nicht das Krankenhaus. Bitte keine schlechten Nachrichten. Er schielte auf das Display. Die Nummer der Frankfurter Staatsanwaltschaft. Das ging.

»Hier ist Karen Stark. Störe ich?«

Ja. Nein.

»Die Akte. Die Vermissungssache Raabe. Die Sie fürs Polizeimuseum angefordert haben. So museal ist der Fall womöglich doch nicht. Ich habe es bei unserem letzten Telefongespräch ja schon erwähnt: Es gibt ein paar seltsame Nachrichten aus dem Dorf, aus dem die Raabe damals verschwunden ist. Wir sollten reden.«

DeLange hielt an der nächsten Bushaltestelle. Wieder das Gefühl, auf der richtigen Spur zu sein.

»Kaffee? Irgendwo zwischen Polizeipräsidium und Staatsanwaltschaft?«

»Ja. Nein. Ich muß zu meiner Frau.« Was redest du denn da, du Depp.

»Verstehe.«

Jetzt hält sie dich für einen Pantoffelhelden. »Wir sind getrennt. Aber sie liegt im Krankenhaus, und da ...«

»Sie müssen sich nicht entschuldigen.«

»Ich muß ihr was bringen, aber später ...«

»Kein Problem. Ein andermal.« Aufgelegt.

DeLange, du bist ein Schwachkopf.

Und Feli ist exakt im falschen Moment todkrank geworden. Ihr Timing war immer schon miserabel.

Im Warteraum vor der Intensivstation saßen diesmal ein Mann und eine Frau, beide um die 40. Der Mann hatte den Arm um die Frau gelegt, die erbärmlich schluchzte, und sah mit leeren Augen zu Giorgio herüber, fast als ob er sich für die Gefühle seiner Frau entschuldigen wollte. DeLange grüßte und setzte sich. Er tippte auf den Sohn. Voreilige Eröffnung der Motorradsaison oder Auto plus Chausseebaum nach Discobesuch.

An diesem Tag mußte er nicht lange warten, bevor er Feli besuchen konnte. Sie war noch immer an alle möglichen Überlebensgeräte angeschlossen, aber sie lag nicht mehr flach, hatte die Augen geöffnet und lächelte, als er ins Zimmer stolperte. DeLange sagte in verzweifelter Verlegenheit das, was Trottel wie er in solchen Fällen zu sagen pflegen: »Was um Himmels willen machst du für einen Scheiß?«

»Dumm gelaufen«, flüsterte sie.

»Das kannst du wohl sagen.« Er zögerte. Dann nahm er ihre schmale weiße Hand in beide Hände und versuchte, heiter und gefaßt zu wirken.

»Wie geht's den Mädchen?«

Er machte den Mund auf und gleich wieder zu. Was sollte er sagen? Ich muß sie zur Schule bringen, allein gehen sie nicht. Sie liegen neuerdings nachts in meinem Bett, was mich nicht besser schlafen läßt. Und sie wollen ihre Mutter besuchen.

»Gibst du ihnen Besuchserlaubnis?«

Sie schüttelte den Kopf. Dann kamen die Tränen. Sie nickte.

Er räumte ihre Sachen in den Schrank und ins Bad und bürstete ihr Haar, als sie darum bat. Er spürte, daß sie müde wurde.

»Ich geh dann mal wieder.«

»Ja.« Sie schloß die Augen.

»Ich hab deinen Untermieter getroffen.«

»Ja?« Sie machte sie wieder auf.

»Warum hast du mir nicht gesagt, daß du Geld brauchst?«

Feli lächelte ihn an wie ein kleines Mädchen. »Brauch ich welches?«

Er mußte lachen und küßte sie auf die Stirn, bevor er ging.

»Die Kinder«, rief sie ihm hinterher, mit dünner Stimme.

»Morgen.« DeLange zog die Tür hinter sich zu. Er wußte nicht, ob er Flo und Caro einen Besuch zumuten sollte. Aber wenn Feli starb … Das erste Mal ließ er den Gedanken wirklich zu. Wenn sie starb, sollten die Mädchen sie sehen dürfen. Also erst recht, solange sie noch lebte, oder?

Er erinnerte sich gern an den Tod seiner Mutter, so seltsam das klang. Die ganze Familie hatte gewußt, daß ihr Körper das Leben nicht mehr lange mitmachen würde. Sie war aus dem Krankenhaus entlassen worden, um zu Hause zu sterben. Roberto und er hatten ihr Bett ins Wohnzimmer geschoben, unter das Fenster, und sie alle waren gekommen. Pietro aus Mailand, Carmen aus London, er und die anderen aus Frankfurt, München, Wiesbaden. Immer saß einer an ihrem Bett, horchte auf ihren Atem, redete mit ihr in den wenigen Minuten, in denen sie wach war. Sie teilten sich die Nachtwache. Am dritten Tag war DeLange dran. Er saß neben ihr in den frühen Morgenstunden, war eingenickt, obwohl der Stuhl auf die Dauer elend unbequem war, und schreckte erst auf, als ihr Atem sich veränderte.

Es war ein Geräusch, das er nie vergessen würde. Sie holte nicht Luft, nein, sie kämpfte um Luft, die sie mit rasselnden Zügen in ihren schmal gewordenen Körper sog. Dann setzte ihr Atem aus. Und dann kamen noch zwei, drei solcher Luftzüge, die Pausen dazwischen immer länger. Noch einer. Und endlich war alles still. Er hatte ihre Hand genommen, er hatte sie zwei Stunden lang festgehalten, während sie unmerklich kälter und steifer wurde. Er sah zu, wie ihr Gesicht sich veränderte, die Augen tiefer in die Höhlen sanken, das Kinn herabfiel, die Haut immer blasser und durchscheinender wurde. Er hatte lange Abschied genommen, hatte sich alle Zeit der Welt dafür gegönnt, und das war gut gewesen.

Wenn Feli sterben sollte ...

Er bog von der Eschersheimer Landstraße ab in die Polizeimeister-Kaspar-Straße und fuhr auf den Parkplatz. Morgen würde er mit den Mädchen ins Krankenhaus fahren.

»Hallo Jo! Wie geht es Feli? Du mußt nicht kommen, das weißt du, oder?« Karla versuchte ein Lächeln. »Auch wenn du natürlich unentbehrlich bist!«

»Weiß ich!« DeLange sah Karla an, daß sie am liebsten das Drama in allen Details serviert bekäme, aber genau darauf hatte er nicht die geringste Lust.

Er ging in sein Zimmer und fuhr den PC hoch. Wenn Sophie Winter ein Pseudonym war, hatte er Pech.

ZEVIS aufrufen. Einen Führerschein hatten die meisten. Angela Simon eingeben plus Geburtsdatum. Und Bingo. Da war sie schon. Angela Maria Sophie Simon, verheiratete Winter.

Wohnhaft Auenweg 4 in Klein-Roda. Der Postleitzahl nach irgendwo in Oberhessen.

War das nicht die Gegend, in der der kleine Junge verschwunden war? Also eine Örtlichkeit, in der öfter mal was wegkam? Die Härchen auf seinen Unterarmen stellten sich auf, ganz langsam. Manche hatten eine Spürnase. Bei ihm saß es in den Haarwurzeln – das untrügliche Gefühl, einer Sache auf der Spur zu sein.

Die Winter hatte mit der Geschichte von Angel, Sascha und Charles ihre eigene Geschichte aufgeschrieben. Sascha gleich Alexandra. Charles gleich Karl-Heinz. Angel gleich Angela. Und nach ihrer Version war Sascha nicht nur verschwunden, sondern auch tot – gestorben nach einer Treibjagd eines entfesselten Dorfmobs in einem Wald bei Klein-Roda. War das nun Literatur oder die brutale Wirklichkeit? Und wenn es letzteres war: Warum hatte sie damals nichts gesagt – und warum gab sie es heute nicht zu? Er würde sie fragen müssen.

Und wo er schon mal dabei war – *the same procedure* mit Karl-Heinz Neumann.

»Jo, du mußtest heute wirklich nicht kommen, wir haben die Sache fest im Griff.«

Er blickte auf. Karla lehnte im Türrahmen.

»Nicht, daß die in Wiesbaden uns das Leben leichtmachen. Ich habe gerade einen Anruf aus dem Ministerbüro gekriegt. Die Ministerin ist am Freitag verhindert, und der Staatssekretär kann um die verabredete Uhrzeit nicht, ob wir wohl die Präsentation zum Fast ID um einen Tag vorziehen könnten?«

Karla versuchte zu lächeln, dabei platzte sie unter Garantie vor Wut. »Ist uns ein leichtes, habe ich gesagt.« DeLange lächelte nicht. Sie brauchte seine Hilfe. Aber er wollte nicht. Nicht jetzt.

»Ich habe alles schon geregelt. Fred und Akif demonstrieren reihum, wie schnell unser Fast ID wirklich ist, und ich gebe eine kurze Zusammenfassung mit Ausblick auf die Zukunft. Mit Dr. D. werde ich schon fertig.«

DeLange richtete den Blick gen Himmel. Dr. Doom, die Geißel der Menschheit. Auch Dr. Doppelname genannt, weil er nach der Heirat dem eigenen den Namen seiner Frau hinzugefügt hatte, v. Braun: Das stellte was dar, so ein bißchen alter Adel. Früher machten das nur Männer, die sich der Fahndung entziehen wollten.

»Wir werden das schon mit der üblichen Perfektion hinter uns bringen.«

Dr. Karl-Heinz Neumann-v. Braun klang natürlich entschieden besser als …

Moment. Irgendein Relais bewegte sich in DeLanges Hirn.

»Wann hat der Liebling der Medienöffentlichkeit Geburtstag? Weißt du das?«

»Guck auf seine Website. Warum willst du das wissen? Komm, Giorgio …«

»Moment!« Er gab Karl-Heinz Neumanns Daten ins ZEVIS ein. Und das reichte voll und ganz.

Brutta putana. DeLange schloß die Augen und hätte sich fast bekreuzigt. Mutter Maria. Gebenedeit seist du.

»Giorgio? Jo?«

»Am 20. November 1944.«

»Wie bitte?«

DeLange blickte auf. »Dr. Karl-Heinz Neumann-v. Braun wurde am 20. November 1944 geboren.« Karla sah ihn an, als ob sie gleich den Arzt holen würde. Aber diesmal gelang ihm das Lächeln. »Ich finde das wunderbar, daß du mir die alte Nervensäge ersparen wolltest, Karla. Ehrlich. Ich bin wirklich dankbar. Aber es ist mein Job, also mach ich ihn auch.«

»Komm, Jo. Es ist wirklich kein Problem. Ich hätte zwar eigentlich nach Berlin gemußt …«

»Weiß ich doch. Und du sollst auch nach Berlin fahren. Ich war nur etwas – durcheinander.«

»Jo, das versteh ich doch, deshalb habe ich ja …«

»Karla. Ich will und ich kann die Pressekonferenz leiten. Mich lenkt das ab, das brauch ich jetzt. Entspann dich. Ich mach das schon.«

Karla strahlte.

Wie einfach es doch war, einen Menschen glücklich zu machen.

2

Ulla Abel fegte die Straße, wie sie das tat, seit sie ein Kind war. Jeden Tag, bei jedem Wetter, morgens und abends hatte sie vor der Hofreite der Eltern in Groß-Roda gestanden und gekehrt. Sie hatte die Kuhfladen beseitigt, die mit einem fetten Laut auf die Straße geplatscht waren, wenn Mutter die Kühe austrieb, morgens nach dem Melken auf die Weide und abends wieder hinein in den Stall.

Noch heute hatte sie den Duft der Kühe in der Nase, den süßen Duft von Milch und den sauren nach verdautem Gras, obwohl sie nun schon fast zwanzig Jahre in der Siedlung wohnte, wo die Stalltiere nicht größer waren als die Riesenrammler der Töchter ihrer Schwester.

Und wo es sich deshalb wirklich nicht lohnte, die Gass' zu fegen. Es war ja alles so sauber hier. Keine Kuhscheiße, höchstens mal ein paar Pferdeäpfel, kein Heu, kein Laub, jedenfalls nicht im Frühjahr. Alle hier hatten es gern pflegeleicht. Die einzige, die sich nicht dran hielt, war Sophie Winter. Ihr Haus war noch immer ein finsteres Hexenhaus, daran hatte auch das bißchen Windbruch nichts geändert.

Sie schielte hinüber. Die Winter war eine Langschläferin. Nichts rührte sich im Haus. Kein Zeichen jener Tätigkeiten, mit denen sich eine anständige Hausfrau vormittags bemerkbar macht, bevor sie sich den ersten Schnaps eingießt.

Ulla lächelte mit schmalen Lippen. Sie hatte keine Ahnung,

warum sie immer noch jeden Tag die Betten lüftete und in der Küche feucht wischte. Niemand interessierte das, vor allem nicht Peter. Aber sie war ein Gewohnheitstier. Und sie hatte sich mit dem Gedanken abgefunden, daß sie wohl nie hier wegkommen würde. Ein Leben, von dem sie manchmal das Gefühl hatte, daß es gerade erst begonnen hätte, strebte seinem vorhersehbaren Ende entgegen. Manchmal wünschte sie sich, damals dabeigewesen zu sein, in der Welt derjenigen, die im Haus von Sophie Winter gewohnt hatten und zu Peters anhaltender Genugtuung vor vierzig Jahren daraus vertrieben worden waren.

Peter verachtete die Hippies, weshalb sie sich manchmal fragte, warum er so fanatisch jede Kleinigkeit sammelte, die mit der Geschichte der Siedlung zu tun hatte – auch und gerade alles, was das Haus der Nachbarin betraf.

Denn Peter interessierte sich eigentlich für nichts, außer für sein eigenes Wohlergehen. Peter schätzte ein bequemes, ereignisloses Leben. Peter würde wahrscheinlich irgendwann einmal mit dem Sofa, auf dem er jeden Abend vor der Glotze hockte, zu einem dicken weichen Kloß verschmelzen.

Ulla stützte sich mit beiden Händen auf den Besenstiel und sah dem Kater zu, der sich wollüstig auf dem Asphalt wälzte. Neuerdings aber tat sich etwas bei Peter. Erst hatte sie aufgeatmet, wenn er abends unterwegs war, obwohl sie den Verdacht hatte, daß er auf ein Bier zu Felix ging und nicht joggen, wie er behauptete. Körperliche Ertüchtigung war nämlich gar nicht sein Ding.

Doch dann ... Gestern nacht war sie aufgewacht und hatte das Bett neben sich leer vorgefunden. Sie hatte auf die üblichen Geräusche aus dem Bad nebenan gehorcht. Nichts. Sie war aufgestanden und ans Fenster gegangen.

Etwas bewegte sich in Sophie Winters Garten. Sie hatte es blitzen gesehen, mehrmals. Das Licht einer Taschenlampe? Oder das Blitzlicht eines Fotoapparates? Peter fotografierte wieder, auch das war neu. »Und was?« hatte sie gefragt.

»Interessiert dich doch eh nicht.«

Hatte er etwas mit der Winter? Frühlingsgefühle? Zu früh.

Es würde noch mal schneien, das hatte sie in den Knochen. Und dann – ausgerechnet die Winter? Er haßte sie. Doch vielleicht tat er nur so?

Sie ist zu alt, dachte sie. Was kriegt er denn da, was er zu Hause nicht hat?

Aber Ulla Abel machte sich nichts vor. In der Ehe der Abels spielte sich schon längst nichts mehr ab, und das war ihr völlig recht so. Was Peter bei ihr hielt, war Lethargie. Was Ulla bei Peter hielt, war Gewohnheit. Es sei denn, sie bräche mit ihren Gewohnheiten. Mit dem morgendlichen Fegen aufzuhören schien ein schöner Anfang zu sein.

Ulla Abel stellte den Besen an den Gartenzaun, fingerte eine zerknitterte Zigarettenschachtel aus der Hosentasche und hielt ihr Gesicht in den Wind, der eine Wolkenwand über den blassen Himmel schob. Irgend etwas geschah. Es erregte sie wie der Rauch, mit dem sich ihre Lunge füllte.

Das Leben versprach spannend zu werden.

3

Kühl war es geworden, und jetzt nieselte es auch noch. Bremer zog sich die Kapuze über den Kopf, während er die Anhöhe hinaufradelte. Der Frühling machte Pause.

Nur er schien das Ende der warmen Tage zu bedauern. Willi, der ausnahmsweise untätig an der Hofeinfahrt herumgestanden hatte, als Bremer vorhin losfuhr, frohlockte über den Regen und die Abkühlung. »Im Frühjahr braucht die Frucht Feuchtigkeit!« Alle anderen waren wahrscheinlich ähnlich erleichtert, denn wer konnte sich schon an einem warmen Frühling freuen, wenn man sich vor der Klimakatastrophe fürchten mußte?

Selbst Willi hatte neulich von »Klima« gesprochen – früher hätte er Wetter gesagt –, zwar nicht in Verbindung mit »Katastrophe«, aber seinem Gesicht sah man an, daß er nichts mehr für ausgeschlossen hielt. *Et tu, brute.* Bremer fühlte sich langsam auf verlorenem Posten.

Am Ortsausgang warb ein Plakat für eine »Ü-50-Disco«. Die Generation, die nicht abtreten will. Aber was blieb ihr anderes übrig angesichts der schwindenden Masse der Jüngeren?

Durchhalten, dachte Bremer. Bis ins Grab.

Mit 50 war man nicht mehr jung und mit 75 noch nicht alt. Nur Wilhelm, der war schon weit über 80. Dem konnte man nicht mehr kommen mit »forever young«. Alle anderen in und um Klein-Roda aber unterwarfen sich der Gesundheitspropaganda von Ärzten, Krankenkassen und Politikern. Angesichts der steigenden Lebenserwartung und des wachsenden Anteils der Älteren an der Bevölkerung galt es neuerdings als nationale Pflicht, fit und gesund zu bleiben.

So hält man die Bürger auf Trab: mit der Angst vor der Klimakatastrophe und dem Altersheim, dachte Bremer und horchte auf seinen Puls.

Jedenfalls sah man schon seit geraumer Zeit feierabends Bataillone von Radfahrern und Horden von Menschen mit Laufstöcken die Feldwege bevölkern, alle auf der Suche nach der ewigen Jugend. Selbst Marianne und Willi machten sonntags lange Ausflüge mit dem Rad, und bis auf die Wirbelsäule und die Knie, typische Schwachstellen einer hart arbeitenden Landfrau, war Marianne ein Bild der Gesundheit.

Bremer hielt sie alle für Spaßverderber. Radfahren gegen das Älterwerden? Was für ein Quatsch. Er fuhr Rad, weil er sonst schlechte Laune kriegte. Basta. Und nur eine SMS von Anne hatte ähnlich aufbauende Wirkung wie eine Tour über Berg und Tal.

> Guten Morgen Licht des Lebens
> Ich grüße den Quell meiner Freude
> Vermißt du mich
> Mit jedem Atemzug

Hinter dem Ortsschild von Groß-Roda bog er ab. Es war keine Menschenseele auf der Straße, nur im Bauernhof an der Straßenkreuzung sah man eine Frau in Gummistiefeln und mit Kopftuch den Pferdestall ausmisten. Bremer grüßte und nahm den Weg hoch zum Neubauviertel, in dem Walter Manz gearbeitet hatte, bevor man ihn festnahm. Da Luca noch immer nicht gefunden war, weder tot noch lebendig, hatte man Manz wieder auf freien Fuß gesetzt. Niemand wollte ihn mehr beschäftigen, aber wegziehen durfte er auch nicht. Die Rolläden vor den Fenstern seiner Wohnung blieben tagsüber unten. Er trank, berichtete Marianne.

Bremer trat fester in die Pedale. Walter tat ihm leid, ein Gefühl, das natürlich nicht erlaubt war. Manz war ein freundlicher, drahtiger Kerl, der hart arbeitete und nie klagte. Er wirkte nicht wie ein Päderast. Aber wem sieht man schon an, welche geheimen Leidenschaften er pflegt? Und Luca war ein schöner Bengel, fast feminin, was ihm das Leben in der Schule nicht leichtgemacht haben dürfte. Aber wie man hörte, wußte er sich zu wehren.

Und deshalb glaubte Bremer nicht an die These vom Mißbrauch durch den Freund der Mutter. Mit einem Zwölfjährigen kann man nicht mehr alles machen.

»Und die Fotos?« Marianne kannte keine Gnade mit dem Zugezogenen aus Thüringen. Die, fand Bremer, bewiesen erst recht nichts. Kein widerspenstiger Junge läßt sich gegen seinen Willen in Frauenfummeln ablichten.

Man wußte es einfach nicht. Man wußte viel zuwenig, auch in Klein-Roda, wo man alles sah und vieles nicht sehen wollte, weil sonst das Leben unerträglich wäre.

Außer ihm gab es nur einen weiteren Menschen in Klein-Roda, der nicht daran glaubte, daß Walter Manz Luca auf dem Gewissen hatte: Marie. Marie glaubte, daß das Böse in »Heinrichs Verhängnis« wohnte. Sie glaubte an das Böse in Gestalt von Sophie Winter. Das glaubte Bremer noch weniger.

Der Regen wurde stärker. Er wich den Pfützen aus, bevor er den Feldweg hochsprintete, und duckte sich dann in die Abfahrt. An diesem Morgen war ihm nicht nach der großen Runde. Er nahm die Abkürzung nach Klein-Roda, die am Friedhof vorbeiführte.

Warum er vor dem geöffneten Tor bremste – er wäre fast auf dem nassen Pflaster ausgerutscht –, warum er abstieg und das Rad an den Torpfosten lehnte, wußte er später nicht mehr zu sagen. Gottfried, sonst nicht sehr religiös, brachte den lieben Gott ins Spiel. Jedenfalls fiel Bremer auf, daß der blaue Fleck unter all dem rosa Heidekraut zwischen dem immergrünen Efeu und den Thujasträuchern nichts zu suchen hatte, und er ging hinein. Sie lag mitten auf dem Weg, hinter dem Grab der alten Hannah und neben einer größeren und älteren Grabstelle, vor der ein ewiges Licht stand, das sogar brannte.

Bremer hatte sich nie dafür interessiert, warum Marie so häufig den Friedhof besuchte, das machte man wohl so, wenn Eltern und Großeltern ganz in der Nähe begraben waren. Für ihn galt das nicht. Das Grab seiner Mutter lag weit weg, und das seines Vaters ging ihn nichts an. Und das des Ersatzvaters? Er sah Großonkel Wallenstein lächeln, dem er sein komfortables Leben zu verdanken hatte. Der alte Herr hatte auch zu Lebzeiten keine häufigen Besuche erwartet und hätte sich gewundert, wäre aus Bremer ein eifriger Friedhofsgänger geworden.

Zumal bei diesem Wetter. Er beugte sich über Marie und half ihr auf. Sie war blaß und hatte eiskalte Finger.

»Was machst du denn hier draußen im Regen?« fragte er liebevoll und hielt sie im Arm, damit sie nicht wieder stürzte.

»Erika«, sagte sie mit brüchiger Stimme. »Sie hat heute Geburtstag.«

Bremer warf einen Blick auf den Grabstein. »Erika Berg, 6. April 1951 bis 21. März 1971«. Das Mädchen, von dem Gottfried geglaubt hatte, es vor fremdem Einfluß beschützen zu müssen, war noch nicht einmal zwanzig Jahre alt geworden.

Und plötzlich schämte er sich für ... Für Hochnäsigkeit, dachte er. Für moralisches Überlegenheitsgetue. Für die Verachtung jener uralten Instinkte, die dafür sorgten, daß man für seine Nächsten kämpfte. Manchmal war die Toleranz, mit der Menschen sich großzügig zeigen wollen, nur ein anderes Wort für Gleichgültigkeit.

Ob Gottfried ihn willkommen hieß? Er führte Marie die paar Meter den Friedhofsweg hinunter.

»Marie! Ich wollte schon nach dir sehen ...« Gottfried öffnete die Haustür. Dann riß er sie weit auf. »Was ist passiert, um Himmels willen?«

»Sie muß umgekippt sein«, sagte Bremer und führte Marie ins Wohnzimmer, zum Sofa vor dem bullernden Holzofen. Nach der Kälte draußen war es viel zu heiß in dem kleinen Raum.

»Wo?«

»Auf dem Friedhof.«

Gottfried schwieg. Und dann sagte er leise: »Das bringt doch nichts, Marie. Laß Erika ruhen.«

Marie sank aufs Sofa und schloß die Augen. »Aber sie hat doch Geburtstag. Und ich denke so oft an sie in letzter Zeit«, flüsterte sie. »Denkst du nicht auch manchmal an damals?«

Gottfried nickte, als ob er Frage wie Antwort gründlich leid wäre.

»Was war damals, Marie?« fragte Bremer leise. Gottfrieds Blick zum Himmel entging ihm nicht, und der war leicht zu deuten.

»Sie ging ein und aus bei denen, unsere Erika. Irgendwann bin ich zu ihnen hin. Zu den Hippies. Aber es war nur eine da. Sophie Winter.« Marie spie den Namen aus wie ein störendes Insekt.

»Sophie Winter?« Marie war verrückt.

»So hieß sie doch gar nicht.« Gottfried klang kläglich.

»Nein. Damals hieß sie anders. Aber sie war es. Ich bin mir sicher.«

Sophie Winter wohnte damals schon in »Heinrichs Verhängnis«? Wenn das stimmt, erklärt das manches, dachte Bremer. Die Abneigung gegen sie. Und die Angriffe.

»Und wißt ihr, was sie gesagt hat?«

Marie richtete sich auf und wischte mit dem Handrücken das Wasserglas vom Tischchen, das neben dem Sofa stand.

»›Lassen Sie Erika doch einfach glücklich sein! Sie lacht, sie lebt, sie liebt – was ist denn dabei?‹«

Maries Hand hatte sich um die Decke gekrampft, die ihr Gottfried liebevoll über die Beine gebreitet hatte. »Und dann kamen die anderen beiden. Der Kerl hat gegrinst. Und was von freier Liebe erzählt.«

Draußen fuhr Willi einen seiner Traktoren den Feldweg hoch zur Scheune. Die friedlichen Zeiten, in denen Bremer sich mit Kosinski darüber hatte unterhalten können, um welches Modell es sich handelte, waren lange her.

»Und – was war dabei?« fragte er sanft. »Weil Erika minderjährig war?«

»Sie war 17. Und sie war nicht ganz richtig im Kopf. Das war dabei«, antwortete Gottfried.

Marie lachte auf. »Und hat das damals auch nur irgendeinen von euch Männern gestört?«

Gottfried gab keine Antwort.

»Sie war mannstoll. Sie trieb es mit jedem. Aber sie war meine Schwester.« Maries Stimme wurde immer müder, und schließlich begann sie leise zu schluchzen.

Bremer verabschiedete sich. Gottfried brachte ihn zur Haustür. »Das ist sie«, sagte er leise und zeigte auf ein Bild, das in der Küche über der Bank hing und das Bremer nie aufgefallen war – zwei rote Rosen, wie man sie auf dem Jahrmarkt schießen kann, verdeckten es. Das Mädchen auf dem Bild hatte riesige dunkle Augen und langes schwarzes Haar. Sie trug Blumen im Haar. Erika war in der Tat etwas Besonderes gewesen.

»Marie hat ihren Tod nie verwunden.«

»Woran ist sie gestorben?«

»Wir haben sie im März 1971 unten am Wehr gefunden. Bei Hochwasser. Sie muß in den Bach gestürzt und ertrunken sein.« Gottfried schwieg für einen Moment. »Vielleicht ist sie auch hineingesprungen.«

Wieder streckte Gottfried die Hand aus. Diesmal ergriff Bremer sie mit beiden Händen.

»Danke«, sagte sein Nachbar.

Bremer schob das Rad nach Hause und stellte es in den Schuppen. Drinnen warteten schon die Katzen auf ihn. Diesmal fütterte er Nemax und Birdie ganz ohne die übliche Hingabe. »Mannstoll« hatte Marie ihre Schwester genannt. Und dabei hatte sie nicht schockiert ausgesehen, sondern wütend. »Sie trieb es mit jedem.« Auch mit Gottfried? Er hatte nicht zu fragen gewagt. Aber es sah ganz danach aus.

Langsam begann Bremer seinen Nachbarn zu begreifen. Wenn es stimmte, was Marie sagte, dann hatte ihre Schwester die ganze Gegend gründlich durcheinandergebracht – und war schließlich nur noch bei den Hippies willkommen gewesen. Ausgerechnet bei diesen drei störenden Fremden, die freie Liebe predigten, wahrscheinlich Rauschgift nahmen und seltsame Riten vollführten.

Man mußte Erika vor sich selbst schützen. So hatte Gottfried das gesehen. Aber vor allem, dachte Bremer, wollten die Frauen, wollte Marie die Männer des Dorfes und damit sich selbst und ihren häuslichen Frieden vor Erika schützen.

Birdie und Nemax lagen einträchtig auf dem Sofa, als er ins Wohnzimmer kam, zeigten beim Gähnen kleine spitze Zähne im rosa Maul und dachten nicht daran, ihm Platz zu machen. Er schob sie zur Seite, setzte sich dazu und streichelte sie, bis beide schnurrten.

Langsam dämmerte ihm das Ausmaß des Dramas, in dem die drei jungen Leute damals ihre Rolle spielten und von dem sie womöglich nichts ahnten. Gottfrieds Blick. Dieser Ausdruck treuer, ja hündischer Ergebenheit in seinen Augen. Er hatte das, was er damals tat, für Marie getan, konnte man darin lesen. Er würde noch immer alles für Marie tun.

Alles? Plötzlich hatte er sie wieder vor Augen, die Szenen aus *Easy Rider*. War da doch mehr gewesen als eine bloße Prügelei, wie Gottfried behauptete? War Erika freiwillig ins Wasser gegangen, oder hatte jemand nachgeholfen? Und was war mit Luca? Hing auch sein Verschwinden mit den damaligen Ereignissen zusammen?

Nein, es ist nicht immer richtig, alles zu tun für die, die man liebt.

Würdest du alles für mich tun
Nein
Das heißt du liebst mich
Ja

4

Sophie hatte schon seit Jahrhunderten keine Eier mehr gekocht zum Frühstück. Aber sie wußte noch genau, wie Sascha sie am liebsten mochte: Das Eigelb mußte flüssig, das Eiweiß hatte fest zu sein. »Ich *hasse* weißen Glibber.« Also vier Minuten. Länger durften die Eier nicht kochen. Und weniger auch nicht.

Sie köpfte das erste Ei. Weißer Glibber. In den Kompost damit. Das nächste Ei war perfekt. »Nur für dich«, sagte sie und stellte das Ei zum Gedeck links vom Fenster. Rechts saß sie. Sie selbst aß keine Eier. Sie mochte sie weder weich noch hart.

Draußen regnete es. Durch das gekippte Fenster hörte sie die Tropfen auf die Äste und Bäume trommeln, abprallen, zu Boden fallen. Zwei Spatzen hatten sich unter die schützende Tanne geflüchtet und saßen tschilpend auf dem unteren Ast. *Listen to the rhythm of the pouring rain.* Nichts konnte friedlicher sein.

Das Frühstück war die einzige Zeit des Tages, in der sie allein waren. Charles kam ewig nicht aus dem Bett und frühstückte nicht, nur eine Gauloise und einen Becher Kaffee, schwarz, ohne Zucker.

»Noch Tee?« Sie goß nach und rückte die Schale mit dem frisch getoasteten Brot einladend nach links.

Wie schön sie war. Aber sie mochte es nicht, wenn man sie zu lange ansah. Oder zu intensiv. Dann ließ sie die langen blonden

Haare vors Gesicht fallen, so daß sie ihre Augen verhüllten. Ihre Nase. Ihre Wangenknochen. So wie jetzt.

»Ißt du noch was?«

Sophie hatte Zettel und Bleistift neben sich liegen und schrieb »Quark« unten auf den Zettel, auf dem schon alles mögliche stand, es war schon wieder nichts mehr im Kühlschrank.

»Kann ich abräumen?«

Sie wartete die Antwort nicht ab. Mit soviel Appetit war in diesem Haus lange nicht mehr gegessen worden. Sie spürte der wohligen Wärme nach, die sich in ihrem Magen ausbreitete und die sie fast euphorisch machte.

Alles war gut. Und es störte sie auch nicht mehr, daß sie schon wieder vor dem Kühlschrank stand und nicht wußte, was sie suchte. Sie hatte den Einkaufszettel fest in der Faust. Das war das wichtigste.

Draußen hielt ein Wagen. Sie sah aus dem Fenster. Ein Paar in Regenkleidung durchsuchte die schon mehrfach durchgewühlte Sperrmüllhalde am Straßenrand. Man ging ihr aus dem Weg hier im Dorf, aber man war sich nicht zu fein, in ihren Abfällen zu stöbern.

Die nächste Attacke war sicher bald fällig. Aber das konnte ihr nichts anhaben. Jetzt nicht mehr.

5

Die Pressekonferenz sollte erst in einer Dreiviertelstunde beginnen. Dennoch machte es DeLange nervös, daß die Getränke noch nicht auf dem Tisch standen. Er war müde und schlechter Laune. Dabei galt Felis Zustand als stabil, und der Besuch mit den Kindern am Morgen war nicht allzu dramatisch verlaufen, wenn man von der Tatsache absah, daß drei heulende Frauen ihn schlichtweg überforderten.

Er schlief nicht gut. Und der Anruf gestern bei seinem alten KÜL hatte die Stimmung auch nicht gerade gehoben.

»Jo, natürlich, du kannst jederzeit bei mir anrufen, nur im Moment …«

Er hatte mit Ernst Zobel über den Fall Raabe reden wollen – und darüber, was ihn irritierte an den Ermittlungen damals.

»Weißt du, sie ist friedlich gegangen, aber ich kann noch keinen klaren Gedanken fassen. Es war erst gestern.«

Ja, natürlich. Klar. Ich verstehe. DeLange hatte sich viel zu umständlich entschuldigt und ein hölzernes »Herzliches Beileid« gemurmelt, bevor er das Gespräch beendete. Er hatte Ernst Zobel um seine lange glückliche Ehe beneidet. Und nun fragte er sich, ob das Alleinsein nicht auch seine Vorteile hatte. So mußte man sich wenigstens vor dem Tod eines anderen nicht fürchten.

»Herr Lange, wenn ich Sie etwas fragen dürfte?«

Wer hat die denn schon reingelassen? »DeLange«, hätte er

fast geknurrt. Großes D, kleines E, großes L. Soviel Zeit muß sein. Aber sie war klein, niedlich, hatte eine Spange im dunklen Haar, riesige milchkaffeebraune Augen und hielt ein Blöckchen in der Hand.

»Ich bin Bettina Schneider und arbeite ...«

Als Volontärin beim Urwaldboten. Er kannte das schon. Sie waren immer niedlich, hielten stets ein Blöckchen in der Hand und hatten nie auch nur den Schimmer einer Ahnung.

»... als Praktikantin.« Für wen oder was, hatte er nicht mitgekriegt. Aber das war auch egal. Er diktierte ihr ein paar glasklare Sätze zu den Nachteilen von Fast ID für die Gauner und den Vorteilen für die unbescholtenen Bürger ins Blöckchen und verabschiedete sich hastig, als er Dr. D. in der Tür stehen sah.

Neumann-v. Braun fiel auf. Er hatte zwar keine Haare mehr, dazu helle Augen unter nicht vorhandenen Augenbrauen, schmale Lippen und eine Figur wie ein graues Fragezeichen, kämpfte aber einen wackeren Kampf gegen das Verblassen: die Brille ein durchscheinendes Rot, das Hemd ein strahlendes Blau, der Anzug ein elegantes Anthrazit. Einzig der Binder erinnerte mit geschmackvollen Senftönen an die Farben des kleineren Koalitionspartners der derzeitigen Regierung.

»Herr Neumann-v. Braun«, sagte DeLange und hielt ihm die Hand hin. »Freut mich.« Die Ministerin war überaus empfindlich und bestand auf der korrekten Anrede, aber ihr Parteifreund Dr. D. wollte noch nicht einmal mit seinem akademischen Titel angesprochen werden. Wie fortschrittlich der gute alte Charlie war, erkannte man nicht nur an seinem Doppelnamen.

»Herr DeLange«, sagte Neumann-v. Braun und griff beherzt zu. »Wie geht's?«

DeLange komplimentierte ihn zum Tisch mit den Getränken. Der Mann kam zu früh und auch noch allein. Was Besseres konnte gar nicht passieren.

»Ich habe kürzlich an Sie gedacht«, sagte DeLange und reichte Neumann-v. Braun ein Glas Mineralwasser.

»Ich weiß schon. Ich soll Ihnen den Namen meines Friseurs

verraten.« Der Kerl grinste mit einer Schamlosigkeit, die ihm einen strengen Blick der Ministerin eingetragen hätte, wenn sie denn dagewesen wäre.

»Fast getroffen.« DeLange grinste ebenso schamlos zurück. Vor einer Glatze fürchtete er sich nicht. Genetische Begünstigung. Der alte DeLange hatte bis zuletzt noch alle Haare gehabt. Ungefärbt.

»Ich bin kürzlich Ihrem Namen begegnet. In einer vierzig Jahre alten Akte.«

»Aua.« Dr. D. schüttelte sich. »Ich bin enttarnt. Was war's? Rowdytum? Beteiligung an einer Straßenschlacht? Illegaler Drogenbesitz?« Und dann, mit Verschwörerlächeln: »Sie wissen doch, warum ich meinen Namen geändert habe, oder? Um nicht mehr auf der Fahndungsliste zu stehen!«

DeLange lachte, als ob er den Scherz noch nie gehört hätte. »Ich habe kürzlich eine Akte angefordert, weil mir der Fall für die Lehrmittelsammlung in unserem Museum geeignet zu sein scheint. Eine vierzig Jahre alte Vermißtensache.«

Neumann-v. Braun grüßte einen Berichterstatter von der *Freien Presse*. Die beiden waren per du. Ob das der unabhängigen Berichterstattung dienlich war? Ach, wer fragte noch danach.

»Bei der Durchsicht der Akte ...«

»Ich hab nichts gegen Uniformen, wenn sie gut sitzen«, raunte Neumann-v. Braun beim Anblick der zugegebenermaßen ansehnlichen Oberkommissarin vom 3. Polizeirevier, deren Name DeLange entfallen war.

»Bevor ich die Akte in die Lehrmittelsammlung aufnehme ...«

»Ihr Museum ist sicher sehr verdienstvoll und gewiß eine schöne Werbung für das Frankfurter Polizeipräsidium. Das ist jede Unterstützung wert.«

DeLange quittierte das halbherzige Kompliment mit einem Kopfnicken. »Um den Fall kurz zu umreißen: Eine junge Frau verschwindet.«

»Und da denken Sie gleich an mich?« Der Mann konnte keinem schlechten Witz widerstehen. Aber DeLange entging nicht, daß seine Augen hellwach waren. Neumann war auf der Hut.

»Die junge Frau wird zuletzt am 12. August 1968 in einer Siedlung nahe einem hessischen Dörfchen namens Klein-Roda gesehen. Die Eltern beginnen erst zwei Monate später, nach ihr zu suchen. Ihre Tochter bleibt verschwunden, spurlos bis heute. Ich habe die Akte daraufhin überprüft, ob es sich im Lichte unserer heutigen Möglichkeiten empfiehlt, die Sache neu aufzurollen. Ohne diese Prüfung wollte ich sie der Öffentlichkeit nicht zugänglich machen.«

»Verstehe«, sagte Neumann-v. Braun und stellte das geleerte Glas auf den Tisch mit den Pressemappen.

»Die zuständige Staatsanwaltschaft hat zwar die Akte freigegeben.« DeLange steuerte den Mann in die hinterste Ecke des Raums. Viel Zeit hatte er nicht mehr, bevor die Show losging. »Aber – und weshalb ich an Sie gedacht habe ...«

»Na, jetzt aber raus mit der Sprache, DeLange. Ich bin ja nicht zum Spaß hier.«

»Das Mädchen wohnte mit einer anderen jungen Frau und einem jungen Mann zusammen, was den Dorfbewohnern nicht gefiel. Freie Liebe und Drogen. Das mochte man nicht auf dem Land.«

»Kann man verstehen«, sagte Neumann-v. Braun und schüttelte den Kopf. »Jedenfalls aus heutiger Sicht.«

»Es kam zu Tätlichkeiten von seiten der Dorfbewohner, kurz bevor die junge Frau verschwand.«

»Auf dem Land ging es schon immer etwas konservativer zu. Aber man sollte niemanden verteufeln.« Neumann riß keine Witze mehr. Neumann war wachsam. Neumann wurde vorsichtig.

»Ich habe mal die anderen beiden der jungen Leute abgeklärt. Der Mann, Charles genannt, hieß Karl-Heinz Neumann.«

»Ich kenne den Namen«, sagte Dr. D. und lachte, wenn auch diesmal leiser. »Und wie ich eingangs schon sagte ...«

DeLange wiegte den Kopf. »Es kommt noch schöner. Er hat den gleichen Geburtstag wie Sie.«

»Ein Skorpion. Der arme Kerl.« Neumann lächelte noch immer. Aber er schien plötzlich nicht mehr zu wissen, was er mit seinen Händen machen sollte.

»Außerdem ist er im selben südhessischen Dorf geboren.«

»In Goddelau? Kann nicht sein. Das wüßte ich.« Neumann schüttelte den Kopf. »DeLange, wollen Sie mich verarschen?«

Der Konferenzraum füllte sich. Wenn alle mit Getränken versorgt waren, ging es los. Also Beeilung, DeLange.

»Die verschwundene Frau heißt Alexandra Raabe. Sagt Ihnen der Name etwas?«

Jetzt hatte Neumann das gewisse Flackern im Blick. DeLange kannte das.

»Alexandra Raabe ... Ach – Sie meinen Sascha! Natürlich. Jetzt erinnere ich mich. Eine furchtbare Geschichte.« Dr. Karl-Heinz Neumann-v. Braun war plötzlich ganz Betroffenheit.

»Also Sie waren – Charles?« fragte DeLange sanft.

Neumann-v. Braun lächelte verlegen. »Natürlich. Wie konnte ich nur. Die Siedlung. Saschas Verschwinden. Ich habe das, glaube ich, verdrängt. Wir waren jung und ein bißchen verrückt. Das reichte damals schon, um sich unbeliebt zu machen. Aber wer konnte das tragische Ende vorhersehen?«

Für einen Moment bewunderte DeLange Charles Neumann, der nicht wie einige andere seiner Generation im Drogenrausch untergegangen war oder, auch nicht besser, im bewaffneten Kampf. Charles war zwar bürgerlich geworden und hatte nach einem abgeschlossenen Jurastudium und der Heirat mit Margot v. Braun seinen Namen in Dr. Karl-Heinz Neumann-v. Braun verbessert. Aber trotz seiner Parteikarriere redete er sich nicht heraus, wie sie das normalerweise alle machten, die in ihrer Jugend etwas getan hatten, was sich mit ihrem späteren Leben als anständiger Würdenträger nicht vertrug.

»Die Polizei hat damals ziemlich schlampig ermittelt. Bei Hippies, die sich mit Drogen zudröhnten, nahm man's nicht so genau. Aber Sie haben sicher gar keine Drogen genommen, oder?« DeLange, scheinheilig. Der Mann würde unter Garantie die große Verleugnungsarie anstimmen.

»Wo denken Sie hin, DeLange!« Neumann lachte mit weit

aufgerissenem Mund, so daß seine schlaffen Wangen Falten schlugen. »Wir haben gekifft wie die Weltmeister. Und LSD genommen und bei Mondlicht auf Waldlichtungen herumgestanden. Wir hätten wahrscheinlich auch gekokst, wenn das damals schon Mode gewesen wäre. Was dem Spießer sein Bier, war für unsereins der Joint.« Er beugte sich vor und starrte DeLange an. »Ich ziehe heute Rotwein vor, DeLange, aber Sie werden mich nicht dabei erwischen, daß ich meine Vergangenheit leugne.«

DeLange nickte. »Ich denke an die Dorfbevölkerung, Herr Neumann-v. Braun. Meinen Sie nicht, daß das alles damals ein bißchen zuviel auf einmal war? Haschischwolken und freie Liebe? Ein Mann, zwei Frauen?«

»Vergessen Sie nicht lange Haare, exzentrische Kleidung, laute Musik und sehr, sehr seltsame nächtliche Riten.« Neumann erwärmte sich sichtlich für seine wilde Jugend. »Nein, das fanden unsere Nachbarn in der Tat nicht amüsant. Manchmal denke ich, wir haben einander viel zuviel zugemutet.« Neumann senkte die Stimme.

DeLange war überrascht. Hatte der Mann im Laufe der Jahre so etwas wie Mitgefühl für die Spießer von damals entwickelt? Aber Neumann hatte sich schnell wieder im Griff.

»Doch das entschuldigt nichts, Herr DeLange« – schmaler Mund, schmale Augen –, »das entschuldigt nicht, was damals geschah. Man hat uns nachgestellt, man hat uns verfolgt, und man hat uns schließlich vertrieben. Manchmal denke ich noch immer, Alexandra ist am Starrsinn dieser Leute gestorben.«

Interessant. Der Mann war Anwalt. Und sprach dennoch vom Tod einer bislang lediglich vermißten Person. DeLange beugte sich vor.

»Nun, Herr Dr. Neumann-v. Braun, wir wissen nicht, ob Alexandra Raabe überhaupt gestorben ist, geschweige denn, woran.«

»Sicher. Natürlich. Gar nichts wissen wir. Sie war eine so wunderschöne Frau.«

DeLange bewunderte die Schnelligkeit, mit der Dr. Doom die Rollen wechselte. Eben noch ein schneidiger Neumann-v.

Braun, jetzt der gute alte Charlie, mit versagender Stimme und in Trauer gebeugt. Was für eine Inszenierung.

»Und was, glauben Sie, ist damals geschehen?« DeLange wechselte in den Beichtvater-Modus. Die Masche zog meistens.

Neumann ließ den Blick elegisch durch den Saal schweifen. »Sie war plötzlich einfach nicht mehr da. Nach dem Überfall. Ich blutete aus der Nase, eine unbeschreibliche Sauerei, Angel war völlig aufgelöst, und Sascha ... Wir haben uns gestritten. Sie wollte nicht, daß wir die Polizei holen. Sie wollte nur noch weg. Wir anderen glaubten, dem Druck standhalten und bleiben zu müssen. Und dann haben wir auch nicht mehr lange durchgehalten.« Neumann drehte sich um und fixierte DeLange mit seinen blassen Augen. Kaum vorstellbar, daß so einer einst Charles, der Hippie, war. Der Mann, der zwei Frauen auf einmal glücklich machen konnte. »Sie sind zu jung, DeLange, Sie können sich nicht vorstellen, wie die Stimmung damals war. Aufgeheizt. Mißtrauisch.«

»Man hat Sie und die andere junge Frau ein paar Tage später fortfahren sehen. Aber niemand hat mitgekriegt, wie Alexandra Raabe die Siedlung und Klein-Roda verließ.«

»Es war mitten in der Nacht. Die Leute schliefen.«

Bis auf die üblichen Schlaflosen, die es in jedem Dorf gab und denen nie etwas entgeht. »Und das soll niemand gesehen haben, eine junge Frau, allein auf der Landstraße, zu Fuß, mit Gepäck?«

Neumann zuckte nervös mit dem linken Augenlid. »Sie hat alles stehen- und liegengelassen und ist hinausgerannt. Mehr weiß ich auch nicht.«

»Vielleicht hat sie das Dorf gar nicht verlassen?«

Neumann fuhr sich nervös mit der Zunge über die Lippen. »Nein, das glaube ich nicht, sie wollte unter keinen Umständen bleiben.«

DeLange witterte Angstschweiß. »Also wäre es auch möglich, daß die Dorfbewohner ...?«

»Sicher.« Neumann nickte, ein bißchen zu eifrig. »Alles war möglich. Es herrschte eine Stimmung wie – haben Sie *Easy*

Rider gesehen? Den Film? Aber dafür sind Sie wahrscheinlich auch zu jung.«

Keine Ablenkungsmanöver, dachte DeLange. »Und unter solchen Umständen haben Sie Alexandra gehen lassen? Aber deren Eltern haben Sie später gesagt ...« Er tat, als ob er nachdenken müsse. »›Sascha hielt es nicht mehr aus. Am nächsten Morgen war sie fort.‹ Wann ging sie denn nun wirklich?«

Neumann wirkte verwirrt. »Tatsächlich? Mag sein. Das ist alles schon so lange her.«

»Verstehe.« DeLange nickte väterlich. »Haben Sie übrigens das Buch von Sophie Winter gelesen?«

Neumann schien über den Themenwechsel erleichtert zu sein. »Seh ich so aus, als ob ich Zeit zum Lesen hätte?«

»Das sollte Sie aber interessieren. In diesem Buch geht es um ein Mädchen namens Sascha, das von Dorfbewohnern zu Tode gehetzt wurde. Halten Sie so etwas für möglich?«

»Möglich? Ja. Sicher. Im Dorf galt noch das Faustrecht. Das haben wir ja zu spüren bekommen.« Neumann schwamm. Strampelte. Lavierte. »Hören Sie, ich weiß wirklich nicht, was aus Sascha wurde.«

Jetzt wehrt er sich, dachte DeLange. Jetzt geht der Spaß los.

»Die Eltern haben sich zwei Monate lang nicht um die Tochter gekümmert und dann hysterisch reagiert. Sie kennen doch das Syndrom: Wenn man eine einfache Erklärung nicht ertragen kann – zum Beispiel die, daß die Tochter die Nase voll hatte von der lieben *family* –, phantasiert man sich die schlimmsten Schauermärchen zusammen. So, wie heute bei jedem kleinen Schulschwänzer gleich von der russischen Mafia geschwätzt wird, die offenbar nichts Besseres zu tun hat, als blonde blauäugige Kinder zu stehlen und zu verschleppen.«

Ja. Danke. Er kannte das. Natürlich. Aber ...

»Wenn jede normale Erklärung unerträglich geworden ist, kommen die Phantasien. Wer will sich schon damit abfinden, daß ein Mensch Selbstmord begangen hat? Einen Unfall erlitt? Einfach gegangen ist und nicht wiederkommen will?«

Lieber glauben wir an finstere Mächte als daran, daß etwas ein ganz banales Ende nimmt. Schon gar nicht ein Leben. DeLange kannte den Gedanken, aber er tröstete ihn nicht.

»Sie war wunderbar, wir hatten eine traumhafte Zeit miteinander, aber die Zeit der Blumenkinder war längst vorbei. 1968 war schon nicht mehr 1967, und der Dealer war nicht mehr dein Freund, sondern fixte dich an. Vielleicht ist sie drogenabhängig geworden, irgendwo auf Gomera an einer Überdosis gestorben. Oder in den Untergrund gegangen, bei der RAF gelandet – ich weiß es nicht. Und ich weiß auch nicht, ob sich eine Wiederaufnahme des Falles lohnt. Wir sind dem Steuerzahler Augenmaß schuldig.« Neumann straffte die schmale Gestalt. »Und mal ehrlich, lieber DeLange: Ihr findet doch noch nicht einmal diese Serienmörderin, die seit Jahrzehnten eine Blutspur durchs Land zieht. Also lassen Sie doch solche Kinkerlitzchen.«

»Kinkerlitzchen? Eine spurlos verschwundene junge Frau, mit der Sie befreundet waren?« DeLange, schmuseweich.

Neumann lief rot an. »Drehen Sie mir nicht das Wort im Mund um, Sie wissen genau, was ich meine.«

»Aber Sie haben vorhin die Möglichkeit nicht ausgeschlossen, daß das Dorf Alexandra Raabe auf dem Gewissen haben könnte. Oder erinnere ich mich da falsch?«

»Auszuschließen ist gar nichts. Aber ich habe nicht ...«

»Und wir klären heute auch weit zurückliegende Straftaten auf, Herr Neumann, nicht zuletzt dank neuer Methoden«, sagte DeLange lächelnd. »Wir sind extrem erfolgreich dabei. Hessen vorn, wie wir gleich am Beispiel von Fast ID demonstrieren werden.«

Aber Neumann lächelte nicht. »Dann sagen Sie mir bitte, ob Sie irgendeinen Sachverhalt kennen, der es rechtfertigt, den Fall Alexandra Raabe wiederaufzunehmen, Herr DeLange.« Neumann ließ den Mann mit Einfluß durchblicken.

»Nicht direkt. Aber ...«

»Ja oder nein?«

»Nein.«

Neumann lächelte. »Sie haben Ihre Pflicht und Schuldigkeit

getan, Sie haben mich unterrichtet, das ist löblich. Und jetzt sollten wir wieder an unsere Arbeit gehen.«

Punktverlust. Das Gespräch hätte *ich* beenden sollen, dachte DeLange. »Ich danke Ihnen für Ihre Zeit, Herr Dr. Neumann-v. Braun.«

Neumann machte eine entlassende Geste.

»Aber Sie sollten wirklich das Buch von Sophie Winter lesen. Von Angela Maria Sophie Winter, geborene Simon. Genannt Angel.« Diesmal glaubte er, Neumann zusammenzucken zu sehen.

Es war Zeit, der Konferenzraum hatte sich gefüllt, und Fred und Akif warteten schon auf ihn. DeLange ging nach vorn. Er war unkonzentriert während der Begrüßung.

Der entscheidende Punkt war der Zeitfaktor. Wann genau war Sascha verschwunden? Da war etwas gewesen, das ihn beim ersten Lesen der Akte bloß irritiert hatte, mehr nicht. Aber im Lichte der Worte des Großen Politikers und Staatsmannes Dr. Neumann-v. Braun rechtfertigte es eine genauere Betrachtung.

Die Veranstaltung lief wie am Schnürchen und war schnell zu Ende. Die Journalisten faßten sich kurz, und Neumann-v. Braun stellte diesmal keine als Fachvortrag getarnte Frage. Er schien den Raum vorzeitig verlassen zu haben.

Kaum war DeLange zurück im Büro, meldete sich sein Mobiltelefon. Feli? Er hatte in den letzten zwei Stunden nicht an sie gedacht, fast machte ihm das ein schlechtes Gewissen. Doch es war nicht das Krankenhaus. Klara rief an.

»Jo, du sitzt in der Scheiße.«

»Wir nennen es noch immer das Polizeipräsidium, liebe Klara.«

»Die Ministerin hat angerufen. Dr. D. hat ihr die Hölle heiß gemacht.«

Das Imperium schlägt zurück. DeLange grinste in sich hinein.

»Wie du dazu kämst, Akten von unabgeschlossenen Fällen ins Museum stellen zu wollen – ›in diesen unappetitlichen Schauraum menschlicher Niedrigkeiten‹, ich fürchte, Dr. D.

meint Rosis Haupt –, also alles sofort retour, subito, mein Lieber. Die Ministerin war stinkig. Wo ist die Akte überhaupt?«

»Liegt bei mir. Ich schicke sie zurück.«

»Schön. Auch wenn ich nicht ganz verstehe, wieso du Dr. D. mit unseren internen Angelegenheiten erfreust.« Klara klang pikiert. »Außerdem dachte ich, die Akte wäre freigegeben worden?«

Komm, Klara, zick nicht.

»Wie geht es überhaupt Feli?« Versöhnlicher.

Ja, der Mitleidsfaktor. Funktioniert immer. »Unverändert«, sagte DeLange und dachte an Felis blasses Gesicht.

Nach Hause mit Verdi. »Ein grausames Unglück zwingt mich, ach, zum Leiden.« Großartig. Die Akte Raabe überprüft, die noch in der Küche lag. Die entscheidenden Passagen gefunden. Und sich dann gefragt, warum ihm all das zuerst entgangen war.

6

Der rote Mercedes parkte auf der Straße. Der Sperrmüllhaufen auf dem Bürgersteig war geschrumpft. Der Topf mit dem Lorbeer stand wieder aufrecht neben dem Gartentor. Der Gartenweg war gekehrt, und sogar die Scherben vor dem Fenster neben der Haustür hatte sie entfernt, nur eine neue Scheibe fehlte noch. Wieder fragte sich Bremer, warum die Scherben außen gelegen hatten und nicht innen, gerade so, als ob jemand das Fenster von innen zerstört hätte. Das paßte so gar nicht zu den anderen Attacken auf Sophie Winter.

Bremer fürchtete sich immer mehr vor der Wahrheit. Wer versuchte die Frau einzuschüchtern? Wer wußte, wer sie wirklich war? Wer trachtete ihr womöglich nach dem Leben? Gottfried, wegen Marie? Marie, wegen Erika? Und welche Rolle spielte Sophie Winter selbst? Alles war möglich und alles war furchtbar.

Und wenn alles ganz anders wäre? Wenn das alles nichts mit der Vergangenheit zu tun hatte, geschweige denn mit den liebenswerten Bewohnern eines wunderschönen Landstrichs? Plötzlich war ihm das am liebsten. Genauso wie allen anderen auch.

Plötzlich ließ er auf sein Dorf nichts mehr kommen. Er war auch nicht anders als die anderen.

»Danke, daß Sie das mit dem Auto erledigt haben.«

Sie stand in der Tür, trug eine Küchenschürze, erkannte ihn

gleich wieder und strahlte ihn an. Bremer forschte in ihren Zügen nach dem jungen Mädchen von damals, das er bei Ulla Abel auf dem Foto gesehen hatte. Ja, das könnte sie sein. Er konnte sich vorstellen, daß sie, ihre Freundin und Erika damals nicht nur unbedarfte Jungbauern um den Verstand gebracht hatten.

Aus der Küche roch es nach Kuchen. Durch die halbgeöffnete Küchentür sah er einen gedeckten Tisch für zwei. Sie erwartete Besuch.

»Ich wußte gar nicht, daß Sie die Gegend hier kennen«, sagte Bremer und kam sich albern vor.

»O ja. Nur zu gut.« Sie öffnete die Tür zum Kaminzimmer und setzte sich ihm gegenüber aufs Sofa, die Hände auf dem Schoß gefaltet, ein Bild der Sittsamkeit. Auf dem Sofatisch lagen Zettel; nicht so viele wie beim letzten Mal und fein säuberlich untereinander angeordnet.

»Ich meine, ich wußte nicht, daß Sie damals schon hier gewohnt haben. Vor vierzig Jahren. 1968.« Was willst du von ihr, du Trottel, dachte er. Was willst du hier erfahren?

Sie hob die Schultern und lächelte. »Natürlich. Mein *Summer of Love*.«

Hieß nicht ihr Buch so? »Dann erinnern Sie sich bestimmt an Erika.«

»Erika?«

»Erika Berg. Ein junges Mädchen aus Streitbach. Damals siebzehn Jahre alt. Ein sehr schönes Mädchen, dunkle Haare, dunkle Augen.«

»Ach, Sie meinen die kleine Eri. Ja, die kam oft vorbei. Wir haben ihr ein bißchen bei der Emanzipation geholfen.« Sophie Winter lächelte, ein Lächeln, das ihm plötzlich nicht mehr sympathisch war. Weil es selbstgerecht wirkte?

»Ist Ihnen vielleicht aufgefallen, daß das Mädchen etwas – behindert war?«

»Behindert?«

»Ich meine – geistig ...« Verdammt, wie sagt man das denn nun?

»Verrückt? Klar war sie verrückt. Das waren wir alle.«

»Sie war Nymphomanin, sagt ihre Schwester.«

»Nymphomanin!« Sophie Winter war aufgestanden und ballte die Fäuste. »Bei denen galt jede als liebestoll, die nicht gleich den ersten besten Trottel aus dem Nachbardorf heiratete! Was für ein Quatsch!«

»Und wenn sie es doch war? Wenn sie keine Kontrolle über sich hatte? Wenn ihre Schwester glaubte, sie schützen zu müssen?« Bremer stand nicht auf, obwohl er wußte, daß das unhöflich war. Er mußte das klären. Er brauchte eine Antwort. Aber welche?

Wollte er, daß sie mit dem Finger auf Gottfried zeigte? Oder auf Marie? Auf Kosinski, auf den alten Wilhelm, auf alle, die sich damals gegen die drei Zugezogenen stellten, weil sie Angst um ihr bißchen Frieden hatten?

»Schützen? Die mußte man nicht beschützen. Nicht Eri.«

Sophie Winter war wieder der eiserne Schmetterling. Da war nichts Weiches, Unbestimmtes mehr. Sie weiß, was sie weiß, dachte Bremer.

»Eri war nicht behindert, sie kam aus freien Stücken zu uns. Zu Hause wollte man sie einsperren. Wir haben dem Mädchen geholfen, ohne daß sie es uns gedankt hätte, das ist alles.«

Bremer sah zu ihr hoch. Sie glaubte, was sie sagte. Und für einen Moment verschoben sich die Perspektiven. Was, wenn die Wahrheit in der Mitte lag? Was, wenn ein sexuell waches Geschöpf wie Erika nur hier auf dem Land als verrückt galt, während sie in Frankfurt zur damaligen Zeit vielleicht die Uschi Obermaier der Szene aus Künstlern, Musikern und Intellektuellen geworden wäre? Sex and Drugs and Rock 'n' Roll?

Der wahre *Summer of Love* war 1967 gewesen. 1968 lauerten sie schon in den Kulissen, die Drogendealer und sexuellen Freibeuter. Gegen das Leben in dörflicher Enge mochte man viel einwenden, aber es bot eine gewisse Sicherheit. An der großen Freiheit in der Stadt konnte man sterben, wenn man sich zuviel davon reinzog. Das war das Dilemma.

Und das Drama war, daß keiner der Älteren, die den Zweiten Weltkrieg halbwegs unbeschadet überlebt hatten, verstehen konnte, daß ein junger Mensch auf diese so teuer bezahlte Sicherheit pfiff und die Freiheit wählte, ohne einen Gedanken an ihr Risiko zu verschwenden.

Bremer wußte, wofür er sich damals entschieden hätte: für die Stadt, die Freiheit und sämtliche Gefahren, die sie bereithielt. Er war in einer Zeit aufgewachsen, in der Drogenexperimente ihren Charme verloren hatten, man wußte schließlich, worauf man sich damit einließ – und in der man an Sex nicht denken konnte, ohne sich vor Aids zu fürchten. Nur der Rock 'n' Roll war noch ehrlich. Manchmal wünschte er sich, früher geboren zu sein.

Sophie Winter stand noch immer in der Mitte des Raumes und blickte hinter sich zur Tür. Sie schien auf etwas zu lauschen.

»Ich muß nach dem Kuchen sehen«, sagte sie und sah ihn nicht an.

»Frau Winter – Sophie ...«

»Ich kriege nämlich Besuch.« Ihre Stimme klang ausdruckslos. »Es war nett, daß Sie vorbeigekommen sind.«

Wer hat Ihnen damals etwas angetan – außer Gottfried? War es Marie? Und was ist mit dem verschwundenen Mädchen geschehen? Bremer stand vor dem Haus und ging all die Fragen durch, die er ihr nicht gestellt hatte. Irgend etwas tat weh.

Er wußte nicht genau, was. Vielleicht einfach nur das ungelebte Leben.

7

»Sie haben offenbar in einer ganzen Kolonie von Wespennestern herumgestochert.« Die Stimme. Dunkel. Voll. Amüsiert. Die Person dazu interessierte DeLange mehr und mehr.

»Der Herr Dr. Neumann-v. Braun, MdL, hat unsere kleine Unternehmung minutiös recherchiert und an jeder Schnittstelle Angst und Schrecken hinterlassen.«

Nur nicht bei Karen Stark, vermutete DeLange. War sie groß? Bestimmt. Schlank? Nicht zu sehr. »Soll ich Ihnen die Geschichte erzählen?«

»Ich bestehe darauf!« Wieder lachte sie.

Also um 16 Uhr. Café Mozart. Erkennungsmerkmal: Narbe im Gesicht. Und sie?

»Ich bin nicht zu übersehen. Hilfsweise schauen Sie nach roten Haaren.« Wieder dieses Lachen in der Stimme. »Und bevor Sie sich unnötige Gedanken machen: Ja, sie sind gefärbt. Nein, ich habe kein darauf abgestimmtes Parteibuch.«

Trotz Feli begann DeLange, sich auf die Begegnung mit Karen Stark zu freuen. Er holte die Wäsche aus der Wäscherei, brachte seine Budapester zum Schuhmacher, kaufte Obst ein für die Mädchen – Ananas! – und kam zu spät ins Café. Doch Karen Stark kam noch später.

Sie war groß. Die Jeans saßen etwas zu eng. Die Haare waren tiefrot und nicht von jener Farbe, die sozialdemokratische Politikerinnen bevorzugten. Sie hatte ein ausgeprägtes Profil und einen großen Mund, auf dem sie signalroten Lippenstift trug. Sie war ganz und gar nicht DeLanges Typ. Er mochte sie auf Anhieb: wie sie hocherhobenen Hauptes zu seinem Tisch marschierte, »Stark« sagte und ihm die Hand hinhielt.

Und dann erkannte er sie. Sie war die Frau, die ihn beim Krafttraining »Angeber« genannt hatte.

»Karen, wenn Sie mögen. Ich kann nichts für meinen Nachnamen.« Ihr Händedruck war kühl und fest.

»Giorgio«, sagte DeLange. »Am liebsten Jo. Es sei denn, Sie bestehen auf ›Angeber‹!«

Sie stutzte. Musterte ihn. Begriff. Und lachte.

Die Kellnerin servierte den zweiten Kaffee, als er bei der Schlußpointe angelangt war.

»Unser verehrter Herr Bindestrich-Neumann hatte also eine wilde Jugend. Hätte ich ihm gar nicht zugetraut.« Sie löffelte den Milchschaum vom Kaffee. »Wenigstens hat er keine Polizisten verprügelt.«

»Oder sein Millionenerbe dem Vietcong geschenkt.«

»Waffen für Nicaragua gesammelt.«

»Jemanden von der RAF beherbergt.« Er lachte.

»Aber warum hat er Sie zurückpfeifen lassen?« Ihre langen Finger spielten mit dem Kaffeelöffel. »Besorgt um seinen Ruf?«

»Möglich. Aber wirklich nervös hat ihn etwas anderes gemacht. Der Zeitpunkt. Er hat sich widersprochen, was den Zeitpunkt betrifft, an dem Alexandra Raabe das Haus und das Dorf verlassen hat. Damals hat er zu Protokoll gegeben, die junge Frau sei am nächsten Morgen gegangen. Heute früh bestand er darauf, sie habe direkt nach dem Vorfall das Haus verlassen.«

»Allein? Mitten in der Nacht?«

»Eben. Und da ist noch etwas. Das polizeiliche Protokoll ist einerseits sehr pingelig, andererseits erstaunlich vage. Den Aussagen der beiden Dorfbewohner zufolge hat Charles einen von ihnen beleidigt, und es kam zu einer Rauferei, bei der sich Neumann eine blutige Nase holte. An ›dem Mädchen‹ habe man sich nicht vergriffen.«

Karen sagte nichts. Aber er spürte ihre Konzentration.

»Singular. Nicht Plural. Das Mädchen. Nicht die Mädchen. Das kann natürlich ein Tippfehler gewesen sein. So etwas kommt vor, auch bei einem so präzisen Aktenführer wie Polizeioberwachtmeister Kosinski.«

»Kosinski?« Erstaunt. Als ob sie den Namen kannte.

»Aber auch der Notarzt erwähnt lediglich die Verletzungen von Charles und bescheinigt Angela Simon Kratzer im Gesicht. Von Sascha keine Rede.«

»Vielleicht hatte sie schon vor der Schlägerei die Nase voll vom Landleben? Ich könnte das verstehen.« Karen Stark legte den Kaffeelöffel beiseite.

»Sicher. Aber warum haben Charles und Angel etwas anderes behauptet?«

»Weil sie sich wichtig machen wollten?«

DeLange beugte sich vor. »Gehen wir davon aus, daß Sascha *vor* dem sogenannten ›Überfall‹ der Dorfburschen verschwunden ist. Dann haben Angel und Charles damals gelogen. Warum?«

»Weil sie dem Dorf die Schuld an Saschas Verschwinden geben wollten?« Sie stutzte und sagte dann: »Verstehe.«

Die Kellnerin räumte die Tassen ab. Durch die geöffnete Tür drängte sich eine Gruppe älterer Damen und brachte einen Schwall kalter Luft mit in den Raum. DeLange war es trotzdem zu warm.

Karen lächelte versonnen. »Sieht ganz so aus, als ob Dr. Karl-Heinz Neumann-v. Braun ein Problem hätte«, sagte sie schließlich.

In der Tat. DeLange fühlte etwas in sich hochsteigen, etwas Perlendes, Prickelndes, trotz Feli. Eine Art Gefühl von Freiheit und Abenteuer. Der Fall war brandheiß.

Mord verjährt nicht.

8

Angel stand in der Küche und hörte sie lachen, oben, im ersten Stock. Es machte sie leicht und glücklich und beflügelte sie bei der Hausarbeit. Sie kochte gerne, immer schon, aber am liebsten für andere.

Sogar für Hanswolf hast du gekocht, dachte Sophie, obwohl er immer was zu meckern hatte. Wieso dachte sie neuerdings so oft an ihn? Sie verdankte ihm nichts, außer ihrem Namen.

Sie füllte die Backmischung in die Brotbackmaschine. Das war die einzig geeignete Maßnahme gewesen gegen den stets leeren Brotbehälter. »Du hast was?« Regine hatte losgeprustet, als sie es ihr am Telefon erzählte. Niemand hielt sie für häuslich. Sophie lächelte in sich hinein. Sie war nichts lieber. Solange sie einen Grund hatte. Und sie hatte einen Grund. Endlich wieder.

Das Lachen, damals. Sascha und Charles. Und Eri. Sie hatte sich nichts dabei gedacht, hatte unten in der Küche gestanden und Kuchen gebacken und danach den Abwasch erledigt. Sie hatte sich gar nichts gedacht, bis es plötzlich still war über ihr.

Und dann, ganz laut, die Musik. Das Lied, ihr Lied, ihre und Saschas und Charles' Melodie:

When the truth is found to be lies
And all of the joy within you dies

Der schwere Topf, den sie gerade gereinigt hatte, rutschte ihr aus der Hand und riß im Fallen die Salatschüssel mit. Fast wäre sie auf der Mischung aus Essig und Öl ausgerutscht, Senf hatte sie dazugetan und eine Prise Zucker und viel Schnittlauch, aus dem Garten. Und nun lag das alles auf dem Boden.

Angel stand still und horchte nach oben. Sie spielten das Lied, und sie spielten es immer wieder. Ewig stand sie da. Und endlich ging sie die Treppe hoch.

Was sie hörte, war unendlich vertraut. Aber normalerweise war sie dabei. Jetzt stand sie vor der Tür, die anderen, ohne sie, da drinnen. Sie kannte jeden Laut und wußte jede Bewegung, die dazugehörte. Sie stand da und rührte sich nicht und lauschte und spürte, wie sich etwas in ihr verkrampfte. Als der Schmerz nicht mehr auszuhalten war, öffnete sie die Tür.

Die schwarzen Wände das rote Plakat die Decke aus Kaninchenfell. Blond und hellbraun und dunkel. Charles und Sascha und Eri.

Und die weiße Katze. Sie saß am Fußende des Bettes und putzte sich.

Sophie stellte das Frühstücksgeschirr in die Spülmaschine. Sie wußte nicht, wie lange sie damals in der Tür gestanden hatte. Niemand bemerkte sie, niemand sah auf.

> tears are running ah running down your breast
> and your friends baby they treat you like a guest

Irgendwann stand Angel wieder in der Küche, wie sie die Treppe heruntergekommen war, wußte sie nicht, es roch, nein, es stank, irgend etwas war übergekocht, oder war es der Backofen? Sie stand da, und sie sah nichts vor lauter Tränen, und sie hörte immer nur das eine:

> Don't you want somebody to love
> Don't you need somebody to love

Sascha zu Besuch, einen Tag nachdem sie sich zum ersten Mal begegnet waren. Sascha mit der Sektflasche. Sascha, kichernd. Sascha, die sie auf den Mund küßte nach dem zweiten Glas. Auf die Augenlider. Ihr die Zunge ins Ohr steckte. Ihre Finger zwischen die weichen roten Lippen nahm, einen nach dem anderen. Und sie Angel nannte. Englisch ausgesprochen. Eine Woche später zog sie ein in die Frankfurter Wohnung.

Und eines Nachmittags hatten sie kichernd auf dem Bett gelegen und einen Joint geraucht und begonnen, einander auszuziehen. Irgendwann kamen sie nicht mehr zum Lachen.

Und Alisha hatte dabeigesessen. Die weiße Katze.

Charles war später gekommen, er hatte sich dazugelegt, und das war in Ordnung gewesen. Auf Charles kam es nicht an. Und es war auch nicht wichtig, was Sascha mit Charles tat. Das wirklich Wichtige geschah zwischen ihnen beiden, zwischen mir und dir, dachte Sophie und hörte der Spülmaschine zu.

Der Umzug nach Klein-Roda in die Siedlung war der Umzug ins Paradies. Dachte sie. Dachten sie alle. Aber es gab dort nicht nur Wiesen und Wälder und Sommernächte. Und Musik und Räucherstäbchen und Mäuse für Alisha. Es gab nicht nur stumpfsinnige Männer. Es gab auch Frauen. Frauen wie Eri.

9

Draußen war es erfrischend kalt. DeLange stand vor dem Café neben Karen Stark und wollte nicht gehen. Sie auch nicht. Sie hatte die Hände in die Manteltaschen gesteckt und sah einem Trüppchen Koreaner hinterher, die sich durch Frankfurts Altstadt führen ließen.

»Gehen wir davon aus, daß Sascha vor dem Überfall verschwunden ist. Daß sie das Dorf nie verlassen hat.«

»Charles. Sie wollte ihn nicht mehr, er wollte verhindern, daß sie ihn verläßt, es kommt zum Streit, es kommt zum Äußersten.« Das alte Lied, dachte DeLange.

»Aber was ist mit Angel? Mit Sophie Winter?«

»Mittäterin?« Er hatte sich stets Mitleid verboten, wenn es um einen Tatverdacht ging. Jeder Mensch, na ja: fast jeder Mensch kann sich frei entscheiden, etwas zu tun oder zu lassen. Nichts, keine Kränkung, kein noch so großer Schmerz rechtfertigt Gewalt, das alles kann höchstens als mildernder Umstand bei der Strafbemessung geltend gemacht werden. Für die Ermittlung war das ohne Belang. Und dennoch ... Er sah Sophie Winters Gesicht vor sich und glaubte nicht an ihre Mitschuld. Gewalt war Männersache. Das galt noch immer.

»Sie hat das Haus, in dem das alles passiert ist, vor einem Jahr gekauft. Und nun scheinen sich die Ereignisse von damals zu wiederholen. Sie wird gemobbt.«

»Charles? Er will sie zum Schweigen bringen?«

Karen Stark schüttelte den Kopf. »Ohne Dr. Karl-Heinz Neumann-v. Braun unterschätzen zu wollen: Ich glaube nicht, daß es zu seinen Kernkompetenzen gehört, Gülle auszubringen oder halbverdaute Eichhörnchenleichen aufzutreiben.«

DeLange mußte lachen.

»Jemand will, daß sie verschwindet. Jemand mag ihr Buch nicht.«

»Ein Buch, in dem sie indirekt die Dorfbewohner beschuldigt, Alexandra Raabe getötet zu haben.« Der Fall war vielschichtiger, als er gehofft hatte. Es war nicht auszuschließen, daß das Dorf tatsächlich damals am Verschwinden Saschas beteiligt war.

»Wenn jemand aus dem Dorf der Täter war ...«

»Warum sollten Charles und Angel das verschwiegen haben? Wir sind wieder am Anfang.« Karen hakte ihn wie selbstverständlich unter und zog ihn Richtung Zeil. DeLange zögerte wider Willen.

»Es gibt nur eine Option«, sagte sie. »Wir müssen mit Sophie Winter reden.«

Wir? DeLange überlegte. Dann nickte er.

Karen, die ihn mit zusammengezogenen Augenbrauen gemustert hatte, lächelte. »Mein Auto steht im Parkhaus beim Gericht. Zehn Minuten zu Fuß.«

»Es tut mir leid, heute wird das nichts mehr. Meine Frau ...«

Sie nickte. »Natürlich«, sagte sie neutral.

DeLange schüttelte den Kopf und hätte fast gelacht. Was für einen Affenzirkus er aufführte. »Meine Frau liegt im Krankenhaus. Wir leben getrennt, die Töchter wohnen bei mir. Ich muß noch mal zu ihr, es ... Es geht ihr nicht gut.«

Sie sah ihn an, bis er die Augen senkte. Dann tat sie etwas, das ihn überraschte. Sie nahm seine Hand. Er betrachtete die langen, schmalen Finger mit den kurzen Nägeln. Dann erwiderte er vorsichtig den Händedruck.

»Rufen Sie an, wenn Sie darüber reden wollen«, sagte sie leise.

Er nickte. Und verstand nicht, warum er plötzlich einen Kloß im Hals hatte.

10

Angel stand in der Küche, stand und heulte und wußte nicht weiter. Irgendwann kam Charles herunter, auf der Suche nach einem Bier, sagte »Wie riecht es denn hier?« und nahm sie in die Arme. »Nicht weinen. Du weißt doch, wie sie ist«, murmelte er. Meinte er Eri oder Sascha?

»Wo sind die beiden – Nutten?« hatte sie gefragt und versucht, nicht mehr zu weinen.

»Oben. Eri probiert Saschas Kleider an. Komm, Angel. Hab dich nicht so. Es ist doch nur ein bißchen Spaß. Die Liebe ist frei, sonst ist sie keine Liebe.« Und dann holte er den angebrannten Aprikosenkuchen aus dem Backofen.

Irgendwann hielt sie es nicht mehr aus und ging hoch. »Angel, schau mal!« Eri drehte und wendete sich vor dem großen Spiegel in Saschas Zimmer. Sie trug das Kleid, das Kleid, das niemand tragen durfte außer Sascha, es war aus Batist, fast durchsichtig, taubengrau, unter der Brust gerafft, mit weiten, weiten Ärmeln, Sascha sah darin wie ein seltener Falter aus. Und nun trug das Bauerntrampel ihr Kleid.

»Zieh das aus.« Angel schrie fast. Aber sie sah nicht Eri an dabei, sondern Sascha.

Und die lachte. »Bist du eifersüchtig?«

Angel schüttelte den Kopf und wich Saschas Blick aus.

Die lachte noch lauter. »Findest du das nicht ziemlich spießig?«

»Zieh das aus!« Angels Stimme zitterte. Eri zog sich hastig das Kleid über den Kopf und lief verschreckt hinaus.

Sascha. Mitten im Raum. Neben dem Spiegel, die Arme unter den nackten Brüsten verschränkt. Sie bückt sich, hebt das Kleid auf, das Eri auf den Boden geworfen hat. Hebt die Arme. Läßt das Kleid über ihren weißen Körper gleiten. Langsam. Und jetzt lacht sie nicht mehr.

»Keine Eifersucht«, flüstert sie. »Das war die Abmachung.«

Sophie Winter stand mitten in der Küche, stand still und horchte nach oben.

> When the truth is found to be lies
> And all of the joy within you dies

Die Musik. Woher kam die verdammte Musik?

> your eyes I say your eyes may look like

Das Lied stolperte. Das Lied. Ihr Lied.

Somebody to Love von Jefferson Airplane war das Lied, zu dem sie sich liebten, jedenfalls bis zu dem Tag, an dem Sascha eine andere liebte. Sie erinnerte sich nicht daran, den Plattenspieler oben in Saschas Zimmer angestellt zu haben.

Das Lied setzte wieder ein. Du träumst, dachte Sophie. Du denkst zuviel an die Vergangenheit. Und an das Miststück, das dich ausgelacht hat, weil du an sie geglaubt hast.

»Weißt du was, Angel? Ich habe den Blümchensex mit dir satt bis sonstwohin. Eri versteht wenigstens was davon.«

Die Schlange, die verlogene.

»Und außerdem geh ich. Das macht mich hier nicht an, das Landleben. Die haben doch alle 'ne Schraube locker.«

»Du gehst?« Angel, atemlos. Mit trockenem Mund und klopfendem Herz. Das weh tat. Obwohl es doch nur eine Pumpe war und nichts zu sagen hatte in Gefühlsdingen. Aber sie spürte es ganz genau: Es zog sich zusammen, es verkrampfte sich, es ballte sich zu einem großen kalten Klumpen.

»Sascha. Tu mir das nicht an. Ich bitte dich.«

»Und du nimmst dich viel zu wichtig. *Get real, babe.*«

Sophie Winter lauschte nach oben. Die Musik setzte wieder ein. Jetzt kam das Lied, das sie nie mehr gehört hatten nach der Drogenrazzia durch die Polizei. Das Lied mit dem Kratzer.

Small things like reasons
Are put in a jar. Whatever happened to wishes,
Wished on a star?
Was it just something that I made up for fun?
I saw you, I saw you,
Coming back to me.

Sophie lief die Treppe hoch. Die Tür zu Saschas Zimmer war angelehnt, da war Licht und die Musik, sie stieß die Tür auf, und da stand sie.

Sascha mit den langen blonden Haaren. Sie stand mit dem Rücken zur Tür vorm Spiegel, trug das Kleid, das Kleid, das niemand tragen durfte außer ihr, hatte die Arme über den Kopf gehoben, so daß die weiten Ärmel herunterfielen, sie trug alle Armbänder auf einmal, die leise klirrten, während sie sich mit geschlossenen Augen zur Musik wiegte und drehte. Schwarze Kajalränder um die Augen, rote Lippen, das Gesicht weißer als weiß.

Sophie spürte, wie ihr Mund trocken wurde. Sie zitterte, irgendwie zitterte alles, außen und innen.

Geh schon. Laß sie. Aber Angel geht nicht. Sie bleibt. Sie macht einen Schritt nach vorn, sie geht auf Sascha zu, sie geht auf Sascha los.

»Nein!«

Das blonde Haar. Die dünnen weißen Schultern.

Sascha lacht. Sascha streckt ihre Hände aus. Sascha schlägt nach ihr. Es tut weh, im Gesicht und im Herzen. Angel schüttelt sie.

»Nein!«

Und schüttelt sie und stößt sie mit ganzer Kraft von sich.

Sascha stürzt, fällt gegen die Kommode, reißt den dreiarmigen Kerzenständer mit sich, stolpert über den offenen Schiffskoffer, der auf dem Boden steht, fällt, prallt mit dem Kopf gegen die Kante des großen Koffers, sie hat schon gepackt, das Biest, die Hexe, diese verlogene Schlampe, sie hat schon gepackt.

Coming back to me
Coming back to me
Coming back to me

Sophie starrte auf den leblosen Körper. Dann hob sie ihn auf und legte ihn aufs Bett. Sanft und zärtlich und voller Liebe. »Bleib bei mir«, sagte sie.

11

Es war wie ein Tanz.

Marianne kam von links, von rechts kam Erwin, und von oben stieß Gottfried hinzu. Langsam, gravitätisch. Vor sich die Schneeschieber, die Schneisen in den weißen Schnee frästen.

»Hab ich es nicht gesagt?« sagte Marianne, als die drei vor Paul Bremers Haus zusammentrafen.

Erwin räusperte sich und spuckte aus. Gottfried lächelte zustimmend. Sie hatte es gesagt. Er hatte es gesagt. Auch ein außergewöhnlich schönes und sonniges Frühjahr kann niemanden täuschen, der seine Erfahrungen mit der Witterung hat. »Es gibt noch mal Schnee.«

Und das war auch gut so. So ein weißes Leichentuch deckt viele Wunden zu. Sogar die Erinnerung an alte Geschichten.

»Ach, Lilly.« Wilhelm drehte sich auf die andere Seite. »Laß doch.«

»Aber es schneit.«

»Laß es schneien.«

»Die Nachbarn räumen schon, hörst du?«

Ja, da war es, das Schaben und Scharren, das einem im Winter jeden Morgen vergällte. Meistens stand er um diese Uhrzeit selbst da draußen, und dann machte das nichts. Nur heute. Heute wollte er weiterschlafen.

»Laß sie räumen.«

»Wilhelm!« Sie flüsterte.

Aber das hörte er nicht mehr. Alles mündete in einen langen, tiefen Traum, in dem der Schnee sich über ihn legte und ihn wärmte.

»Was ist denn das für eine Berufsauffassung?« Kosinski hob den Kopf vom Kissen und sah sein Eheweib fassungslos an.

»Es ist alles zugeschneit. Da laß ich das Auto lieber stehen.« Beate, die sonst immer Wert darauf legte, pünktlich in ihrer Bibliothek zu sein.

»Soll ich dich fahren?«

Sie zog einen Flunsch und kuschelte sich an ihn. »Ich möchte lieber bei dir bleiben.«

Gregor Kosinski hörte das Telefon. Und beschloß, es zu überhören.

Ulla Abel schob den Schneeschieber durch das luftige Weiß, das aufstob und dann wieder herunterrieselte. So kriegte sie die Straße nie frei.

Niemand sonst war um diese Tageszeit draußen zu sehen, dabei war das Schneeräumen Pflicht, besonders hier, wo die Gemeinde nicht räumen ließ. Wenigstens die Bürgersteige mußten frei sein. Wenn etwas passierte …

Ulla Abel hielt inne. Was sollte passieren? Daß Peter auf die Nase fiel? Daß Sophie Winter ausrutschte und sich einen ihrer gewiß hinreißenden Knöchel brach?

Sie fischte eine Zigarette und das Feuerzeug aus der Jackentasche, zündete sich eine Kippe an und inhalierte tief. Sie würde fortgehen. Bald. Seit sie wußte, was Peter hinter ihrem Rücken trieb, hatte sie sich entschieden. Sie wartete nur noch auf den richtigen Moment.

Die weiße Katze stand vor Sophie Winters Gartentor und tupfte mit der Pfote in den Pulverschnee, als ob es Sahne wäre. Dann hüpfte sie in Bocksprüngen zurück ins Haus.

Ulla sah ihr hinterher. Und dann sah sie auf.

12

»Ich dachte nur: Jetzt hat er sie umgebracht.«

Die Feuerwehrsirene mußte die halbe Bevölkerung von Klein- und Groß-Roda zur Siedlung gelockt haben. Ulla Abel stand inmitten der Nachbarn und Neugierigen, einige in dicken Jacken, andere viel zu leicht angezogen für die Kälte.

»Die ganzen letzten Tage hatte ich so ein Gefühl ...«

Der Schneeschieber lehnte am Gartenzaun. Der Schnee hatte den Bürgersteig längst wieder weiß überpudert, den Ulla freizuräumen versucht hatte, bevor das Unfaßbare geschah.

»Und als ich ihn aus dem Haus kommen sah, wußte ich es.«

»Wie schrecklich«, murmelte jemand neben Bremer.

Bremer nickte und versuchte die Lage zu erfassen. Sein Atem dampfte. Marianne war da und Willi, Erwin und Marie. Wo um Himmels willen war Gottfried?

Er hörte die Umstehenden raunen. Die Männer von der freiwilligen Feuerwehr kamen aus Sophie Winters Haus gelaufen. »Feuer aus«, flüsterte Otto Busse, der ein paar Schritt neben Bremer stand und gebannt nach vorne starrte. In den glänzenden Gesichtern der Männer mit den grellroten Jacken sah man den Stolz auf die gelungene Aktion. Der widerliche Geruch nach nassem Mauerwerk und verkohlten Balken stand in der Luft, aber der Schaden schien nicht sehr groß zu sein. Das Dach sah noch heil aus.

»Niemand im Haus«, rief der Einsatzleiter. Erleichtertes

Murmeln. Der Einsatzwagen der Polizei fuhr mit kreisendem Blaulicht in den Auenweg ein.

»Ich hatte so klamme Finger, daß ich mein Handy kaum bedienen konnte. Und dann habe ich ›Feuer!‹ hineingerufen, was man so sagt vor lauter Schreck. Und dann erst die Adresse durchgegeben.« Ulla Abels Stimme klang rauh vor Aufregung.

Die Polizei sicherte das Grundstück mit den fernsehbekannten rotweißen Absperrbändern. Polizisten in Lederjacken und Männer in weißen Overalls schwärmten aus in Sophie Winters Fachwerkschlößchen. »Die Spurensicherung«, flüsterte ein kleiner Junge, das gerötete Gesicht erleuchtet vom kreisenden Blaulicht.

Zwei Beamte fragten nach Ulla. Die Nachbarn stoben auseinander und bildeten eine Gasse. Ulla Abel stand plötzlich ganz allein mitten auf der Straße.

Die Blicke folgten ihr und den beiden Polizisten, die sie zu ihrem Haus begleiteten. Kurz bevor sie es erreichten, trat der Notarzt aus der Tür und winkte nach den Sanitätern. Das Stimmengemurmel wurde dichter, als die Männer mit der Trage herbeiliefen.

Und dann sah Bremer Gottfried. Er stieß die Luft aus, die er unwillkürlich angehalten hatte, und hätte fast die alte Luzi umgerannt, als er auf den Nachbarn zustürzte.

»Was ist passiert?«

»Peter Abel«, sagte Gottfried. »Ulla hat gesehen, wie er Sophie Winter aus dem Haus getragen hat. Und dann hat sie das Feuer entdeckt.«

Peter Abel. Der sich so auffallend für die Geschichte von »Heinrichs Verhängnis« interessiert hatte. Bremer war erleichtert und entgeistert zugleich.

»Sophie ist tot?« Er spürte, wie sich etwas Eiskaltes in seine Magengrube bohrte.

Gottfried schob die Schultern vor. »Da kommen sie«, sagte er leise.

Die Männer mit der Trage. Mit Erleichterung sah Bremer, daß man den schmalen Körper nicht in einen Leichensack gesteckt hatte, auch der Kopf war nicht verhüllt, man erkannte lange Haare um ein blasses Gesicht. Ein Gesicht mit dunkel umrahmten Augen. Der rote Lippenstift verschmiert. Bremer hatte Sophie noch nie so gesehen. Was hatte Peter Abel mit ihr gemacht?

Jemand vor ihm lachte hysterisch auf. Und dann redeten alle durcheinander. Als die Trage näher kam, drängelte Bremer sich vor. Auf der Trage lag eine schmale Gestalt in einem wallenden Kleid und funkelte die gaffenden Mitmenschen aus kajalumrandeten Augen böse an.

Peter Abel war aus dem Haus gestolpert, das hatte seine Frau richtig gesehen. Und er trug jemanden auf den Armen, der sich nicht rührte, einen Menschen, den man für Sophie halten konnte, wenn man nicht richtig hinsah oder der Tag so grau war wie der heutige.

Aber es war nicht Sophie. Es war Luca.

Ein Auto bog in die Straße ein. Der alte rote Peugeot von Nicole Baumeister. Sie bremste und stieg aus. Alle konnten sehen, daß sie weinte. Eine junge Uniformierte mit Pferdeschwanz nahm sie in den Arm und schien ihr etwas zuzuflüstern. Nicole nickte und stieg wieder ins Auto. Als der Krankenwagen sich in Bewegung setzte, fuhr sie hinterher.

»Was um Himmels willen hat Peter mit dem Jungen angestellt?«

Bremer blickte zur Seite. Er sah die alte Luzi manchmal gebückt in ihrem Garten stehen, in dem alles wuchs, was in einen Bauerngarten gehörte: Salat und Kohl und Löwenmäulchen, Karotten, Erbsen und Astern.

»Wir wissen nicht, ob er dem Kind etwas angetan hat«, sagte Bremer leise. »Es sieht eher so aus, als ob er dem Jungen das Leben gerettet hätte.«

Die alte Frau schüttelte den weißhaarigen Kopf, als ob sie das noch bedenklicher fand.

Gottfried war hinüber zu Marie gegangen, Marianne hatte sich bei Willi untergehakt. Bremer stand allein. Ihm war flau. Wo steckte Sophie? Und dann begann das Mobiltelefon zu vibrieren, an das sich seine Hand in der Jackentasche geklammert hatte, als ob es ihn wärmen könnte.

> Ankomme nächsten Freitag, 4 Uhr früh
> Gott sei Dank
> So fromm?
> So erleichtert

Als er das Handy zuklappen wollte, sah er auf dem Display das Zeichen für einen entgangenen Anruf. Wilhelm. Schon vor einer halben Stunde. Bremer rief zurück. Lange ging niemand ans Telefon, bis sich endlich Lilly meldete. Erst verstand er nicht, was sie sagte. Und dann hätte er fast mitgeweint.

»Er wollte nicht aufstehen. Er ist wieder eingeschlafen. Ich konnte ihn nicht mehr wecken.«

Nichts ist mehr, wie es sein soll im Paradies, dachte Bremer und schwang sich aufs Fahrrad. In letzter Minute wich er dem grünen Sportwagen aus, der viel zu schnell ins Dorf einfuhr. Und dann drehte er um und fuhr dem Wagen hinterher.

13

Ein Dorf im Schnee. Die Szene sah aus wie auf einem Bild von einem alten holländischen Meister. DeLange spürte, wie sich die Haare auf seinen Unterarmen aufstellten, als Karen durch das Dorf hindurchfuhr und dann abbog. Auenweg. Hier lebte Sophie Winter. Hier verschwand Alexandra Raabe. Hier lag, vielleicht, die Wahrheit. Vielleicht lag sie hier auch begraben.

Man sah den Auftrieb schon von weitem: Feuerwehrleute, die ihre Schläuche einrollten. Polizisten bei der Tatortsicherung. Karen parkte das Auto, stieg aus und steuerte auf einen Mann mit Fahrrad zu, einen schmalen, drahtigen, weißhaarigen Kerl, den sie als »Paul Bremer, mein bester Freund« vorstellte.

»Was ist hier los, Paul?«

DeLange hörte der Geschichte mit wachsender Spannung zu. Die Nachricht, daß der verschwundene Junge wiederaufgetaucht war, berührte ihn so überraschend heftig, daß ihm die Knie weich wurden. Manchmal geht eben doch etwas gut aus, dachte er und spürte dem Trost nach, den diese ansonsten völlig banale Einsicht bereithielt.

»Und Sophie Winter ist nicht da?« Karen runzelte die Stirn.

Hatte die Winter sich abgesetzt? Oder war ihr etwas passiert? DeLange ließ den Blick schweifen und versuchte so viele Details wie möglich zu erfassen. Die Straße. Die Häuser. Die Bäume, die Sophie Winters Haus umstanden. Die Nachbarn. Jeder ein potentiell Verdächtiger. Endlich ruhte sein Blick wieder auf Karen.

Da stand sie neben ihrem weißhaarigen Freund, leuchtend und mindestens einen Kopf größer, und DeLange fragte sich – na ja. Was man sich als Mann so fragt. Ob es nur Freundschaft war. Oder mehr.

Paul Bremer schüttelte den Kopf. »Im Haus haben sie sie nicht gefunden. Und: Ihr Auto ist nicht da.«

Karen sah DeLange fragend an. Er nickte.

Ein Polizeioberkommissar an der Haustür. Kollege Keil. Wenig erfreut über den Besuch aus der Großstadt. Noch weniger erfreut über den Bericht Paul Bremers.

»Es gab Vorkommnisse? Wenn Frau Winter sich rechtzeitig an uns gewandt hätte ...«

»Sie wollte wahrscheinlich niemanden provozieren. Auf dem Land gehört sich das nicht, bei nachbarschaftlichen Konflikten die Polizei zu holen. Solche Probleme löst man selbst«, sagte Paul Bremer. Hätte er lieber nicht sagen sollen, fand DeLange.

»Na, das war dann ja wohl ein voller Erfolg.« Der Kollege Keil, angefressen. »Wo Frau Winter steckt, wissen wir nicht. Aber es scheint sich nicht um Brandstiftung gehandelt zu haben. Wobei ich mich nicht festlegen möchte.«

Natürlich nicht.

»Was war es dann?« Karen, die Liebenswürdigkeit in Person.

Zeitverschwendung, dachte DeLange. Polizeioberkommissar Keil ist ein harter Knochen. Ein echter Hesse eben.

»Eine Kerze in einem Zimmer im ersten Stock. Sieht so aus, als ob es das Zimmer des Jungen gewesen wäre. Brennend vom Nachttisch gefallen, in einen Koffer mit alten Plünnen. Die haben's dann gebracht. Der mutmaßliche Kindesentführer hat dem Kleinen das Leben gerettet. Ist doch schon mal was.«

Alter Zyniker, dachte DeLange.

»Außerdem haben wir keine Anzeichen dafür gefunden, daß der Junge gewaltsam festgehalten wurde. Das Zimmer war nicht verschlossen, es gibt noch nicht mal einen Schlüssel, gefesselt war der Kurze ebenfalls nicht, und im Haus konnte jeder ein und aus gehen, ganz wie's beliebt. Die Hausbesitzerin hat es allen ziemlich leichtgemacht, die ihr was wollten. Wenn ihr überhaupt jemand was wollte.«

»Aber natürlich wollte ihr jemand was. Ich hab es doch selbst gesehen.« Bremer. Schon wieder. Der hatte, dem Gesichtsausdruck des Kollegen nach zu urteilen, schon mal gar nichts zu wollen.

»Wirkte der Junge betäubt? Sonstwie gefügig gemacht?« Karen.

»Das wissen wir erst nach der medizinischen Untersuchung. Auch, ob er mißbraucht wurde. Ansonsten ...« Der Kollege hob die Schultern und ließ sie wieder fallen.

»Ansonsten?« Die gnädige Frau konnte mindestens so kurz angebunden sein wie der gute Kollege Keil. Aber den schien just dieser Ton handzahm zu machen. DeLange hätte fast gelacht. Wahrscheinlich stand der Mann auf dominante Frauen.

»Ansonsten haben wir Zettel gefunden. Überall. Sogar auf dem Klo.«

»Zettel?«

»Zettelkastenzettel. Mit Einkaufslisten, Sprüchen, Gebrauchsanweisungen, was weiß ich.«

»Ich glaube ...« DeLange sah Bremer nervös die Augen zusammenkneifen. Der Mann konnte es einfach nicht lassen. »Ich glaube, sie hatte Angst, etwas zu vergessen.«

»Das ist ja wohl exakt der Grund, warum man etwas aufschreibt, oder?« Kollege Keil, spöttisch.

»Sie war nicht immer bei sich. Mal erkannte sie mich, mal nicht. Und die Zettel, die ich gesehen habe ...« Weiter kam Bremer nicht.

»›Wie heißt die weiße Katze‹.« Der Kollege hatte jeden einzelnen der Zettel in einer Plastiktüte gesichert. »›Das Kleid gehört Sascha‹. ›Aprikosenkuchen‹. ›Ich vermisse dich‹.«

Das klang nicht gut. Er kannte die Symptome. So sah der Anfang vom Ende aus. Beim alten DeLange hatte das Ende sechs Jahre gedauert.

»Sie verliert ihr Gedächtnis«, sagte Bremer leise. »Sie versucht verzweifelt, sich zu retten. Etwas von sich zu bewahren.«

DeLange sah Sophie Winter vor sich, die lebhaften braunen Augen, das volle weiße Haar, ihren leisen Spott. Sie hatte so normal gewirkt.

»›Wodka‹«, las der Kollege vor. »›Vomacur‹.«

»Ein Mittel gegen Übelkeit«, sagte DeLange. Wieder stellten sich die Härchen auf seinen Unterarmen auf.

»›Taufstein. Schnee unterm Sternenhimmel‹.«

Er kannte dieses Rezept. Auch wenn es in dem Fall, an den er sich erinnerte, »Feldberg« geheißen hatte, der damals ebenfalls tief verschneit gewesen war. Und Whiskey statt Wodka. Es galt als todsicher.

»Eine Anleitung zum Selbstmord«, sagte Karen. »Wodka zum Eindämmern, Vomacur gegen Erbrechen – den Rest erledigen der Schnee und die Kälte. Zumal Alkohol die Blutgefäße erweitert. Das führt zu Wärmeverlust, und dann geht alles noch schneller. Sie sollten die Frau sofort suchen lassen.«

Der Kollege guckte zweifelnd, wahrscheinlich nur, weil er auf die Idee nicht selbst gekommen war. Eine gestählte Blonde im engen weißen Overall kam aus dem Garten. »Knochen«, meldete sie. »Eine ganze Sammlung davon. Unter einem Baum.«

»Was für Knochen?«

»Von einer Katze, nehme ich mal an«, sagte die Kollegin und grinste dabei. Unnötigerweise, fand DeLange. Und plötzlich ging ihm alles viel zu langsam.

Doch dann ging alles viel zu schnell.

14

Wie kostbar jeder Moment geworden ist. Das letzte Mal ist das erste Mal: Staunen.

Fühlen, hören, sehen wie noch nie und niemals mehr. Das Leder unter den Fingerspitzen. Das Motorengeräusch wie aus weiter Ferne. Der Lichtkegel der Scheinwerfer, der über die Straße fährt, als ob er sie streicheln will. Fast undurchdringlich das Treiben da vorne, all die Schneeflöckchen Weißröckchen, die vor der Windschutzscheibe taumeln. Es ist dunkel. Es wird nie mehr hell werden.

Der Straße folgen. Was da draußen ist, jenseits des Lichtspiels im Schneetreiben, liegt verborgen. Aber was macht das schon. Der Weg nach oben ist leicht. Eintauchen in eine weiße Wand. Hindurchfluten.

Der Parkplatz bei der Taufsteinhütte verschneit und leer. Der Mercedes rollt geräuschlos an seinen Platz. Den Schlüssel stekkenlassen. Aussteigen. Nur nicht die Tasche vergessen.

Hoch durch den verschneiten Wald, durch den auffliegenden Schnee, geräuschlos, spurlos, fast ohne Erdenschwere. Atmen. Das letzte Mal atmen. Alles atmet mit: der Wald der Schnee die Welt.

Nach oben, dorthin, wo der Himmel ganz nah ist.

So soll es sein. Sei keine Last, wenn du gehst.

So weiß. So weich. So kühl auf der brennenden Haut.

Nicht fallen. Weitergehen. Höher. Steigen. Atmen. In die weiße Dunkelheit. Ins weiße Nichts.

So weiß wie Schnee. So rot wie Blut.

Ein Bett in der Unendlichkeit. Es ist kalt. Es ist warm. Es wird wärmer. Tanzende Engel. Schneeflocken auf den Lidern, auf den Lippen, erst heiß dann kalt dann warm.

Der erste Schluck brennt sich die Kehle hinab. Der zweite heilt. Nach dem dritten teilen sich die weißen Schleier. Tiefer schwarzer Samt. Darauf gebettet die Sterne.

Nah. Näher. Zum Greifen nah.

Ein Wind treibt vorüber. Er riecht nach Afrika. Er klingt nach weiten Schwingen. Der Nachtvogel. Der Tagvogel. Rote und grüne Federn und um den Hals lauter Gold und die Augen wie Sterne. Der singt so schön.

Kiwitt.

15

»Warum sollte sie sich umbringen?« Nicht über Feli reden, Karen, ja? Und wenn du bitte mal Gas geben könntest.

»Weil sie dabei ist, ihr Gedächtnis zu verlieren.« Karen blickte geradeaus. DeLange wünschte sich sehnlichst, sie würde den feuerroten Toyota überholen, dem sie seit Wochen, nein: seit Monaten hinterherfuhren. Aus SÖM wie Sömmerda. Ein Ossi mit dem neuesten Modell. Die haben's nötig da drüben.

»Bringt man sich deshalb um?« Ja, dachte DeLange. Luigi DeLange hätte es getan, wenn er noch gekonnt hätte. Ohne Erinnerung sein war Sterben mitten im Leben. Andererseits – es gab auch Erinnerungen, auf die man verzichten konnte. Er spürte den vertrauten Schmerz anklopfen.

»Diese Methode jedenfalls garantiert einen schönen Tod.« Karen setzte den Blinker.

Hoffentlich war das da vorne kein Ossi mit Minderwertigkeitskomplex. Einer von denen, die noch was nachholen müssen. Die sich auch beim Autofahren platt gemacht fühlen und deshalb stur weiter links fahren.

»Jo, meinst du nicht, du solltest lieber …«

Darüber reden? Nein. »Woher weißt du das mit dem schönen Tod?«

Wann sie angefangen hatten, sich zu duzen, wußte er nicht mehr genau. Irgendwann, nachdem die Nachricht gekommen war, daß es Feli schlechtging.

»Alle, die kurz vorm Erfrieren waren …«

»… empfehlen diese Methode, ich weiß.« Tatsächlich: ein »Dir zeig ich's«-Ossi. Der Toyota blinkte rechts und blieb links.

»Wahrscheinlich hat sie sich vorgenommen, rechtzeitig zu gehen, bevor sie vergessen würde, wie man es am geschicktesten anstellt.«

Überhol ihn meinetwegen rechts, Karen, aber feg ihn weg.

»Ich meine: Wer schreibt sich schon auf, wie man sich am besten umbringt?«

DeLange spürte, wie sich in seinem Kopf etwas verschob und neu ordnete. In diesem Moment zog der Toyota endlich nach rechts. Aber statt daß sie Gas gab, zog Karen ebenfalls auf die rechte Spur.

Bitte, dachte DeLange, bitte, Karen. Ich will noch rechtzeitig ankommen. Ich will ihre Hand halten, wie ich damals die Hand meiner Mutter gehalten habe. Ich will Flo und Caro holen, ich will …

Er spürte, daß ihm der Schweiß ausbrach, und verbot sich jeden weiteren Gedanken an das, was ihn erwartete. Beim Thema bleiben.

»Ich glaube nicht, daß sie an Selbstmord denkt, weil sie ihr Gedächtnis zu verlieren droht.« Langsam, DeLange, dachte er, als Karen zu ihm herüberblickte, skeptisch. »Eher im Gegenteil.«

»Versteh ich nicht.«

»Im Gegenteil: weil sie ihr Gedächtnis wiedererlangt hat.«

»Hmmmm?«

»Sie hat sich daran erinnert, wie es wirklich war, in der Nacht, in der Alexandra Raabe verschwand.« Je skeptischer sie reagierte, desto mehr überzeugte ihn seine Idee.

»Und wie war es wirklich?« Karen, spöttisch.

DeLange hatte die Szene vor Augen: Luca. Geschminkt. In Frauenkleidern. Ein schöner Junge, lange blonde Haare, fast so schön wie Alexandra Raabe. Sophie schüttelt ihn. Er stürzt. Schlägt mit dem Kopf auf. Sie glaubt, daß er tot ist. Und in diesem Augenblick fällt ihr wieder ein, was damals geschah.

»Das weiß nur einer. Charles. Dr. Karl-Heinz Neumann-v.

Braun.« Karen bremste. DeLange stemmte sich gegen das Handschuhfach. Dann scherte sie aus, wieder auf die linke Spur, und gab Gas. Er lehnte sich zurück. Endlich.

»Und du willst seinen Skalp?« Spöttisch. Schon wieder.

»Ja.«

»Giorgio.«

»Ja?«

»Wir werden nie erfahren, was damals passiert ist.« Eine Stimme, weich wie Butter. DeLange sah zu ihr hinüber. Er kannte sie noch nicht gut genug, aber er ahnte, daß man sich vor dieser Sanftheit in acht nehmen mußte. Er mochte sie von Stunde zu Stunde mehr. Wenn nur Feli nicht stirbt ...

Aus. Wage es nicht, daran auch nur zu denken.

»Außerdem nützt es niemandem mehr. Saschas Eltern sind tot. Wem hilft es, wenn du dir an Neumann-v. Braun die Zähne ausbeißt?«

»Er weiß, was damals passiert ist. Und er ist der einzige, der es noch erzählen kann. Und ich will es wissen, verdammt noch mal. In allen Einzelheiten.« DeLange spürte den Schmerz in seinen Händen, bevor er sah, daß er die Fäuste geballt hatte und sich die Fingernägel in seine Handflächen gebohrt hatten.

»Giorgio. Jo.«

»Hör mir zu, Karen.« Er beugte sich vor. Sie fuhr langsamer, viel zu langsam, aber das war ihm jetzt egal. »Sophie Winter schreibt in ihrem Buch, Sascha sei von einem Mob aus dem Dorf zu Tode gehetzt worden. Charles behauptet, Sascha sei direkt nach dem freundlichen Besuch von ein paar Schwergewichten, bei dem er sich eine blutige Nase geholt hat, weggegangen. Damals aber ...«

»Sicher, Jo, ich verstehe schon ...«

»Damals hat er ausgesagt, sie sei erst am Morgen danach gegangen.«

»Und was beweist das?«

»Der Notarzt berichtet nur von den Verletzungen, die Charles und Angel erlitten haben. Im Polizeiprotokoll ist von ›dem‹ Mädchen die Rede, nicht von ›den‹ Mädchen.«

»Ich weiß, ich kenne deine Beweisführung.« Karen fuhr langsamer und dann rechts ab, auf einen Parkplatz.

»Warum haben Charles und Angel darauf bestanden, daß sie erst danach verschwunden ist? Warum?«

»Jo, ist doch egal, viel wichtiger ist ...« Sie hielt. Sie stellte den Motor aus. Sie zog die Handbremse an.

»Sie wollten ihr Verschwinden dem Dorf in die Schuhe schieben, verstehst du? Sie wußten also bereits, daß Sascha verschwunden war. Warum? Weil sie selbst sie zum Verschwinden gebracht haben.«

Karen drehte sich zu ihm um. DeLange versuchte langsamer zu atmen.

»Die beiden Dorfburschen haben stets nur von einem Mädchen gesprochen. Sascha war also bei dem Überfall gar nicht mehr dabei. Erstens.«

DeLange wich Karens Blick aus, während er seine Beweise an den Fingern abzählte.

»Zweitens. Sie haben den Notarzt erst in den frühen Morgenstunden angerufen. Warum? Angeblich haben die Täter sie an die Bäume im Garten gefesselt, und sie konnten sich erst spät befreien. Was, wenn sie die Zeit gebraucht haben, um Sascha zu entsorgen?«

Sie legte ihm die Hand auf den Arm. »Jo«, sagte sie.

»Sie haben die Polizei nicht angerufen. Drittens. Warum? Grund: siehe oben.«

»Man rief damals nicht die Bullen, Jo. Das tat man einfach nicht.«

DeLange versuchte, ruhig zu bleiben.

»Du verbeißt dich. Wir haben noch nicht einmal eine Leiche.«

Ganz ruhig.

»Du willst dich ablenken. Ich versteh das. Aber wichtiger ist etwas ganz anderes.«

Nein. Nichts.

»Feli geht es schlecht. Du mußt zu ihr gehen.«

Nichts konnte wichtiger sein. Gar nichts.

»Du mußt es den Kindern sagen. Ich helfe dir, wenn du mich läßt.«

Er mußte die Wahrheit herausfinden, Charles damit konfrontieren, Sophie rächen … oder Sascha … egal …

Daß er ausgerechnet in Karens Gegenwart weinte, machte die Sache auch nicht besser.

16

Marianne hielt süße Torten für den angemessenen Trost, Marie hatte Hühnersuppe mitgebracht, Ulla Nudelsalat, und Bremer stellte Schnaps auf den Tisch. Lilly weinte nicht mehr, sie sah so ratlos aus wie ein Kind, das sich verlaufen hatte. Bremer hatte eine trockene Kehle. Zuviel Kaffee. Und er vermißte den alten Wilhelm. Alle vermißten ihn.

Moritz kam später. Er hatte nichts Nahrhaftes mitgebracht, nur Nachrichten.

»Sie haben Walter Manz rehabilitiert. Luca hat ein Mordstheater gemacht, als er von dem Verdacht gegen ihn hörte. ›Der? Wenn der seine schmutzigen Pfoten nach mir ausgestreckt hätte ...‹«

»Und die Fotos?« Fotos von Luca, geschminkt und in Frauenkleidern. So hatte der Knabe auch ausgesehen, als Peter Abel ihn aus dem Haus trug.

»Luca hat damit überhaupt kein Problem. ›Warum soll der denn nicht knipsen dürfen?‹ Er hat sich schon immer gern verkleidet, hat Nicole gesagt. Der eitle kleine Fatzke fand sich offenbar schön.«

Lilly holte Besteck aus dem Küchenbüfett. Stellte Teller hin. Stand in der Mitte des Raums, mit hängenden Schultern und leerem Blick. Bremer ging zu ihr und nahm sie in den Arm.

»Und was war mit der Winter?« Mariannes helle Stimme klang noch heller, wenn sie neugierig war.

Bei Sophie gab es die richtigen Klamotten, dachte Bremer. Blumenkindergewänder.

»Dazu sagt der Knabe nichts. Eisern. Außer daß sie ihn Sascha genannt hat.«

»Und was hat sich die kleine Bestie eigentlich dabei gedacht, so lange zu verschwinden?«

»Ich habe versucht, Nicole klarzumachen, daß Luca professionelle Hilfe braucht«, sagte Moritz.

Den Kinderpsychiater. Und wenn man Pech hatte, wurde aus Luca irgendwann ein ganz normaler, furchtbar langweiliger junger Mann, dachte Bremer.

»Warum hat sich die Winter eigentlich umgebracht?« Wieder Marianne. Bremer führte Lilly zurück an den Tisch und goß ihr einen Schnaps ein. »Doch wohl nicht aus Angst vor Peter, oder?«

»Und ich hab gedacht, er hätte was mit ihr! Weil er so oft unterwegs war abends. Und nachts. Er hat Glück gehabt, daß der Winter nichts passiert ist.« Ulla Abel hatte das Staunen der Gerechten in der Stimme.

»Sophie Winter muß geglaubt haben, sie hätte Luca getötet.«

Moritz war beim zweiten Stück Kuchen. Wie machte der Mann das bloß? Bremer nahm schon beim Anblick zu.

»Sie war übrigens geschminkt, so ähnlich wie Luca, und trug eine dieser bestickten Lammfelljacken, als man sie fand. Halb verschneit. Und sie hat gelächelt. Als ob sie eine Erscheinung gehabt hätte, hat Karlheinz gesagt. Der war ganz andächtig.«

Selbst ein Mann fürs Grobe wie Karlheinz, der seit Jahren für die Gemeinde arbeitete, war für tragische Größe empfänglich, dachte Bremer. Das berührte ihn.

Ulla häufte Lilly Nudelsalat auf den Teller. »Du mußt was essen«, sagte sie mütterlich. »Ich bleibe heute nacht bei dir, wenn du willst.«

Der Vorschlag war nicht gänzlich selbstlos. Ulla Abel war ausgezogen. »Ich konnte ihn schon lange nicht mehr sehen«, hatte sie vorhin verkündet. »Aber daß er pervers ist ...«

Peter blieb allein zurück. In Freiheit. Da Sophie als betroffene

Partei keine Klage mehr erheben konnte, gab es auch keine Handhabe gegen ihn. Grober Unfug ist kein Kapitaldelikt.

»Was hatte eigentlich ausgerechnet Peter gegen Sophie?« Ich kenne welche, die bessere Gründe gehabt hätten, dachte Bremer und blickte hinüber zu Marie, die erstaunlich ruhig wirkte. Weil Sophie tot war? Denkbar ist alles.

Ulla sah auf. »›Die haben schon damals alles kaputtgemacht‹, hat er mir zum Abschied erzählt. ›Und jetzt auch noch meine Ehe.‹« Sie lachte. Dann wurde sie ernst.

»Er hat das ja damals alles hautnah mitgekriegt. Erika ging bei den Abels ein und aus und hat sich zu seiner Mutter geflüchtet, als sie irgend etwas bei den Hippies erlebt hat, das sie erschreckt haben muß. Daraufhin hat Peters Onkel bei Gottfried angerufen. Und dann sind die beiden los, um den Hippies die Meinung zu sagen.«

Ein Dorf vergißt nie. Und ein kleiner Junge manchmal auch nicht.

»Wußte Peter von Sophie Winters Buch?«

»Ja. Und das hat ihn in seinem Haß noch bestärkt. Was er in der Nacht vorhatte, als er in das Haus eindrang, will ich gar nicht erst wissen. Aber wenigstens hat er Luca gerettet.«

Luca. Der Sturm. Die zerbrochene Fensterscheibe. Plötzlich begriff Bremer, warum die Scherben auf der falschen Seite lagen. Der Junge hatte sich damals schon in Sophies Haus verkrochen und von innen die Scheibe eingeschlagen, in der Hoffnung, jemand würde nach Sophie schauen. Ulla Abel hatte das Geräusch gehört, hatte Wilhelm angerufen, der wiederum Bremer zu Sophie geschickt hatte.

Luca hatte Sophie das Leben gerettet. Der Gedanke immerhin war tröstlich.

17

Caro und Flo hätten längst aus der Schule zurück sein müssen. Aber niemand ging ans Telefon. DeLange fühlte sich zerrissen zwischen der Angst um die Mädchen und der Angst um Feli. Als Karen den Weg zum Markus-Krankenhaus einschlug, protestierte er nur schwach. Im Grunde war er erleichtert, daß sie ihm die Entscheidung abnahm.

Er sah sie schon von weitem. Sie saßen auf der Bank im Flur vor Felis Zimmer und hielten einander an den Händen. Caro weinte, und Flo versuchte, die Ältere und Beherrschte zu sein. Warum zum Teufel hatte das alles den Kindern nicht erspart bleiben können?

»Du mußt Flo sein, und das ist sicher Caro«, sagte Karen und hielt Flo die Hand hin. »Kriminalhauptkommissar DeLange hat mir auf unserer Dienstfahrt von euch erzählt.«

Sehr diplomatisch. Auch dafür hätte er sie küssen mögen.

»Wart ihr schon drin?« Was für eine Frage. Natürlich. Sonst würde Caro nicht heulen.

»Ich soll dir sagen, es ist nicht deine Schuld«, deklamierte Flo und verlor den Kampf um ihre Haltung.

DeLange sah Karen an. Sah, daß sie es längst begriffen hatte. Nur er wollte nicht begreifen. Er machte einen Schritt auf die Tür zu. Aber Flos Stimme hielt ihn zurück, Flo, die so erwachsen klang und so traurig zugleich. »Sie haben sie schon weggebracht. Es war schön, sie noch zu sehen.«

In ciel ti attendo, addio.

DeLange kniete nieder und versuchte, beide Töchter zugleich in den Arm zu nehmen. Er ließ sie eine Weile schluchzen. Dann stand er auf. Karen lehnte an der Wand, er sah ihr an, daß sie am liebsten mitgeheult hätte.

»Tust du mir einen Gefallen?«

»Natürlich.«

»Bring sie nach Hause. Ich komme nach.«

Er nahm Flo bei den Händen und sah ihr in die Augen. »Sei tapfer, meine Große. Ich muß noch etwas erledigen. Aber ich komme, sobald ich kann.« Sie nickte, unter Tränen.

DeLange sah den dreien hinterher, dem blonden, dem braunen und dem roten Haarschopf, und schickte ein Gebet nach oben, das er von seiner Großmutter gelernt hatte. Mutter Maria kam darin vor und, sicher ist sicher, der heilige Antonius von Padua.

Du läßt die Kinder allein?

Ja, Feli. Ich muß.

Wie kannst du nur!

Du wirst es nicht verstehen, Feli. Ich muß etwas zu Ende bringen.

Der Job kommt zuerst. Wie gehabt.

Ja, Feli. Nein, Feli. Aber er ist alles, was ich habe.

DeLange merkte, daß er mitten auf dem Flur stand und, den Kopf zur Seite gelegt, nach oben horchte. Zum Himmel.

Gute Reise, Feli.

Durch den langen, menschenleeren Flur. Ins Treppenhaus. Die Treppen hinunter, vom 3. Stock ins Erdgeschoß. Hinaus in die Kälte und die Sonne. Und tief durchatmen.

Dann rief er Karl-Heinz Neumann-v. Braun an.

»Ich habe dazu nichts mehr zu sagen. Und Sie haben nicht die geringste Befugnis ...«

»Herr Neumann, es geht mir um die Wahrheit, um sonst nichts.«

»Die Wahrheit?« Neumann schnaubte. »Die Wahrheit ist komplexer, als es ein Polizistenhirn vorsieht.«

»In einer Stunde im Café Mozart?«

Neumann zögerte. Endlich sagte er zu. »Damit ich Sie los bin.«

DeLange nahm sich ein Taxi und wartete auf der gegenüberliegenden Straßenseite, bis er Neumann-v. Braun im Café verschwinden sah. Dann folgte er ihm hinein.

»Sie sind respektlos, DeLange. Ich schätze das nicht«, sagte der Mann zur Begrüßung.

DeLange ließ sich in einen der roten Ledersessel fallen und streckte die Beine weit von sich. »Das ist nicht meine Absicht. Ich möchte lediglich eine Akte schließen.«

»Das wird nicht möglich sein. Solange Sascha nicht gefunden ist, bleibt der Fall offen.«

»Nun, wir klären heute auch Fälle auf, die weit zurückliegen, Herr Dr. Neumann, das wissen Sie ja mindestens so gut wie ich.«

»Sicher, aber auch eine retrograde DNA-Analyse hilft nur, wenn es DNA-Spuren gibt, die man vergleichen kann. Schwierig, wenn Sie keine Leiche haben. Also was soll das Herumgestochere in alten Geschichten?«

»Sind Sie nicht auch an der Wahrheit interessiert, Charles?« DeLange sah Neumann in die Augen, der seinem Blick keine halbe Sekunde standhielt.

»Natürlich. Was soll die Frage?« DeLange registrierte, wie sich die Schultern des Mannes strafften. »Und was soll die Vertraulichkeit?«

»Helfen Sie mir auf die Sprünge. Vielleicht mißverstehe ich ja was.«

Neumann nickte, als ob davon auszugehen sei.

»Alexandra Raabe ist nicht nach dem Besuch der beiden Männer verschwunden ...«

»Das war ein Überfall!«

»Also sie ist nicht nach dem Überfall verschwunden, sondern vorher.«

»Aber warum hätte sie vorher gehen sollen?«

»Eben. Sie hatte vorher genausoviel Grund dafür wie nachher. Sie ist nämlich nicht gegangen. Sie ist zum Verschwinden gebracht worden. Von Ihnen.«

Neumann reagierte unerwartet. Er lehnte sich in seinen Sessel zurück und lächelte. »Haben Sie das von Sophie? Dann lassen Sie sich eines sagen: ›Wer auf andere mit dem ausgestreckten Zeigefinger zeigt, der deutet mit drei Fingern seiner Hand auf sich selbst.‹ Gustav Heinemann, falls Ihnen der was sagt.«

DeLange spürte, wie die gute alte Wut wieder in ihm hochkochte. Neumann wollte sich entlasten, indem er Sophie belastete. Nicht mit mir, dachte er.

»Nicht immer ist der Mann der Täter und die Frau das Opfer«, sagte Neumann, noch immer lächelnd. »Warum hätte ich Sascha verschwinden lassen sollen, wie Sie es ausdrücken?«

»Erklären Sie es mir.« Nun lehnte sich DeLange zurück, während Neumann sich vorbeugte.

»Wissen Sie was? Nein, das können Sie gar nicht wissen. Sie haben ja keine Ahnung.«

»Weil ich nicht dabei war?«

»Weil Sie nicht dabei waren. Weil Sie sich nicht vorstellen können, was Menschen einander antun, wenn sie sich überfordern. Glauben Sie an die Liebe?«

An die Liebe. Ja. Klar. Natürlich.

»Und warum ist sie selten etwas Ruhiges, Schönes, Friedliches, warum hinterläßt sie ein Schlachtfeld? *Love is a battlefield*?«

DeLange rührte in seinem Milchkaffee. Neumann hatte sein Wasser nicht angerührt.

»Weil wir einander überfordern. Alles soll möglich sein. Und alles scheitert an dem Unvermögen der Menschen.«

»Ich rede gerne mit Ihnen über die Liebe, aber ich bin wegen etwas anderem hier.«

»Ja, ich weiß, Sie hätten gern die Fakten.« Neumann winkte nach der Bedienung. »Hier sind sie: Ich habe Angela geliebt. Angela liebte Sascha. Sascha liebte nur sich selbst. Und als Erika ins Spiel kam ...«

»Erika?« War das nicht ein bißchen zuviel für einen einzigen

Mann? DeLange lächelte mit zusammengebissenen Zähnen. Neumann ahnte wohl, was er dachte, er lächelte ähnlich verbissen zurück.

»Erika war ein junges Mädchen aus der Nachbarschaft, bildschön und sehr – sagen wir: interessiert an unserem Leben. Und an der Liebe.«

Die Liebe, dachte DeLange. Eine Himmelsmacht. Jaja.

»Sascha hat es Spaß gemacht, die Kleine zu verführen. Aber Erika wollte einen Mann. Also holte Sascha mich dazu.«

Sie hatte den guten alten Charles sicher nicht lange überreden müssen.

»Denken Sie, was Sie wollen. Ich wäre ganz glücklich gewesen, wenn Angela und ich zu zweit geblieben wären. Aber Angela ...«

Sie wollte es ja nicht anders! Ach, man kannte derlei Argumente. DeLange tat, als ob er ein Gähnen unterdrücken müsse. Neumann beugte sich vor. »Wollen Sie es nun wissen oder nicht?« flüsterte er.

DeLange nickte.

»Angela hat mitgekriegt, daß wir zu dritt im Bett waren. Sie hat Sascha eine Eifersuchtsszene gemacht. Sascha hat sie ausgelacht. Sascha hat sie beleidigt. Angela ist auf sie los, hat sie geschüttelt, sie ist gestürzt ... Ach, was erzähle ich Ihnen das alles. Es war ein Unfall.«

Es war ein Unfall. Das sagen sie alle.

»Verstehen Sie? Wir haben einander überfordert. Wir haben so getan, als ob es das alles nicht gäbe: Liebe, Treue, Eifersucht. Als ob man sich nicht schützen müsse vor all diesen Gefühlen. Eri ist damals voller Panik davongelaufen – und ein paar Stunden später stand der Freund ihrer Schwester vor der Tür. Da hatten wir Sascha schon ...« Neumann klang heiser. Neumann zeigte Gefühle. Aber DeLange dachte nicht daran, Rücksicht zu nehmen.

»Sie haben sie verscharrt? Wo liegt sie?«

Neumann schüttelte den Kopf.

»Beihilfe zur Vertuschung einer Straftat ist strafbar.«

»Verjährt.«

»Und Sophie Winters Tat – wenn es denn so war, wie Sie behaupten …«

»Ein Unfall. Ich sagte es doch. Auch das ist verjährt.«

»Wenn man Ihnen Glauben schenkt. Vielleicht war es ja ganz anders? Vielleicht haben Sie Sascha umgebracht, weil Sie eifersüchtig waren – auf Angela?«

»Ich habe Sascha nicht geliebt. Angela schon.«

»Und die liefern Sie jetzt ans Messer?«

»Das hängt doch ganz von Ihnen ab, DeLange, oder? Natürlich können Sie uns denunzieren. Das ist ein gefundenes Fressen für die lieben Kollegen von der Presse. Der Politiker, die Schriftstellerin, die einen Bestseller geschrieben hat, der jetzt verfilmt wird …«

Er kennt das Buch, dachte DeLange. Er weiß alles. Er hat mich auflaufen lassen.

»Aber Sie können nur noch mich ruinieren. Und mir ist das ziemlich egal. Angela kann niemand mehr etwas anhaben.«

»Sophie Winter …«

»Ist tot. Sie hat mir einen Brief geschickt mit einer zerbrochenen Schallplatte. Und einen Zettel. Auf dem stand …«

DeLange stieß den angehaltenen Atem aus. »›Schnee unterm Sternenhimmel‹.«

Neumann lachte ungläubig. »Woher wissen Sie das? Wir hatten darüber gesprochen, damals. Wie wir gehen würden, wenn es Zeit wäre.«

»Sie ist gefunden worden. Auf dem Taufstein. Erfroren.«

Neumann senkte den Kopf. DeLange stand auf.

»Lassen Sie sie in Ruhe, DeLange.« Neumanns Stimme klang klar und fest. Er hob den Kopf. Diesmal wich er DeLanges Blick nicht aus. »Lassen Sie Sascha und Angel in Frieden. Niemand hat etwas davon. Von dem, was Sie Wahrheit nennen. Nur ein paar Journalisten, die Schlagzeilen brauchen. Verstehen Sie?«

»Nein.«

DeLange ließ einen Zehneuroschein auf dem Tisch liegen, bevor er ging. Er wollte den Mann nicht verstehen. Aber er konnte nicht mehr ausschließen, daß er recht hatte.

Wenn man Sophie Winters Buch unter all diesen Aspekten aufs neue las ... Wenn man es angesichts der nun bekannten Fakten analysierte ...

DeLange ging zu Fuß nach Hause. Er wollte sich Klarheit verschaffen, bevor er bei den Mädchen eintraf. Und bei Karen.

Sophie Winters Buch verdrehte die Fakten, wenn Neumann die Wahrheit sagte. In *Summer of Love* gab es nichts, was die Idylle der drei Blumenkinder gestört hätte – außer der feindseligen Außenwelt. Sascha und Angel und Charles lebten und liebten, aber die anderen ließen sie nicht. Und zum Schluß wurde eine der drei Liebenden von den mißgünstigen Nachbarn gejagt und getötet.

Hätte es so sein können? DeLange dachte an den Fall von Sebnitz, dem ostdeutschen Städtchen, in dem ein kleiner Junge beim Baden ertrank. Die verzweifelte Mutter beschuldigte die Badegäste, beim Mord des kleinen Jungen durch eine Gruppe Rechtsradikaler zugeschaut zu haben. In Wirklichkeit dürfte es sich um einen Unfall gehandelt haben – und um eine Pflichtvergessenheit der Schwester, die auf den kleinen Bruder hatte aufpassen sollen.

Wenn Neumann recht hatte, dann lenkte auch Sophie Winter den Verdacht auf das gesamte Dorf, um von der eigenen Schuld abzulenken. So etwas muß keine bewußte Strategie sein. Es kann auch ein unbewußter Versuch sein, sich gegen die eigene überwältigende Schuld zu wehren.

Sophie Winter war in die Kälte gegangen, weil in ihr Gedächtnis eingebrochen war, was sie verdrängt hatte.

Sollte er die Sache auf sich beruhen lassen? Ohne die Leiche Alexandra Raabes gefunden zu haben?

Ein Polizist muß einen Fall abschließen, hörte DeLange seinen alten Lehrer Ernst Zobel sagen. Die Toten müssen begraben werden.

Richtig, dachte DeLange. Aber erst muß ich Feli zu Grabe tragen. Und alles, was damit zusammenhängt.

Die Mädchen waren im Bett, als er nach Hause kam. Karen saß allein am Küchentisch. Er weinte nicht, aber ihm war danach. Nicht wegen Feli, jedenfalls nicht ihretwegen allein, sondern wegen Flo und Caro und Sophie Winter und der Unfähigkeit der Menschen, sich in Frieden zu lieben.

Nach zwei Stunden und einer Flasche Wein und vielen Fragen stellte er noch eine letzte.

»Ist dir klar, worauf du dich einläßt?«

Sie zögert. Hoffentlich sagt sie nein.

»Nein.«

Gott sei Dank.

»Aber ich würde es gern herausfinden.«

17

Wilhelms Beerdigung war nicht nur würdig, nein, sie war ganz großes Theater. Fast eine Stunde lang zog eine Schlange dunkelgekleideter Menschen von der Kirche zum Friedhof. Alle redeten aufeinander ein – die weiter entfernt lebenden Anverwandten der großen dörflichen Familie mußten schließlich auf den neuesten Stand gebracht werden. Bremer lehnte vor seinem Haus am Gartentor und ließ den dunklen Zug passieren, winkte, wenn er jemanden kannte, und umarmte, wen er lange nicht gesehen hatte. Die Prozession und das unaufhörliche Gemurmel zeigten das soziale Netz Klein-Roda in Aktion: Die Erzählung wurde fortgeschrieben, die große Erzählung, in der Leute wie er höchstens eine Fußnote waren. Er schloß sich dem Zug an.

Nach der Beisetzung, während der die Tränen flossen, wurde in Gottfrieds Hof unter der Linde gefeiert. Es war ein wunderschöner Tag, gerade richtig für den Frühling: nicht zu warm, nicht zu kalt. Und natürlich sprach niemand über die Klimakatastrophe.

Dafür demonstrierten die Nachbarn einen ausgezeichneten Appetit. Marianne und Marie hatten Blech um Blech von dem gebacken, was man hier »Freud-und-Leid-Kuchen« nannte, also ein Gebäck für alle Fälle. Ulla und Lilly hatten Salate aller Art beigesteuert, und Willi schenkte Bier aus.

Frieden, dachte Bremer und ließ sich von der Woge warmen

Einverständnisses tragen. Nicht alle Wunden waren verheilt. Doch wenigstens konnte er Gottfried und Gregor Kosinski wieder in die Augen sehen. Er hob das Glas auf den alten Freund, der drüben bei Lilly hockte und sich unter Garantie das ganze Leben Wilhelms erzählen ließ. Zur späteren Verwendung.

Die Beerdigung von Sophie Winter ein paar Tage später würde weit weniger spektakulär ausfallen, dachte Bremer. Aber er täuschte sich.

Sophie Winter hatte ihre Schuld bezahlt. »Sie hat gesühnt.« Gottfried, als er vom Selbstmord Sophies erfuhr. So dachte man im Alten Testament.

Und so auch hier. Und deshalb waren alle da: Luca und Nicole mit Moritz, Lilly und Ulla und Marianne mit Willi. Und Peter Abel. Sogar Marie an der Seite von Gottfried, die am Grab Sophies einen Tulpenstrauß niederlegte. Einen Strauß mit gelben Narzissen behielt sie in der Hand. Bremers Blick folgte ihr, als sie nach der Grablegung zu einem Grab zwei Reihen weiter ging.

»Dort liegt Erika«, flüsterte er Anne zu, die am Tag zuvor und damit gerade rechtzeitig eingetroffen war.

Als Bremer mit Anne im Gefolge der anderen den Friedhof verließ, sah er den Mann neben dem Friedhofstor stehen, einen schlaksigen Kerl mit Baskenmütze, um den Hals einen Fotoapparat. Er hatte den Mann schon einmal gesehen. Damals, als das Fernsehteam seinen Bericht über Basti drehte. Der Kerl hatte nach Sophie gefragt. Bremer zögerte. Dann ging er hinüber.

»Was wollen Sie hier?«

Der Mann sah aus, als ob er »Was geht Sie das an?« antworten wollte. »Ich nehme Abschied«, sagte er dann. »Von einer, die schon damals nicht gewußt hat, daß es mich gibt.« Drehte Bremer den Rücken zu und betrat den Friedhof. Paul sah ihm hinterher. Der Mann kniete vor Sophie Winters Grab nieder. Dann sah man es blitzen.

Später, neben Anne draußen am Gartentisch, las Bremer ihr die Geschichte vor. Die Geschichte vom Machandelboom, die ihm eingefallen war, als er das Wort auf einem von Sophies Zetteln gelesen hatte.

Es war ein Märchen der Gebrüder Grimm, von der Frau, die sich so sehr ein Kind wünschte, weiß wie der Schnee und rot wie Blut, und die vor Freude starb, als der Wunsch in Erfüllung ging. Von der Stiefmutter des kleinen Jungen, die seinem Vater ein Töchterchen gebar, das sie viel lieber hatte als den Jungen, den sie schließlich mit dem schweren Deckel einer Apfelkiste erschlug.

»Die Geschichte ist schrecklich«, sagte Anne. »Die Stiefmutter kocht das Kind.«

»... und serviert es dem Vater, genau, der alles mit großem Appetit aufißt und die Knochen unter den Tisch wirft. Aber das kleine Mädchen, die Schwester des Jungen ...«

»Das Marlenichen.«

»Sie sammelt die Knochen des Jungen auf, hüllt sie in ihr bestes seidenes Tuch und legt sie unter den Machandelbaum, unter dem auch die Mutter des Knaben begraben liegt. Und was geschieht?«

»Da war etwas mit einem Vogel«, sagte Anne, lehnte sich an ihn und kraulte Nemax, der ihr auf den Schoß gesprungen war.

»Genau. Der Machandelbaum verwandelt die Knochen des Knaben in einen wunderschönen Vogel, der hatte rote und grüne Federn, und um den Hals war er wie lauter Gold, und die Augen blinkten ihm wie Sterne im Kopf.«

»Und er konnte herrlich singen.«

»Der Vogel verbreitete die Geschichte überall, beim Goldschmied, beim Schuster, beim Müller:

›Mein Mutter der mich schlacht,
mein Vater der mich aß,
mein Schwester der Marlenichen
sucht alle meine Benichen,
bindt sie in ein seiden Tuch,
legt's unter den Machandelbaum.
Kiwitt, kiwitt, wat vör'n schöön Vagel bün ik!‹«

Anne sagte nichts. Und Bremer war glücklich, sie endlich wieder im Arm zu halten. Aber es gab noch etwas zu erledigen.

»Die meisten Menschen glauben, der Machandelboom sei ein Mandelbaum.«

»Ist er das nicht?« Anne, schläfrig.

»Nein. Es ist ein Wacholderbaum.«

Ein großer grauer Kerl mit dunklen Beeren. Das Exemplar, das er meinte, war mindestens vierzig Jahre alt.

»In Sophie Winters Garten steht einer. Am Morgen nach dem Brand hat die Polizei Knochen unter dem Wacholder gefunden. Katzenknochen.«

»Und die haben sich in einen Vogel verwandelt?« Anne, immer noch schläfrig.

Nein. Aber ...

»Kommst du mit?« flüsterte er ihr ins Ohr. »Wir müssen zum nächsten Grab.«

Sie nahmen die Räder. Das Gartentor vor Sophie Winters Haus stand sperrangelweit offen. Bremer faßte Annes Hand, als sie hineingingen. »Er steht im hinteren Garten.« Warum flüsterte er? Und warum versuchte auch Anne, besonders vorsichtig aufzutreten?

Als sie um die Hausecke bogen, blieben sie beide gleichzeitig stehen. Da war der Wacholderbaum, unverkennbar. Ein stolzer, stattlicher grauer Busch. Und unter ihm ... Unter ihm lag etwas Weißes und etwas Rotes. Weiß wie Schnee und rot wie Blut. Ein weißes Fellknäuel, das jetzt den Kopf hob und sie angähnte. Eine weiße Katze. Sie hatte die Pfote so, als ob er ihr gehörte, auf einen Strauß roter Rosen gelegt.

»Sie rührt sich nicht von der Stelle. Sie geht auch nicht mehr ins Haus. Wenn ich sie füttern will, muß ich es der Madame schon hier servieren«, sagte eine Stimme hinter ihnen. Bremer drehte sich um. Peter Abel, verlegen, mit einem Schüsselchen Katzenfutter in der Hand. »Sie heißt Alisha. Und weiß der Teufel, wo sie die Blumen herhat.«

»Ein letzter Gruß von Charles an Sascha?« fragte Anne, der

Bremer an einem langen Abend nach ihrer Rückkehr die ganze Geschichte erzählt hatte.

»Wer weiß«, murmelte er.

Aber die Katze hat alles gesehen.

Dank

Dieser Roman ist ein Werk der Phantasie. Doch die Fiktion kommt selten ohne ein paar sachdienliche Hinweise aus der Wirklichkeit aus.

Insbesondere Robert Schmitt vom Frankfurter Polizeipräsidium verdanken dieses Buch und Giorgio DeLange viel.

Von Anfang bis Ende begleiteten mich mit Rat und Tat Ellen Eggers, Angelika Röthgen, Rudolf Westenberger; für einige Episoden habe ich Inge Fleckenstein und Martin Enlen zu danken – und jenen Syndikats-Mitgliedern, die sich auch auf die kleinen Details des Lebens einlassen mögen.

Kieser Training war unschätzbar in der Praxis – und in der Theorie half Volker Pommerening aus, Quality Manager von Kieser Training in Köln.

Viel verdanke ich der intensiven und inspirierten Zusammenarbeit mit Katrin Fieber und der motivierenden Energie von Siv Bublitz und dem List Verlag.

Und wie immer geht mein Dank an Reinhard Jahn – nie um eine rettende Idee verlegen …

Last but not least: Mein oberhessisches Lieblingsdorf und die Waldschenke in Freienseen waren Vorbild in allen wahren, guten und schönen Dingen. Alles Böse aber ist auf meinem Mist gewachsen.

Und noch eine Flaschenpost aus der Realität: Giorgio DeLanges Wunsch ist in Erfüllung gegangen. Der Schädel von Rosemarie Nitribitt liegt seit 2007 nicht mehr im Museum des Polizeipräsidiums Frankfurt. Er wurde, ganz wie es sich gehört, am 11. Februar 2008 in Düsseldorf begraben.

JETZT NEU

Aktuelle Titel | Login/ Registrieren | Über Bücher diskutieren

Jede Woche vorab in einen brandaktuellen Top-Titel reinlesen, ...

... Leseeindruck verfassen, Kritiker werden und eins von **100** Vorab-Exemplaren gratis erhalten.

vorablesen.de